党月异 著

中国近代域外诗研究

Zhongguo Jindai Yuwaishi Yanjiu

中国戏剧出版社
CHINA THEATRE PRESS

图书在版编目（CIP）数据

中国近代域外诗研究 / 党月异著. -- 北京 ：中国戏剧出版社，2024. 9. -- ISBN 978-7-104-05540-2

Ⅰ. I106.2

中国国家版本馆CIP数据核字第2024Y0S454号

中国近代域外诗研究

责任编辑：邢俊华
责任印制：冯志强

出版发行	中国戏剧出版社
出 版 人	樊国宾
社　　址	北京市西城区天宁寺前街2号国家音乐产业基地L座
邮　　编	100055
网　　址	www.theatrebook.cn
电　　话	010-63385980（总编室）　010-63381560（发行部）
传　　真	010-63381560

读者服务：010-63381560
邮购地址：北京市西城区天宁寺前街2号国家音乐产业基地L座

印　　刷	北京九州迅驰传媒文化有限公司
开　　本	787mm×1092mm　1/16
印　　张	15.75
字　　数	250千
版　　次	2024年9月　北京第1版第1次印刷
书　　号	ISBN 978-7-104-05540-2
定　　价	95.00元

版权专有，违者必究；如有质量问题，请与出版社联系调换。

本书由教育部人文社会科学研究规划基金项目资助
（项目批准号：18YJA751009）

本书由德州学院学术出版基金资助

目 录

引 论　1
　　一、关于近代域外诗的定义　1
　　二、近代域外诗研究综述　1
　　三、近代域外诗的研究意义　11
　　四、近代域外诗概论　12

第一章　近代宗教徒的域外诗　19
第一节　宗教徒的域外行旅及相关著述　19
　　一、佛教徒的域外求法或弘法活动　19
　　二、伊斯兰教徒的域外朝觐　22
　　三、天主教徒的域外行旅　24
第二节　郭连城的域外诗　31
　　一、地理空间的建构：地球与世界　33
　　二、文化空间的展示：距离与差异　40
　　三、宗教空间：认同与归属　45

第二章　近代文化交流学者的域外诗　52
第一节　王韬的域外诗　52
　　一、域外胜景中的飘零之感　53
　　二、对域外政治、历史及文学的关注　57
　　三、域外的宴饮与酬唱　59

四、域外的冶游之乐　　61
　　五、王韬的域外诗对诗界革命的影响　　62
第二节　潘飞声的域外诗　　64
　　一、域外风光览胜　　65
　　二、域外文明及风俗　　70
　　三、域外羁旅之悲鸣　　73
　　四、名士风流心态中的域外女子　　78
　　五、域外视域下的世界观照　　81
　　六、古典表达方式与域外之象的融合　　83

第三章　近代外交官员的域外诗　　87

第一节　黄遵宪的域外诗　　87
　　一、域外政治制度　　89
　　二、域外教育改革　　94
　　三、其他社会风貌　　98
　　四、异域风景　　103
第二节　张祖翼的域外诗　　107
　　一、19世纪中国人眼中的伦敦大观　　108
　　二、域外书写中的文化心态　　114
　　三、域外书写的呈现方式　　116

第四章　近代政治流亡者的域外诗　　119

第一节　康有为的域外诗　　119
　　一、域外政治活动　　122
　　二、域外影响下的政治思想　　128
　　三、域外科学技术　　135
　　四、域外风光风俗　　139
第二节　梁启超的域外诗　　161
　　一、域外爱国诗　　162

目 录

　　二、域外新思想　167
　　三、域外新诗体　174

第五章　近代考察者的域外诗　177

第一节　严修的域外诗　177
　　一、教育思想　178
　　二、爱国思想　181
　　三、与外国友人的唱和之作　184
　　四、域外新天地　186

第二节　袁祖志的域外诗　193
　　一、域外景观中的复杂心态　195
　　二、西方物质文明的冲击　200
　　三、士大夫眼中的西方风俗　203

第六章　近代女性的域外诗　207

第一节　单士厘的域外诗　207
　　一、女性书写空间的拓展　209
　　二、妇女解放思想的萌生　212
　　三、走向世界的现代观念　217
　　四、异域观照下民族意识和国民意识的觉醒　220

第二节　张默君的域外诗　222
　　一、域外山河中国心　223
　　二、对异域政治风云的关注　225
　　三、对欧美女性教育的考察　228
　　四、域外之闺词雄音　230

结　语　237
　　一、近代域外诗对于文学变革的意义　237
　　二、近代域外诗对于五四新文化运动的影响　239

主要参考文献 241
    著作 241
    论文 243

引　论

一、关于近代域外诗的定义

参考一些学者对中国近代域外游记的概念定义[①]，笔者对中国近代域外诗的概念做如下定义：指近代（1840—1919）中国大陆本土作家旅居异域期间或回国后用汉语创作的有关域外风光、域外生活、域外见闻和感触的诗歌，也包括域外华侨创作的此类内容的诗歌。

二、近代域外诗研究综述

近些年来，关于近代域外游记的研究可以说是硕果累累，无论资料搜集整理还是研究专著、研究论文都是成就斐然。[②] 相比之下，关于近代域外诗的研究就显得比较寥落，除了几个名家如黄遵宪、康有为的域外诗经常出现在研究者的视野中之外，其他的海外诗作、海外诗人，很少被提及。中国是一个诗的国度，旅行更能激发国人的诗意和诗心，所以近代域外诗作的数量是相当可观的。郭连城、斌椿、林铖、王韬、康有为、黄遵宪、梁启超、张斯桂、

[①] 欧明俊《古代散文史论》认为，"域外游记"是指作者游历海外时所写的日记、笔记，也称海外游记、出洋游记、出国载记。上海三联书店2013年版，第65页。

[②] 在资料搜集整理方面，王锡祺《小方壶斋舆地丛钞》收录晚清域外游记84种；钟叔河《走向世界丛书》共收录晚清域外游记述100种，以域外游记为主，也有少量域外诗；贾鸿雁《中国游记文献研究》系统梳理了中国游记文献研究，对近代域外游记文献有专节梳理。在研究专著方面，有尹德翔《东海西海之间：晚清使西日记中的文化观察、认证与选择》、李涯《帝国远行：中国近代旅外游记与民族国家构建》、陈室如《近代域外游记研究1840—1945》、李岚《行旅体验与文化想象：论中国现代文学发生的游记视角》、苏明《域外行旅与文学想象：以近现代域外游记文学为考察中心》、张治《异域与新学：晚清海外旅行写作研究》、杨汤琛《晚清域外游记的现代性考察》、杨波《始信昆仑别有山：晚清旅西记述研究（1840—1911）》等。

何如璋、王之春、严修、单士厘、张默君、秋瑾、唐文治、丘菽园、潘乃光、潘飞声、袁祖志、曾纪泽、张祖翼、郭则沄、丘逢甲、马君武、苏曼殊等都留下了内容丰富的域外诗作，这些诗作无疑是中国近代文学的重要组成部分，也是中国旅游文化史的重要资料，对于研究中国诗歌从古代到近现代的发展轨迹，研究近代中国的中外关系、中西文化的交流和碰撞，廓清近代中国人走向世界的历史轨迹、复杂心态史，都有着极为重要的意义和价值。现将近几十年的域外诗研究成果分三类概述。

1. 宏观研究

关于近代域外诗的宏观研究成果不是很多，只有少量论文以及个别专著的个别章节里论述到，所以对近代域外诗的宏观研究还是很薄弱的。

对于近代"海外派"诗歌、"域外文学"的概念，学术界早有定义。李继凯、史志谨《中国近代诗歌史论》[①]一书从地域的角度，将近代诗人划分为三大派，即内地派、边地派与海外派。海外派诗人主要是指留学、流亡、经商于海外的中国诗人。较长时间居于海外的诗人，视野比较开阔，受到外来文化的影响较大，在思维方式上有中西结合的趋势，因而比较开放，诗歌创作上"新"的因素较多。李静《中国域外文学的发展脉络及总体特征》[②]中界定了何为"域外文学"，指出了中国域外文学独特的认识价值和审美价值之所在。虽然早有相关概念，但是后续的整体研究却没有跟上或进一步展开。

不少学者都注意到海外行旅对近代诗歌的影响。林岗《海外经验与新诗的兴起》以林铖、斌椿、黄遵宪的海外诗为例说明"海外经验造成了晚清诗歌中诗语与诗的形式之间的裂痕。……在新诗兴起的故事中，海外经验是最直接、最重要的主导因素"[③]。李丹《留学背景与中国新诗的域外生成》一文梳理了自20世纪10年代至30年代，中国留学生在海外的新诗作品，认为域外生成的新诗是接受外国诗影响的产物，又直接影响到中国诗歌，担负着"承外启内"的特别作用，它们是影响中国新诗诞生的绝对力量。[④]杨波《海外行旅与文学变革——晚清文学变革的游记视角》认为近代国人的海外行旅与晚

---

① 李继凯、史志谨：《中国近代诗歌史论》，吉林教育出版社1995年版，第218页。
② 李静：《中国域外文学的发展脉络及总体特征》，《青海师范大学学报》1995年第1期。
③ 林岗：《海外经验与新诗的兴起》，《文学评论》2004年第4期。
④ 李丹：《留学背景与中国新诗的域外生成》，《文学评论》2009年第5期。

清文学之间有着密切关联，海外纪游诗虽然有些新变，但只是有些局部调整，本质上仍然属于古典诗歌的范畴。^①李青果《新地体验与近代海外诗歌》从文学和地域文化关系考察了近代域外诗，角度新颖。作者认为，近代以黄遵宪、康有为、梁启超为代表创作的海外诗歌，与地学知识、地域文化经验联系十分紧密。^②张治《异域与新学：晚清海外旅行写作研究》^③一书探讨了晚清旅行写作的产生缘起与发展脉络，较侧重历史文献的搜集与分析，视野宏大，对域外诗也有涉及，但篇幅有限。

学者们也总结了近代域外诗的某些特点及影响。张天星《报刊与晚清文学现代化的发生》在书中第二章第二节"诗歌题材的扩展与近代文明的体验和传播——早期新题材诗研究"中详论了近代新题材诗对诗歌近代化的影响。作者所说的新题材诗不等于域外诗，但包含域外诗。作者认为："新题材诗歌体现了晚清诗歌题材求新求变的发展趋势，是晚清诗歌新变历程中值得注意的一个阶段，可以看作诗界革命之前奏。"[④]沙红兵《晚清海外诗："从周边看中国"》认为晚清海外诗呈现出一种"从周边看中国"的独特视角与方式，赋予晚清诗歌以新题材、新义理、新意境，带来了对诗歌史和诗歌创作本身的自觉反思。[⑤]沙红兵《"局中门外汉"：晚清海外诗的身份意识》分析了晚清海外诗人的民族、国家意识、世界意识、个体意识、女性意识等，指出它们既相互区分又彼此混杂。[⑥]

学界对近代女性创作的域外诗也有涉及。刘峰《清末民初女性西游与文学》[⑦]首次系统地梳理了清末民初女性西游的创作历程，其中涉及近代域外诗的是第三章"女性域外传统书写中的欧美世界"，主要对单士厘、吕碧城、张默君、王茂漪、苏雪林等描写域外世界的旧体诗词作品进行分析。她们用"旧体之笔"书写的欧美镜像开拓了旧体诗词建构异国视界的新功能。马卫中、刘峰《清末民初女性西游与诗歌创作》认为，女性诗词作品描写异国风光、

---

① 杨波：《海外行旅与文学变革——晚清文学变革的游记视角》，《中州学刊》2011年第1期。
② 李青果：《新地体验与近代海外诗歌》，《江汉论坛》2013年第3期。
③ 张治：《异域与新学：晚清海外旅行写作研究》，北京大学出版社2014年版。
④ 张天星：《报刊与晚清文学现代化的发生》，凤凰出版社2011年版，第274页。
⑤ 沙红兵：《晚清海外诗："从周边看中国"》，《文学评论》2018年第1期。
⑥ 沙红兵：《"局中门外汉"：晚清海外诗的身份意识》，《文艺研究》2021年第3期。
⑦ 刘峰：《清末民初女性西游与文学》，苏州大学2012年博士论文。

风俗民情和历史文化等，扩大了女性文学的创作视野，丰富了"诗界革命"所提出的新意境、新事物和新思想。①

2. 个案研究

关于域外诗作者的个案研究很不均衡，黄遵宪、康有为的域外诗创作一直是学术界热点，尤其是黄遵宪，不但研究成果数量可观，而且研究视角、研究方法多样。但其他域外诗人很少有人关注。

黄遵宪域外诗研究初始，有很多学者是从新意境这一角度展开的，沿用了梁启超对黄诗"以旧风格含新意境""熔铸新理想以入旧风格"的评价。较早有论者认为黄遵宪上承龚自珍，下启柳亚子，是五四诗歌革命的先导。②钟贤培主编《中国文学知识宝库 近代卷》指出，黄遵宪的域外诗开拓了中国古典诗歌的新天地、新境界，记录了中国人刚刚走向世界、睁眼看世界时的新感受、新思想。在艺术上，创造了前所未有的新意境，代表了中国古典诗歌发生新变时期的历史动向。③钟贤培、汪松涛等在《广东近代文学史》中指出："黄遵宪不是写海外风物的最早的中国诗人，但应当说，他是第一位成功地创作海外诗并且发生了广泛而深远的历史影响的中国诗人。"④谢冕等人主编《诗探索 2002 年（第 1—2 辑）》认为："黄遵宪海外诗最重要的意义还在于他打破了中国人固有的天下的观念而开始有了国家民族等时空的相对感。这正如王瑶先生所说，黄遵宪是中国自古诗以来第一个有世界观念的诗人。"⑤李金涛《吟到中华以外天——论黄遵宪域外诗的世界观念》主要论述了黄遵宪的域外诗体现出了具有强烈近代色彩的世界观念。⑥龚喜平《融入异邦之新声 汲取民间之营养——黄遵宪对中国诗歌近代化的两大贡献》着重从异邦新声和民间格调两个层面入手把握其近代化特质，借以揭示黄遵宪诗歌的独特价值。⑦

---

① 马卫中、刘峰:《清末民初女性西游与诗歌创作》,《山西师大学报》2012 年第 3 期。
② 张仲浦:《黄遵宪诗的新意境和旧风格》,《杭州大学学报》1962 年第 1 期。
③ 钟贤培主编:《中国文学知识宝库 近代卷》,广东人民出版社 1996 年版,第 73 页。
④ 钟贤培、汪松涛:《广东近代文学史》,广东人民出版社 1996 年版,第 208 页。
⑤ 谢冕等主编:《诗探索 2002 年（第 1—2 辑）》,天津社会科学院出版社 2002 年版,第 51 页。
⑥ 李金涛:《吟到中华以外天——论黄遵宪域外诗的世界观念》,《海南师范学院学报》2004 年第 1 期。
⑦ 龚喜平:《融入异邦之新声 汲取民间之营养——黄遵宪对中国诗歌近代化的两大贡献》,《中州学刊》2000 年第 6 期。

从中日文化交流史角度论述黄遵宪域外诗的也有很多文章。陈复兴《中日友好的先驱之歌——略论黄遵宪的〈日本杂事诗〉》从中日友好交流的角度论述了黄遵宪《日本杂事诗》的创作内容。① 霍有明《黄遵宪〈日本杂事诗〉在中日文化交流史上的意义》指出，在近代中日文化交流史上，黄遵宪的《日本杂事诗》有其独特意义。李天锡《从〈人境庐诗草〉看黄遵宪与华侨》从黄遵宪在华侨史上的作用及其爱国主义思想分析了《人境庐诗草》的内涵。

以域外诗为媒介研究黄遵宪的日本观的文章也有一些，如李庆《论黄遵宪的日本观——以〈日本杂事诗〉为中心》论述了黄遵宪的日本观发展的三个阶段。② 关捷《论黄遵宪的日本观——以诗歌为例》认为，黄遵宪既看到了日本的先进性，主张向其学习以改造中国，又看到了日本军国主义的侵略性，主张奋起抵抗日本的侵略。③ 王慎之、王子今《黄遵宪〈日本杂事诗〉所见晚清开明士人的近代化观》主要分析了黄遵宪对日本的教育、文化、政治制度等方面一些比较开明的思想认识。④ 宋柔力《驰域外之观 写心上之语——论黄遵宪〈日本杂事诗〉中的日本形象》通过分析诗中的日本形象探讨所承载的自我民族心境。⑤

关于黄遵宪的"新派诗"如何评价的问题，郭延礼《关于黄遵宪"新派诗"的评价问题——读〈谈艺录〉对公度诗的评论》论述比较全面，认为以黄遵宪为代表的"新派诗"，尽管存有缺憾与不足，但应当看到，"新派诗"在中国诗歌发展史上它是由古典走向现代的桥梁，是由旧诗走向新诗的必经之路，它的成败得失都是诗歌变革历程中必然要付出的代价。⑥ 李卫涛《黄遵宪诗学实践和新诗关系再定位》通过在近现代语言文化断裂背景上对二者的比较，

---

① 陈复兴:《中日友好的先驱之歌——略论黄遵宪的〈日本杂事诗〉》,《吉林大学社会科学学报》1982 年第 1 期。
② 李庆:《论黄遵宪的日本观——以〈日本杂事诗〉为中心》,《复旦学报》1994 年第 4 期。
③ 关捷:《论黄遵宪的日本观——以诗歌为例》,《黄遵宪研究新论——纪念黄遵宪逝世一百周年国际学术讨论会论文集》,第 276—291 页。
④ 王慎之、王子今:《黄遵宪〈日本杂事诗〉所见晚清开明士人的近代化观》,《广东社会科学》1998 年第 1 期。
⑤ 宋柔力:《驰域外之观 写心上之语——论黄遵宪〈日本杂事诗〉中的日本形象》,《绥化学院学报》2017 年第 9 期。
⑥ 郭延礼:《关于黄遵宪"新派诗"的评价问题——读〈谈艺录〉对公度诗的评论》,《文史哲》2007 年第 5 期。

认为黄遵宪的"诗学革命"和实践与新诗的发生是两种不同路向上的诗歌变革，不宜定位为直接的源流关系。黄遵宪的域外诗所写的情怀与五四新诗的追求是两条不同的道路。① 持类似观点的还有郑文浩《黄遵宪诗歌新论》，认为黄遵宪的诗歌在很多情况下还被一些成见蒙蔽着。在旧诗和新诗存在着很大的不可通约的前提下，黄遵宪不可能在旧诗的范围内为新诗的转化做出重要的贡献。②

学术界对康有为的研究大多集中在其政治思想、经济思想、改革思想、新闻思想、妇女观、哲学思想、西学思想、书法艺术等方面，涉及其域外诗的研究虽然也有不少论述，但相对其思想研究还是有些薄弱。郭延礼《论康有为的海外诗》分析了康有为海外诗中描写的西方自然风光、名胜古迹、科学艺术，认为这些诗作体现了梁启超所谓"以旧风格含新意境"。③ 于润琦主编《插图本百年中国文学史（上卷）》指出："康有为的海外诗，内容极丰富，诗境益宏阔。新词译名，随笔腾跃……虽往往缺乏剪裁，不能凝练，然元气淋漓，确开异境新声。"④ 郭杰、秋芙总主编《图文本·中国文学史话·近代文学》指出其海外诗"在广泛涉写西方先进文明事象的同时，也注意到了文明背后的贫富悬殊、宗教愚昧等现象"。⑤ 钟贤培《论岭南近代文学的价值取向》论及康有为的域外诗时，认为其诗作主要表现反对侵略，要求变政，要求开启民智的救国的主旋律。⑥ 方志钦《康有为欧游诗的意境与艺术特色》认为："康有为欧游诗的题材是前无古人的。……不过，他的保皇立场，始终局限着其诗歌精神境界的进一步升华，未免可惜。"⑦

学术界对梁启超的研究一直都是热点，如文学思想、美学思想、小说理论、启蒙思想、政治思想、史学思想、新闻思想、教育思想、民族国家思想、国民改造思想、女权思想、目录学思想等，但是对其诗歌或域外诗的研究甚

---

① 李卫涛：《黄遵宪诗学实践和新诗关系再定位》，《理论学刊》2004 年第 12 期。
② 郑文浩：《黄遵宪诗歌新论》，《长春师范学院学报》2004 年第 4 期。
③ 郭延礼：《论康有为的海外诗》，《东岳论丛》1984 年第 6 期。
④ 于润琦主编：《插图本百年中国文学史（上卷）》，四川人民出版社 2002 年版，第 200 页。
⑤ 郭杰、秋芙总主编：《图文本·中国文学史话·近代文学》，吉林文史出版社 2008 年版，第 184 页。
⑥ 钟贤培：《论岭南近代文学的价值取向》，《华南师范大学学报》1991 年第 3 期。
⑦ 方志钦：《康有为欧游诗的意境与艺术特色》，《韶关学院学报》2003 年第 10 期。

少。夏晓虹《觉世与传世——梁启超的文学道路》中第四讲"'以旧风格含新意境'——梁启超诗歌研究"中指出:"梁启超身居海外,所见、所闻、所触、所感必然与未出国门的旧诗人有别,即使不借助新名词,不发露新学理,其诗歌的境界也易于呈现新貌。游夏威夷、游澳洲,是梁启超倡导'诗界革命'前期创作最丰盛的两个时段。……这批诗,从内容到形式,都表现出自求解放的趋向。"① 王兆阳《论梁启超诗歌创作观念的更新》论述了梁启超诗界革命的理论经历了由新意境、新语句、旧风格三长兼备到旧风格含新意境的转变。②

也有学者指出了黄遵宪、梁启超、康有为域外诗的不同。华茗《岭南近代文化特点研讨会综述》认为:"在岭南近代文学中最早涉足国外政史风情而又成绩卓著者当推爱国诗人黄遵宪。……康有为、梁启超的域外诗文则别具一格,政治色彩更浓。"③

关于单士厘的研究,绝大多数论文都专注于单士厘域外旅行和游记创作,对诗歌作品的研究很少。黄湘金《简论单士釐诗集版本——附〈受兹室诗稿〉校记》一文把复旦大学图书馆所藏单士釐(即单士厘)诗集稿本与现行整理本进行了对比,根据此稿本,订正了现行整理本的脱漏、讹误之处。④ 刘峰《谓语诸闺秀,先路敢为请——单士厘旅欧诗研究》,认为单士厘域外诗作中渗透出一股现代意识,饱含对欧洲"文明国"的向往和将平等、民主以及西方女性的优点"接续"于中华的期盼。⑤ 付建舟《两浙女性文学:由传统而现代》论述了单士厘的海外竹枝词,认为:"正因为她没有打算发表,所以写出来的诗歌就相对比较随意,不会有太多的雕琢,也不像其他一些爱国者那样,借竹枝词的形式写爱国的篇章,失去了竹枝词原本具有的乡土风味和生活气息。"⑥

目前张默君诗歌的研究成果不多,秦燕春《情深而文明——张默君的乡邦记忆与诗骨清刚》从张默君与邵元冲的婚姻感情与彼此的诗歌唱和谈起,

---

① 夏晓虹:《觉世与传世——梁启超的文学道路》,中华书局2006年版,第78页。
② 王兆阳:《论梁启超诗歌创作观念的更新》,《西安电子科技大学学报》2004年第4期。
③ 华茗:《岭南近代文化特点研讨会综述》,《广东社会科学》1991年第5期。
④ 黄湘金:《简论单士釐诗集版本——附〈受兹室诗稿〉校记》,《图书馆杂志》2006年第2期。
⑤ 刘峰:《谓语诸闺秀,先路敢为请——单士厘旅欧诗研究》,《名作欣赏》2012年第3期。
⑥ 付建舟《两浙女性文学:由传统而现代》,中国社会科学出版社2011年版,第178页。

认为张默君的诗歌深情而正气勃然,襟怀阔大,绝少儿女子语,"张默君其人其诗均堂堂正正,锵锵皇皇,不愧被誉为南社成就最高的女诗人"①。刘峰《晚清女性作品中的英雄气力与慧心抒写——以女杰张默君诗词为个案研究》着重研讨张默君的时事政治诗,同时辅以张默君域外诗词作品,观照女性所独有的慧心抒写。②

对严修的研究大多集中在其教育思想上,对其域外诗少有关注。但孙玉蓉《天津文学新论》中对严修的域外诗做了较为详细的论述,提及严修的《严范孙先生古近体诗存稿》中有一百六十多首以域外为主题的诗篇,但仅对域外诗的内容做了分类介绍、分析,对其艺术成就没有论述。③另外,杨传庆《作为诗人的严修——"南开校父"严修的诗与诗学》认为:"严修的欧美纪游诗关注异邦进步文明,反思中华之落后,反映了一位传统知识分子与时俱进的新思想。"④

学界对于斌椿的海外纪行比较关注。尹德翔《〈海国胜游草〉考辨三则——兼议对斌椿海外纪游诗的评价》认为斌椿《海国胜游草》为晚清时期华人欧游不可多得之诗录。⑤尹德翔《斌椿西方记述的话语方式》认为:"斌椿本意欲客观地记述西方,但他将对西方文化的叙述不自觉变成了中国文化的自我欣赏,无形中消解了西方文化的客观性及其意义。"⑥但文中谈到"斌椿的《乘槎笔记》与两部纪游诗是晚清关于西方最早的亲历记述",这一说法是不准确的。

学术界对苏曼殊的研究成果较多,包括其小说创作、诗歌创作、翻译作品、画作等,诗歌方面的研究文章为数不少,但关于苏曼殊的域外诗研究并不多。陈春香《苏曼殊诗歌创作的中国传统与日本意象》认为,苏曼殊笔下的日本诗歌,多表现女性与自然风景,对于社会现实和男性的描写是缺失的。这一

---

① 秦燕春:《情深而文明——张默君的乡邦记忆与诗骨清刚》,《书屋》2011年第4期。
② 刘峰:《晚清女性作品中的英雄气力与慧心抒写——以女杰张默君诗词为个案研究》,《湖南科技大学学报》2010年第4期。
③ 孙玉蓉:《天津文学新论》,大众文艺出版社2007年版,第13页。
④ 杨传庆:《作为诗人的严修——"南开校父"严修的诗与诗学》,《南开学报》2020年第1期。
⑤ 尹德翔:《〈海国胜游草〉考辨三则——兼议对斌椿海外纪游诗的评价》,《宁波大学学报》2013年第5期。
⑥ 尹德翔:《斌椿西方记述的话语方式》,《学术交流》2009年第7期。

方面是由于诗人的特殊身份所致,另一方面也反映了近代中日关系的真实状况,以及中国文人的文化心理。①

毛庆耆《潘飞声小传》认为潘飞声《海山词》以写域外事物增趣,诗中有很多新名词、新事物,其不足在于诗中写艳情过多。② 郭文仪《清末文人西方书写策略及其地域特征——以袁祖志与潘飞声的海外行旅书写为中心》比较了袁祖志的《谈瀛录》与潘飞声的《海山词》,认为以袁祖志为代表的沪上行旅书写是以异化、猎奇的书写策略凝视西方,而潘飞声及其周围文人是以"刻意寻常"去描写异域,体现出广东士人对西方相对客观的态度。③

路成文、杨晓妮《〈伦敦竹枝词〉作者张祖翼考》考证了《伦敦竹枝词》的作者"局中门外汉"就是张祖翼,认为张祖翼是"以游历官员随从的身份考察英国和法国"。④ 尹德翔的专著《晚清海外竹枝词考论》也认同《伦敦竹枝词》的作者是张祖翼,但是指出张祖翼根本不是"随从的身份",他以大量文献资料确证张祖翼是驻英公使刘瑞芬手下的正式随员,而非随从,于1886年随刘瑞芬赴英国,1889年张祖翼期满回国。⑤

陈巧玲《翻译实践与观念变迁——中国近代口译员林鍼及其〈西海纪游草〉研究》认为:"《西海纪游草》是其翻译实践及中西文化交流的成果,让国人初步感受到西方科学与民主的魅力,有力地促进了部分先进士人率先实现文化观念的近代变迁。"⑥ 邹青《十九世纪中后期私人访美游记中的美国印象》对林鍼的域外诗做了简单论述,认为:"林鍼眼中的美国形象是片段式的,他的记录满足了从未迈出国门的民众的好奇心理……缺乏深层次的思考。"⑦

杨经华《独立风雪中之清教徒——潘乃光与晚清"诗界革命"》对潘乃光

---

① 陈春香:《苏曼殊诗歌创作的中国传统与日本意象》,《文学评论》2008年第3期。
② 毛庆耆:《潘飞声小传》,《文教资料》1999年第5期。
③ 郭文仪:《清末文人西方书写策略及其地域特征——以袁祖志与潘飞声的海外行旅书写为中心》,《江苏社会科学》2014年第3期。
④ 路成文、杨晓妮:《〈伦敦竹枝词〉作者张祖翼考》,《聊城大学学报》2012年第3期。
⑤ 尹德翔:《晚清海外竹枝词考论》,中国社会科学出版社2016年版,第167页。
⑥ 陈巧玲:《翻译实践与观念变迁——中国近代口译员林鍼及其〈西海纪游草〉研究》,《重庆交通大学学报》2010年第5期。
⑦ 邹青:《十九世纪中后期私人访美游记中的美国印象》,《大众文艺》2008年第12期。

的海外诗有深入论述，认为潘乃光无论在"诗界革命"的理论先声还是在新派诗的实践方面，都作出了不可磨灭的历史贡献。①

学术界对曾纪泽多研究其外交思想和西方文化观，对其文学创作很少关注。罗时进的《在"近代"已近"晚清"未晚之际——论曾纪泽的西学知识结构与域外诗创作》认为其域外诗"既具重要的历史价值，亦有特殊的抒情意义"②。

对丘逢甲诗歌的研究目前较多，但对其域外诗作同样缺少关注。至于其他的域外诗人诗作的研究就更可谓是吉光片羽了。

综上所述，目前学术界对近代域外诗的个案研究并不全面，尚有很大研究空间，需进一步拓宽、加深研究的范围与力度。

3. 海外竹枝词专题研究

对近代海外竹枝词的研究近些年来取得一定成绩，有多篇研究论文和一部专著。夏晓红《吟到中华以外天 近代"海外竹枝词"》中主要分析了近代诗人描写日本的竹枝词，认为晚清诗人大量使用竹枝词咏海外新事，是因为竹枝词的轻巧灵便与亦庄亦谐，对于迫切地要把所见所闻记述下来的诗人来说是最佳选择。③ 丘良任《论海外竹枝词》认为，从海外竹枝词可以看到中国和海外的交往，是研究中外交通、国际关系的重要史料。④ 王辉斌《唐后乐府诗史》在第七章"清代乐府诗"第二节"成就特殊的海外竹枝词"中论述了描写日本、亚洲、欧洲的竹枝词，认为海外竹枝词首先是对竹枝词传统题材领域的一次大突破，其次是这类竹枝词已自觉或不自觉地承担起了反映中外文化交流的重要使命。⑤ 陈文丽《从日本竹枝词看近代中国人的日本观》认为近代中国人撰写的大量日本竹枝词反映出近代中国人的日本观。⑥ 何建木、郭海成《帝国风化与世界秩序——清代海外竹枝词所见中国人的世界观》认

---

① 杨经华：《独立风雪中之清教徒——潘乃光与晚清"诗界革命"》，《广西民族大学学报》2010年第1期。
② 罗时进：《在"近代"已近"晚清"未晚之际——论曾纪泽的西学知识结构与域外诗创作》，《苏州大学学报》2022年第4期。
③ 夏晓红：《吟到中华以外天 近代"海外竹枝词"》，《读书》1988年第12期。
④ 丘良任：《论海外竹枝词》，《长沙水电师院学报》1992年第3期。
⑤ 王辉斌：《唐后乐府诗史》，黄山书社2010年版，第331页。
⑥ 陈文丽：《从日本竹枝词看近代中国人的日本观》，《萍乡高等专科学校学报》2013年第1期。

为，海外竹枝词反映的多是想象的成分而非真实，通过分析海外竹枝词，重新检讨中国世界秩序观从古代向近代转型的问题。① 张奕琳《近代广府文人海外竹枝词的文化体认》认为："这些竹枝词不仅描摹了他们在海外游历时的见闻，也体现了在思想文化新旧交替、东西碰撞的近代，文人士大夫是如何认知、接纳自身文化与异域文化的。"② 尹德翔专著《晚清海外竹枝词考论》③是研究晚清海外竹枝词的一部力作，重点研究了吴樵珊、斌椿、陈兰彬、袁祖志等十位作者的作品，有比较高的文献学价值，也有比较深入的思考。

以上对近代海外竹枝词的研究更多的是偏重从文化史的意义去探讨，而对其本身的文学性关注还不够。

可以看出，虽然近代域外诗得到了部分学者的关注，但仍有局限性：其一，重个案轻整体，研究成果多集中于个别作品、个别作家、个别国家的研究；其二，平面化倾向比较突出，多侧重于对域外形象某几个方面的平面研究，没有深入挖掘域外形象背后的文化心理内涵；其三，冷热不均，黄遵宪、康有为等作家研究较多，尚有大量描写域外诗歌的近代作家未引起足够重视，如袁祖志、张祖翼、张斯桂、何如璋、曾纪泽、王之春、王芝、傅云龙、郭则沄、陈道华、马君武等人的研究成果难得可见；其四，对于近代域外诗和"诗界革命"、新文学、新文化运动的关系缺少深入挖掘。可见，无论是宏观研究的系统性、深入性，还是个案研究的进一步拓宽上，学界都尚需深耕。

三、近代域外诗的研究意义

从史料方面看，研究近代域外诗对于厘清中国人走向世界的历程具有较高的文化史料价值。旅游本身就是一种文化交际活动。近代域外诗从不同角度反映出了那个特定时代中国人对西方文化的认识水平，是传统中国人从自我封闭状态逐步走向世界旅程的重要史料。从这些域外诗中，我们可以看到近代中国人对世界文化的整体认识过程，探讨近代域外诗对于异国形象不同维度的文化言说，以此梳理近代域外诗作者对异国形象的认知从最初的猎奇、

---

① 何建木、郭海成：《帝国风化与世界秩序——清代海外竹枝词所见中国人的世界观》，《安徽史学》2005年第2期。
② 张奕琳：《近代广府文人海外竹枝词的文化体认》，《岭南文史》2020年第2期。
③ 尹德翔：《晚清海外竹枝词考论》，中国社会科学出版社2016年版。

懵懂到深入体察的发展演进。诗歌和散文、小说、戏剧等体裁有所不同,"在所有的文学体裁中,诗歌与本民族传统文化的关系最深、最富有韧性"①。某种程度上,诗歌更接近民族传统文化的本真和原型,更能清晰展示民族集体无意识心理。基于此,对域外诗的研究也更能追踪特定时代本民族最深层次的生命体验和情感特征。

从文学本体看,对于研究近代文学的新变有重要意义。从文学价值角度来看,域外诗虽然大多审美价值不高,但对于研究近代诗歌,甚至近代散文的发展轨迹具有重要的意义。近代域外诗歌书写中的异国形象为"诗界革命"和"文界革命"提供了新意境、新题材和新语句,在思想内容、审美旨趣、语言范式等方面直接影响了"诗界革命"和"文界革命"。研究域外诗的整体脉络,对于细致勾勒"诗界革命"和"文界革命"的演进历程具有文学史方面的意义,对于五四新文学的发展有一个历史链接认识。

从思想方面看,对于丰富新文化运动研究也具有一定价值。新文化运动对西方文化的崇尚和接受是建立在近代中国知识分子对西方的初步认知和理解的基础之上,这其中域外诗中呈现的异国形象以及由此带来的西方启蒙思想的传播功不可没。正如李大钊所言"由来新文明之诞生,必有新文艺为之先声"。近代域外诗开启了中外文化交流的通道,其中所表现的欧亚新声、新思想、新世界与新语句以及对当时国人的启蒙与引领,与新文化运动的指向有某些共同之处,因而探讨近代域外诗中的这些思想资源与形式变革对于丰富新文化运动的研究不无裨益。

从当前文化建设看,有助于对中国现代性走向的理解和探源,从而为中外文化的交流与互鉴提供参考。近代是中国第一次面临全球化和现代化的时代,对这个大变局中的种种复杂因素进行探讨,对中国的当下及未来都具有重大参考价值。在当下文化全球化的趋势中,研究域外诗中近代中国人走向世界的特殊历程对于正确认识自我与他者、进行现代化建设不无意义。

四、近代域外诗概论

中国近代域外诗从初期寥若晨星而终至汹涌澎湃的漫长历程,从发展轨

---

① 李怡:《中国现代新诗与古典诗歌传统》,中国人民大学出版社2015年版,第11页。

迹、类型归纳、创作主体转型到异国形象的书写策略,都亟须全面总结、探讨,以此从多维度把握中国近代域外诗的整体面目与精神风貌。

1. 近代域外诗的发展阶段

中国与域外的交往,在鸦片战争前是很有限的。鸦片战争后,中国的大门被迫向世界开放,中国人开始有机会逐步走向海外。钟叔河在《西洋杂志·序言》中说:"中国读书人近代前往西方(包括开放后的日本),林鍼、罗森、志刚只能算是前奏,容闳、王韬和李圭也只能算序曲。真正的主题歌,大概要到光绪二年(1876)郭嵩焘第一批有地位、有身份的传统士大夫出使东西两洋时才算正式开始。"[①]近代域外诗的发展历程和中国人前往西方的进程大致是一致的,可以分为四个阶段。

序幕:林鍼著于1847年的《西海纪游草》揭开了近代域外诗写作的序幕,其时仍局限在传统的思想观念与写作模式中。

发展:19世纪50年代至70年代中期。郭连城、斌椿、王韬等人的域外诗主要呈现西方器物层面的述奇,新名词偶有涉及,对新意境有了初步表现。

高峰:19世纪70年代中期至19世纪末。域外诗创作不但数量可观,而且有了较多的变革精神,以黄遵宪为代表的域外诗中新意境、新事物、新名词都比较丰富。此外,潘飞声、傅云龙、何如璋、张斯桂、曾纪泽、王之春、袁祖志、张祖翼也写了大量的域外诗,从多方面呈现了域外文明,诗人们从思想上开始认识到"师夷长技以制夷"的必要性,诗歌内部的变革因素也渐趋明朗。

拓展:19世纪末至1919年。梁启超倡导的"诗界革命"明确要求表现新意境、新语句,对诗歌变革的追求更加自觉。域外诗表现的天地更加广阔,思想内涵更为多元化。以康有为、梁启超、严修、单士厘、张默君、马君武的域外书写为代表,关注西方的制度、思想文化层面,具有启蒙思想的色彩。

域外诗作者对待西方文化的态度大致由猎奇、抵触到由衷赞赏,关注点从器物、制度到文化,记录了近代中国人走向世界后知识、观念、情感的嬗变,展示了中国人精神、心理近代化的历程。

---

① 钟叔河:《走向世界丛书》第1辑第6册,岳麓书社2008年版,第365页。

2.近代域外诗的分类观照

中国近代域外诗按照作者身份大致可以分为宗教徒、文化交流学者、外交官员、政治流亡者、考察者、女性等几类。从中西文化交流史的角度考察不同身份的作者所创作的域外诗，其呈现的形态是错综复杂的。不同时期不同身份的中国人对异域的认知及其现代性想象的层面是有差异的，由此可以观照近代中国人接受异域文明的艰难曲折与复杂性。

宗教徒的域外诗。以郭连城为主。天主教徒的身份使得他游离于政治之外，在其域外诗歌中所展现的宗教空间，是透过诗歌去表达坚定的信仰，寄托的是对人类终极关怀的渴望和对永恒归宿的向往。

外交官员的域外诗。以斌椿、黄遵宪、张祖翼、何如璋、张斯桂、曾纪泽、王之春、潘乃光为主。清政府外交官员的身份，使他们能够比较便捷有效地观察欧美和日本等国家的上层建筑情况。他们的域外诗展现了上层官员对域外见闻的种种反应。当然，外交官员由于文化素养、出国时间不一的因素，他们对域外的观感是大不一样的。比如斌椿对于西方文化和政治的认知比较表面化、简单化，而黄遵宪对于西方的体察就相对比较深入。

文化交流学者的域外诗。以王韬和潘飞声为主。他们出游异域都是作为学者和文化名人去开展文化交流工作的。他们对西方文明都有相当的了解和认同，所以他们涉足异域，鲜有对异域的嘲笑和鄙夷，他们的域外诗比较客观和平实。又因为是风流名士，非官场中人，所以他们的诗作相对比较放松自由，对自己的域外情踪或冶游毫不避讳。

政治流亡者的域外诗。以康有为、梁启超为主。他们在戊戌变法后遭到清政府的通缉，被迫长期流亡海外。他们是志在变法维新的爱国者，所以他们的域外诗具有强烈的爱国色彩和政治性。

考察者的域外诗。以袁祖志、严修为主。作为出国考察的官员或者幕僚，他们的域外诗有意识地记录了日本和欧美等国在社会风俗、政治制度、科学技术、教育状况等方面的特点，注重对当时中国的借鉴和启迪。

近代女性的域外诗。以单士厘、张默君为主。她们的域外诗从女性的独特视角抒写了亲身体验异质文化时的复杂感触，突破了古代女性抒写空间的藩篱，使女性写作呈现出更多的可能性和更广阔的视野，实现了女性创作主体从古代闺阁女子到近代女国民的转变。

3. 近代域外诗与作家主体意识的建构

"近代以来的旅行是民族主体与个人主体形成的关键要素之一。"① 在异域风光、异域文化的冲击下，凝结了本民族集体无意识的"自我"吸收了某些来自"他者"的因素，经过处理、改造，最终被纳入自身体系，成为组成"自我"的新元素。旅行实际上是一种空间的位移，是从此空间到彼空间的转换与抵达，在转换、抵达的过程中旅行者不断产生新的体验，不断刷新以往的认知。梁启超对此深有感触说："从内地来者，至香港、上海，眼界辄一变，内地陋矣，不足道矣。至日本，眼界又一变，香港、上海陋矣，不足道矣。渡海至太平洋沿岸，眼界又一变，日本陋矣，不足道矣。更横大陆至美国东方，眼界又一变，太平洋沿岸诸都会陋矣，不足道矣。"② 在近代中国人走向世界的过程中，旅行的意义带来的全新体验与冲击是至关重要的。

域外行游是一种现代性的体验活动，异国形象使得近代域外行旅作家产生了最直接的现代经验。"现代性体验也就是中国如何看世界和看自己的问题。"③ 在陌生的空间和文化中，行旅者得以遥望传统和历史，认知格局和范式不断被冲击，传统的世界观与价值观渐趋瓦解。基于此，华夏中心主义逐步削弱，在西方语境影响下的价值体系和精神结构开始建立，域外行旅作家最终实现了从传统士人向近代知识分子的转型。

域外行游又是一种跨文化的实践。域外诗是行游者离开属于自己的文化空间感知与观察另一种文化空间的书写，是两种文化互相交流碰撞的记录。在对异域形象的观察中，域外诗人总是处在一种不断的文化比较、文化认证之中。在非华夏中心的文化语境中，诗人逐步摆脱了本土文化视野的局限，通过中西比较与思考，重新审视自我，萌生了新的自我意识。正是在与西方"他者"的比较和对抗中，游历异域的经验和体会为行旅者带来心理的巨大激荡，

---

① 唐宏峰：《帝国之眼：近代旅行与主体的生成》，《中国图书评论》2010 年第 9 期。
② 梁启超：《梁启超全集》，北京出版社 1999 年版，第 1143 页。
③ 周宪：《旅行者的眼光与现代性体验——从近代游记文学看现代性体验的形成》，《社会科学战线》2000 年第 6 期。

作家终于真正认识"自我"。

"如果说中国的现代化是一个被迫打开国门的过程的话,那么,我们从旅行文学的发展来看,似乎又有一个主动开阔眼界接纳世界的过程。"① 在域外行旅作家主动接纳世界的过程中,民族国家概念也逐步萌生。"中国人自我意识的现代化过程是和中国传统文化与西方文化的冲突、融合的过程同步的,那么就可以说,中国人现代自我意识的起点就是现代意义上的民族自我意识的确立。"② 民族国家意识的出现首先根源于近代国人走出国门之后"天朝大国"的古典性体验模式的瓦解与幻灭。作家在对异域形象的描绘中一方面察觉到了西方文化的优势与先进,另一方面也开始反思审视本土自身的问题所在,在西方参照下的现代意义上的民族国家意识渐趋清晰。

4. 近代域外诗关于异国形象的书写策略

近代域外诗歌中的异国形象的意义在于,它为近代中国人提供了一面反观自我的他者之镜,记录了近代中国人想象自我、寻找自我、确证自我的漫长过程。中国近代域外诗歌中的异国形象并非自然存在的客观的异国,而是经过作家过滤后的异国,暗含着作家对近代中国的自我诠释,是承载了对中国社会的现代想象、国家理想、国家认同的异国形象,也是一个体现改变中国社会和文化秩序的"他者"的形象。当固有的思维模式、固有的文化心理和固有的语言经验遭遇匪夷所思的异国形象时,域外诗人的书写策略不得不在既有轨道上进行调整和变异。

其一,异国形象书写的震惊与救赎。"'震惊'是社会转型后,现代人所具有的一种普遍的社会感受和体验。"③ 身处域外的近代国人在面对西方工业革命后科学技术的迅猛发展、琳琅满目的科技成果以及匪夷所思的风俗习惯,无不表现出"震惊"。如张祖翼对伦敦的科技制造、女性、社交风俗等都在诗歌书写中表现出各种惊奇。康有为对西方的轮船、气球、河底隧道、蒸汽

---

① 周宪:《旅行者的眼光与现代性体验——从近代游记文学看现代性体验的形成》,《社会科学战线》2000年第6期。

② 杨正润:《众生自画像:中国现代自传与国民性研究(1840—2000)》,上海人民出版社2009年版,第73页。

③ 曾军、邓金明:《新世纪文艺心理学》,北京大学出版社2014年版,第201页。

机等科学成就也大为震撼。袁祖志对西方的物质文明和社会风俗也极为惊叹。西方工业社会颠覆了近代国人原有的生存经验和感受，呈现出普遍的心理上的巨大激荡和震惊体验。"瞬间的获得与失去，是震惊体验的一个基本特征。"① 域外诗人在震惊中获得新知，也抛去了旧有的对域外的片面想象，华夏中心主义逐步退却。震惊的书写策略引发的是对读者的心理救赎。"现代艺术正是通过艺术的震惊效果，让大众反思自己的现实生活，进而惊醒大众，达到救赎的功能。"② 域外诗中的震惊书写显然对近代中国人有救赎和启蒙的意义。

其二，异国形象书写的消解同化。近代域外行旅作家对异国形象进行乌托邦形象的传达时，往往有意识地将其消解，纳入本土文化的框架之内。乐黛云教授在为《关于"异"的研究》作的序言中说："当所在国比较强大，研究者对自己的处境较为自满自足的时候，他们在异域寻求的往往是与自身相同的东西，以证实自己所认同的事物或原则的正确性和普遍性，也就是将异域的一切纳入本地的意识形态。"③ 他们认为西方现代文明是中国各历史阶段文明的反映。如刘锡鸿认为英国的民主选举制度是和中国古代选举制度相类似，志刚、曾纪泽、郭嵩焘、王韬也曾以中国文化来解释异国见闻，这些都说明传统文化在近代中国人思想意识中的根深蒂固。

其三，异国形象书写的贬抑心态。近代行旅者大多还是站在华尊夷卑的角度，在肯定西方文明的优势时，又从华夏文化中心的角度进行贬抑。如张祖翼的域外诗中对英国的某些风俗和礼仪有鄙夷和侮辱之言辞，袁祖志也在诗中对西方男女自由交往的风气大加抨击。

其四，异国形象书写中的古典文学元素。传统的语言范式和域外新世界的表达存在着矛盾，但是在有限的文化经验中，很多域外作家只能借助中国传统意象和诗文典故来书写异域风物，从而产生了一种过度依赖传统的倾向。这种书写方式，使得传统积淀中的"集体无意识"与异域形象紧密结合在一起，也造成了中与西、古典与现代、时间与空间的混合交融或

---

① 曾军、邓金明：《新世纪文艺心理学》，北京大学出版社2014年版，第202页。
② 曾军、邓金明：《新世纪文艺心理学》，北京大学出版社2014年版，第210页。
③ 顾彬：《关于"异"的研究》，北京大学出版社1997年版，第2页。

交锋。传统意象和诗文典故多为古典写作模式中约定俗成的意义元素，在一定程度上也限制和淡化了对于异国风物的客观再现，因此也造成近代域外诗普遍的局限性。"迷恋古风格，因而不能真正在艺术上超越旧传统，改变古典诗歌的性质。"①

  总之，中国近代域外诗歌中的异国形象书写既有对西方文化的倾慕与反思，也有对传统文化的超离与缅怀，显示出东西方文化碰撞过程中吸纳与排斥这一矛盾而复杂的品格，投射着近代中国社会的政治渴望与文化焦虑。

---

① 马亚中：《中国近代诗歌史》，复旦大学出版社 2011 年版，第 428 页。

第一章 近代宗教徒的域外诗

宗教行旅是一种以宗教朝觐为主要目的的游历活动。凡宗教创始者的诞生地、墓葬地及其遗迹遗物甚至传说"显圣"地以及各教派的中心，都是教徒们的朝拜圣地。自古以来，菩提伽耶、麦加、耶路撒冷以它们的神圣之光和神秘力量不断吸引着大批的中国佛教徒、伊斯兰教徒、天主教徒前赴后继前往朝圣。宗教徒的域外行游本质上是一项具有重大的精神追求或灵性意义的旅程或探寻，同时也是一种自觉的文化传播与输入。

第一节 宗教徒的域外行旅及相关著述

以下依据身份分别梳理中国佛教徒、伊斯兰教徒、天主教徒的域外求法、朝圣的活动以及相关域外纪行著述，以此探寻在宗教行旅中中国游客自我形象的变迁史。

一、佛教徒的域外求法或弘法活动

在中国佛教史上，第一个西行取经的人是三国时期的朱士行（203—282）。朱士行痴迷于《般若经》的研究，为了弄清经文的真正含义，他于公元260年，由长安出发，行程万里，最后抵达盛行大乘佛教的西域国家于阗（今新疆和田）。他在那里找到了《放光般若经》的"梵书胡本"（我国内地的译经人和所译经典，多来自西域，称为"梵书胡本"）。但由于种种原因，朱士行没能把佛经带回国。直至公元282年，在他西行二十几年后，才由他的弟子将经文抄本带回洛阳。依据今天的眼光来看，朱士行之行没有越过葱岭（今帕米尔高原），并不是真正意义上的"出国"，他未到印度（古称天竺），并且未返中土，但传统上一直把他作为中国佛教史上西行求法的第一人。不过朱士行没有游记著作流传下来。

魏晋南北朝时期，佛教在中国得到了很大发展，寺院、佛教徒人数增长速度令人瞠目。到北周时期，寺院数量达一万多座，僧尼人数近一百万。[①] 众多佛教徒满怀虔诚之心纷纷西行求法或者朝拜圣地而前往印度。其中最著名的西行僧人是法显，他是中国佛教史上第一个到印度求法的僧人。法显（约334—420）在研究佛学过程中，发现当时流行的译本存在很多问题，于是决心去佛教发源地印度求取真经。公元399年，60多岁的法显与慧景、道整、慧应、慧嵬四位同伴从长安出发，于公元402年到达印度。他在印度参礼佛迹，寻找佛经，并学会了梵语，抄写经律。公元412年，法显携带佛经12部60余卷回到中国。法显西行往返共计13年，途经31个古国。法显是去海外求法取经的先驱者，是有文字记录的中国历史上第一位到达印度的中国人，也是第一个把梵文典籍带回中国并翻译成汉文的人。法显在公元416年写成的《佛国记》（又名《法显传》），是第一次用文字记录印度取经见闻的著作，详细地记载了他历经的今巴基斯坦、阿富汗、尼泊尔、印度和斯里兰卡等多个国家的状况。

在魏晋南北朝的求法僧侣中，除法显外，比较著名的还有智严、宝云、智猛、宋云、惠生等人。在这一时期西行求法活动中，大多是自发的行为，只有宋云、惠生之行带有官方性质，是受北魏肃宗派遣西行的。这些僧侣赴印度后不但翻译、带回了大量佛经，弘扬了佛法，而且有些人还记叙了他们的域外见闻。智猛根据自己西游天竺的经历，著《游行外国传》。此外，宋云著《宋云家记》，惠生著《惠生行纪》，记载他们西行的见闻。可惜这些书后来都散佚了。

在唐代西行僧侣中，最著名的莫过于玄奘和义净。玄奘（602—664），河南缑氏（今河南洛阳偃师）人，俗家姓名陈祎。当时佛学界对同一经典的诠释存在着巨大的差异，佛教经义混淆不清，玄奘因而决意赴天竺求取佛教原典真义。公元629年，玄奘自长安出发去印度取经，一路历经艰辛，西行五万里，终于到达印度佛教中心那烂陀寺。公元645年回到长安，共带回佛经657部。回国后，由玄奘口述、弟子辩机整理记录的《大唐西域记》，记述

---

① 参见李喜所主编《五千年中外文化交流史》第一卷，世界知识出版社2002年版，第144页。

了玄奘西游亲身经历的110个国家及传闻的28个国家的历史沿革、地理区域、物产习俗、宗教信仰等。印度著名历史学家阿里教授说:"如果没有法显、玄奘和马欢的著作,重建印度史是完全不可能的。"①

义净(635—713),齐州(今山东省济南市)人,公元671年,义净从今天的广州乘波斯商船前往印度。685年,他离开印度到室利佛逝国(今印度尼西亚苏门答腊岛上的巨港),居住了7年。公元695年,义净回到洛阳。他在印度和南海求学巡游长达25年,途经30多个国家,历尽千辛万苦带回佛教典籍近400部。义净在室利佛逝国撰写了《南海寄归内法传》和《大唐西域求法高僧传》两部著作,前者记录他一路亲历的印度和南海诸国的佛教、地理、风俗等情况,后者介绍了从公元641到691年间56位求法僧人的事迹,并记述了当时印度佛教及社会情况。

8世纪时,唐代高僧慧超、悟空先后前往印度求法。慧超著有《慧超往五天竺国传》,后散佚,1905年法国人伯希和在敦煌发现此书写本残卷,带回巴黎。残卷本共存6000多字,后罗振玉将其收入《敦煌石室遗书》第一册。《慧超往五天竺国传》记述慧超赴印度沿途所经历的数十个国家和地区的地理状况、宗教信仰、佛教流传情况及风俗人情等。悟空赴印度的旅行记述见于《佛说十力经·序》,收录在圆照撰写的《大唐贞元新译十地等经纪》中。

隋唐时期,中国与朝鲜、日本的佛教文化交流也十分频繁。朝鲜和日本都有大量僧人来华求法。中国前往日本弘法的佛教徒见于日本史籍的有20余人。当然,中国僧徒前往日本和赴印度的目的不一样,赴印度主要是求经问学、巡礼佛教圣迹,属于文化输入,去日本则主要是弘扬佛法教义,属于文化输出。赴日僧人中最著名的是鉴真。鉴真被日本人尊为"传戒律之始祖"。

宋代是中国佛教徒赴印巡礼的最后一个高潮。宋代初期,中土僧人西行求法者数量可观。规模最大的有两次。一次是乾德二年(964),太祖诏东京天寿院继业率众僧侣西行天竺求法,人数高达300人,在中国僧侣西行求法史上可谓规模空前。继业常将所见所闻随手写在当天阅读的《涅槃经》的卷末,虽不甚详,但大略地理可考。开宝九年(976)继业归国。继业去世后,范成大在继业《涅槃经》中发现了《西域行记》,于是便将《西域行记》汇入他所

---

① 季羡林:《大唐西域记校注》,中华书局1985年版,第137页。

著的《吴船录》中。另一次是乾德四年（966），宋太祖又派遣僧人行勤等157人西去印度。宋代以后，去印度的僧人就很少见了。这主要是因为在公元10至11世纪后，印度的婆罗门教兴盛，佛教逐渐衰落，乃至完全绝迹。

总的来说，无论是中国佛教徒的西行求法还是赴日传法，他们对佛教的传播和研究功不可没。从文化差异的角度来看，这些求法者根据自己经历所写的域外游记《佛国记》《大唐西域记》《南海寄归内法传》《大唐西域求法高僧传》《慧超往五天竺国传》《佛说十力经·序》《西域行记》只记述了异域之新奇镜像，并没有文化高低的落差感。这和晚清域外游记中展示的中西文明的巨大落差是有很大区别的，因为彼时中国的经济、科技及文化发展在世界图景中还是占上风的。

二、伊斯兰教徒的域外朝觐

伊斯兰教在唐代传入中国，至元朝时有了大规模发展。伊斯兰教法规定，每一位有能力的伊斯兰教信徒在其一生之中应至少前往麦加朝觐一次。元代以来有不少居住在云南的穆斯林取道缅甸，经孟加拉国前往麦加。郑和之所以成为14世纪时伟大的航海家，和其出身于穆斯林哈只世家有密切关系。其祖父和父亲都曾经跋涉千里前往麦加朝觐，因而被当地百姓尊称为"哈只"，意为"巡礼人"或朝圣者。郑和下西洋的随行人员也有穆斯林，如马欢、郭崇礼、哈三、蒲和日等，他们每到一个地方都要宣传教义，并举行伊斯兰教仪式。随员费信、巩珍、马欢都对下西洋见闻做了记录：费信《星槎胜览》、巩珍《西洋番国志》和马欢《瀛涯胜览》。通过对比可以发现，穆斯林马欢所记最为详尽。这是中国伊斯兰教朝觐史上穆斯林作家首次撰述的"朝觐途记"。

中国穆斯林的朝觐活动内容十分丰富。除了在天房（今沙特阿拉伯麦加禁寺中央）等地完成必要的朝觐功课，还要瞻仰麦加的各种古迹，并到麦地那拜谒穆罕默德的圣陵和诸多历史遗址[①]，康熙二十三年（1684）之后，海禁放宽，中国穆斯林前往麦加朝觐者人数日益增多。较有名的是清代伊斯兰教著名学者、经师马德新（1794—1874）。他于1841年自云南出发，取道缅甸、

---

① 李学忠：《中国穆斯林朝觐纪实》，宁夏人民出版社1996年版，第162页。

孟加拉国、锡兰，于 1843 年到达麦加朝觐，并到埃及、叙利亚、土耳其、新加坡等地游学考察，历时 8 年。1848 年归国之后，马德新著《朝觐途记》①，记录了他从 1841 至 1848 年赴域外 8 年间的行程及见闻包括朝觐之途行经路线、朝觐仪式、凯尔白圣殿建筑情况、圣迹、圣陵等，以日记体写成，文学性不高。书中写到了乘坐的新的航行工具"火船"——"居六日，乘火船，一昼夜至易司篆补"②，此火船应该是郭连城《西游笔略》中记载的火轮船："火轮船，中土人多呼为'火船'或'火轮船'，惟西人则名之曰'水汽船'。"这是近代游记中较早提到的火船记载。19 世纪蒸汽机船已是遍行各大洋，但中国第一艘蒸汽机轮船于 1865 年才开始建造。马德新还在著作中记载了在易斯篆补（今土耳其伊斯坦布尔）观看的热气球表演情况。③对这次热气球的表演，马德新是感到相当新奇的，这是近代著述中首次关于热气球的记载。

作为一个有探索精神的学者，马德新也表现出了可贵的科学实验精神，在新歌敷尔（今新加坡）他亲自进行了天文测验："新歌敷尔地近中线，乃南北间正中之线，平分地为两半。其地北极与地平，南极亦然。昼夜如一，夏至昼不长，冬至昼不见短。日在春分、秋分，凡太阳偏南（午正无影），影偏北；凡太阳偏北，影偏南。因此，予居斯岛一年，试之，罗盘之间立一针，验其二至二分，得古人所言，皆属真实，与所遇符合。"④

马德新也写到了埃及国王穆罕默德·阿里善于治理，思想开放，注意学习西方的先进技术，国家制造业行业齐全，技术先进。"王大智大勇，善治理，其治谜思尔（开罗），条建树，蓄货殖。各等技艺由甫浪西（法兰西）习来，诸凡制造，无求于他国。"⑤穆罕默德·阿里在位期间曾积极领导埃及人民抵抗英国殖民者的侵略，迫使英军撤出埃及。穆罕默德·阿里思想开放，他为了发展埃及的经济，曾大规模引进法兰西的先进技术，使得埃及一度成为独立和富强的国家。

---

① 《朝觐途记》的具体写作年代已无法考证，据纳国昌先生研究推测，《朝觐途记》应于 1856 年之后问世。
② 马德新:《朝觐途记》，宁夏人民出版社 1988 年版，第 36 页。
③ 马德新:《朝觐途记》，宁夏人民出版社 1988 年版，第 38 页。
④ 马德新:《朝觐途记》，宁夏人民出版社 1988 年版，第 53 页。
⑤ 马德新:《朝觐途记》，宁夏人民出版社 1988 年版，第 33 页。

《朝觐途记》对于广大有志朝觐的中国穆斯林无疑具有极大的参考意义，也打开了一扇了解阿拉伯半岛伊斯兰教国家和人民的窗口。

马德新之后又有很多中国穆斯林前往麦加朝觐。哈德成（1888—1943），名国桢，回族学者，祖籍陕西南郑，随父希龄寄居上海，其父曾任浙江路清真寺教长。哈德成自小聪颖过人，后来被浙江路清真寺寺坊的穆斯林们推举为副教长。但他对学业并不满足，1913年赴麦加朝觐。他"面对恺而白，默以献身正教自矢"。① 与哈德成同时代的回族学者买俊三（1888—1967）于1911年赴印度学习乌尔都语。第二年抵麦加完成朝觐功课并留居深造阿拉伯文法、音韵学和伊斯兰教义。1914年回国。马联元（1841—1895），字致本，云南玉溪县大营人，22岁即以擅长阿拉伯语、波斯语而负盛名。1864年第一次去麦加朝觐，并游历了埃及、叙利亚、印度诸国。他在国外向著名的伊斯兰教学者学习，回国后，毕生从事中国穆斯林经堂教育的改革。哈德成、买俊三、马联元都没有留下关于域外纪行的文字。

伊斯兰教徒的麦加朝觐不但是巡礼，也大多带有游学的性质，马德新、买俊三、马联元都是回族的著名学者。他们的行为都是自发的个人行为，与佛教徒的官派出使印度及规模之大无法相提并论，这主要源于伊斯兰教在中国的影响力远远不如佛教。他们留下的相关的域外著述也不多见，但仍然从一些蛛丝马迹可以看到明代以后的中国和世界发展的差距。马德新《朝觐途记》记叙的热气球表演可见土耳其对西方科技的引进已经走在一般亚洲保守国家的前列。而所记述的埃及大量引进西方技术发展本国经济一事，更是当时的清政府所不能及的。

三、天主教徒的域外行旅

基督教在中国的传播历程可谓一波三折。基督教的聂斯脱利派在唐朝初年时传入中国，被称为景教，但很快在唐武宗的"会昌灭佛"运动中被禁止，此后在中国几近消失。元朝时，由于元蒙统治者对各种宗教都允许流布，所以一些外来宗教很快又在中国发展起来，景教再次传入中国。元朝灭亡后，在中国也几近绝迹了。明中叶，随着西方殖民主义的发展，基督教再度传入

---

① 李学忠：《中国穆斯林朝觐纪实》，宁夏人民出版社1996年版，第166页。

中国。意大利人利玛窦来中国传教后，采取尊重中国传统文化习俗的新方法，同时借助西方的先进科学、哲学和艺术作为传教的辅助媒介，使得中国皇帝和广大士人比较认可，至此天主教在中国站稳脚跟。康熙年间，教皇克雷芒十一世与康熙皇帝发生"礼仪之争"，1721年康熙一怒之下全面禁止天主教在中国的传播，到1858年清政府被迫准许自由传教为止共138年，史称"百年禁教"。1840年鸦片战争后，清政府被迫签订的一系列不平等条约为传教士的活动大开绿灯：1842年的《南京条约》规定传教士享有特权，1858年《天津条约》规定传教士可以进入中国自由传教，废除一切禁教。至此，天主教又在中国迅速发展起来。1858年，天主教的传教活动已经遍布全国各地，教徒人数越来越多。

中国基督教徒的域外行旅，最早者应该是列班·扫马。① 列班·扫马（Rabban Mar Sauma）（1220—1294）是元朝畏兀儿人，出身于大都的一个信奉聂斯脱利教的家庭。1278年，他和另一名景教徒麻可斯（Marcos）决意赴耶路撒冷朝圣。他们从大都出发，在抵达伊利汗国（今伊朗）后，谒见了聂斯脱利派教长马儿·腆合（Mar Denha），从而获得了前往耶路撒冷的介绍信。后因叙利亚北部有战乱，他们未能继续前往朝圣。1280年，马儿·腆合在报达（今伊拉克的巴格达）任命麻可斯为元朝大都和汪古部主教，为其改名为雅八·阿罗诃（Yaballaha），同时任命列班·扫马为教会的巡视总监。1281年，马儿·腆合去世之后，麻可斯被推举为新的景教教长，成为雅八·阿罗诃三世。1287年，伊利汗国打算结交欧洲的基督教势力，在雅八·阿罗诃三世的推荐下，列班·扫马以使节身份出使欧洲（伊利汗国是当时元蒙帝国的四大汗国之一）。他一路行经了君士坦丁堡、那不勒斯、热那亚、罗马和巴黎等地，拜访了东罗马皇帝安德罗尼古斯二世（Andronicus Ⅱ）、法王腓力四世（Philippe le Bel Ⅳ）、英王爱德华一世（Edward Ⅰ）、罗马教皇尼古拉四世（Nicolas Ⅳ）。列班·扫马的出使，使得罗马教皇和西欧的君主们深信元朝皇帝和各汗国的统治者们都是信奉基督教的。因此，他们纷纷派遣传教士和使节来华，从而推动了中西之间的

---

① 在1285年也可能有一个中国使团去过欧洲，参见阿·克·穆尔《一五五〇年前的中国基督教史》，郝镇华译，中华书局1984年版，第122—123页。

文化交流。在回波斯后，列班·扫马用波斯文记叙了其欧洲之行。列班·扫马是最早访问欧洲各国的中国人，他的域外纪行是中国人出访欧洲诸国的首次记录，但后来佚失。不过，在1888年出版的叙利亚文著作《教长马儿·雅八·阿罗诃和巡视总监列班·扫马传》中摘录有扫马旅行记中的部分内容，后有法、英、日文译本，但扫马的欧洲之行在整个著作中所占分量甚少。①"巴琐马（列班·扫马）访问欧洲和麻可斯在巴格达任景教教长，是中国维吾尔族历史上的大事。惜其终老西亚，不归中土，游记亦迄未译成汉文，于中国文化殊无影响。不然的话，二人当与法显、玄奘先后辉映于世界宗教史和中西交通史的史册，而不让两位佛教僧侣专美于前了。"②不过，2009年，朱炳旭根据英译本 The Monks of Kublai Khan, Emperor Of China（《中国皇帝忽必烈汗的两个僧侣》，翻译成中文译本《拉班·扫马和马克西行记》，由大象出版社出版。

明清时期，随着天主教在中国的发展，中国教徒赴欧洲者人数众多。传教士为了扩大在中国的传教事业，开始大力培养中国的天主教徒。他们往往选择一些有潜力的中国教徒，派人教授他们神学和拉丁文，然后送往欧洲游历学习，学成后回到中国担任神职。

明代最早赴欧的天主教徒是广东香山人郑玛诺，他在1650年跟随意大利传教士卫匡国（M. Martini）赴意大利后，在罗马公学学习"格物穷理超性之学并西国语言文字"，1671年返回北京。1680年，比利时传教士柏应理（P.Couplet）携中国学生沈福宗赴欧。一路游历了葡萄牙、荷兰、意大利、法国和英国等欧洲国家。1692年沈福宗在回国途经莫桑比克附近时去世。不过以上几人都没有留下域外纪行的文字。

1702年，法国教士梁弘仁（de Laballuere）携福建天主教徒黄嘉略（Arcade Hoang）和李若望（Jean Ly）随赴欧洲，处理与礼仪之争有关的事宜。后来黄

---

① 英译本有两种：History of Yaballaha Ⅲ, Nestorian Patriarch and Of his Vicar Bar Sauma 和 The Monks of Kublai Khan, Emperor Of China。英译本二人合传共有十九章。第一章至第五章叙述二人出身、接受宗教教育、西行及在巴格达任职的经过。第七章为《列班·扫马出使记》。第八章以后主要讲述伊儿汗国及聂斯脱利教派的历史，穿插叙述二人后期的活动。

② 钟叔河：《走向世界——近代中国知识分子考察西方的历史》，中华书局2000年版，第38页。

嘉略定居法国。黄嘉略著有《罗马日记》①。《罗马日记》以日记体形式不厌其烦地罗列了他参观罗马各地的圣堂、圣迹、圣物等，以及记录他和众主教们的来往活动，宗教气息比较浓厚。

1707 年，法国传教士艾逊爵（艾若瑟，Provana）携山西平阳人樊守义赴欧洲，他们绕道巴西，经葡萄牙，至 1709 年春才到达意大利。此后樊守义在意大利学习、游历十年之久。1720 年返回中国。后著《身见录》，这是中国人用中文写的第一部欧洲游记，也是中国人的第一部美洲游记。但原稿一直在罗马图书馆，未有刊行，所以当时在中国鲜为人知，影响不大。直到 1937 年才由阎宗临先生拍照整理，于 1959 年首次发表于《山西师范学院学报》第 2 期。尽管《身见录》只有六千字，但阎先生认为它可以与我国第一部旅印游记《法显传》相媲美。但是在《法显传》的著述时期，中国的经济、文化在世界发展史上尚不落伍，中印之间的文明差距也并不大。所以法显身处异域并无多少仰慕之情，大多是平静客观的记述以及宗教徒巡礼的虔诚。而《身见录》写作之时，西方国家在文艺复兴之后迅猛发展，经济、政治、文化、科技都达到相当高的水平，中国已经开始落后于世界发达国家。所以，在樊守义目睹欧西的眼光中，已经有不少仰视与惊羡的意味了，西方的经济、教育、文化及社会保障等不少方面已经明显优越于中国。

欧洲的繁华、富庶、文明给樊守义留下了深刻印象，如他写葡萄牙首都里斯本的景象："视风景，壮丽可观，允称富国，无物不备。地多泉穴，其房俱三四层不一，而公侯王府，更极崇美。若天主堂、圣母堂、圣人堂纯用石造，奇峻特异，雕饰供器，悉以金银。"②

至于罗马，更是欧洲经济与文化的中心城市，无论城市建筑的繁华、市容的整齐优美、货物的齐全、政治的清明、文化的重视同样让樊守义眼界大开：

---

① 见许明龙《黄嘉略与早期法国汉学》，《黄嘉略罗马日记》，中华书局 2004 年版，第 314—328 页。黄嘉略的罗马日记原稿藏于巴黎国立图书馆抄本部，混杂在傅尔蒙的手稿中，是一份用毛笔书写的残缺的中文日记，今存 12 张 20×15cm 的纸，每张纸对折成二，两面书写，共计 48 页；内容无头无尾，更没有作者的姓名，但从内容判断，这应该是黄嘉略在罗马的日记，起于 1704 年 7 月，止于 1705 年 5 月，其间略有缺失，缺失的大概是一张纸，即 4 页，时间是 1705 年 1 月上旬。

② 阎宗临著，阎守诚编：《传教士与法国早期汉学》，大象出版社 2003 年版，第 230 页。

余至此二日，见教王，承优待，命阅宫殿，内外房宇几万所，高大奇异，尤难拟议。多园囿，有大书库，库列大厨，无论其所藏经书之多，即书柜书箱，总难屈指。开辟迄今，天下万国史籍，无不全备。教王普理圣教事，下有七十二宰相及主教司铎，本国文武，共襄王事。朝外兵卒，日数更替，法虽有绞斩流，而犯者卒少。……公侯家，绣缎饰墙，金花镶凳，宝器无价，摆设床帐，不啻万亿。其出入车马鞍帏，华美难比。使役仆卒，各以衣帽分职，城内外花园有多景致，每年修理，春夏憩息，摆列珍玩。又凡各国使臣，务极浮华，为国君光彩。邻邦货物，靡不悉具。邻邦英俊，群集城内。①

意大利宗教建筑之宏伟富丽，令樊守义为之震惊："两月后，乃至意大里亚国界，曾入一城，宫室悉以石造，多天主堂……有耶稣会院，无论内之规模，见其外貌庄重，已令人景羡矣……修道者每会不计其数。天主堂、圣人圣母堂，无论内外之美，即一祭台令人看玩不尽。"②

樊守义很关注欧美国家对教育的重视以及西人的整体精神面貌。如巴以亚府（今巴西萨尔瓦多城）的文化教育状况和政府管理："置大学中学，各方俊秀，多会于此。人品聪颖清和，总理其间者若巡抚然，而以下文武共襄其事。……有屋一所甚宽，其间多藏珍重，上层为书库，藏书五六十架，不啻数十万卷。"③ 在西班牙，"有城如波尔多嘞尔亚国者忘其名矣。又一地，人皆安分，不炫富贵，爱清雅，惟喜亭囿。大率如是"④，在意大利，"至都司格纳诸侯之国里务尔诺府，城虽不大，然坚固齐整可观，风土人情丰厚。……又至西合捺府，有总学，招四方弟子学习格物穷理"⑤，在罗马，"罗玛府城内学宫，一乃热尔玛尼亚国公侯子弟之学宫，一乃厄肋西亚国世家子弟之学宫，一乃各国世家子弟统学宫，一乃本府总学，无分贵贱，各有分师，但不若各

---

① 阎宗临著，阎守诚编：《传教士与法国早期汉学》，大象出版社2003年版，第232页。
② 阎宗临著，阎守诚编：《传教士与法国早期汉学》，大象出版社2003年版，第231页。
③ 阎宗临著，阎守诚编：《传教士与法国早期汉学》，大象出版社2003年版，第230页。
④ 阎宗临著，阎守诚编：《传教士与法国早期汉学》，大象出版社2003年版，第231—232页。
⑤ 阎宗临著，阎守诚编：《传教士与法国早期汉学》，大象出版社2003年版，第231页。

国者在内居住,俱属耶稣会管理,别院不知其详,然所学之事,皆格物穷理之学",在那不勒斯,"乃至热尔玛尼亚之属国挪波里国中,路经各所,富足无比。入加蒲亚府,有耶稣会院。因入挪波里国,都城上地,华美富厚,人性和乐"。①

樊守义能用这么多的溢美之词描述西方社会和西人,在他那个时代是难能可贵的。樊守义对西方过多的溢美之词不能不说与他天主教徒的身份有着密切关系,在本能上,他对西人和西方文化有一种自然的亲近和认同。他去意大利,有一种回归精神家园的愉悦感,"瞻礼日,各堂音乐大成时,洋洋充满,恍若天国,难以言语形容。教王视朝,与夫赐宴,威仪情状,亦复难比"②,其喜悦之情、满足之感可见一斑。很可惜,这部代表了中国人对西方正面认识和肯定的第一部欧美游记在当时没有在国内传播,也就没有产生多少影响。

在樊守义之后,仍有多名中国天主教徒去欧洲。1724年,意大利传教士马国贤(Matteo Ripa)携带四名中国幼童吴露爵、王雅敬、谷若翰(顾约翰)、殷若望(殷约翰)赴意大利。康熙、雍正时期,中国天主教徒主要是赴意大利、葡萄牙等国留学、游历;乾隆年间,中国天主教徒则主要赴法国留学。这主要因为法国耶稣会急于扩大在华势力。1740年,法国耶稣会士吴多禄带领刘汉良(保禄)、康斐理、蓝方济、曹貌禄等五名中国教徒赴法国。这五名中国学生抵法后,进入大路易学院学习。1751年,法国传教士卜日生带领北京人高类思、杨德望以及一位陈姓青年教徒,前往法国学习。高类思、杨德望于1765年离开法国返回中国。当时清政府不准中国人出国,所以,在回国后,高类思和杨德望并不敢公开自己的留洋经历,更无法向世人传播,因而他们在传播西学方面影响甚微。

1775年,随着在华耶稣会停止活动,中国天主教徒留学欧洲事业亦宣告结束。鸦片战争后,天主教又重新盛行于中国大地,陆续又有天主教徒前往欧洲,较为著名的是郭连城。郭连城于咸丰九年(1859)三月随意大利传教

---

① 阎宗临著,阎守诚编:《传教士与法国早期汉学》,大象出版社2003年版,第235页。
② 阎宗临著,阎守诚编:《传教士与法国早期汉学》,大象出版社2003年版,第235页。

士徐类思（L.Spelta）①赴欧洲，同行者还有陕西人罗文达、湖北人徐光承，这几人或为主教，或为牧师。他们从湖北应城出发，至8月中抵达罗马。在意大利游历数月后，于1860年2月回国。返国后，郭连城著《西游笔略》一册，同治二年（1863）付刊。全书共三卷：上卷写去意大利的历程，下卷写从意大利返回中国的纪行，中卷写在意大利的经历。该书内容主要包括三方面：其一是记述郭连城瞻仰各地教堂、圣迹情况；其二是记载所经国家、地区的地理状况、风土人情等；其三是记叙了西方的新奇之物，如火车、轮船、蒸汽织布机、蒸汽车磨坊、自鸣乐柜、照相技术、汽灯、电报等。"樊守义感受的还是中世纪空气里的欧洲，而郭连城笔下则已经显出科学曙光的扫荡之势来了。"②尽管惊羡西方科技的先进、宗教建筑的宏丽，但郭连城的文化情感还是比较包容、中立的，没有对中国传统文化提出批评，不像黄嘉略那样苛刻地嘲笑中国礼仪和中国圣贤。

通过梳理天主教徒在欧洲的旅行与著述，可以发现他们留存的纪行文字并不多见，《罗马日记》《身见录》《西游笔略》反映出三位宗教徒各自的域外经历和感受。虽然各自的关注点不太一样，但有一点是共同的，那就是他们对西方文化的态度是接纳和赞许的，没有一般传统中国人的抗拒和排斥，多溢美之词和惊羡之语，这显然和他们长期接触西人和西学有关系。

"在差旅中，使节往来与僧侣行游的文化效应最大。使节往来以承认文化的多样性为前提，而宗教传播实是文化的扩张，故使节往来与僧侣行游所影响的不仅仅只是国与国或集团与集团的关系，宗教由一地传到另一地，同时还伴随着内容繁富的文化交流。"③佛教徒、伊斯兰教徒、天主教徒的域外行对中国文化的繁荣发展无疑起到了巨大的推动作用。

在荣格看来，旅行是人类的一种"集体潜意识"，是重要的原始意象之一。人类通过这种超越时间和空间的方式达到身心的释放与超脱。显然，宗教与旅游都具有超越与解脱人生的意义。"旅行所能获得的，乃是世俗的解放。朝

---

① 徐类思：号伯达，意大利方济会（Ordo Fratrum Minorum）会士，天主教南京教区助理主教（1848—1856），天主教湖北代牧区主教（1856—1862）。
② 张治：《异域与新学：晚清海外旅行写作研究》，北京大学出版社2014年版，第30页。
③ 郭少棠：《旅行：跨文化想像》，北京大学出版社2005年版，第118页。

圣所希望达致的,却是宗教性的解脱,属于灵魂的解救或净化。"① 所以宗教徒的旅行文本具有双重的魔力,一方面可以感受他们虔诚巡礼的坚定之心,另一方面亦可体味他们遍揽异域诸国的自在之意。

在以上三类宗教徒的域外行游的相关著述中,所属宗教团体不同,所去异域诸国不同,但仍然可以大致观察到中国游客自我形象的变迁。从汉代到唐宋的佛教徒域外游记中,中国游客的心态还是平和的;从明到清的伊斯兰教徒的域外纪游中,西方文化赶超古老中国的端倪已初见。而从清代天主教徒的域外游记中,已经明显看出西方文化的优势,中国游客的心态呈现惊羡之势,甚至如黄嘉略般对中国文化大肆抨击。中国人在走向域外的漫长过程中,在不同的文化时空对比中,逐步认识世界与自我。

第二节 郭连城的域外诗

郭连城② 生于道光十九年(1839),名培声,教名伯多禄,湖北潜江县人,肄业于武昌崇正书院,于1859年在传教士带领下赴欧洲。所著《西游笔略》是近代中国基督徒的第一部海外旅行记录,也是近代中国第一部记叙翔实的西方游记。郭连城在赴意大利途中,诗性浓郁,《西游笔略》中即夹杂大量诗作,或凭吊古迹,或咏物叙事,或与故人唱和,或投赠告别,题材丰富。据笔者统计,书中共有诗歌90首,其中近一半是描写海外题材的诗。

作为宗教徒,郭连城和后来的传统士人、外交官员、流亡者、文化交流学者去域外的心态不一样。郭连城早有西游之心,"前程此去风波险,不到奇观不肯休",所以他对西游抱有一种享受的心态,没有一般国人域外行旅的思家怀乡之愁绪、漂泊羁旅之孤独。他认为"天涯何处不相关"。他的诗风情绪疏朗、开阔。作为一个20岁的少年,他西行的揽胜之心、好奇之心强烈,一路访友、游历,行程有条不紊、充实繁杂,乐不思蜀,自然与王韬等人不同。

---

① 龚鹏程:《游的精神文化史论》,河北教育出版社2001年版,第151页。
② 关于郭连城的生平史料记载不多,方豪在《中国天主教史人物传》(下),中华书局1988年版,第252—255页中有一节专门为郭连城立传,但也仅仅是结合他写的《西游笔略》做了简单介绍。

他对西方文明比较认同,有亲近或归属感,不遗余力地介绍科学新知。他对儒学也并不排斥,但在他的思想中还没有引发像王韬那样的中西观的矛盾和冲突,他的文化立场比较温和。

鸦片战争前,中国人走向海外特别是走向欧西的经历有限,只有很少人留下了关于欧美行旅的记载。如前文所述,维吾尔族景教徒列班·扫马于1287年访问欧洲的记述,但原稿已佚;1707年随耶稣会士艾约瑟去罗马教廷的樊守义,1721年作游记《身见录》,这是中国第一篇欧洲游记,但直到1937年才被发现;清代旅行家、航海家谢清高随外商海船遍历南洋群岛各地和世界各国。回国后,1820年由谢清高口述、黄炳南代为笔录作游记《海录》。1840年左右开始刊行。近人称其为"中国人著书谈海事,远及大西洋外,自谢清高始"①。《身见录》和《海录》都不是用诗歌形式描述旅西经历。鸦片战争前描写欧洲的诗歌最早应该是发表在《东西洋考每月统记传》的一组海外纪游诗,题为《兰敦十咏》(1834年年初),记叙了伦敦的气候、环境和风土人情。鸦片战争后,1847年林鍼著《西海纪游草》,主体是《西海纪游诗》,另外,作者又用骈体文写了一篇几乎是复述诗的内容的《西海纪游自序》。《西海纪游草》写的是中国人眼中的美国印象。相对于《兰敦十咏》《西海纪游诗》内容的简单,郭连城《西游笔略》中的海外行旅诗是近代比较详尽、丰赡地用诗歌形式书写了中国人在海外游历的情形。尽管郭连城的海外行旅诗不是近代中国人最早写海外题材的诗歌,但应该是比较详尽地描写海外题材的诗歌。

郭连城的文笔还是不错的,"工诗文,出手敏捷……见物起兴,出口成诗"。② 按照郭少棠对旅行的分类——旅游、行游、神游,显然,郭连城的海外行旅属于行游。郭连城的知识结构来自两方面,一方面是中国传统文化的熏陶,在《西游笔略》中郭连城提到孔子、易经,在旅途中随身带着《周易》、唐诗,"闲坐小窗读《周易》"③,"得意唐诗晋字间"④,擅诗词歌赋,可见

---

① 吕调阳:《重刻〈海录〉序》,《嘉应州志》第3卷。
② 上海市地方志办公室:郭培声《西游笔略》,上海研究论丛(第二辑),上海社会科学出版社1989年版,第289页。
③ 郭连城:《西游笔略》,上海书店出版社2003年版,第16页。
④ 郭连城:《西游笔略》,上海书店出版社2003年版,第17页。

传统文化对其影响很深。另一方面,郭连城也受到西方文化的培养,主要来自西方传教士①的影响。郭连城在崇正书院期间就开始了对西学的接触,"若瑟田公者,意大利亚之修士也。于咸丰丙辰敷教楚省,讲格物穷理之学于崇正书室,余曾师事之"。② 其时,郭连城17岁,正是风华正茂、接受新知较容易的时期,相对于后来的王韬、斌春等,他接受西学的年纪更小。郭连城对当时的西学书籍与报刊涉猎颇多,比如南怀仁《坤舆图说》、慕维廉《地理全志》及《博物新篇》《遐迩贯珍》《重学全本》《中西通书》《寰天图书》《海国图志》《地球说略》《瀛寰志略》《谈天全书》《意大利亚志》,等等。《西游笔略》中常见他抄录其中的文字,如"地圆如橙说"说明地球是扁圆形,"地球转而成昼夜论"详述万有引力、地球自转的证据。且附有多幅图版,如把从香港到罗马的地理图完整地绘出,对安南、新加坡、锡兰岛、厄尔多国、意大利在世界地图中的精确位置、面积、人口、风俗都有准确详尽的记载。

郭连城的天文、地理、科技等知识非常广博。可以说他既有传统文人的诗情画意,又有受西人影响严谨的科学视野,还有宗教人士的神学观念,这些都在其域外诗歌创作中有所投射。

一、地理空间的建构：地球与世界

从文学地理学的角度观照郭连城的域外行游诗,他吟咏异域风景的诗歌体现了近代文学地理空间的广度的扩展与地理感知的实证性。

地理空间是指存在于具体文学作品里的以地理形象、地理意象、地理影像、地理景观为基础而产生的空间形态,本质上是一种艺术空间或审美空间。地理环境对于文学根本的意义在于文学现场感的获得,用杨义的话来说:"文学进入地理,实际上是文学进入了它的生命现场,进入了它意义的源泉。"③ 同一个地理要素、地理空间,不同时代的不同作家由于自身认识和感知的不同,

---

① 天主教传入湖北应城始于清咸丰初年(1853年左右)。初始,仅应城县县北何家榜和县南的汪家山幺湾有少数乡民入教。自同治七年(1868),汉口教区派遣神甫来县传教,并在县北的王家榨和县东的吴家台设立教堂。
② 郭连城:《西游笔略》,上海书店出版社2003年版,第81页。
③ 杨义:《中国文化的精神 杨义自选集》,上海三联书店2017年版,第383页。

呈现的文学现场感是不一样的。

  文学地理空间的广度反映了特定人群社会实践的空间范围，表征着人的生命广度。从先秦两汉魏晋南北朝到唐宋元明清，可以发现，文学地理空间的广度在不断扩大。可以说，文学的发展常常表现为文学地理空间的向外拓展，或者说，文学地理空间的拓展是文学发展的一个重要方面。① 长期以来，中国人对域外世界是非常陌生的，所知甚少。近代以后众多国人走出国门，文学中的地理空间随之扩展到世界各地。

  郭连城海外诗的地理空间的扩展是非常鲜明的。他从家乡出发，从汪洋大海到宗教圣地，途经多个国家，从东南亚到非洲到欧洲，一路目不暇接。郭连城身到笔到，他先后写了《红海月下怀古》《赋得火山》《咏锡兰岛》《咏印度洋绝句》《咏槟榔岛》等，描摹一路所经异域风光，文学的地理空间不断延伸。

  文学中的地理本质是人们表情达意的工具，其关键要素是客观外在的地理空间在文学空间中是如何被感知、被表现的。"文学中的地理空间具有鲜明的社会生产性，哪怕是其中表现的自然地理因素，也附着了人的态度、情感、心理、想象和文化风俗。所以，文学中的所有地理因素不是外在于文学文本中的，它们被纳入文学生产活动中，构成文学活动的要素。"② 和一般诗人表现的异域地理空间不同，郭连城笔下的地理空间是存在于诗人丰富而精准的地理感知中的。

  郭连城对地理学非常感兴趣，所阅书籍很多，在《西游笔略》中所记地理知识很丰富，其书最后评论说："吾中国地理志书，卷轴无几，其中所载，未尽详明。且所言者，大半只属中土偏隅，而乃名之曰'天下地舆'，未免小之乎视天下矣。十年以前，徐松龛所辑《瀛寰志略》颇为曲尽；又有上海英人所著之《地理全志》，亦甚可观。有志于地理者，取是书而读之，则庶几其无遗义矣。"③《瀛寰志略》初刊于1848年，介绍了80多个国家的地理、历史、

---

① 曾大兴、夏汉宁、郑苏淮：《文学地理学——中国文学地理学会第三届年会论文集》，中山大学出版社2014年版，第5页。
② 曾大兴、夏汉宁、高人雄编：《文学地理学——中国文学地理学会第四届年会论文集》，中山大学出版社2015年版，第23页。
③ 郭连城：《西游笔略》，上海书店出版社2003年版，第132页。

第一章 近代宗教徒的域外诗

政治经济、文化习俗等。《地理全志》是英国传教士慕维廉所著,1853—1854年由上海墨海书馆出版。这是第一部关于西方地理学的百科全书。显然,郭连城对这两部地理书进行了详细的阅读。从《西游笔略》中可以得知,郭连城涉猎的地理学书籍或包含地理知识的书刊不止这两部,还有南怀仁的《坤舆图说》、李明彻的《圜天图说》、魏源的《海国图志》、韦理哲的《地球说略》以及《遐迩贯珍》,等等。对地理知识的浓厚兴趣与广泛涉猎,使得他在行游之前已就对异域风光有充分的了解和认识。他在主观上有主动探知每一处地理空间的积极性并不遗余力地展示给读者。他的行游一路充满了中国人少有的理性分析与实证精神,比如他在船行至非洲时记载道:"是晚船行阿非利加洲之北,夫于浩浩无涯之际,忽见崇山峻岭屹立目前,亦可以证地圆之说矣。"[①] 随后又附录一大段"地圆如橙说",从四个方面论证了地圆说。

郭连城诗歌中的地理空间非常直观、一目了然。他对空间场景大多采取实证的态度,以至于经常引用《遐迩贯珍》《地理全书》《圜天图说》作为空间史料,这是其海外诗一个十分值得注意的特点。

如吟咏印度洋的诗作:

抬头浑觉星辰动,入耳惟闻波浪声。已到汪洋浩渺地,前途何处是蓬瀛。[②]

后浪已将前浪催,前波复涌后波来。细参消长盈虚理,流水何尝去不回?

北辰如坠水如飞,十字星傍南极辉。天地虽然别有矣,人间欲问是耶非。

朝是东流浴海日,夜看北斗挂长天。层层巨浪风吹水,滚滚晶球月伴船。[③]

表面看这些诗平淡无奇,但是作者关于印度洋精准描摹的地理位置,赋

[①] 郭连城:《西游笔略》,上海书店出版社2003年版,第28页。
[②] 郭连城:《西游笔略》,上海书店出版社2003年版,第25页。
[③] 郭连城:《西游笔略》,上海书店出版社2003年版,第113页。

予了这些诗作不一样的观照视野和认知空间：

> 印度洋，西接阿非利加，东有亚细亚南洋群岛及澳大利等，南有南冰洋，北有印度、俾路芝、亚喇伯，南北二万里，东西一万六千里，方六千万里。①

同时，诗中所提的星辰"北辰""十字星"，在诗作前面有明确的交代：

> 南极诸星，中土多不可见。是日我身行近赤道，但见北辰出地平不过一二度，隐隐如坠。南极诸星，大半可见。
> 有十字星遥接天河，尤为明朗。见《圜天图说》。②

作者解释了身在印度洋所能仰望的星辰的景象，指出北辰隐约可见，而十字星很明朗。南十字星只能在南半球看到。

而且，关于诗中的汪洋、波浪、流水，作者不厌其烦地特地写有一篇洋洋千字余的《洋海论》，对世界海陆面积、海底世界的地形、海水流动的原理、水压成因等做了详细的说明。

因此，在郭连城的地理感知中，其诗歌中的印度洋形象是非常具体且非常明确的，尤其是其在整个地球中的位置和面积大小、对应的整个星空的位置，以及在洋海理论认识下的理论解读。在如此广袤无垠而又充满科学分析的地理空间中，诗中所写的波浪、流水与星辰其实已经有了丰富的内涵和别样的意义。

再如《咏锡兰岛》（锡兰，今斯里兰卡）：

> 蓬岛瀛洲何处寻？锡兰都被大洋浸。四时花草无寒岁，一带山川尽翠阴。地产象牙多异品，人崇佛骨不儒林。沧溟极目客添思，海外风光醉后吟。

---

① 郭连城：《西游笔略》，上海书店出版社2003年版，第25页。
② 郭连城：《西游笔略》，上海书店出版社2003年版，第113页。

畴昔曾闻佛氏传，西天乐土福无边。可怜坐井观天者，天外不知更有天。佛以印度为西天。①

郭连城在《西游笔略》中对锡兰岛的地理、物产、风俗有详细的记录：

锡兰岛志

锡兰在印度东南，纬线自赤道北六度起至十度止，经线中华北京偏西四十度起至三十六度止，长九百里，阔五百里，户口一百五十万。其地峻岭高阜，花木纷绮，河水洋洋，灌溉有资，禽族奇丽，亦有鸷鸟猛兽错处其中。地产象，土人驱之，不啻常畜。山多宝石，雨时随流而下，每从沙中拾取。蚌产明珠，人多没水而求之。五谷不足，仰食于印度。古时人民颇留心文词、技艺，近则荒陋殊甚。相传佛生此地，故居民尤崇释教……②

有关锡兰岛的诗文相得益彰。诗中也写到了锡兰岛的地理状况、气候、物产以及当地人的信仰。"四时花草无寒岁，一带山川尽翠阴"，显然是和"锡兰在印度东南，纬线自赤道北六度起至十度止"共同构成了诗人对锡兰岛的地理感知。"人崇佛骨不儒林"是以行游者的身份观察他者的文化，意识到自我与他者的差异。由锡兰人信佛想到西天，直言："可怜坐井观天者，天外不知更有天。"这句诗明显反映了作者完整的地理概念，指出昔日古人地理认识上以为印度就是西天的局限性——岂不知，印度之西还有很多国家。中国人对西方的地理认知是随着文明的发展逐步递进的。中国早期以西部之昆仑山为西方，其后以印度为西方，再后则以"大秦"为西方，最后乃以欧洲美洲为泰西。可以发现，西方所指之地越来越西，正表示中国人越走越远，地理上的认识逐渐扩大。郭连城以丰富的近代地理学知识和切身经历对古典诗歌中传统的"西天"做了科学的阐释，显示出文学中某一地理要素或地理影像的新内涵。

---

① 郭连城:《西游笔略》，上海书店出版社2003年版，第112页。
② 郭连城:《西游笔略》，上海书店出版社2003年版，第26页。

《红海月下怀古七律》描写了月光下红海的美丽夜景:

  新秋素月海悠悠,秋月海中人在不。海水得秋秋得月,月光浮海海浮秋。月生海角秋天好,海弄秋声月下幽。圣迹千秋馀海月,吟秋对月海空流。①

同样也是在文中介绍了红海的地理背景:

  海名红者,以两岸山色俱赤故也。长三千九百里,东连印度洋,西底[抵]苏夷士,北有亚喇伯,南有阿非利加。②

对于"海市",郭连城也是在诗中多次吟咏:

  不有西游志,焉知海接天。几时逢海市,无处觅人烟。针向南方指,星傍北斗悬。十分风浪处,一叶火轮船。故国山河远,他邦景色妍。黄昏谁是伴,醉草忆张颠。③

诗作后节录《海市蜃楼记》,指出"是海之为市非蜃,山之为市非仙,其实皆湿气凝空,日光返照所致也。故其为像有城郭焉,有村落焉,有楼台焉,有林木焉,有山川焉,人、马、鸡、犬,无微不照。由明而暗,由暗而没,以湖海之气为最多。有数见者,有偶见者,有向下者,有相对者,有相背者。皆其地气天时使然"④,对海市蜃楼的原理做了科学的解释。诗中所写"海市"不再是古代文人笔下虚无缥缈的地理影像,而是包含着近代地理学的新知识。
  古诗中关于"海洋""西天"的地理空间受人们认知能力的限制,基本是

---

① 郭连城:《西游笔略》,上海书店出版社2003年版,第34页。
② 郭连城:《西游笔略》,上海书店出版社2003年版,第32页。
③ 郭连城:《西游笔略》,上海书店出版社2003年版,第18页。
④ 郭连城:《西游笔略》,上海书店出版社2003年版,第19页。

第一章 近代宗教徒的域外诗

模糊的、有限的、不确定的认识,甚至存在于人们的想象中。郭连城诗歌中的"汪洋""洋海""西洋""大洋""西天""西方""海市"等这些地理影像都具有了全新的内涵与意义,与古诗中呈现的不确定的概念或乌托邦的意象有着本质区别,注入了诗人主观的鲜明认知与西学经验。可以说,将近代国人从"天朝大国"睡梦中最终唤醒的,是近代地理知识的传播。

郭连城海外诗中所呈现的地理空间不是单一的、排他的域外空间,而是作为一个整体的地球空间和世界空间。就地球空间而言,郭连城对世界地图、世界地理、地球形状和原理、海洋原理有着相当充分的认识和了解,在书中都有详细的文字说明或绘图说明。展示在其诗歌笔下的印度洋、红海、锡兰岛、槟榔岛、西奈山等都是有着清晰的地理定位的,都是整个地球空间的一部分。就世界空间而言,郭连城没有一般中国人的固有的华尊夷卑、华夷对立的观念,在他的观念里,华夷都是整个世界的组成部分。这主要是因为跟随传教士去欧洲朝圣的中国教徒基本都是传教士的附庸,是被当作传教士在华的代言人而培养的,同时天主教本身对于民族和国家有一种超脱的文化立场,天主教宣称各民族在上帝面前都是平等的,所以郭连城头脑中没有传统中国人那种根深蒂固的华夷之分。所以他少有思乡之情,"此身忘却在他乡,佳节始知滞上洋"①,"别向春风里,乡心一笔删"②,"漫道此间是逆旅,天涯何处不乡关"③。下面这首诗更是凸显其心态:

月光原不限夷华,每到秋中色倍加。尽把银波变海水,还将玉镜照天涯。西游小憩思攀桂,北斗高悬欲泛槎。遥问故园诗酒客,几人为我咏蒹葭?

按:地球大势分为四大州(洲),一曰亚细亚;二曰欧罗巴,即余等是日所至之州(洲)也,此州人自明中叶迄今三百余年,士皆孜孜向学,造化秘奥,阐发殆尽,彼夫风帆火轮、自鸣八音、历法数学等,皆他国之慧巧心思所不及者也;三曰阿非利加;四曰亚墨利加。近来又觅得一

---

① 郭连城:《西游笔略》,上海书店出版社2003年版,第13页。
② 郭连城:《西游笔略》,上海书店出版社2003年版,第6页。
③ 郭连城:《西游笔略》,上海书店出版社2003年版,第5页。

新州（洲），名澳大里亚，故多有分地球为五大部州（洲）者。①

在中秋佳节，诗人胸怀五大洲，站在意大利的星空下，思念故乡，想到月光同时照耀在西方和东方。"月光原不限夷华，每到秋中色倍加"，从"西游小憩"到"遥望故园"，这首诗构建了格局大气恢宏的地球空间和世界空间。

描写西奈山的诗作在结尾处也表达了华夷一体的世界意识："安得华夷尽钦崇？身后永远享寿考。"②

和以王芝为代表的一部分中国人对西人的抗拒与仇视相比，郭连城的这种心态是相当可贵的。王芝对英国人的描述，是用鸟、虫、兽等来比拟的，充满了敌意和蔑视。比如他写的《赠洋鬼子及诸眷属》，诗云"大海西头是鬼方，憧憧鬼影日披猖。窥人鹭眼兰花碧，映日蜷毛茜草黄"，对西人的描绘是相当不友好的。

二、文化空间的展示：距离与差异

行游者在伴随空间地理转移的同时，也面临着文化空间的陌生。文化上的距离既是一个空间上的问题，也是一个时间上的问题。郭连城以一个中国人的眼光感受着域外的现代文明，感受到了距离与差异。"异质文化空间中的游历本身就是现代文化地理的突出特征，同时又作用于主体对现代文化地理的切身确认。游历所带来的经验变化，导致主体对他者与自我的重新认知并将其呈现于叙述。"③因为天主教徒的身份，郭连城较早接受了西人的培养。比起同样游历欧西但对西方文化排斥的斌椿等人，郭连城对西方文化的学习与接受是相当积极主动的。在西行中，郭连城见到很多在中国未曾见过的新奇事物，有训蒙馆、窥天楼、病人院、博览院、五州方物院，有疯人院、踢球场、绘像所、仁爱院、义学馆、水轮机院，还有自燃灯、自鸣琴以及《蚕桑辑要》的西文译本。郭连城对这些新事物都表现出浓厚的兴趣，做了很多详细的记录。当然，对于感受最强烈的新事物，郭连城还是喜欢以诗歌诉诸笔端。

---

① 郭连城：《西游笔略》，上海书店出版社2003年版，第47页。
② 郭连城：《西游笔略》，上海书店出版社2003年版，第101页。
③ 马睿：《文学理论的兴起：晚清民初的一份知识档案》，山东文艺出版社2015年版，第70页。

可以发现，郭连城在《西游笔略》中对西方的科学与文明尤为关注。这和利玛窦等近代意大利传教士重视科学文化的传统密不可分。明清以来的传教士秉承科学文化传教的策略，强调科学文化知识的吸引力。法国传教士白晋曾说："我公开承认我奉上帝的旨意，根据百年来的实践，体会到传教士要把天主教传入中国并使之在那里发展，最好的办法就是宣传科学，为了达到传教的目的。"这些新奇知识很受中国学者的欢迎，传教士也变成受欢迎的人物。和当时一般国人对西方科学技术的懵懂、疑惑、不求甚解不同，《西游笔略》执迷科学的精神令人瞩目，这和郭连城作为天主教徒这一特殊身份是有密切关系的。其域外诗所展示的文化空间有着突出的科学气质。

郭连城对每一段航程所乘坐的火轮船都有说明，他先后乘坐了英国火轮船、新嘉坡（今新加坡）火轮船、鲁卑亚火轮船等。诗人描写了坐火轮船之快捷：

咏印度洋绝句 其八咏火船

　　海阔天宽客路长，火堪克水法尤良。欲知万里乘风破，一带青烟散渺茫。①

"法尤良"表示了作者对火轮船技术的肯定。作者对所见新事物有一种寻根究底的科学探索精神。他特意从《海国图志》和《坤舆图说》中摘录了一大段"火轮船略说"，说明轮船行于海上的科学原理：

　　火轮船，中土人多呼为"火船"或"火轮船"，惟西人则名之曰"水汽船"。汽者，水受热逼上升为气之谓。飘扬于生气之中，其性散而不聚，若以铁气因束其质，其舒散之力烈如火药，愈束愈烈，无物可以当之，故西人用火蒸水，节取其汽以代人力，或使之行船，或使之驾车，或抽水，或锯木，或纺织，或打铁，或造军器，种种有用经营皆可为之。兹将火船之理约言于左。……夫水汽既有如是之功用，且庸而不奇，仍不失吾儒格物之理，高明之士岂可徒事章句而将此利国益民之制置而不论也哉？火轮船之快者，如驾一千二百马之力，曾在英国驶行厄日多国，历一万

---

① 郭连城：《西游笔略》，上海书店出版社2003年版，第114页。

零二百里，只九日耳。李白之"千里江陵"视此犹为慢程。①

显然，郭连城也希望中国人学习西方的这种蒸汽技术，不要只事章句而置利国益民之制而不顾。

郭连城对西方的煤气灯也格外关注：

大五利诺城内、城外以及火车道舍，俱密列自燃灯。城中走道端直，故望之如火龙形。诗曰：
满城火树与银花，始信西洋格致嘉。日暮不须传蜡烛，轻烟自入万人家。②

意大利城市内外、火车道路两旁都是用煤气灯照明，"始信西洋格致嘉"，郭连城对西洋的科学技术由衷赞赏。当然，郭连城以前在西学书籍中也略知西方的科学技术之发达，但毕竟没有亲身经历，此次身处其中，满城灯火通明，才真切体验到格致之美。

对西方的电报技术，郭连城也很感兴趣。他在悲悼白耳白多主教的诗中写道：

问人何事带愁容？闻说先生上九重。凶信几番传铁线，哀声一片动铜钟。心肠久已如方济，股肱从今折教宗。半世神工付想象，云山江水拟芳踪。③

"凶信几番传铁线"指的是前一天郭连城收到电报说主教在加以罗染病，方济会院长发电报问候，很快，又有电报发来说主教已经去世。曾经，郭连城也怀疑过电报技术的可靠性：

---

① 郭连城:《西游笔略》，上海书店出版社 2003 年版，第 20 页。
② 郭连城:《西游笔略》，上海书店出版社 2003 年版，第 70 页。
③ 郭连城:《西游笔略》，上海书店出版社 2003 年版，第 45 页。

第一章 近代宗教徒的域外诗

  徐牧曰:"车中有所见乎?"余曰:"但见赤山、白云后退如飞而已。又车路两边沿途,置有高柱,上有铁线三四根,连络不绝。"徐牧曰:"此即西国新制之电雷线也。其法几遍天下,瞬息之间,太西之新闻可通于印度。"余曰:"然。"余前寄随邑,曾闻车撒杨铎言电雷线,陆则置于火车道旁,水则绁于洋海之底,以通各国。倘有新闻、军情或买卖要事,则以电气触动铁线机枢,如空谷传声之法,若无阻碍,半时可绕地球七百五十周,每周计九万里。余初未尝深信,今亲旅其地,始知杨铎不余欺云。①

  显然,在游历的亲身体验中,自我与他者得到进一步的确认。在他者的文化空间中,遥远距离的信息得以飞速传达,人和人之间的联系空前的便利与迅捷,现代化的通信技术使得感情短时间内被快速冲击,这是一种现代化的情感体验。即使相隔十八年后,1877年出使日本的何如璋,仍然对电报技术感到震惊与新奇,特地写下"一掣飞声如电疾,争夸奇巧夺神工"的诗句,并加以详细说明,而中国人真正使用电报则是几十年以后的事了。
  郭连城对域外的风俗礼仪也是十分关注的。他发现异国的风俗是完全不同于中国的。农历八月十五是中国的中秋节,而在欧洲则"是日乃主日礼期,军民俱华服鲜衣,或驾马车而驰道,或携友朋而登山",到了夜晚,郭连城询问意大利当地人:"今夕吾乡俱赏中秋佳节,不知贵处亦有此俗否?"皆曰不知。于是无人陪同过节的郭连城只好:"遥问故园诗酒客,几人为我咏蒹葭?"②
  西方人没有重阳节,也使郭连城很不习惯:

  他乡不惯说重阳,佳节几乎付渺茫。幸得秋风犹解事,隔园吹送菊花香。③

  作者对不能在异国他乡过重阳节还是有些不适应的,显示了中西方文化

---

① 郭连城:《西游笔略》,上海书店出版社2003年版,第39页。
② 郭连城:《西游笔略》,上海书店出版社2003年版,第47页。
③ 郭连城:《西游笔略》,上海书店出版社2003年版,第62页。

的差异。在饮食习惯方面,西方人也与中国大为不同,中国人习惯的饮茶在西方变得罕见而奢侈:

> 寒夜客来茶胜酒,铁炉汤沸火初红。寻常一样生风物,才到西洋便不同。①

西方人招待贵客才喝茶:

> 席后,主人特为烹茶。西洋不产茶,渴则饮葡萄酒或茄菲水。惟富豪之家方饮细茶,拌之以白糖、牛乳,以待稀客。②

对饮食的不同选择,实则是显示了各民族、各国家间文化差异的不同。"对异国他乡的衣食住行感到格格不入,提醒着行游者的文化归属……由是使他们滋生出一种重重的文化失落感。"③

和1847年赴美的林鍼相比,郭连城没有能够真正走向西方的民间。林鍼深感美国物质文明发达——高楼林立、农商兴旺、通信便捷、校舍整齐,同时也看到了美国精神文明的不足——"四毒冲天,人有奸邪淫盗。"郭连城基本以正面的形象描绘异域文化空间,展示其优越性。

当然,郭连城所展示的西方文化空间仅仅是西方的物质层面的文化空间,对更深层面的思想、制度等方面的文化空间,郭连城没有进一步的探索与发现。这同样碍于他天主教徒的身份。郭连城没有王韬那种强烈的济世救国之心,也没有郭嵩焘那种"世人皆醉我独醒"的孤独与悲哀。所以,郭连城虽对域外科技文明有大量翔实的描绘,但是没有像徐继畲、王韬那样急于与中国国情做对比催人警醒奋进,也没有意愿去挖掘西方的制度文化。郭连城毕竟不是官员,也没有政治上的抱负,教徒的身份似乎使得他游离于政治之外,即使也关注中英法战局的进展、《天津合约》的签订,但是字里行间叙述极为冷静,无多少

---

① 郭连城:《西游笔略》,上海书店出版社2003年版,第73页。
② 郭连城:《西游笔略》,上海书店出版社2003年版,第73页。
③ 郭少棠:《旅行:跨文化想像》,北京大学出版社2005年版,第142页。

或悲愤或不平的感情色彩。同时他对西方文化空间的展示仍是浮光掠影的。

三、宗教空间：认同与归属

郭连城前往意大利的游历是属于宗教性质的游历。"早期宗教徒在海外的旅行观感，必然不同于其他身份的中国旅行者，因为在前者的思想中存在着想象中的圣迹版图、历史掌故，与其称他们进入异国，毋宁说他们是回归精神故土。"① 郭连城取道上海，仰瞻天主堂、圣母堂及天主圣堂书院，以一名虔诚教徒，满怀崇敬之情，记下其中每事每物，这种从信仰角度进行的书写是不同于一般旅游日记的。

《西游笔略》所表现的宗教空间包括宗教建筑、宗教风俗、宗教人物等。

1. 吟诵教堂和圣迹

虽然是首次目睹异域风光，但是由于虔诚的信仰和长久的思慕，郭连城对于意大利所见的教堂、圣址都有着深厚的感情。在《西游笔略》中，郭连城详细记叙了他瞻仰罗马天主教堂和圣徒遗迹的过程，不厌其烦地记叙了教堂的壮观宏美、圣迹的详情、圣徒的历史传说。意大利宗教建筑的壮丽宏伟令郭连城赞赏不已。圣伯多禄大堂（圣彼得大教堂）是最令郭连城倾心的宗教建筑，是举世闻名的意大利文艺复兴时期的艺术建筑，是世界上最大的教堂。对天主教而言，圣伯多禄大堂是最重要的宗教圣地，是世界天主教的中心。堂内保留有欧洲文艺复兴时期艺术家米开朗琪罗、拉斐尔等人的壁画与雕刻，富丽堂皇。郭连城由衷赞叹：

置身名胜地，宛似梦醒初。美矣西洋景，人言信不虚。②

之后，郭连城又接连两次去游赏圣伯多禄大堂，记有《圣伯多禄堂走场说》《圣伯多禄堂总计》《圣伯多禄堂面说》《圣伯多禄堂内说》，感叹"圣伯多禄堂，初见之似大，次见之更大；初见之似奇，再见之更奇，百睹不厌，始知其为盖世圣堂也"③，并赋诗一首：

---

① 张治:《异域与新学：晚清海外旅行写作研究》，北京大学出版社2014年版，第22页。
② 郭连城:《西游笔略》，上海书店出版社2003年版，第53页。
③ 郭连城:《西游笔略》，上海书店出版社2003年版，第88页。

放开眼界喜游翱,长啸一声意气豪。半世由卑兼自迹,今朝行远更登高。耶稣道统存斯土,罗马名区赏我曹。不是宗徒盘石稳,寰区谁复沐熏陶?①

站在天主教会最神圣的地方,登高远望,郭连城心潮澎湃、激情难抑,有一种找到归属和精神家园的巨大认同感和满足感,对耶稣道统充满敬仰和赞颂。

同样精致华丽但比圣伯多禄堂稍逊一筹的是圣保禄大堂,郭连城在参观之后赋诗曰:

慨想宗徒发浩歌,成仁之处水盈科。若非航海来相访,谁信奇踪罗玛多。②

"慨想宗徒发浩歌"是指作者路过圣保禄大堂时众多宗教徒在堂内"唱声琴韵,响遏云汉,盖是日乃宗徒归化礼日也"。"成仁之处水盈科"指的是在圣保禄被罗马皇帝处死遇难之处有三处圣泉。作者用"成仁"这样的词语表现了对圣保禄为了教宗而牺牲的敬意。"若非航海来相访,谁信奇踪罗玛多"是对参观过的保禄堂历代教宗之真容、建筑之华美的感叹。

郭连城过红海北岸西奈山时,想到此地是每瑟(即摩西)受十诫处,于是大为感怀:

红海之北一带山,西奈高峰在其间。概想初人性支离,本来面目莫能知。亡羊何日归圣栈?歧途之中又有歧。幸得每瑟作神师,亲受十诫垂以碑。恨我未克登胜地,身中望眼费思维。诵罢十诫拟珠宝,总归二端几个晓。安得华夷尽钦崇?身后永远享寿考。③

---

① 郭连城:《西游笔略》,上海书店出版社2003年版,第86页。
② 郭连城:《西游笔略》,上海书店出版社2003年版,第81页。
③ 郭连城:《西游笔略》,上海书店出版社2003年版,第101页。

2. 悼念天主教人物

在参观了圣伯多禄遇难的圆室之后,郭连城写了《圆室古风》:

> 君是盘石品,为主肯舍生。甘受倒钉苦,岂只当时荣。我本愚不肖,幸得尔圣名。特诣义血地,谁复计鹏程?访古秋风陌,他人已结宅。放眼读圣碑,令人案空拍。江湖一渔翁,千古仰教泽。我入夫子墙,低徊如有获。未克效步趋,碌碌空自责。圣人有本心,应怜西游客。①

这首诗回顾了圣伯多禄一生的事迹。圣伯多禄,又名西门彼得,耶稣称他为伯多禄(意思是盘石),是耶稣在世的首任代表。他原是捕鱼的,后来跟从了耶稣基督,在耶稣基督升天五旬节降下圣灵后,开始广传福音,先是向犹太人,然后是向外邦人。后被罗马皇帝尼禄迫害,在罗马殉道而死,死前彼得自己要求倒钉十字架,因为他自认不配与主同样的死法。所以诗中说"为主肯舍生""甘受倒钉苦""江湖一渔翁",对此作者表示了自己的敬仰之心。

郭连城在走访了圣家旧庐(即圣母若瑟逃于厄日多国避难之所)之后写了《圣家旧庐怀古》:

> 一自归真后,时时学步趋。步趋犹未得,惆怅圣家庐。尔为逃难至,我为访古来。圣家何处所?骚首总徘徊。②

这首诗借缅怀圣母表白自己一心追寻圣家的心迹。郭连城认为自己自从皈依天主教后,立志向学,但仍然自谦地认为自己学得不够好。其对天主教的执着、虔诚可见一斑。

在悲悼意大利主教白耳白多去世的诗中,郭连城流露的生死观,表现了对彼岸的坚信:

---

① 郭连城:《西游笔略》,上海书店出版社 2003 年版,第 53 页。
② 郭连城:《西游笔略》,上海书店出版社 2003 年版,第 100 页。

  记得先生名久长，为何不得寿而康。多因暂世浮生梦，未若天堂永福乡。①

悼念意大利修士田若瑟作《吊田公七律 有序》：

  若瑟田公者，意大里亚之修士也。于咸丰丙辰敷教楚省，讲格物穷理之学于崇正书室，余曾师事之。公每以胜蓝期余，及余西游，公有依依之意。余方期再坐春风，忽聆凶信，不禁恻悼，是早弥撒中，觉有痛哉之念，因成俚句以吊。
  芝颜久别已心哀，何况鱼鸿讣纸来。两眼泪珠缘尔下，一腔茅塞望谁开。分明德士先登岸，却似化工亦忌才。桃李寂寞绛帐冷，思君惟有诵玫瑰。②

  "诵玫瑰"指念诵《玫瑰经》，正式名称为《圣母圣咏》，是天主教信徒用于歌颂圣母玛利亚的一种经文。这是天主教传统中一种非常重要的祈祷方式，称为玫瑰经祈祷。
  这两首诗中提到的"天堂""登岸"异于中国人传统的生死观。孔子"未知生，焉知死"在于强调现世道德化生存对于生命安顿的重要性，但天主教徒却强调"死"后的灵魂安顿，以追求天堂中的永福为人生最终的归宿。人类肉体生命的死亡，只是意味着生命形式的改变，而不是结束。郭连城的生死观显然受到天主教的深刻影响，在记叙罗马城圣灰礼仪日的情形之后大发议论：

  "夫"死一字，吾乡多以为不祥，而贱之恶之、讳之忌之，而卒不能免天主之定命，何若此惧死怕死。非惧死怕死，特惧怕死后之罪罚耳。思死忆死之为善哉。惧死怕死则可以戒恶，思死忆死则可以进善。死之

---

① 郭连城：《西游笔略》，上海书店出版社2003年版，第45页。
② 郭连城：《西游笔略》，上海书店出版社2003年版，第81页。

一念，其善生福终之妙法欤！①

圣灰礼仪提醒人反省人生的终极关怀和目标，现世的一切很快就要过去，使人好好地准备善终。郭连城认为正确的死亡观念可以教导人怎样生活，使人有更清楚及更正确的人生观及价值观。正因为郭连城对死亡的这样一种认知，所以他悼念白耳白多和田若瑟的诗歌虽然也悲伤，但是较为节制，因为在他的观念里，他们只是暂别这个世界，登上了彼岸，去了天堂。

3. 记叙天主教礼俗

圣诞节是天主教的盛大节日，郭连城在《西游笔略》中写道："西洋十二节二十五日也。凡信从天主圣教者，君民俱进堂祈祷庆贺，尽夜不眠，如吾乡守岁之俗。"同时赋诗一首：

> 早起听钟到夕阳，君民都进诵经堂。风琴韵里歌声远，画烛光中祭礼长。不少儿童谈白冷，并无人士梦黄粱。遥怜故国歧途辈，未识圣婴诞马房。②

诗中记叙了天主教徒一起诵经祈祷的场景，甚至小孩子也在谈论耶稣、白冷（耶稣诞生之地，今伯利恒），彻夜不眠，暗示意大利人自幼接受基督教育，信仰坚定。显然，郭连城对此情景无丝毫违和之感，反觉得醉心其中。在中国的传统中，神是面目不清、可有可无的信仰，而在天主教那里上帝是唯一的真实存在。所以郭连城转而感叹广大国人不知道耶稣之事迹，不知道耶稣是在马房的一个马槽中出生的。"旅行者发现异在世界与事物的意义，同时也发现家乡与自我的意义，后者才是根本。"③郭连城在描绘异国异族形象的同时，不可避免地会对本民族进行对照和透视。胡戈·狄泽林克曾说："每一种他者形象的形成同时伴随着自我形象的形成。"④作者自觉地把异域与中国做对比，加深了对他者和自我形象的确认。

---

① 郭连城：《西游笔略》，上海书店出版社 2003 年版，第 90 页。
② 郭连城：《西游笔略》，上海书店出版社 2003 年版，第 74 页。
③ 周宁：《天朝遥远：西方的中国形象研究》（下），北京大学出版社 2006 年版，第 707 页。
④ ［德］胡戈·狄泽林克：《论比较文学形象学的发展》，《中国比较文学》1993 年第 1 期。

中国文学史上第一次写西方人过圣诞节的诗歌是清代吴渔山的《澳中杂咏》第二十七首："百千灯耀小林崖，锦作云峦蜡作花。妆点冬山齐庆赏，黑人舞足应琵琶。"首次描绘了西方人庆贺圣诞节灯火辉煌的热闹景象。相比吴渔山的这首"天学诗"，郭连城在描绘西方人庆贺圣诞节的时候，多了一些对国人信仰的思考。

郭连城这些和天主教有关的诗歌在学术界被称为"天学诗"，属于基督教文学的一种。"天学"是明末清初对天主教的别称。明末清初的画家、诗人、中国耶稣会士吴渔山首倡"天学诗"一词，他曾对天主教徒赵仑说："作天学诗最难，比不得他诗。"诚如章文钦先生所言："渔山所指的天学诗，大致以描写天主教义为内容，可称为狭义的天学诗。而自明末以来的天主教人士，包括西洋教士和中国奉教、友教人士以中国古近体诗歌的文学形式，描写西方天主教文化内容的诗篇，则可称为广义的天学诗。"吴渔山一生所作"天学诗"多达一百多首。章文钦谓之"有意识地致力于天学诗的创作，以其反映天主教的事物及自己对教义的理解，其篇什之富，内容之丰，对天主教认识水平之高，皆推吴渔山为第一人"①。除他之外，徐光启也写了一些"天学诗"。但后来随着天主教在中国被禁，"天学诗"几乎绝迹。郭连城的"天学诗"算是一种难得的延续。

郭连城这种从宗教信仰角度进行的诗歌创作在中国文学史上是很少见的。宗教诗歌带给读者的是一种人类的终极关怀的启示，使人们深怀敬畏。中国传统知识分子的精神诉求不在宗教而在文学，与现实相对应的不是彼岸的永恒，而是一种审美的超然境界。而在郭连城的域外诗歌中，既有彼岸的永恒，又有审美的自在。郭连城《西游笔略》中的信仰书写对于宗教与信仰资源比较匮乏的中国文学无疑是一种丰富和扩充。

综上所述，郭连城在域外行旅诗中所构建的地理空间昭示了近代中国人从中国到地球、从华夏到世界的观念的转变；所描绘的异域文化空间展示了西方文明的优势，同时折射了近代中国文化的危机；他所呈现的宗教空间表现了他作为天主教徒对彼岸的认同与追寻。在行游体验中，郭连城的自我意识越来越突出，融入了许多新的元素，同时也加深了对他者的确认，改变了

---

① 章文钦:《澳门历史文化》，中华书局1999年版，第336页。

异域在传统中国人思想观念中的形象。"行游既是一种文化吸收的方式,也是一种文化认证或文化身份确立的方式。"① 郭连城的域外诗歌对异域所见所闻的文化吸收或文化认证,折射出近代转型时期中国人从自我封闭状态逐步走向世界的特殊旅程。

---

① 郭少棠:《旅行:跨文化想像》,北京大学出版社 2005 年版,第 131 页。

第二章 近代文化交流学者的域外诗

王韬和潘飞声都是蜚声一时的学者、名士，他们出游异域都是作为学者和文化名人去开展文化交流工作，王韬去英国是帮助理雅各翻译经典，去日本是因为日本学界的仰慕而被邀请。潘飞声赴德国是去柏林大学东语学堂执教汉文学。所以他们游历异域有更多的自主性；另外时间上也更为充裕，王韬在英国两年多，潘飞声在德国一待就是三年。作为著名的学者、名士，他们一个长期生活在上海、香港，一个长期生活在广州，都是最容易呼吸到西方文化气息的城市。他们对西方文明都不陌生，所以他们的域外诗中呈现的观察视野和心态有相近之处。王韬与潘飞声都属于口岸知识分子。"口岸知识分子是随着西方人进入而萌生的一类新型的知识人，他们身处中西交界处，在出洋前便具备了权利边缘化与知识精英化双重视角。这种特殊身份，使得他们具有与出使大臣以及一般士人不一样的观察视角，衍生出颇具独特性与先锋性的西方想象……"① 相比政府派遣的外交官员，身份自由的文化交流学者对域外的体验更加无拘无束，抒写空间也更加恣意。

第一节 王韬的域外诗

王韬（1828—1897）是清末著名的学者、思想家、文学家，江苏省长洲县甫里村（今苏州市吴县甪直镇）人。王韬有两次域外出游经历。第一次是1867年赴英国，协助英国人理雅各翻译儒家经典，得以漫游英法等国，1870年回国。第二次是1879年王韬经日本友人邀请去日本，在日本游历百余日。旅日期间，

---

① 何晓明：《略论晚清"条约口岸知识分子"》，《郑州大学学报》2008年第1期。

第二章 近代文化交流学者的域外诗

结交日本各方人士八十余人，并与中国驻日公使何如璋、黄遵宪等交游。

王韬游历欧洲的时间不是近代最早的，但却是最特殊的。1847 年林鍼受聘美国，在美国工作了一年多，开近代国人游历西方之先河，但因为他公务在身，对美国的观察并不全面。1866 年清廷派斌椿等人出访欧洲，在欧仅逗留四个月。而在王韬到达英国的第二年，第一个派往西方的外交使团由蒲安臣率领赴欧。斌椿和蒲安臣赴欧有着共同特点，都是官方身份，另外时间短暂，这使得他们对西方社会难以获得更深入的了解。与此不同，王韬是以一个文化交流学者的身份自由地游历欧洲的，并且在那里停留了两年多时间。从出国时间的先后、在国外居留时间之长短来看，王韬这趟欧洲之行，可谓创举。"以一民间知识分子之身，能够同时游历西洋、东洋，而且游历期间所交接往来者，大多也并非一般意义上的市井平民，而是西洋或者东洋同样开始具有新的世界眼光和意识的新型知识分子。这样的经历，在晚清中国的知识分子中，大概只有王韬一人。"①

欧洲之行，可以说使得王韬原先的华夏中心主义全面瓦解，对西方文明推崇备至。"此行也，盖以出游为销夏记，亦兼以阅历河山，访问风俗，择其地士大夫之贤者而交之，虽游历而学问寓其中焉。"② 可见王韬自觉地把自己的域外出游当作一次学习、交流的好机会，因而他对欧洲、日本的各方面观察都细致入微。他对欧洲、日本的观察和认识都记载在他的游记散文《漫游随录》和《扶桑游记》中。王韬的诗歌创作中对于欧洲、日本也有相关描写。他的域外诗不乏对传统诗歌内容的延续，但是也有一些发展和创新，是"诗界革命"之首位要素"新意境"的先行者。如果把王韬的文学创作放到中国文化近代化的漫长历程中考察，"就可能会发现，处于近代这一时期的王韬是难能可贵的近代化开启者或先行者之一"③。王韬诗歌中的新意境主要表现在《蘅华馆诗录》中的域外诗作品中。

一、域外胜景中的飘零之感

踏上英国的土地，王韬思绪复杂，描写了初到此地的视觉印象和心理感

---

① 段怀清：《苍茫谁尽东西界》，《北京化工大学学报》2005 年第 4 期。
② 王韬：《漫游随录·扶桑游记》，湖南人民出版社 1982 年版，第 130 页。
③ 王一川：《王韬——中国最早的现代性问题思想家》，《南京大学学报》1999 年第 3 期。

受:"欧洲尽处此岩疆,浩荡沧波阻一方。万里舟车开地脉,千年礼乐破天荒。山川洵美非吾土,家国兴衰托异邦。海外人情尚醇朴,能容白眼阮生狂。"①域外对于王韬来说有一种知遇之感。作为清廷罪臣的王韬得到了许多外国友人的热情招待,令王韬倍感温暖与慰藉。王韬和理雅各合作的《中国经典》英译本出版后,在英国引起了轰动,王韬也因此名噪一时,为英国学术界乃至社会所瞩目,各大学、教会、民间团体竞相邀请他讲学。王韬为人原本潇洒倜傥,不拘一格,加以口才雄辩,英人视为"学士",尤其在牛津大学、爱丁堡大学讲学后,声名大振。富豪之家也请王韬去赴宴,王韬"乃为曼声吟吴梅村《永和宫词》,听者俱击节"②。这一切,都让王韬觉得海外人情的纯朴。

在英国,王韬游览了许多山水名胜,感觉很新奇:"今朝纵目涉烟峦,景物殊方讵异观。"③在游览了伦伯灵(苏格兰邓布兰镇内)园后,王韬有感于园中风景之优美,特赋诗一首:

同治戊辰夏五月,我来英土已半年。眼中突兀杜拉山,三蜡游屐听鸣泉。岩深涧仄势幽阻,飞泉一片从空悬。我临此境辄叫绝,顿洗尘俗开心颜。居停主人雅好事,谓此未足称奇焉。去此十里有名胜,风潭广斥万顷田。上有飞瀑如匹练,下有杂树相娟鲜。爰命巾车急往访,全家俱赋登临篇。其日佳客践约至,遂与同载扬轻鞭。初临犹未获奇境,渐入眼界始豁然。意行不问路高下,疏花密阴如招延。涧穷陡转更奇辟,恍惚别有一洞天。水从石隙疾喷出,势若珠雪相跳溅。至此激怒始奔注,一落百丈从峰巅。侧耳但觉晴雷喧,声喧心静地自偏……④

王韬也写了日本的风光之美:

---

① 王韬:《蘅华馆诗录》卷四《到英》,清光绪十六年(1890)铅印本。
② 王韬:《漫游随录·扶桑游记》,湖南人民出版社1982年版,第149页。
③ 王韬:《蘅华馆诗录》卷四《游杜拉山麓循涧而行》,清光绪十六年(1890)铅印本。
④ 王韬:《蘅华馆诗录》卷四《游伦伯灵园》,清光绪十六年(1890)铅印本。

第二章　近代文化交流学者的域外诗

　　书生受侮叩真宰，绿草万字陈金庭。天公一笑两无袒，俾呈奇景娱视听。飞岩横悬匹练白，排闼远送岚光青。泉流万道走虹霓，石吼一隙惊雷霆。更令骄阳时蔽匿，凉意散作微雨零。复有无数黄蝴蝶，沿途护我蓝舆停。行竹木中衣袂碧，遥参鼻观山花声。半旬游历差快意，乃与山灵相忘形。①

　　在山水花木的快意游览中，诗人浑然忘我，暂时抛却了昔日的"受辱"而身心治愈。

　　但是，异域的山水胜景并不能真正治愈王韬内心的哀伤与愤懑，此时的他，仍是清政府的一名罪臣。事实上，王韬一直处于一种颠沛流离、动荡不安的生活状态。青年时期，为维持生计，先离家去锦溪授课，而后又被迫前往上海佣书西舍。在上海生活了13年后又被迫遁迹香港，流亡23年才得以返沪。终其一生，大多在异乡，始终没有摆脱"圣朝之弃物，盛世之罪人"的身份。家国之思一直萦绕着他，使他时刻不能忘怀。因此对故乡的守望与追怀、羁旅的飘零与愁思也就成为王韬诗歌一个反复吟咏的主题。

　　这种特殊的身份，使得王韬纵然徜徉在域外美景中，也难以真正释怀，在他的域外诗中，孤苦、飘零、哀愁、乡思等情绪依然随处可见。如《独登杜拉山绝顶》（杜拉山，今苏格兰之北）：

　　济胜渐无腰脚健，探幽陡觉心胸开。泉声若共石斗激，岚影时与云徘徊。

　　眼前已觉九霄近，足底忽送千峰来。天悦羁人出奇境，家乡不见空生哀。②

　　诗人遍览这异乡美景，觉得是苍天格外垂青他这个羁旅之人，有意献出奇境让他欣赏，以抚慰他的孤苦与寂寞。然而，结句却又先扬后抑，乐极生哀。

---

① 王韬：《蘅华馆诗录》卷五《游日光山将归作诗别山灵》，清光绪十六年（1890）铅印本。
② 王韬：《蘅华馆诗录》卷四《独登杜拉山绝顶》，清光绪十六年（1890）铅印本。

眼前风光虽好，但毕竟客居异邦，故乡遥隔万里，极目远望也不能望见故乡，思乡之情忽然涌上心头。乡愁难以排遣，有家难回，空伤心。一个"空"字，写尽了诗人的无奈、悲凉、惆怅。家乡或乡愁，在王韬的域外诗中有着特殊的含义，不同于一般人的思乡之情。家乡不但是指地理意义上的故乡，也有渴望自己早日摆脱罪名能真正自由回归故乡的政治意义。因而，这样的乡愁和哀音比一般人的乡愁更加深刻和浓烈。再如：

> 七年孤负故乡春，到眼风光客里新。两戒山川分北极，一洲疆域限南轮。殊方花月离人泪，异国衣冠独客身。何日淞滨容小隐，柴门归卧稳垂纶。①

以上诗句抒发的都是有家难归、思念家乡的真实情怀，表达了作者客游他乡的悲苦境遇和凄凉心境。即使境遇如此惨淡，王韬仍然心系祖国，渴望报效国家，爱国之情在域外诗中时有流露。王韬很早就有济世报国成就一番功业的志愿。他的诗集中有很多作品表现了忧虑国家命运、渴望建功立业的情怀。"住世难逃世，桃源亦战场。乱离无乐土，烽火又满乡。"② 在诗人心中，国家动乱之时，个人没有桃源，也没有乐土，表现了中国传统文人家国一体的观念。面对国运的衰败，王韬体现了以天下为己任的气魄，表达了自己愿为国家效力的愿望，即便身在域外、身为罪臣。如：

> 九万沧溟掷此身，谁怜海外一逋臣。年华已觉随波逝，面目翻嫌非我真。尚戴头颅思报国，犹余肝胆肯输人。昂藏七尺终何用，空对斜晖独怆神。③

这首诗都谈到了自己的"逋臣"身份，尽管如此，诗人仍然时刻怀有报国壮志，岂料报国无门、壮志难酬，只能空对斜阳黯然神伤、临风一恸。

---

① 王韬：《蘅华馆诗录》卷四《何日》，清光绪十六年（1890）铅印本。
② 王韬：《蘅华馆诗录》卷二《闻粤警》，清光绪十六年（1890）铅印本。
③ 王韬：《蘅华馆诗录》卷四《自题小像》，清光绪十六年（1890）铅印本。

二、对域外政治、历史及文学的关注

王韬游览日本的时候正是明治维新后的第十一年，此时的日本面貌一新，王韬对日本社会进行了全方位的考察。日本从东汉起便开始向中国学习先进的文化和技术。中国的经济文化很长时间以来一直超越日本。但是经过明治维新后，日本发展之迅猛远超中国。王韬到过日本文部省、工部省、国会等，了解到政治、经济和教育等多方面的情况。他访问了日本多个城市，对工厂、博物馆、图书馆等做了详细了解。王韬在香港期间就密切注视着日本的发展，感受到了日本的发展势头之猛："日本与米部（即美国——引者注）通商仅七八年耳，而于枪炮舟车机器诸事皆能构制，精心揣合不下西人""迩来与泰西通商，其法一变，前之所谓世外桃源可以避秦者，今秦人反从而问津焉"①。这对他产生了极大吸引力，故他久欲实地考察明治维新后的日本，以探究其兴盛根源及途径。通过对日本的考察，王韬深刻认识到，中国要想国富民强，应该效仿日本的经验。在他关于日本的域外诗中，谈到了日本的政治改革及成效。

> 两国同文自昔通，今瞻道貌海云东。已惊名士诗篇富，深识贤侯学术崇。远结邻欢开变局，近师长技表雄风。富强有效轻商管，我欲乘槎问事功。②

诗中谈及明治维新的"变局""师长技"，带来的是国富民强，很可惜，虽然中国与日本"同文自昔通"，但今日日本之发展，显然已远超中国，诗人内心的羡慕、遗憾与不甘隐约可见。

王韬对日本的历史和名人事迹非常感兴趣，在凭吊了源赖政的坟冢后，王韬写道："昔者大政归将军，幕府几并天王尊。平氏专权源氏愤，奉天讨罪报国恩。一战再战臣力竭，菟道之水空呜咽。孤垒残兵扼此间，我头可断节不失。顾谓其臣瘗我头，我身虽死名千秋。义旗既举必有继，要檄天下与之仇。……

---

① 王韬：《漫游随录·扶桑游记》，湖南人民出版社1982年版，第171页。
② 王韬：《蘅华馆诗录》卷五《日本品川领事招饮席上赋呈》，清光绪十六年（1890）铅印本。

男儿不朽在微名,一死宠辱何由惊。何人见自九京回,寂寞身后鸣不平。"① 在诗中,王韬回顾了日本当时的战乱背景,指出源赖政宁可牺牲生命也不失节气的可贵精神,当然也有"千秋万岁名,寂寞身后事"的悲凉感叹。

王韬在目睹了西乡隆盛的笔迹和听说了殉难义士的事迹后有感而发,作长诗一首《四月望日,藤田鸣鹤招诸同人,小集于新桥滨乃家,树木深蔚,泉石苍古,居然一名胜所,亭中扁额题菊诗尚是西乡隆盛笔迹。余前日既览鹿儿岛战功图,今日又同鹿门诸君子历览招魂社,闻诸君说殉难义士遗事,曷慨然有感,爰于席上作长歌纪之,殊有铁如意击碎唾壶之概》(《蘅华馆诗录》卷五),王韬在诗中赞誉西乡隆盛对明治维新之初的贡献,又叹息西乡隆盛晚节不终,"何不角巾归闾里"以致"坐令一死鸿毛轻"。

对保卫日本维新成果的谷中城中将,王韬钦佩有加,称赞其"今代伟人也。熊本之役,力守危城,功尤卓卓"(《蘅华馆诗录》卷五《宴谷中将第》)。并且,王韬用一首长诗《纪谷中将守熊本城事即步诗僧五岳韵》(《蘅华馆诗录》卷五)详细叙写了谷中将的丰功伟绩,赞扬了谷中将带领将士英勇战斗的英雄事迹和壮烈场面:"惟君忠义贯日月,直以一身当其难。矢穷粮绝气益奋,抚励壮士臣心殚。一战再战出奇策,鼓声如怒忘严寒。维时援兵虽至亦隔绝,内外胜败如不闻。六十日围神鬼愁,所恃非在池濠深。屹然一城抵百城,西南保障歼流氛。呜呼,君功一国安危之所系,令人想见飞将军。"

在登临了日本的鸿台城墟后,王韬思潮起伏,有感而作《纪鸿台战迹》。诗中记叙了日本战国时代的一场战争——第一次国府台会战,以简练的笔墨追忆了当年的激烈的战争场面和北条的霸业。

王韬不仅对日本的历史和历史名人感兴趣,对日本民间流传的一些普通百姓的事迹也有浓厚的兴趣。《阿传曲》在序中详尽记叙了阿传的故事,可与其文言小说《纪日本女子阿传事》相印证。王韬写此诗的目的是劝惩闺门,"世间孽报岂无因,我观此事三击节。阿传始末何足论,用寓惩劝箴闺门。我为吟成《阿传曲》,付与鞠部红牙翻"。王韬自言,此诗写成以后,"传抄日本,一时为之纸贵"②(因为阿传被处决是当年正月中事,此诗的创作具有很强的新

---

① 王韬:《蘅华馆诗录》卷五《吊源赖政埋骨处》,清光绪十六年(1890)铅印本。
② 王韬:《蘅华馆诗录》卷五《阿传曲》,清光绪十六年(1890)铅印本。

闻时效性，抓住了日本人民关注的某些热点事件热点人物，富有现实意义）。

王韬对日本文人所作的文学作品《补春天》也有简单点评。《补春天》是日本明治时期的著名汉学家森槐南在17岁时创作的一部传奇，敷演清代钱塘陈文述等人为西湖三女士冯小青、杨云友、周菊香修墓的故事。该诗对研究日本文学应该是较为宝贵的史料。"千古伤心是小青，拆将情字比娉婷。西泠松柏知谁墓，风雨黄昏独自经。""一去春光不复还，补天容易补情难。婵娟在世同遭妒，寂寞梨花泣玉颜。"① 表达了自己对作品中人物遭遇的看法。

三、域外的宴饮与酬唱

1879年王韬的日本之行使他结交了许多日本友人，日本文士对王韬的学问、为人十分欣赏。早在1873年王韬的《普法战纪》出版之后，便被日本知识界视为一代伟人。王韬每到一地，都受到热烈欢迎，"夫清国之人游吾邦者，自古多矣，然率皆估客，而限于长崎一方。近来韦布之士来东京，间有之；然其身未至而大名先闻，既至而倾动都邑如先生之盛者，未之有也。抑先生博学宏才，通当世之务，足迹遍海外，能知宇宙大局，游囊所挂，宜其人人影附而响从也"②。王韬访日也受到中国驻日官员和旅日华人的热情接待，何如璋、张斯桂、黄遵宪等人从多方面关照王韬在日本的生活。这一切颇使在国内遭受冷遇的王韬激动不已。更重要的是，日本朝野对他的热情接待，使王韬觉得同文同种的日本比其他西方国家亲切。他说："东国之贵官文士待予殷拳若是，亦可见两邦之亲睦也。"③ "朋友之乐为二十年来所未有。余穷于世，而独为远方异域之人钦慕如此，亦足慰矣。"④ 也许这是王韬一生中最快乐的一段时光，有众星捧月的飘飘然，有宴游间宾主相谈甚欢的快意，有酒有女人，因而在日本王韬心情大好，诗性甚高。相比欧洲，王韬和日本文人有着更多的共同语言，他们相互唱和，其乐融融，王韬不少诗篇吟咏了与日本文士的宴游之乐：

---

① 王韬：《蘅华馆诗录》卷五《题补春天传奇》，清光绪十六年（1890）铅印本。
② 王韬：《漫游随录·扶桑游记》，湖南人民出版社1982年版，第176页。
③ 王韬：《漫游随录·扶桑游记》，湖南人民出版社1982年版，第179页。
④ 王韬：《清华馆文会记》，《弢园文录外编》，上海书店出版社2002年版，第242页。

四月清和天气新，良朋共此醉江滨。杯盘笑进鹅儿酒，弦管初调燕子春。自昔神仙多旧迹，于今沧海静扬尘。筵前锦瑟知侬意，惆怅华年忆远人。①

其中还有很多酬赠诗，这些写给日本友人的酬赠诗记叙了王韬与日本人士的深厚友情。

先生可比贾长头，头童齿豁与古游。说经谈道众无匹，风云笔底千言道。东京文社君所创，赏罚衮钺严春秋。浮海东来见君面，奇缘天赐能小留。为投缟纻结金石，慷慨意气尤相投。年来我亦持清议，眷言家国怀殷忧。论事往往撄众怒，世人欲杀狂奴囚。掉首东游未寂寞，此兴不孤同登楼。②

王韬对自己的日本一行是颇为自豪的。在《成斋编修集诸同人大张祖席于中村楼酒酣作歌留别》中先是记叙了和日本友人的友好往来以及离别的伤感："离情渺渺愁凄凄，相思不识何时已。临行把酒劝重游，子其祝我倘无死。子酌我兮金叵罗，我赠子兮玉版纸。上写今日离别词，中有泪痕流不止。"随后王韬对自己的日本之行做了一番总结，觉得自己此行一定会名垂青史，值得后世大书特书："两国相通三千年，文士来游自我始。敢云提倡开宗风，结社清华争倒屣。某年日月我去来，大书特书补青史。"毋庸置疑，王韬为中日两国的文化交流、中日友谊做出了重大贡献。

王韬的宴饮、酬赠诗在与各类人的唱和题赠中也抒发了他对时事的看法，有着鲜明的时代特色，反映了近代西学东渐时期新的内容。在《赠日本长冈侯护美时方奉使荷兰》提及西学："泰西学术固无匹，舍短取长在今日。"（《蘅华馆诗录》卷六）可以看出，王韬虽然推崇西学，但是用一种极为理性的态

---

① 王韬：《蘅华馆诗录》卷五《薄游墨川漫赋四律》，清光绪十六年（1890）铅印本。
② 王韬：《蘅华馆诗录》卷五《偶访栗本匏菴口占七古一篇赠之》，清光绪十六年（1890）铅印本。

第二章 近代文化交流学者的域外诗

度看待西学，认为对西学要懂得取舍，这种观点在当时是很可贵的。

四、域外的冶游之乐

王韬对冶游的喜好表现了封建文人的卑琐恶习。他在诗中对自己的这一爱好是毫不避讳的，"好酒好花兼好色"①。王韬的冶游有时也有消极避世的意味，"甘在花丛过一生，狂来无计破愁城。青山痛哭无干日，要向源侯借酒兵"②。他希望在花丛中暂时忘却烦忧，达到超然的状态。王韬诗中的猎艳之作，除了《弢园集外诗存》描写他所熟悉的女校书的52首、《蘅华馆诗录》题赠妓女的19首诗之外，直接叙写他猎艳生活的还有《蘅华馆诗录》中的《沪城感旧》《芳草新咏》《晚飞车游根津口占二十八字》《鹿门所招歌妓未来戏呈一律》等18首。其中《沪城感旧》是王韬居沪时期对自己艳游的追忆、追悔之作："新诗索署裙边字，醉墨留题壁上纱。昔日绮游今始悔，回肠百折念千叉。"③

王韬的冶游诗作主要集中在访日期间，如"繁星万点夜灯开，有客驱车访艳来。三百名花谁第一，宵深扶醉下楼台"④。可见王韬在日本是何等放纵。王韬在日本期间，不仅金屋藏娇，一直有伴宿妓女，而且经常到新桥、柳桥等妓女聚集的地方问柳看花，写下了一些赠妓诗。这些赠妓诗多侧重写妓女的美貌，如《蘅华馆诗录》卷五《赠小菊》等。

王韬描摹日本妓女最全面的要数《芳原新咏》，该诗极力书写东京之繁华、烟花风月之盛，用了12首七绝描写吟咏东京艺妓的风情、美貌、才艺等：

殿春花放我东来，入梦繁华眼倦开。不数扬州花月盛，本来此处是蓬莱。

阿玉雏髻最擅名，腰肢轻亚艺尤精。弓身贴地衔杯起，羊侃家中尚数卿。⑤

---

① 王韬：《蘅华馆诗录》卷五《势州楼小集席上赠何陋居士》，清光绪十六年（1890）铅印本。
② 王韬：《蘅华馆诗录》卷五《源侯桂阁招饮席上和石川鸿斋韵得二绝句》，清光绪十六年（1890）铅印本。
③ 王韬：《蘅华馆诗录》卷二《沪城感旧》，清光绪十六年（1890）铅印本。
④ 王韬：《蘅华馆诗录》卷五《晚飞车游根津口占二十八字》，清光绪十六年（1890）铅印本。
⑤ 王韬：《蘅华馆诗录》卷五《芳原新咏》，清光绪十六年（1890）铅印本。

向来东北限鸿沟,此日飞輧任尔游。十万名花齐待汝,人生何再觅封侯。

这些诗固然反映了王韬一贯的猎艳心理,显示了思想情趣的颓唐消极,格调不高,但是也有一些认识价值。特别是王韬几乎在每一首诗下面都写了小注,这对于了解日本东京艺妓的历史风貌有着重要的史料价值。如:"舞盘舞伞疾如飞,熟胜宜僚技亦稀。(富本半平善于股技,以双足承物盘旋,胜于宜僚之弄丸。)最喜雄声出雌口,流莺百转听来非。(玉姬能转喉作男子声,甚雄伟。)"这也是诗歌中"新意境"之表现。

五、王韬的域外诗对诗界革命的影响

在整个"诗界革命"的萌芽、发展和演变过程中,王韬和"诗界革命"的一面旗帜黄遵宪的关系以及王韬对黄遵宪的影响不能不提。关于这一点,王一川先生的论述非常精湛:"梁启超所推举的'诗王'黄遵宪,其诗论实际上受到更早的王韬的影响。由这一关联可进而推知,'诗界革命'论的发生当然有多重渊源,但至少可通过黄遵宪而上溯到更早一代知识分子王韬那里,正是从此可牵引出一条'诗界革命'所从中发生和演变的全球性知识型踪迹。"①

光绪五年三月二十八日,王韬应日本友人邀请游历日本,在东京见到了中国驻日使馆参赞黄遵宪。王韬年长黄遵宪 20 岁,但两人却一见如故,很快结为好友。1880 年王韬在香港为黄遵宪《日本杂事诗》作序,回顾了他们的相识经过:"三日不见,则折简来招。每酒酣耳热,谈天下事。……余每参一议,君亦为首肯。逮余将行,出示此书,读未终篇,击节者再,此必传之作也!"②可见两人相见甚欢,志同道合。王韬离开日本之际,黄遵宪亲自送别。归国后,二人仍经常书信来往。王韬致黄遵宪的信,有三通收录于《弢园尺牍》及《弢园尺牍续钞》中。而黄遵宪致王韬的信则尚未刊行。据杨天石先生考察,黄

---

① 王一川:《全球化东扩的本土诗学投影——"诗界革命"论的渐进发生》,《北京师范大学学报》2008 年第 2 期。
② 王韬:《弢园文录外编》,上海书店出版社 2002 年版,第 209 页。

第二章 近代文化交流学者的域外诗

遵宪致王韬的信有十九通,手札分藏于天津南开大学图书馆、浙江省图书馆及上海等处。通过这些手札的内容可以进一步了解二人的关系。光绪五年四月二十六日函云:"前把臂得半日欢,觉积闷为之一舒。承赐《弢园尺牍》,归馆读之,指陈时势,如倩麻姑搔痒,呼快不置。"①《弢园尺牍》初版刊刻于光绪二年九月,它提出了初步的改良主义主张。王韬认为,中国只有变法才能自强。黄遵宪读后感到"如倩麻姑搔痒,呼快不置",说明他和王韬在思想上已经非常契合。王一川先生认为,黄遵宪能够从传统士子转变成提倡变法自强的维新思想家,"也显然与王韬对他的成功感染或启发密切相关"②。

王韬不但在政治思想上启发感染了黄遵宪,在诗学思想、诗歌创作方面也可以看出二人之间的一种传承关系。王韬论诗主性情,反对模拟古人,求新求奇,而黄遵宪也是极力反对传统诗歌模山范水的倾向。1868年他在《杂感》诗中鲜明提出"我手写我口,古岂能拘牵"的主张,强调作诗应表现自我的思想感情,而不受传统的束缚强调。他主张写"古人未有之物,未辟之境,耳目所历,皆笔而书之"③,突出一种面向现实的精神,注意题材、意境的新颖。这样的诗论显然和王韬有着很多相通之处。可以说,黄遵宪的诗学思想在一定程度上受到王韬的影响。正因为对王韬的敬仰之情,所以黄遵宪恳请王韬为自己的《日本杂事诗》作序,在王韬撰写完序言后,黄遵宪致函王韬说:"拙诗宠以大序,乃弟生平未有之荣,感谢实不可言。"④

而在诗歌具体创作中,王韬域外诗中的"新意境"对黄遵宪也有一定影响。尽管王韬的"新意境"诗作在他的全部诗歌中还是很有限的,不及后来黄遵宪表现得丰富,对于"新语句"也没有太多涉及,但毕竟这是一个新的开始,在"诗界革命"发生的链条中的作用是不容忽视的。

可见,王韬的域外诗是近代诗歌发展史上一个重要的艺术环节。他的诗歌理论、诗歌创作或直接或间接影响了黄遵宪,推动了梁启超的"诗界革命",可以说是"诗界革命"的先锋。诚如王一川先生所言:"王韬……寻求新颖而

---

① 杨天石:《读黄遵宪致王韬手札》,《史学集刊》1982年第4期。
② 王一川:《全球化东扩的本土诗学投影——"诗界革命"论的渐进发生》,《北京师范大学学报》2008年第2期。
③ 黄遵宪:《人境庐诗草·自序》,《黄遵宪集》,天津人民出版社2003年版,第79页。
④ 陈铮编:《致王韬函》,《黄遵宪全集》,中华书局2005年版,第311页。

独特的意义创造即'意奇',这构成后来黄遵宪和梁启超的先声。""正是从梁、黄、王三人及其三代递进中(当然不限于此),可以回溯出'诗界革命'论的渐进性发生的一缕遗踪。"①

第二节　潘飞声的域外诗

潘飞声(1858—1934),字兰史,号剑士,老剑,又号独立山人,广东番禺(今广州市)龙溪人。潘氏先世本居福建,乾隆年间迁广东经商。后兼营洋行事务,并成为广东洋商,潘家亦成了广州名门望族。潘氏先辈以诗词著称,倚声名重粤东,刊有《海山仙馆丛书》《双桐圃集》等。潘飞声夙承家学,自小就喜舞文弄墨,稍长工诗词,善书画,早年即闻名乡里,得叶兰台、陈朗山、李光廷、陈澧等激赏,并常出入香港,见识日广。1887年,潘飞声应聘德国柏林大学,前往东语学堂讲授汉文学。中国文人执教国外大学者,潘飞声为第一人。"兰史典簿才名之大,至为域外所慕。德意志国适创东文学舍,属驻粤领事熙朴尔致币延主柏林京城教习。……南海萧伯瑶山人为题其卷端云:别我西征惜霸才,岂知神女日频催。一千八百年山水,待汝开天一画来。古今一斗谢临川,山水雄奇又不然。谁向大荒能岸帻,酒酣亲见舞刑天。真能道得兰史意气者。"②

在柏林讲学期间,潘飞声结识了众多国际友人、学者。在德国讲学三年后,于1890年7月归国,居广州河南龙溪花语楼。曾举经济特科未就,遂绝意仕途,潜心创作。1894年冬,受香港中华报馆之聘,赴香江任《华字日报》《实报》笔政。他思想开明,关心国事,崇论宏议,力主为民办报,很快成了香港报界知名人士。1907年定居上海,加入南社,与高天梅、俞剑华、傅屯良合称为"南社四剑",故潘以"说剑堂"命名其诗词集。晚年在上海,家境渐贫,1934年病逝于上海。主要著作有《说剑堂诗集》《说剑堂词集》《在山泉诗话》《两窗杂录》《说剑堂全集》《饮琼浆室词》等近20种。另外,潘飞声长于书画,

---

① 王一川:《全球化东扩的本土诗学投影——"诗界革命"论的渐进发生》,《北京师范大学学报》2008年第2期。
② 邱炜萲:《五百石洞天挥麈》卷一,《续修四库全书·集部》诗文评类。

善行书，苍秀遒劲，善画折枝花卉，是广东近代美术史上重要人物。

日本人井上哲在《西海纪行卷序》中对潘飞声的域外诗赞誉有加："潘先生兰史拔奇负异，出南洋，泛印度，渡红海、地中海，入罗马之国，登瑞士之山，波臣所宫，鬼母所宅，皆汇行卷，以写幽邃瑰诡之观。而所为诗歌，又浩浩落落，昂首天外，如乘八骏，周览八极。综其挥洒波涛驱使万怪，辄与太白为近，卓乎为五千年狂獠，独开面孔，而域外名山大川，殆亦不能久韫终闷已。"①

丘逢甲《说剑堂集题辞为独立山人作》评论潘飞声西游及作品成就："诗中亦有东来法，七万里外称西师。柏林城小诗坛大，西方美人坛下拜。偶将剑诀传处女，花雨漫天动光怪。归来香海修诗楼，山人说剑楼上头。直开前古不到境，笔力横绝东西球。"②

邱炜萲对潘飞声的域外诗歌也给予了很高的评价："潘兰史海外诗豪情壮气，压倒一时豪杰，虽山川奇境，有以助之，故摛词无惮，然非蕴蓄于胸中者厚，亦安能腕下走其风雷、舌底翻其藻采哉？前此有长洲人王韬，远祖英京，取道南洋、印度洋、红海、地中海，先后与潘同出一辙。王素负博雅望，喜著书，所刻书目不下三十余种，诗词亦夥，竟无杰构足称西游风景。要知此种雄奇文字，非笔弱者所能。"③在这里，邱炜萲把潘飞声的域外诗和王韬相提并论，认为王韬的域外诗并无多少描写西游风景的杰作。显然，这种认识有所偏狭，但也从另一个方面反映了潘飞声域外诗的成就之高。

潘飞声的域外诗主要见于他在德国时期的著作《西海纪行卷》《天外归槎录》《海山词》《柏林竹枝词》《游萨克逊日记》五种，都收录于《说剑堂集》中。

一、域外风光览胜

姚文栋为《海山词》序云："古来才人，未有远游此地者，才人来柏林，自兰史始。"④1887年7月，潘飞声从广州出发，先到香港搭乘邮轮，经新加坡、锡兰，横渡印度洋，经过亚丁，进入红海，穿过苏伊士运河，转入地中海，在意大利上岸，再乘火车辗转抵达柏林。旅行线路漫长，耳目所及的域外风

---

① 钟叔河：《张祖翼伦敦竹枝词等五种》，岳麓书社2016年版，第89页。
② 潘飞声：《说剑堂集》第1卷，1898年刻本，第3页。
③ 邱炜萲：《五百石洞天挥麈》卷一，《续修四库全书·集部》诗文评类。
④ 潘飞声：《海山词》，《说剑堂集》第6卷，1898年刻本，第3页。

光也丰富多彩、新奇独特。潘飞声尽管一路舟车劳顿,时有身体不适,但仍然笔耕不辍,以诗文记下游历之踪。过苏门答腊,经龙涎屿时,潘飞声写下《龙涎屿》:

> 群山如群龙,奔吸大洋水。大峰昂龙头,小峰俯龙嘴。孤屿冲洪涛,若龙出波底。昨夜来五丁,鞭山压龙尾。排空走雷雨,龙惧负山徙。空余龙涎香,巨浪不能洗。今晨遇海客,风顺一帆驶。海光忽破碎,骇绝翘首企。我诗投海中,或有蛟龙起。①

诗人想象雄奇,把群山比喻为群龙,在波涛雷雨中有了奔腾的动态之美。又通过拟人的手法,想象群龙春间聚集在龙涎屿,互相嬉戏而留下涎沫,人们采集加工即成为名贵香料。诗人甚至想象把自己的诗投到海中,或许能有蛟龙应和。

潘飞声前往德国的路程历时一个多月,大部分时间都是在海上航行漂泊,回国之时也同样要经历这样的过程。潘飞声此行可谓历尽风浪险难,过印度洋时风势尤狂,船身极为颠簸,无法进食。《大风过印度洋》写道:

> 南溟三日大风作,荡漾已进印度洋。火轮旦暮辗不息,逆风风势尤披猖。银山起伏塞天地,我舟一叶随飚。舵工失色验风表,神针已落气不扬。窗棂动摇打急雨,有客屏息卧且僵。直愁蛟龙夺我枕,已见波浪湿我床。寒躯一转辄呕吐,那敢稍闻茶饭香。②

轮船逆风前行,海浪汹涌,在风雨飘摇的船上诗人身体极为不适。其后潘飞声经过锡兰,海上巨浪翻腾。潘飞声欲上岸而未能,赋诗《锡兰》:"锡兰古天竺,风利不得上。未译玄奘经,难拜释迦像。慈航许皈依,渡河现香象。愧我万里行,明日又尘坱。"对于不能登岸阅玄奘经、拜释迦像等文化遗迹,诗人极为遗憾。八月,船过大山岛、泊亚丁、入红海,一路奇山异水皆以诗记之。

---

① 钟叔河:《张祖翼伦敦竹枝词等五种》,岳麓书社2016年版,第98页。
② 钟叔河:《张祖翼伦敦竹枝词等五种》,岳麓书社2016年版,第99页。

第二章 近代文化交流学者的域外诗

过红海时,潘飞声作《红海口》:

> 才从印度扬帆过,红海风墙又杳冥。峭峡水光浮石黑,远天云气扑船青。可容貔虎屯双垒,似有鱼龙走百灵。最是客心孤迥绝,一声洋笛不堪听。①

诗中写出了旅行中的匆匆忙忙,海面的辽阔。水光云影之中,似貔虎,似鱼龙,远赴域外的诗人尽情打开想象的大门,境界阔大、雄奇瑰玮。

潘飞声在柏林居住长达三年,柏林的一草一木一山一水,皆成为其笔下描绘的对象。《伤情怨》词序中描绘了柏林的鲜花之盛景:"德意志柏林城泉甘土沃,花事极盛。四月紫丁香、八月秋海棠,人家园林随地皆是。"词云:

> 春寒香信尚怯。已有花如雪。紫玉填街,乱沾裙百褶。交枝未忍暗折。谩替与、罗襟偷缀。要等相思,纤纤穿作结。(右咏丁香)②

词中描绘了柏林四月丁香盛开的绚丽场景,花沾衣裙,余香缭绕。《一剪梅·斯布列河春泛》写潘飞声泛舟斯布列河的情景:

> 日暖河干残雪消。新绿悠悠。浸满阑桥。有人桥下驻兰桡。照影惊鸿,个个纤腰。绝代蛮娘花外招。一曲洋歌,水远云飘。待侬低和按红箫。吹出羁愁,荡入春潮。③

《捣练子·与嬉婵女士游高列林。林有酒楼,临夏菲利河,极烟波之胜》记叙游高列林之美景:

> 河上路,翠浮空。万点蘋花逐软风。缥缈楼台如画里,卷帘秋水照

---

① 钟叔河:《张祖翼伦敦竹枝词等五种》,岳麓书社 2016 年版,第 101 页。
② 潘飞声:《海山词》,《说剑堂集》第 6 卷,1898 年刻本,第 14 页。
③ 潘飞声:《海山词》,《说剑堂集》第 6 卷,1898 年刻本,第 10 页。

惊鸿。①

《罗敷艳歌·钵丹园看花分咏,得白莲》写了柏林用温室种植白莲的奇景:

> 玻璃亭子明如水,仿佛银塘。烟月苍茫。不辨花丛只辨香。霓裳清晓无风露,暖护鸳鸯。莫怨他乡。粉面人人惜六郎(中土莲花栽于欧洲者惟极南之意大利有之。柏林则盛夏犹寒,最难培植。此园所得数茎,为玻璃圆屋以护风露,又疑铜管注热水其中,使温暖如中土地气。花时播之日报,倾城来观。)。②

"粉面人人惜六郎",化用《新唐书·杨再思传》中杨再思谄媚武则天男宠六郎称其似莲花的典故,词作以此代指莲花。可以看出,潘飞声在描绘柏林之时,不是单纯地停留在风景表面,而是将写景、记人、叙事、抒怀融为一体,融入了作家自我的身份,以凝视之心态写域外他者之景象。《碧桃春·夏鳞湖在柏林西数里,松山低环,绿水如境,细腰佳人夏日多游冶于此》同样如此:

> 山眉青抹一帘烟。湖平花满天。罗裙香影漾红船。凌波人是仙。风絮外,醉魂边。层楼灯又燃。画筵歌舞系归舷。鸳鸯眠不眠。③

该词记叙游赏夏鳞湖的情景。湖光山色,美不胜收,柏林女性这些"细腰佳人"穿梭其中,为风景平添许多美丽。"细腰佳人"写出了彼时欧美女性服装的特色,能很好勾勒身材的曼妙,不像国内女性服装的宽松,突出了域外特色。

潘飞声从柏林东归亦走海路,所经之路线与赴德时一样。过巴敦、入瑞士,游卢在湖,作《卢在湖泛舟得诗四首》:"湖草湖花续旧缘,重来湖景尚依然。

---

① 潘飞声:《海山词》,《说剑堂集》第6卷,1898年刻本,第17页。
② 潘飞声:《海山词》,《说剑堂集》第6卷,1898年刻本,第32页。
③ 潘飞声:《海山词》,《说剑堂集》第6卷,1898年刻本,第11页。

第二章　近代文化交流学者的域外诗

不须更作沧桑感,我梦湖山已四年。"次日乘坐火车于群山穿行而过,风景秀丽,作《大雨过瑞士诸大山车中作歌》,诗云:

穷荒羁客行将归,归心已越千山飞。天慰孤怀辟奇境,黑入岩巇雷雨垂。朝来飞车度苍翠,峰外修眉正晴霁。忽然一日失群山,千百玉龙舞烟际。得非贰负开金天,玉龙鞭起相蜿蜒。八夤荒昧闭西土,雷公凿险山为穿。阿香砰訇震天鼓,我车恐被飚车阻。陡惊破石入洞门,驰出云间疾飞羽。峈岈万嶂参天高,蚕丛陡绝载六鳌。俯临众壑伏地底,铁轮上下随所遭。只愁失势落千丈,青天咫尺绿云上。苍茫惟见云中君,唤我峥嵘看仙掌。吾闻天皇开荒四万年,不通西极以西之人烟。汉武穷兵所不到,张骞凿空殊未然。我行逭迹西海边,河源绝域穷雕镌。飞而食肉空嘆嗟,独以长句铭山川。蛮云待敛昌黎笔,怪石怖走秦王鞭。山灵欢喜助晴色,反视群峰拥寒日。终当内附狼居胥,永辅神州向中国。①

邱炜菱评价此诗:"此诗奇气郁勃,尤妙在状难状之境。"诗人坐在飞驰的火车中欣赏着窗外奇境。突然之间大雨倾盆,雷声轰隆,又是另一番山中景象。浩瀚云海中,连山的轮廓都看不清楚了。不时有瀑布从半空飞下。火车驰入山洞,又穿洞而出,众峰飘浮于云海之上,而火车的铁轮仿佛也没有了着落,人坐其中,唯恐失势而落。潘飞声用夸张、比喻等手法,结合神话传说,把变幻的景色以及车行群山的惊险描绘得惊心动魄。

潘飞声于地中海登船时,作《地中海登舟作》,诗中云:"只有欧罗山送我,海潮东下是归情。"又至红海,留诗作《别红海山》:

果然天外客,重见旧名山。击楫鱼龙侧,归槎霄汉间。高斟银盏落,远别玉屏颜。何日楼船下,铁门来扣关。②

船泊锡兰后,潘飞声作《锡兰岛登佛寺作》写出了锡兰佛教的兴衰历程:"象

---

① 钟叔河:《张祖翼伦敦竹枝词等五种》,岳麓书社2016年版,134页。
② 钟叔河:《张祖翼伦敦竹枝词等五种》,岳麓书社2016年版,139页。

教起印度,释迦兴南宗,厥旨日空寂,贪妄戒所诃。"同时又感慨西方宗教对于本地佛教文化的冲击与破坏:"洋教从西来,威胁加兵讧。占踞等摧枯,惨被噬犬狨。"

潘飞声诗风以"奇气"著称。邬启祚《耕云别墅诗话》亦云:"同里潘兰史飞声诗笔雄丽,时有奇气。"① 潘飞声往返德国一路所写的诗歌充分表现了"奇气"特点,其诗之运思立意、构象遣词的确有出人意表、不同凡响之处。

二、域外文明及风俗

在描写域外自然风光之余,潘飞声也体验到别样的域外文明与域外风俗,在诗词中记录了柏林社会生活中的很多新鲜事物。《菩萨蛮·宿威陵》记录了潘飞声在德国乘坐火车的新奇感受:

> 飞车穿过层云湿,长河渡口烟波黑。今夜宿山村,水风寒到门。蒲桃供浅醉,短烛酣清睡。梦里见烟鬟,吹愁上碧山。②

火车入飞一般穿过云层,长河里的轮船冒着黑烟在行驶。"蒲桃"指葡萄酒。词人住在山村里,水边的风带着寒意。还好可以品尝当地的葡萄酒,酣然入睡。火车、轮船在当时的欧洲已很常见,但对于初来此地的潘飞声而言,体验则十分新奇。整首词乍一看都是旧词句,但是却蕴含着对域外文明的新的生活体验。

《金缕曲·德兵合操日,姚子梁都转命车往观,柏林画工照影成图,传诵城市,都转征诗海外,属余为之先声》描写了诸多域外新体验、新事物:

> 图画人争买,是边城,晶球摄出,陆离冠盖。绝域观兵夸汉使,赢得单于下拜。想谈笑,昂头天外。渡海当年曾击楫,斩鲸鲵,誓扫狼烟塞。凭轼处,壮怀在。列河禊饮壶觞载,有佳人,买丝绣我,临风狂态。请缨上策平生愿,换了看花西海。只小杜,豪情未改。自笑封侯无骨相,

---

① 陈永正选注:《岭南历代诗选》,广东人民出版社2009年版,第546页。
② 潘飞声:《海山词》,《说剑堂集》第6卷,1898年刻本,第39页。

望云台,像绘君应待。敲短剑,吐光彩。"①

姚子梁即姚文栋,是当时清朝驻德国使臣之一,与潘飞声过从甚密。这首词写了很多代表西方文明的新事物,作者用中国传统叙事语言中的语素指代这些异域景象或事物,使得整首词的格调仍然充满传统色彩。其中"图画"指照片,"晶球"指照相机,"画工"指摄影师,"买丝绣我"是以古人刺绣为像之事借指油画或拍照。"鲸鲵"指西方的船舰。可见潘飞声非常善于使事遣词,使旧瓶装上新酒,或者说将新义变成旧词。

另外如《满庭芳·柏崎园观百花会》中"电烛"指电灯。《高阳台·戊子子元夜酒座中赠洋妓安娜》"晶屏"即玻璃窗。《寿楼春》中"湘弦"指"洋琴",其他如"加菲茶"指咖啡,"挂晶球万点"指电灯高挂。

潘飞声对域外的风俗也比较关注,著《柏林竹枝词》24首,记叙了欧洲的宗教信仰、节日习俗、婚礼服装、舞会、饮食文化、茶肆、酒肆、人体油画、消夏会、妓女注册、百裥罗裙、女子教育等迥异于中国的社会礼俗和场景,展示了域外新奇的社会风尚。

写柏林人带着书前往教堂祷告的宗教信仰:"经堂晨诣各携书,祷告低鬟向紫氎。博得玉人齐礼拜,欧洲艳福是耶苏。"其后附有作者自注:"西国无跪拜礼,惟祷告耶稣则屈膝。"②

写复活节柏林人互相赠予复活蛋和糖果的习俗:"几日兰闺刺绣成,吴绫蛋盒载糖橙。却劳纤手亲相赠,佳节耶苏庆更生。"③

写圣诞节女子们在河流中放花瓣船以卜择偶之所的习俗:"雅剧兰闺引兴长,耶苏生日夜传觞。绿松灯下花船影,应喜佳人得婿乡。"④

写柏林人结婚的月白色服装:"洒衣香露似花云,云影衣裳月色裙。恰是小乔初嫁服,莫将新寡误文君。"⑤

写柏林市民赏花的情景。"异种莲称墨利加,钵丹亭子最清华。殊方风气

---

① 潘飞声:《海山词》,《说剑堂集》第6卷,1898年刻本,第20页。
② 钟叔河:《张祖翼伦敦竹枝词等五种》,岳麓书社2016年版,第117页。
③ 钟叔河:《张祖翼伦敦竹枝词等五种》,岳麓书社2016年版,第117页。
④ 钟叔河:《张祖翼伦敦竹枝词等五种》,岳麓书社2016年版,第120页。
⑤ 钟叔河:《张祖翼伦敦竹枝词等五种》,岳麓书社2016年版,第119页。

原无定。六月披裘去看花。"①

写柏林人饮葡萄酒、喜食菠萝雪糕、以用刀叉用餐的场景:"华筵香露酌葡萄,更擘波罗酿雪糕。几度刀叉齐换席,晶盘五月供樱桃。"②

写柏林的舞会之盛况:"百锦氍毹贴地平,蛮娘腰细着衣轻。兰因舞作鸳鸯队,妒杀胡儿得目成。"后注:"男女抱腰之舞名兰因。"③

写人体油画:"画里云烟任对摹,通灵妙腕属名姝。写真别具丹青笔,羞仿华清共浴图。"④盛赞绘画之美。

写当地的消夏会:"油壁青骢踏软尘,郊原消夏胜嬉春。海山自是无遮会,飞过鸳鸯不避人。"注释云:"西俗男女杂游园林胜处为消夏会。"⑤

写德国的教育:"蕊榜簪花女塾师,广栽桃李绛纱帷。怪他娇小垂鬌女,也解看书也唱诗。"其后注:"德国幼女至七岁,无论贫富,必入塾读书,兼习歌调,故举国无不知书能歌者。塾中女师,亦须考授。"⑥光绪年间,中国正在讨论废除科举,建学校,而提倡女学,更为有识之士所倡导。这对国内提倡女学的人是一个有力的支持。

难能可贵的是,潘飞声对于西方的态度是比较客观的,对西方的风俗、宗教、艺术、生活习惯很尊重,没有以道德家的眼光去批判西方文化,即便对人体油画这样的前卫艺术,他也没有表现出反感和不适。面对西方新文化的冲击,潘飞声能够不带任何偏见,而是以开放包容、坦然的心态去接受、去描写,在那个时代,确为罕见。

相对于郭连城对域外先进事物诸如火轮船、煤气灯、电报技术的惊奇、关注及探究精神,潘飞声对域外的风景也罢、新事物也罢,没有表现出惊艳之情,不排斥也不猎奇,而总是淡然处之写之,不刻意突出、彰显域外的新奇之景、之事,有着"刻意寻常"的倾向。⑦其原因有两点。第一,生于广

---

① 钟叔河:《张祖翼伦敦竹枝词等五种》,岳麓书社2016年版,第118页。
② 钟叔河:《张祖翼伦敦竹枝词等五种》,岳麓书社2016年版,第118页。
③ 钟叔河:《张祖翼伦敦竹枝词等五种》,岳麓书社2016年版,第118页。
④ 钟叔河:《张祖翼伦敦竹枝词等五种》,岳麓书社2016年版,第118页。
⑤ 钟叔河:《张祖翼伦敦竹枝词等五种》,岳麓书社2016年版,第120页。
⑥ 钟叔河:《张祖翼伦敦竹枝词等五种》,岳麓书社2016年版,第120页。
⑦ 郭文仪:《清末文人西方书写策略及其地域特征——以袁祖志与潘飞声的海外行旅书写为中心》,《江苏社会科学》2014年第3期。

州的潘飞声对这一切并不陌生。广州风气比较开放。18世纪中后期,因清政府实行"一口通商"政策,广州成为中西海上贸易的枢纽与文明交汇的口岸。第二,潘飞声家世特殊,是广州18世纪首富十三行首领潘振承第六世孙,潘氏家风比较开放。广州经济闻名于世,始于清朝的十三行。而十三行的推动和实施,则始于潘家。在十三行独揽对外贸易的85年间,潘家作为十三行首领长达39年。潘振承更是被评为18世纪"世界上最富有的商人"。他敢为天下先,投资数艘西洋商船成为大股东,还在瑞典设立海外贸易公司,这种气魄与胸襟在闭关自守的大清帝国是极为难得的。潘振承提出的"认夷为友",与林则徐提出的"正眼看世界"、容闳提出的"将西方文明引进来",共同体现了民族精英面对外国文明时所持有的开放包容心态。潘振承去世后,其四子潘有度、孙子潘正炜相继接手经营家业。潘有度的洋行内保留了当时最好的世界地图和航海图,甚至有些地图是探险家刚完成的,还没有在欧洲出版。潘有度著有《西洋杂咏》20首。潘氏家族把中国的命运与世界发展联系起来,开启了近代中国人了解世界、学习西方的历史进程。龙溪潘氏最主要的家族精神是开眼看世界的胸怀,以及诚信、善施的价值取向。潘飞声作为潘振承第六代子孙,这种开放的家风自然深远地影响着他。潘振承逝世,潘家就开始衰落,到第四代不再经商,潘家不再是名贾富豪家族了。在这样的家庭背景中,潘飞声对于西洋文化和西洋事物并不陌生,不会像一般的国人那样抗拒和鄙夷。

三、域外羁旅之悲鸣

相对于斌椿、张德彝等人,潘飞声对于西方文明还是比较认同的,没有强烈的抵触与反感,但他毕竟是异乡人,即便在柏林生活三年,有朋友陪伴,有莺莺燕燕围绕,他仍然很难融入域外生活,时常体现出身份认同的艰难。在潘飞声的域外诗中,有不少思乡之作。相较于其他几卷诗词,《海山词》中的天涯羁旅之感最浓重。过印度洋时,风颠浪狂,潘飞声就已经感受到羁旅的痛苦:"晚来欲梦梦即醒,魂魄颠簸神悚惶。我生三十饱忧患,达视生死庸何伤。独怜只身走海外,冒险如此殊怅怅。"[1] 在经意大利现华(今热那亚)时,

---

[1] 钟叔河:《张祖翼伦敦竹枝词等五种》,岳麓书社2016年版,第99页。

因恰逢中秋佳节,又引发了潘飞声的乡情,作《十五夜与竹君登藤花台赏月感赋》:"怜君对月动乡思,云鬟玉臂生远情,而我临觞忽不乐,故国回首泪欲倾。"① 遥望故乡,竟然泪落如倾,流露出对故乡的无限深情。《红海口》诗曰:"最是客心孤迥绝,一声洋笛不堪听。"② 每当船上汽笛响起,意味着又将扬帆远行,自己又要开始经历风涛的凶险,而离乡也越来越远,这一声汽笛竟让人哀愁不忍听。在这一类思乡羁旅之作中,潘飞声多用清冷萧索的意境烘托天涯行旅的孤独与愁情,充斥着"秋零""秋风""雨""萧萧""天涯""羁旅""乡关""梦""寒""孤""凉""悲""苍烟""故园""家园""故国""清泪""冷月"等这样的字眼。域外风景再好,也难掩诗人的飘零之感,《水龙吟·独游帖尔园至沙律定堡看黄叶》云:

> 可怜瘦尽秋怀,寥空也,换凄凉色。平林远近,西风作意,教伊狼藉。薄霭愁笼,斜阳冷染,画残金碧。怪宵来悄听,闲阶堕玉,幽蛩语,无人识。 况又江关庾信。尽频年、赋成萧瑟。殊方异客,空山何处,独寻行迹。我本飘零,树犹如此,岁华堪惜。想故园旧侣,著书才罢,一尊相忆。③

此处用了庾信的典故。庾信(513—581),字子山。祖籍南阳新野人。初仕梁,后出使西魏,时值西魏灭梁,于是羁留北方。历仕西魏、北周,官至骠骑大将军、开府仪同三司,世称"庾开府"。博学多才,擅长诗文。早年文学作品绮艳轻靡,晚年因遭世变,身居北地,所著多身世之感、故国之思,风格苍凉沉郁。该词通过"尽""空""西风""凄凉""斜阳"等萧瑟凄清的意象写出词人孤独与哀伤。又用庾信之典,表示自己是有家难回的"殊方异客",飘零之感充斥全篇。

潘飞声羁旅之中的思乡情,常常与对故乡友人的怀念交织在一起。一如潘氏在《台城路》一词小序中写道,"余滞留海国,忆友怀乡",如《玲珑四

---

① 钟叔河:《张祖翼伦敦竹枝词等五种》,岳麓书社 2016 年版,第 106 页。
② 钟叔河:《张祖翼伦敦竹枝词等五种》,岳麓书社 2016 年版,第 101 页。
③ 潘飞声:《海山词》,《说剑堂集》第 6 卷,1898 年刻本,第 34 页。

第二章 近代文化交流学者的域外诗

犯·夜读白石道人文章信美知何用,谩赢得、天涯羁旅句,殊触身世之感,慨然赋此。和原韵,寄何一山贰尹沪海、萧伯瑶山人潮州》:

> 酒被客愁,花消豪兴,潜移时序何许。敝裘辜意气,击剑伤千古。天涯罢吟别赋,记前年、送君珠浦。笛里关山,帆边潮汐,早识远游苦。风尘共嗟行路。只故乡皓月,寒入楼户。待寻归燕子,寄我离怀去。为言琴筑无知己,有诗卷、销磨羁旅。问甚日盟鸥,话江湖倦侣。(词律载白石原词,谓"教说与"之"与"字叶韵,而"春来要"为一豆,乃落下"寻花伴侣"句。律法似谨严,词意则反伤矣。此词收二语故不从其所定谱也)①

作者回忆当年与友人在一起的场景,历历在目,遗恨自己孤身天涯远游;抬头望月,觉得那是故乡的月亮,在寒夜进入室内;寻归燕,带上离情抵达故乡与友人身边。此时与郭连城的"月光原不限夷华"显然大为不同,在郭连城看来,月亮无论在华在夷都是一样的。但是潘飞声觉得故乡月终归是故乡月,是他根深蒂固的情感所系。词中通过"关山""皓月""归燕""盟鸥"等意象的叠加,写尽词人漂泊海外的羁旅之苦。

《台城路·杨椒翁寄秋岩宴坐图属题》也是思乡怀友之作:

> 余滞留海国,忆友怀乡,于翁则尤恋恋,故多为伤别之言。而末语又以坚他年栖岩之约,慰翁独坐时惆怅也。
>
> 两年梦想添茅老,披图又增离绪。鹤渚桥头,凤冈渡口,记得万松深处。蕉衫竹麈。爱坐满溪云,悄然无语。一片吟情,秋声吹过隔林树。当年坠欢未拾,花田觞别路,犹剩飞絮。江上琴孤,花前画冷,怕见峰眉愁聚。天涯倦旅。问甚日归来,再圆鸥侣。添我图中,石岩同话雨。②

天涯倦旅的漂泊中,词人想起昔日好友,更加思念故园。他乡再好,哪

---

① 潘飞声:《海山词》,《说剑堂集》第6卷,1898年刻本,第19页。
② 潘飞声:《海山词》,《说剑堂集》第6卷,1898年刻本,第16页。

比旧日鸥侣，盼望早日归去，与众友共话。

难能可贵的是，潘飞声在域外的羁旅愁怀中仍不忘国家之兴衰，时刻关注国家命运。《唐多令·答伯纯》云：

> 烟树入楼苍。萧萧塞草黄。望燕云、帽影都凉。摇落关河悲庾信，惊岁月、为谁忙。衣上冷斜阳。胡琴亦懒张。听秋声、触我思量。我合吹箫君击剑，湖海气、未消亡。①

秋天的萧瑟与斜阳加重了作者思乡的悲凉，在苍茫、萧疏的秋景中，作者再次以庾信自况，客居异乡的哀伤如影随形无法驱散。在低迷的氛围中，作者却笔调一扬，放言"我合吹箫君击剑，湖海气、未消亡"，转为意气风发、斗志昂扬的慷慨磊落之气。"箫"和"剑"是龚自珍诗歌中常用的意象，具有特殊的含义。"箫"指的是忧国忧民的情怀，"剑"则指志在报国的壮志。南社诗人多以龚自珍作为创作典范和人格楷模，潘飞声早期也受到龚自珍的影响，此处"我合吹箫君击剑"显然是抒写自己渴望报效国家的情怀。域外之景色与中国传统文人的忧国情怀相融合，形成独特的意境。

再如《金缕曲·雪中读杨崙西寄词，走笔次韵作答》：

> 肝胆曾相寄。偶然间、河梁挥手，海天无际。三载飘蓬忧患足，何况风尘失意。向海外、高楼孤倚。极目乡国何处是，猛愁来，怕读君此句。身世感，尚同慰。鬓丝照影增憔悴。枉穷边，谈兵说剑，纵论兴废。马上琵琶供涕泪，陶写羁情未已。任击筑，狂歌粗俚。歌罢阴阴天又雪，酌蒲桃、暂作消寒计。鹦醉喝，玉龙起。②

作者回顾三年的漂泊生涯，不无感伤。独上高楼，遥望故乡之所在，乡愁满怀。即便如此惨淡心境，作者仍然挂怀"谈兵说剑，纵论兴废"，心系国家之兴亡，愿意为国效力，使得羁旅之愁音中平添一些报国的豪情壮志，也

---

① 潘飞声：《海山词》，《说剑堂集》第6卷，1898年刻本，第31页。
② 潘飞声：《海山词》，《说剑堂集》第6卷，1898年刻本，第34页。

使得此类怀乡之作格局更加阔大。

潘飞声诗词中的域外羁旅之苦情比一般人更要悲凉、浓重，除了远离故乡的缘故，还有两个方面的原因。

其一，潘飞声奔赴域外为生计所迫，大非本怀。他在《满江红·别金井飞卿，即用见赠原韵》中写道：

> 海上云萍，叹遇合、偏无多日。空姚冶、江东词赋，才名争识。马策风尘三载倦，龙标乐府双鬟索。照海天、椽笔吐长虹，吾难敌。青楼赋，黄衫客。王融扇，桓伊笛。洒欧洲半壁，数行狂墨。君自五陵夸任侠，我怀一刺艰谋食。约重逢、蓬岛醉樱云，听瑶瑟。①

此处言明自己是"我怀一刺艰谋食"，因而他一再在诗词中提及自己是"倦游"是"三载飘蓬""风尘失意""风尘三载倦""天涯倦旅""羁旅"，是有家不能回的庾信。回国过七洲洋（海南岛东北），再次作下了长篇《七洲洋被风出险述怀》：

> 质性本粗犷，忏世遭嘲啁。岂无文字灵，违格难见售。独鹤唳青霄，众视若虫啾。负米既已拙，歧路嗟蹇修。伥伥其何之，龃龉终寡俦。愤然蹈域外，甘自雁置罘……四载卧寒毡，一事非所求。②

从此诗可以看出，出国讲学并非潘飞声之志向所在，而是因为"违格难见售"的科举失意以及"负米既已拙"的生计艰难、家境贫困。但是四年域外生活，潘飞声并没有找到自己的价值所在，认为自己一事无成，因为在传统中国士人的心目中，"学而优则仕"才是个人价值的体现。所以潘飞声感叹自己"四载卧寒毡，一事非所求"。

其二，此时的潘飞声刚刚经历了丧子、亡妻之痛，赴域外有远离伤心地之意。潘飞声妻子梁佩琼亦能诗，二人伉俪相得，感情深厚。但家庭不幸接

---

① 潘飞声：《海山词》，《说剑堂集》第6卷，1898年刻本，第41页。
② 钟叔河：《张祖翼伦敦竹枝词等五种》，岳麓书社2016年版，第148页。

踵而来,潘氏次子祖超约在1886年病故,梁佩琼备受打击,光绪十三年(1887)四月五日病故,终年26岁。潘飞声改其生前所居红芳馆为长相思室,并先后赋词16章,名为《长相思词》,悼念亡妻。在妻子亡故三个月后,光绪十三年(1887)七月潘飞声赴德国讲学。潘飞声的朋友承厚在《长相思词》题词中,称他此次赴德国,是"离乡为觅忘忧境"。潘飞声于1888年七夕在柏林作《悼亡百韵诗》,自序曰:"丁亥闰月五日,妇梁氏卒。营葬后,遂作远游,举念痛心,未尝赋悼。明年七夕,寓柏林客楼,感牛女之会,为补百韵。追述往事,哀不成语,亦所谓情至无文者欤。"① 虽阴阳相隔一年余,潘飞声远在域外对亡妻的思念依然如故。在柏林他写下《沁园春·丁亥十月十夜柏林客馆梦亡妇》:"如此长宵,听雨听风,回肠自支。"② 其词情意缠绵,刻骨铭心,如泣如诉。在听雨听风、长宵残灯中,诉说了对亡妻的缅怀与深情。

综上两种原因,不得志的无奈与个人家庭生活的不幸使潘飞声的域外羁旅愁情充满特有的悲苦之音,陈骧在《花语词》序中评价其诗词风貌曰:"每每惊魂荡魄,出人意外,虽极凄婉,仍不乖雅正之音。"③ "极凄婉"可谓一语中的。

四、名士风流心态中的域外女子

潘飞声到柏林时,不过29岁,又相貌堂堂,举止高雅,才华横溢,故一众德国女性为之倾倒。桂林为潘飞声《海山词》集题诗中写道:"记唱《寿楼春》一曲,万花低首拜词仙。"可见德国众女性对其仰慕有加。邱炜萲的《五百石洞天挥麈》对潘飞声寓居德国的多情与艳迹进行了总结:"兰史多情,尤多艳迹。……海外女郎与兰史订交,见于《海山词》中者,尚有嬉蝉、芬英、高璧、玲字、苏姒、兰珸琦、威丽默、麦家丽、马丽婷、莺丽姒、符梨姒、李拾璧、越梨思、绮云字十四人,不独一媚雅也。而媚雅独与兰史习。"1977年香港影印版王韶生《读说剑堂集》,亦谓"此卷之词,大半为泰西女郎而写","而风格实不高"。《海山词》之题材,可归为三类,即"游冶、羁旅、交友"。

---

① 潘飞声:《悼亡百韵诗》,《说剑堂集》第5卷,1898年刻本,第3页。
② 潘飞声:《长相思词》,《说剑堂集》第6卷,1898年刻本,第90页。
③ 陈永正主编:《岭南文学史》,广东高等教育出版社1993年版,第865页。

第二章 近代文化交流学者的域外诗

其中以游冶为大宗,占全卷一半以上,故姚文栋称其"妙写丽情"。

潘飞声与海外女子过从甚密。他们一起观剧、听琴、宴饮、游园、泛舟,无不快意。而在此过程中,潘氏为她们题赠很多诗词。这些作品辞藻华美,风格清旷瑰丽,具有一定的文学价值和社会认识价值。在冬园(Winter Garden),他与芬英、高璧、媚雅、玲字四人一起观剧。演出之后,日本舞姬阿摩鬐出扇索书,潘飞声遂作《洞仙歌》:

电灯妒月,荡琼台香雾,笑逐嫦娥听歌舞。正珠帘乍卷,宝扇初开。花影乱,忘了倭鬟眉妩。檀槽声未歇,替诉柔情,一样鸾飘奈何许。如此四弦秋,莫向当筵,更唱我、客游词句。待解佩,深宵慰闲愁,怕酒醒天涯,梦痕难作。①

在羁旅的悲苦中,众多域外女子的出现无疑暂时缓解了潘飞声的孤单和寂寞,给他带来了很多的温暖与快乐。在他生日之际,女史皆送鲜花贺寿,为他弹琴、跳舞助兴。《寿楼春》小序:"戊子十一月九日桂竹君秋曹、井上君迪文学,布席绿天楼,为余作生日,而芬英、媚雅、苏姒、玲字四女史,亦各送名花至,衣香花气荡漾于珠帘槛间。酒阑,诸女史按洋琴扬清歌,相跳舞以娱寿客,皆尽欢。余欣然成此解。"词云:

向琼楼开筵。挂晶毯万点,光映霜天。更启瑶窗呼出,照花银蟾。偏触我,新愁牵。叹岁华、消磨从前。但醉去吹箫,狂来说剑,憔悴过中年。红毹席,书鸾笺。有东瀛旧侣(君迪,日本人。竹君又曾游日本。),西海群仙。似在纤腰宫里,听弹湘弦。抛一串,歌珠圆。舞绣裙、惊鸿翩翩。拚酬饮千觞,宵深醉从花下眠。②

在域外女性中,与潘飞声感情最深厚的是媚雅。媚雅是客居柏林的琴师,与潘氏同寓绿天街。二人互相欣赏,情趣相投,交往密切。《海山词》中有很

---

① 潘飞声:《海山词》,《说剑堂集》第6卷,1898年刻本,第19页。
② 潘飞声:《海山词》,《说剑堂集》第6卷,1898年刻本,第23页。

多首词是潘飞声专为媚雅所作。媚雅生日时,潘氏作《重叠金》相赠:

> 方平夜侍麻姑宴,烟鬟雾縠云中见。天上听瑶琴,华年感不禁。琼楼通翠闺。家近西王母。生日祝红莲,同花寿百年。①

麻姑是中国神话中主管长寿的女神,象征着长寿,民间为女子庆贺寿辰时经常以麻姑像相赠。潘飞声无法为媚雅置办麻姑献寿画像,但也希望她长寿健康,以"麻姑"寄予美好的祝福。麻姑意象与域外女性相结合,赋予传统诗词新的生命力,是新意境之表现。

潘飞声和媚雅的相处甜蜜又温馨,《临江仙·记情》云:

> 第二红楼听雨夜,琴边偷问年华。画房刚掩绿窗纱。停弦春意懒,侬代脱莲靴。也许胡床同靠坐,低教蛮语些些。起来亲酌架菲茶。却防憨婢笑,呼去看唐花。②

夜深人静的雨夜,二人相处的状态宛如恋爱中的男女情状。作者一边听媚雅弹琴,一边悄悄问她的芳龄。曲罢,作者为她脱下鞋子,二人同倚沙发而坐,媚雅低声教作者说德语,又为他亲酌咖啡,场面极其浪漫缠绵。

潘飞声即将回国之际,媚雅和众女史在绿天楼为之饯行。潘氏专门为媚雅作《台城路》作为纪念:

> 凄弦忽作离鸾曲,潇潇画楼凉雨。宝镜团愁,银镫照影,别有离筵酸楚。飘零倦旅。问一样天涯,赏音何许。此夕琴心,万千哀怨镇无语。尘寰最怜小谪,恁华年锦瑟,孤负眉妩。我亦颓年,弹琴说剑,归去萍踪无据。深情慢诉。祝如愿天中,海山重睹。早谶华严,赠君肠断句。③

---

① 潘飞声:《海山词》,《说剑堂集》第6卷,1898年刻本,第30页。
② 潘飞声:《海山词》,《说剑堂集》第6卷,1898年刻本,第24页。
③ 潘飞声:《海山词》,《说剑堂集》第6卷,1898年刻本,第42页。

离别之际，五女史为潘飞声践行，潘飞声作《摸鱼儿·庚寅七月十一日束装东归，嬉婵、麦家丽、李拾璧、马丽婷、符梨姒五女史邀饯佛罗窟园林。即席赋谢，并以志别》："向离筵、万花围绕，香城都化罗绮。四年憔悴麟洲客，只有蛾眉同慰。"作者感叹在四年的漂泊中，是这些海外女性让他倍感温暖，抚慰了他的羁旅愁怀。

虽然潘飞声与媚雅情深意切，无奈妻子新故，二人还面临着跨国与身份的诸多问题，因而潘飞声始终没有逾越最后的感情防线，选择以礼相待。正如他《在山泉诗话》中所言："媚雅，琴师，普露斯人。来柏林授琴，与余同寓到绿天街。虽出贫家，温文雅靓，胡香袭衣，令人心慕。遇余情厚，时同宴游。然两年余皆以礼相待也。"①

潘飞声与诸域外女性的交往方式，显然无法纳入中国传统的男女"授受不亲"的伦常关系。他对这些女子的感情，混杂了友情、爱情、暧昧、欣赏、滥情等复杂成分，"他把这些感情写入词中，是中国的名士风流文化在西方的拓殖"②。历来论者对潘飞声的这些艳情词颇有微词，认为其格调不高，如王韶生《读〈说剑堂集〉》评点："即使艳丽至于透骨，而风格实不高也。"但是就潘飞声年仅三十丧妻又羁旅异域的情况下，"稍及绮罗香泽，写出艳丽的本色，实现其年轻风华，亦未尝不可"③，他和王韬在日本沉迷妓女陪侍还是大有区别的。

从文学史的角度而言，这些词也突破了中国传统词作中表现男女交往的模式，描写了异域文明的不同景观，为这类题材带来了新气象、新意境。

五、域外视域下的世界观照

梁启超倡导的"新意境"不只是指新的思想或审美情趣，还有新的世界观。随着近代国门的打开，较早走向世界的中国人对域外有了直观认识和更多了解，逐步建立起崭新的全球文化观念。"西方借着观看东方而建构自我，并借着观看，东方才得以存在。这是以西方作为出发点的谈法，换言之，若以东

---

① 潘飞声著，谢永芳、林传滨校笺：《在山泉诗话校笺》，人民文学出版社2016年版，第294页。
② 尹德翔：《晚清海外竹枝词考论》，中国社会科学出版社2016年版，第199页。
③ 程中山：《论潘飞声德国时期之文学创作》，《明清研究论丛》第一辑。

方作为出发点,同样可以借着观看而建构自我。"①潘飞声在观看西方的过程中,逐渐建构了自我,新的世界观开始确立。潘飞声并非一介普通文人,而是有远大胸怀、关心时局之爱国志士。他治史精微,披览甚广,在他的散文中有不少评论政务、国防要略、提倡政体、改革学制的文字。如《西汉诸帝崇尚改革论》《西汉匈奴强弱论》《防俄议》《德意志兵制兵法译略》《欧洲各国论》《德意志学校说略》《书院变通章程议》《改官制议》《戒鸦片烟会序》等,都表现出他关注时局、谋求富国强兵的爱国之心。潘飞声的世界观包含两个方面。②一方面,他认为中国不可独善其身,中国应该与其他国家结盟,互为协作,制衡敌方。为此,他提出具体建议:"当各国居忧处危之秋,我中国亟宜振兴自强,力筹大局,联结英德,以防俄法而保高丽也。……高丽安而中日与之俱安矣!"③另一方面,他认为中国应该向西方学习。如在《德意志学校说略》中他提出中国教育改革要借鉴德国之学制,认为教育是一国兴衰之根本:"国之治乱盛衰,关乎人才,学校之设,岂不尚哉?"④潘飞声在柏林期间,与不同国籍人士意图联合东亚各国组建兴亚会,共谋自强之道。随着对世界形势的掌握,潘飞声逐渐确立了新的世界观。在他的域外诗创作中呈现出全球视野。在诗歌中,潘飞声自觉地把德国和中国比较,在古今、中外的强弱对照中,显示出其高屋建瓴的世界观念。

潘飞声在柏林观看德国士兵操练所摄照片后所作的《金缕曲》,词的上阕由德兵操练照片引起联想,想到我国汉代军事力量的强大,出兵塞外,令匈奴降服,下阕写自己虽身在异域,但宴饮之余,仍不减对国家的关切之情。"请缨上策平生愿","敲短剑,吐光彩",诗人慷慨高歌,表达了希望能击退外敌、使中国更加强大、建立功业的志向。

《满江红·博子塾译言橡树林也,有布王富得利第二离宫。风亭雪阁,数十里相望。大河湾环,明湖迤逦,山光水色,苍翠万重,为布鲁斯第一佳山水》:

---

① [英]迈克·克朗著,王志弘等译:《文化地理学》,台北巨流文化出版社2003年版,第67页。
② 彭智文:《潘飞声词研究》,香港大学2010年硕士论文。
③ 潘飞声:《欧洲各国论》,《说剑堂集》第1卷,1898年刻本,第21页。
④ 潘飞声:《德意志学校说略》,《说剑堂集》第1卷,1898年刻本,第34页。

如此江山，问天外、何年开辟。凭吊古、飞桥百里，粉楼千尺。邻国终输瓯脱地，名王不射单于镝。看离宫、百二冷斜阳，苍苍碧。葡萄酒，氍毹席。挠饮器，悬光璧。话银槎通使，大秦陈迹。左纛可能除帝制，辒车那许遮安息。待甚时、朝汉筑高台，来吹笛。①

词人在博子埶思绪万千，想到德国当年强政励治、扩充版图的风光历史，又联想到大汉盛世的辉煌以及如今中国不复秦汉辉煌的现状，不由得对风雨如晦的国势感到愁闷不已，"待甚时，朝汉筑高台，来吹笛"流露渴望国家振兴的强烈期望。在古今、中西的跨越与对比中，体现了与传统爱国题材诗词不一样的气象。

又如另一首纪游怀古词《浪淘沙·登石门》：

匹马破蛮烟。倚剑峰峦。雨晴天外好看山。想见夸娥来裂石，划此屏颜。壮志任投闲。射虎空还。元帅曾出铁门关。谁续西游编手录，醉墨斓斑。
自注：元史，太祖收印度兵至铁门关，耶律楚材劝还。②

该词记叙了潘飞声游赏萨克逊石门的情景。见到眼前巍峨的山峦，词人不禁联想起成吉思汗征战的丰功伟绩，也为其没有继续西征感到遗憾，"谁续西游编手录"是潘飞声希望中国强盛的呐喊与希冀。词人身在异域，却心怀治平之方，将古今中外都融会在一起。在亚欧大陆的时空大背景中，更能折射中国的积弱不振，也愈发显出词人欲振兴故国的急迫之情，使得传统词作呈现具有近代色彩的新意境。

六、古典表达方式与域外之象的融合

潘飞声的域外诗虽然尽可能地描绘了域外新奇的风物与胜景，但是仍然惯于使用传统诗词的表现方式。在他的域外诗中，经常不自觉地用古典诗词意象和典故写域外所见。潘飞声在赴德途中，经过红海，看到红色的月亮，

---

① 潘飞声:《海山词》,《说剑堂集》第 6 卷，1898 年刻本，第 33 页。
② 潘飞声:《海山词》,《说剑堂集》第 6 卷，1898 年刻本，第 40 页。

大为惊奇,作《红海见红月》:

> 冯夷击鼓声逄逄,催月夜出骊龙宫。嫦娥中酒醉未醒,凌波任放酡颜红。我从海外览天宇,烟云变换皆奇睹。翻讶风帆吹转东,金乌跃出扶桑渚。瀛洲欲渡非渺茫,元虚作赋何能详。凭阑遐想已达旦,远山一角红霞光。①

此诗用了很多中国传统诗歌的意象和典故。"冯夷"是传说中的黄河之神,即河伯。泛指水神。"骊龙"出自《庄子·列御寇》,是传说中的一种黑龙。"冯夷击鼓声逄逄,催月夜出骊龙宫"出自唐代诗人杜甫的《渼陂行》中"此时骊龙亦吐珠,冯夷击鼓群龙趋"。"嫦娥中酒醉"用了嫦娥奔月的典故。嫦娥奔月的完整故事最早记载于西汉《淮南子·览冥训》,嫦娥因偷吃了不死药而飞升至月宫。"金乌"是中国古代神话中的神鸟。"扶桑"是古代神话中的树名,传说日出于扶桑之下,拂其树杪而升,后用来称东方极远处或太阳出来的地方。"瀛洲"是传说为东海中神仙所居住的仙岛,《史记·秦始皇本纪》:"中有三神山,名曰蓬莱、方丈、瀛洲。"在这首诗中,诗人用了如此多的中国古典意象和典故来极写地中海红月亮的唯美与浪漫,达到了古典意境与域外之象的完美融合,没有任何的生硬牵强。这自然得益于潘飞声深厚的学识与古典诗词的极高修养。

再比如《地中海观日出作歌》:

> 昔登浴日亭,远山切水磨铜青。今渡地中海,洪波涨天掩霞彩。㴖溟深黑,不辨万里之遥天,海若赫怒,鞭起蛟螭眠。火轮高高掷上三山顶,照见方壶员峤珊瑚树树生烟。我时已登海上船,徐福导我行,章亥偕我步。数博望之旧游,笑甘英之不渡。示我以金银台之梯,扶桑渚之路,虹光澒洞不能顾。我欲催山为剑锋,崖高不落青芙蓉。我欲腾身跨飞龙,乘风又出冯夷宫。前游后游山水各奇异,只惜十年岁月一瞬何匆匆。沧海何能穷,飞仙或可挟。长啸狂呼老道人,借我铁虬倚贝阙。穿云一奏海

---

① 钟叔河:《张祖翼伦敦竹枝词等五种》,岳麓书社2016年版,第101页。

光裂,海光飞出月如雪。①

其描写了地中海日出的绚丽美景:万里洪波之上,彩霞满天。茫茫远方,海天相接,海浪汹涌奔腾,如同睡醒的蛟龙一样。浪拥初日,漫升三山之山,遍照海天云树,光芒万丈。意境极为阔大,想象雄奇。诗中用了很多典故,如张骞、甘英通西域、波斯、徐福、章亥游历等,写出远赴德国的豪情壮志。又用银台、飞龙、贝阙、冯夷、蛟螭等传统意象,营造海上仙境,清丽奇特,有李白雄奇浪漫之风。所用典故涉及的人物、史实、故事、古籍运用起来也是得心应手,符合诗境。张德彝赞赏潘飞声诗作:"我亦乘槎客,逢君海日边。经师崇白狄,诗笔借青莲。"其以李白誉之。

过度依赖传统诗词的表现方式带来了一个问题,那就是淡化或削弱了域外的背景感。《海山词》有不少作品虽描写域外,但基本和柳永、秦观、纳兰性德等人的词并无太多区别,如《买陂塘·何蘧盦书来,谓移居荔湾,筑馆池荷之上。属为制词,预题廊壁。余倦游海外,久轸乡情,一片归心,已在菱香芰影中矣》:

买陂塘,绿荷添种,平铺浅浅明镜。隔花新筑玻璃馆,帘卷碧云千顷。鸥未醒。听两岸蝉声,吹堕斜阳暝。赤阑独凭。唤点烛调筝,焚香展画,花外有人应。湾头好,几处红芳翠净。年时曾共游兴。西风吹老菰蒲叶,遮断江湖尘影。秋枕冷。可忆我连宵,梦落横塘艇。烦君且等。约再熟离支,荷衣归换,诗教玉奴咏。②

显然,词中"绿荷""碧云""蝉声""斜阳""焚香""红芳"这些古典诗词传统意象的堆砌,使人恍然置身于中国而非域外,在一定程度上影响了域外诗词新格局的构建。"事实上,潘飞声似乎给自己营造了一种环境与故国并无不同的假象,在这种假象中宴游思乡怀人,因此造成了其词给人刻意寻常

---

① 钟叔河:《张祖翼伦敦竹枝词等五种》,岳麓书社 2016 年版,第 103 页。
② 潘飞声:《海山词》,《说剑堂集》第 6 卷,1898 年刻本,第 24 页。

的印象。"① 或许,潘飞声有意以这种"刻意寻常"来慰藉或消解身处异国他乡的孤独。

  总的来说,潘飞声的域外诗词记录了域外新奇的风景、域外文明、域外的新事物,创造出了新的意境,在传统诗词中有意识地引入大量的新词和西方新奇的生活体验。汪辟疆评其诗"清新骀宕,逸趣横生","其言志诗,往往以剑喻诗,笔力雄健纵横,热烈慷慨,中西直通,直开新境。"同时,潘飞声在引入新事物、新语句时,能顾及古典诗歌的审美特征,没有堆砌过多的欧化新名词,而是通过传统的意象、传统的语素和典故去表现新事物、新意境,无意中实践了梁启超后来所倡导的"旧风格含新意境"。其时,梁启超还未发动"诗界革命",因而,潘飞声的域外诗创作具有先导的意义,一定程度上是近代"诗界革命"的早期创作者。"在了解近代文学改革运动对新材料入旧文体的思考和尝试后,我们可以发现,早在他们之前,远在德国的潘飞声已经在词的创作上面对相同的问题,而他和梁启超不约而同,并且更早地采取了以'旧风格含新意境'的方法。"② 当然,潘飞声还没有形成相关的创作理论,尽管如此,他已经是中国近代诗歌创作的前路先导了。

---

① 郭文仪:《清末文人西方书写策略及其地域特征——以袁祖志与潘飞声的海外行旅书写为中心》,《江苏社会科学》2014 年第 3 期。
② 林传滨:《旧文体中的新世界——潘飞声〈海山词〉的价值与特色》,《古籍研究》2016 年第 1 期。

第三章 近代外交官员的域外诗

近代中国外交遣使以斌椿为肇始，先后派遣几十位出使大臣，包括郭嵩焘、刘锡鸿、陈兰彬、何如璋、张斯桂、王之春、曾纪泽、傅云龙、洪勋等。出使大臣都带有随行出使人员，包括参赞、领事、翻译、医官、武弁、学生等，黄遵宪、张祖翼、左秉隆、王咏霓、王以宣等名列其中。作为外交官员，他们能够直接进入欧美的上层社会和各种政治场景之中，"得以经常接触具有不同影响力的政客、官僚、贵族、财阀以及学者、文士等。中西社会文化的差异，又使他们观察的敏感度、感受的对比度，较诸久客异域者更为强烈，尤其是因为他们总在双方政治冲突的前哨位置上。所以，他们的游历见闻，便从一个特殊的角度，展现出晚清中外文化学术的相互冲突，在饱受传统熏染的上层士大夫中间，可能激发种种反应"①。

第一节 黄遵宪的域外诗

"海外偏留文字缘，新诗脱口每争传。草完明治维新史，吟到中华以外天。"（《奉命为美国三富兰西士果总领事留别日本诸君子》）② 黄遵宪（1848—1905）的这四句诗并非夸大之语。作为中国近代史上杰出的外交官和诗人，黄遵宪不仅有辉煌的外交成就，他的域外诗在中国近代诗歌史上也意义非凡。陈衍在《石遗室诗话》中说："中国与欧美诸洲交通以来，持英荪与敦槃者，不绝于道。而能以诗鸣者，惟黄公度，其关于外邦名迹之作，颇为夥颐。"③

---

① 朱维铮：《晚清的六种使西记》，《复旦学报》（社会科学版）1996年第1期。
② 黄遵宪：《人境庐诗草》，中国青年出版社2000年版，第256页。
③ 陈衍：《石遗室诗话》卷九，辽宁教育出版社1998年版，第113页。

黄遵宪的外交生涯非常丰富，他在亚、美、欧三洲都担任过外交官：光绪三年（1877）他以使日参赞的身份出使日本，光绪八年（1882）任美国旧金山总领事，光绪十六年（1890）跟随薛福成出使英、法、意、比四国并任驻英参赞，光绪十七年（1891）任新加坡总领事。

作为近代史上最著名的诗人之一，黄遵宪留下了大量域外诗，其中以《日本杂事诗》影响最大。

光绪三年（1877），黄遵宪跟随中国第一任驻日公使何如璋去往日本，开始了他的外交官生涯。两年后，他的《日本杂事诗》由同文馆以聚珍版印刷出版。组诗出版后广受欢迎，不断再版。《日本杂事诗》皆为绝句，最初问世时共154首；在组诗问世十多年后的1890年，当时在伦敦任使馆参赞的黄遵宪对其进行了修订，并增加至200首。修订的原因，黄遵宪在《日本杂事诗自序》[①]中说得很清楚，最初创作《日本杂事诗》是在他初到日本之时，那时他接触到的人多为"旧学家"，他们对于新学、新法"微言刺讥"，黄遵宪写的这些诗歌也受他们影响。后来黄遵宪"游美洲，见欧人"，美洲、欧洲的外交官经历使得黄遵宪的思想已经有了变化，1887成书的《日本国志》，其序论已经与《日本杂事诗》的诗意"相乖背"。在这样的情况下，黄遵宪"颇悔少作"，于是"点窜增损，时有改正，共得诗数十首；其不及改者，亦姑仍之"，就有了200首的定本。

身为外交官，黄遵宪具有敏锐的洞察力和强烈的使命感。他在《日本杂事诗自序》中说他来到日本之后，"稍与其士大夫游，读其书，习其事"，于是有"拟草《日本国志》一书"之意。他之所以要写《日本国志》，是因为他看到日本明治维新后的变化，他觉得应该让中国人真正了解日本这个近邻，特别是了解日本明治维新后的新气象。他撰写《日本国志》工程浩大，直到1887年才完成。《日本杂事诗》是他早期在搜集、整理相关资料时，利用手头的资料写成的。这组诗歌虽然都是短小的七言绝句，但每首诗后都有详细注文。这些注文扩展了诗歌的内容，是全诗的有机构成部分，因而《日本杂事诗》绝非普通的抒情写景之作。王韬在《日本杂事诗序》中说这组诗"或一诗但纪一事，或数事合为一诗，皆足以资考证"[②]。这组诗全面介绍了日本的历

---

① 黄遵宪：《人境庐诗草》，中国青年出版社2000年版，第831页。
② 王韬：《弢园文录外编》，上海书店出版社2002年版，第208页。

第三章 近代外交官员的域外诗

史、现状、景物、风俗、政治、经济、治安、教育、军事等情况,堪称诗体的、简约版的《日本国志》。

除了《日本杂事诗》,黄遵宪的其他域外诗,还包括在日本写的其他诗歌和在美国、欧洲、新加坡写的诗歌,收录在《人境庐诗草》卷三、卷四、卷五、卷六以及"补遗"中。这些域外诗眼界开阔、题材新颖,其中介绍政治制度改革、教育制度改革以及其他社会风貌、域外景观的诗尤其值得关注,以此构成了黄遵宪对日本和西方社会的想象。"想象中的西方形象既包含了我们对西方的认知,又反映了我们传统的价值观念。……从文化交流的角度来看,异域想象有时比异域知识更为重要。"①

一、域外政治制度

黄遵宪介绍了很多域外政治制度。

日本明治维新最重要的改革是学习西方的政治体制,也就是民主共和:

> 剑光重拂镜新磨,六百年来返太阿。方戴上枝归一日,纷纷民又唱共和。②

日本在明治之前,德川氏把持朝政;明治元年(1868),德川幕府的统治被推翻,睦仁天皇即位,开始变法,这就是明治维新。"纷纷民又唱共和",黄氏自注曰:"近来西学大行,乃有倡美利坚合众国民权自由之说者。"睦仁天皇的明治维新是君主立宪制,不是美国的共和制,但这不妨碍日本人民对共和制的倡议,因为日本这时已经建立了多个政党:

> 呼天不见群龙首,动地齐闻万马嘶。甫变世官封建制,竞标名字党人碑。③

---

① 王娟:《晚清民间视野中的西方形象:〈点石斋画报〉研究》,高等教育出版社2021年版,第7页。
② 黄遵宪:《人境庐诗草》,中国青年出版社2000年版,第833—834页。
③ 黄遵宪:《人境庐诗草》,中国青年出版社2000年版,第834页。

据黄氏自注,日本在明治二年三月开始废藩置县,到次年七月这一改革就已成功,于是"各藩士族"在交还禄秩之后,"遂有创设议院之请"。这些藩士"东西奔走,各树党羽",于是自由党、共和党、立宪党、改进党,"纷然竞起矣"。多党制是民主政治的基石,不过多党制、议院制需要在虚君的前提下才能发挥作用,此时日本天皇正在不断加强自己的权力,废藩立县正是增强中央集权的重要措施,因而这时日本的多党制、议院制并未发挥应有作用。

明治维新是维新,是改革,不是革命,因而新政中还能看到旧时代的影子。例如幕藩体制已经不存在,但旧时代的世家贵族们依然与平民百姓大不相同:

> 臣连伴造称官氏,藤橘源平数世家。将相王侯真有种,至今寥落族犹华。①

据黄氏自注,日本过去"数百年之藩",主要是"藤、橘、源、平四姓";现在即使"维新废藩",但他们"犹称为华族,以别齐民"。尽管幕藩时代已成为历史,但当时的日本政府并没有把他们从肉体上消灭。贵族依然是贵族,官制也依然是太政官制:

> 国造分司旧典刊,百僚亦废位阶冠。紫泥铃印青头押,指令惟恁太政官。②

据黄氏自注,太政官制本是中国的古代官制,天智十年(671)日本"始置太政大臣"(相当于中国的丞相),开始了太政官制;但在幕藩时代,"太政官势同虚设";明治维修后,虽然"一一复古",却"斟酌损益于汉制、欧罗巴制"——既然也参考了欧洲的官制,也就有了改革,那么明治维新时的太政官制也就跟"汉制"有所不同。不过到了明治十七年(1884),日本就直接用内阁制取代了太政官制。

日本维新初期无论中央还是地方,也都有议院、有议员,但尚未定型:

---

① 黄遵宪:《人境庐诗草》,中国青年出版社2000年版,第841页。
② 黄遵宪:《人境庐诗草》,中国青年出版社2000年版,第841页。

第三章　近代外交官员的域外诗

> 议员初撰欣登席，元老相从偶跻间。岂是诸公甘仗马？朝廷无阙谏无书。①

据黄氏自注，虽然"太政官权最重"，但也"设元老院"，每当"国有大事"时，就"开院议之"。这是中央政府，至于各府、县，是在"明治十一年始选议员，以议地方事"，这也是"仿西法上下议院之意"。但这些仅仅是"因民之所欲而为之"，实际上"规模犹未定"，因而这时不可能具备真正的议院功能。

日本维新变法也包括上朝官员衣着和礼仪的改变：

> 肘挟毡冠插锦貂，肩盘金缕系红绡。前趋客座争携手，俯拜君前小折腰。②

"肘挟毡冠插锦貂，肩盘金缕系红绡"的衣冠改变暂且不论，朝廷礼仪的改变也显示了日本的进步。据黄氏自注，新年朝贺时，各国公使相见，是"握手通殷勤"；即使入朝拜见天皇，也只是"进退皆三鞠躬"，已经"无拜跪礼"了。对比当时清朝官员见了皇帝的三叩九拜，可知明治维新时的日本已经有些现代文明国家的样子了。

光绪八年（1882）正月，黄遵宪从日本赴美，担任美国旧金山总领事。两年之后美国大选，黄遵宪目睹了这次大选出现的种种丑行，写下了《纪事》③八首，对美国大选进行了批判。

在诗序中，黄遵宪简单介绍了大选背景："合众党欲留前任布连，而共和党则举姬利扶兰，两党哄争，卒举姬君，诗以纪之。"此处"合众党"即民主党，但黄遵宪这里把两党的候选人写颠倒了，实际上民主党的候选人是姬利扶兰（格罗弗·克利夫兰），共和党的候选人是现任总统布连（詹姆士·布莱恩）。共和党在美国南北战争后已经执政 28 年，但在这次大选中落败。这组诗完整

---

① 黄遵宪：《人境庐诗草》，中国青年出版社 2000 年版，第 842 页。
② 黄遵宪：《人境庐诗草》，中国青年出版社 2000 年版，第 842 页。
③ 黄遵宪：《人境庐诗草》，中国青年出版社 2000 年版，第 275 页。

地记录了此次选举过程。

第一首诗写两党自夸,其自夸之语基本相同:民主党说的是"吹我合众筇,击我合众鼓,擎我合众花,书我合众簿",共和党说的是"击我共和鼓,吹我共和筇,书我共和簿,擎我共和花";民主党说"人各有齿牙,人各有肺腑,聚众成国家,一身比尺土,所举勿参差,此乃众人父",共和党说"人各有肺腑,人各有齿牙,一身比尺土,聚众成国家,此乃众人父,所举勿参差"。

第二首、第三首是两党各自介绍施政措施,并攻击对方。施政措施包括增加人民的收入("家家田舍翁,定多十斛麦")、驱逐华人以增加就业机会("远方黄种人,闭关严逐客")等。攻击对方总统候选人的人品("少作无赖贼,曾闻盗人牛"),对对方总统候选人进行人身攻击("面目如鬼蜮,衣冠如沐猴")。这种"彼党斥此党""此党评彼党"的场面确实很混乱。

第四首写选举时的演讲拉票。某日在"戏马台"前有"广场千人",在"华灯万千枝,光照绣帷彻"的夜晚,"登场一酒胡"的演讲者"运转广长舌",这个"盘盘黄须虬,闪闪碧眼鹘"的人"开口如悬河,滚滚浪不竭"。他的演讲很有激情,"笑激屋瓦飞,怒轰庭柱裂",演讲效果也不错,使得观众"掌心发雷声,拍拍齐击节"。结果就是"最后手高举,明示党议决",这一场演讲就结束了。

除了演讲,还有演出造势。"宝象黄金络,白马紫丝缰"纷纷登场,人们是"橐橐安步靴,林林耸肩枪",甚至"或带假面具""黑脸画鬼王"。在"赤帜风飘扬"之时,他们"齐唱爱国歌,曼声音绕梁"。这样的活动也很吸引观众:"千头万头动,竞进如排墙。"

除了这些活动之外,竞选者还用其他各种方式来获得民众的支持。他们用物品来拉拢民众,除了"浓绿莒牙茶,浅碧酿花酒",还有"斜纹黑普罗,杂俎红氍毹",甚至能"琐屑到钗钏,取足供媚妇"。他们到处走访,"上谒士雕龙,下访市屠狗"。他们无论见了谁都"握手","丁宁复丁宁,幸勿杂然否",要求民众把票投给自己。

到了选举的日子,"人人手一纸,某官某何谁"。从早晨开始就人来人往:"破晓车马声,万蹄纷奔驰。"选举现场是"环人各带刀,故示官威仪",人们表情各异,"路旁局外人"是"各各揿眼窥",也有些人"三五立街头,徐徐捻颔髭"。到了"赤轮日可中"的时候,还有迟迟而至的"邮递"。"胜负终难知",在最终结果没出来时,人们只能等待。"俄顷一报来,急喘竹筒吹。未几复一报,闻锣惊复疑",等待的过程也是一惊一乍。一直到"夜半筹马定,明明无差池"的时候,才"轰轰祝炮声,雷响云下垂",这时"巍巍九层楼,高悬总统旗"。

在黄遵宪看来,这样的选举过程堪称闹剧。他在最后一首诗中叹息道:"吁嗟华盛顿,及今百年矣。"美国在"自树独立旗,不复受压制"之后,"红黄黑白种,一律平等视。人人得自由,万物咸遂利。民智益发扬,国富乃倍蓰",这样的"泱泱大国风",确实是"闻乐叹观止"。可就是这样的文明之国、富庶之国,在选总统时让作者"所见乃怪事"。两党"怒挥同室戈,愤争传国玺"的结果,是"大则酿祸乱,小亦成击刺"。作者认为这是"至公反成私,大利亦生弊",虽然"究竟所举贤,无愧大宝位",但作者还是说:"倘能无党争,尚想太平世。"黄遵宪这组诗充分描述了美国大选的荒唐。

黄遵宪的理想政体是英国的君主立宪制。黄遵宪 1890 年来到英国后,跟随薛福成到温则宫(温莎城堡)拜见了英国女王维多利亚,并写下了《温则宫朝会》一诗:

> 万灯悬耀夜光珠,绣缕黄金匝地铺。一柱通天铭武后,三山绝岛胜方壶。如闻广乐钧天奏,想见重华《盖地图》。五十余年功德盛,女娲以后世应无。①

诗中的"三山绝岛胜方壶"是说英国胜过日本,而"五十余年功德盛,女娲以后世应无"则是对维多利亚女王的赞美,认为她的功德在女娲之后无人能及。确实,当时的英国是世界上最强盛的国家,号称"日不落帝国",殖民地遍及全球;而英国的强大,与英国的政治体制密切相关。

黄遵宪在光绪二十八年(1902)写给梁启超的信中②全面总结了他的政治观。他首先亮出来了自己的观点,那就是,"二十世纪之中国政体,其必法英之君民共主乎",之后说自己"胸中蓄此十数年,而未尝一对人言"。上推十多年,

---

① 黄遵宪:《人境庐诗草》,中国青年出版社 2000 年版,第 384 页。
② 黄遵宪:《黄遵宪集》卷下,天津人民出版社 2003 年版,第 491 页。

正是他写《温则宫朝会》一诗之时。之后黄遵宪回顾他初到日本之时，"民权之说极盛"，令他"心志为之一变"，认为"太平世必在民主"。等他来到美国后，"见其官吏之贪诈，政治之秽浊，工党之横肆，每举总统，则两党力争，大几酿乱，小亦行刺"，于是"爽然自失"，以为："文明大国尚如此，况民智未开者乎？"这个时期，就是黄遵宪写下《纪事》八首的时候，此时他看到的是美国社会窘况，思考的却是"民智未开"的中国的走向。几年之后，黄遵宪来到英国，"乃以为政体当法英"。他在信中向梁启超详细介绍了他"内安民生，外联与国"的为政设想。尽管他写信时的1902年，已是民权自由之说遍海内外，有识之士"或唱革命，或称类族，或主分治"，但他仍然坚持"奉主权以开民智，分官权以保民生"的君主立宪制，并坚定地说"仆终守此说不变"。从黄遵宪这些言辞来了解他那些与新政治制度有关的诗歌，可以进一步洞悉这位忧国忧民的有识之士对中国政治体制走向的心路历程。

二、域外教育改革

近代日本能够迅速崛起，一个很重要的原因就是重视教育改革。日本属于东亚文化圈，其教育体制与中国非常相似，黄遵宪对此也非常了解；正因如此，他对日本的教育改革感受很深，在《日本杂事诗》中多次咏及。

黄遵宪的《日本杂事诗》自序写于光绪十六年（1890），当时他已任职英国。他说他当初写《日本杂事诗》时"所交多旧学家"[1]，这些诗歌也深受他们的影响。下面这首诗就表现出他所受的影响：

> 削木能飞诩鹊灵，备梯坚守习羊垪。不知尽是东来法，欲废儒书读墨经。[2]

他在这首诗的注文中，首先说"学校甚盛，唯专以西学教人"。黄遵宪写这首诗时，明治维新仅仅十年，日本就已经有很多学校了，而这些学校的教学内容都来自西方。但黄遵宪有大国主义思想，说"余考泰西之学，墨翟之

---

[1] 黄遵宪：《人境庐诗草》，中国青年出版社2000年版，第831页。
[2] 黄遵宪：《人境庐诗草》，中国青年出版社2000年版，第848页。

学也",也就是认为西方的学说都来自中国古代的墨子,并非新奇之说;因而日本的学习西学,只不过是"欲废儒书读墨经"而已。黄遵宪不惜笔墨,用了千字的注文一一解释了"墨翟之学"与"西学"的对应关系,例如"尚同、兼爱、明鬼、事天",即"耶稣《十诫》所谓敬事天主,爱人如己";"火离然,火铄金,金合之腐水"等,是"化学之祖","西人淡气、轻气、炭气、养气之说"也只是模仿墨学而来;之后黄遵宪分别论述了墨子的学说是西方的重学之祖、算学之祖、光学之祖,墨翟"削鸢能飞"是"机器攻战所自来";除了墨学,《大戴礼记》中曾子说的"天圆而地方"等学说,也是西方的"地球浑圆,天静地动"说的来源;而从《关尹子》《淮南子》的相关论述来看,"中国之言电气者又详矣"。总而言之,"凡彼之精微,皆不能出吾书"。在这番皇皇大论之后,黄遵宪又具体介绍了日本外语学校和大学的教育情况:

  英吉利、法兰西、德意志语学学校,随处而有,故通西语者甚多。学校隶于文部省,东京大学生徒凡百余人,分法、理、文三部。法学则英吉利法律、法兰西法律、日本今古法律,理学有化学、气学、重学、数学、矿学、画学、天文地理学、动物学、植物学、机器学,文学有日本史学、汉文学、英文学。以四年卒业,则给以文凭。此四年中,随年而分等级。所读皆有用书。规模善矣![1]

首先是外语学校很多,无论是学英语、法语,还是学德语的,"随处而有",因而"通西语者甚多",由此可见日本向西方学习的风气之盛;之后着重介绍了东京的大学生,他们有"百余人",分为"法、理、文三部",并列举了每部所学的具体课程。最后黄遵宪说他们"所读皆有用书",并赞叹说:"规模善矣!"

日本也向西方派出留学生:

  《化书》《奇器》问新编,航海遥寻鬼谷贤。学得黎鞮归善眩,逢人

---

[1] 黄遵宪:《人境庐诗草》,中国青年出版社2000年版,第849页。

鼓掌快谈天。①

据黄氏自注，在日本大学"卒业者"，就"遣往各国，曰海外留学生"，这就是"航海遥寻鬼谷贤"之意。这首诗的注文中还介绍说"东京又有中学、师范学校"。他们的教育"分七级"，所学课程有"心理学、天文学、地学、史学、数学、文学、商贾学"。他们是"分年受业"，课程的安排是"由浅入深，由粗入细，由约入博"，他们所学书籍"皆归实用"，他们的课程"皆有定则"。因为他们是"同方同业，群萃州处"，这样就能"以一先生教数十人"，从而取得"师逸而功倍"的教学效果。这些"教法"都是"得之泰西"。"尝纵观其地"的黄遵宪在"叹其善"的同时，也在"想见泰西学校""无人不学，无地无学，无事无学"之盛了。

但日本学校并非完全西学：

五经高阁竟如删，太学诸生守《兔园》。犹有穷儒衣逢掖，著书扫叶老名山。②

据黄氏自注，"学校诸书，自西学外"，也有日本的"舆地学"和"史学"，还有中国的"唐宋八家文"和"《通鉴揽要》"。可知日本并没有跟旧教育完全断绝关系。直至今日，日本依然保存了很多中国文化的元素，这在很大程度上要归功于他们教育制度的延续性。

日本的女子学校引起了黄遵宪的特别关注，用了多首诗来介绍。下面这首诗介绍日本的女子师范学校：

深院梧桐养凤凰，牙签锦帙浴恩光。绣衣照路鸾舆降，早有雏姬扫玉床。③

---

① 黄遵宪：《人境庐诗草》，中国青年出版社2000年版，第849页。
② 黄遵宪：《人境庐诗草》，中国青年出版社2000年版，第850页。
③ 黄遵宪：《人境庐诗草》，中国青年出版社2000年版，第850页。

据黄氏自注，明治九年（1876），"国后出藏金""择士族华族女百人"并"延师教之"，这就是"女子师范学校"。建成之后，皇后特别重视，无论"开黉之日"还是"卒业之时"，都要亲临。皇后都亲临，那么"公卿命妇"们也就"褰裳偕至"，于是不仅"鸾铃载道"，而且"长者簪笔，幼者执简，跪迎于门，膜拜于堂"。黄遵宪看到这样盛典的时候，想到当时尚且缠足的中国女性，自是心绪复杂。

女子师范学校的课程虽然以西学为主，但也有女红：

捧书长跪藉红毹，吟罢拈针弄绣襦。归向爷娘索花果，偷闲钩出地球图。①

黄氏在注文中说虽然女子师范学校课程的"等级次第，大略与中学相同"，也是"多治西学"，但有"女红一业"，甚至"曹大家《女诫》，亦有译本"。除了学校教育，女孩子们也有"若宣文绛纱，私自受业者"。例如"有迹见泷，教女弟子凡一二百人，颇有五六岁能作书画者"。（按：迹见泷是当时的著名女画家，号花蹊女史，王韬《淞隐漫录》中有她的传记）

日本当时已经有了幼儿园：

联袂游鱼逐队嬉，捧书挟策雁行随。打头栗凿惊呼謈，怅忆儿童逃学时。②

幼儿园教的都是"四五岁小儿"，所教课程，或者是"鸟兽草木，用器具，或画图，或塑形，以教之以名"，或者是"剪纸画罫，抟土偶，垒方胜，以开其知识"，或者是"唱歌说话习字"。幼儿园中还有游乐设施，"陈一切蹴鞠秋千之类"，供孩子们放学时游戏，目的是"以诱掖其心，节宣其气"。幼儿园也是按时上下课，"课程皆有一定不易之刻，坐立起止，皆若以兵法部勒之"，这些也是"泰西之教法也"。当然幼儿园中也"有保姆，有训导"。

---

① 黄遵宪：《人境庐诗草》，中国青年出版社 2000 年版，第 851 页。

② 黄遵宪：《人境庐诗草》，中国青年出版社 2000 年版，第 851 页。

日本的教育体系中还有军校:

> 欲争齐楚连横势,要读孙吴未著书。缩地补天皆有术,火轮舟外又飞车。①

黄氏在注文中说日本"海陆军"都有"士官学校",这些军校"专以教帅兵者"。军校的学习内容也很全面、实用:"凡地之险要,器之精良,阵之分合,兵之进退,营垒之坚整,手足之纯熟,一一有成书,绘以图,贴以说";除了有图,还有模型——"图说所未尽者,以木土肖其形,一览可知";除了理论学习,还有实际训练——"又身验而力行之,无事之时,若临大敌者"。日本的军队也是全面西化:"日人之为陆军也,取法于法与德;为海军,取法于英。"

黄遵宪还参加了一次陆军军官学校的开校典礼,写下了《陆军官学校开校礼成赋呈有栖川炽仁亲王》②一诗。诗中说"古岂无利器,今合借他石",这是说要学习他山之石;既然"近年欧罗巴,兵法盖无匹",那就向欧洲学习,"择长以为师"。现在开办军校,是为了"得一良将才,胜百连城璧"。在典礼上,不仅有"飞炮鸣霹雳",而且"亦有轻气球,凌风腾千尺"。诗人说"譬若辅车依,譬若掎角立"。从这两句诗来看,作为邻国的外交使臣,黄遵宪希望日军强大之后,可以和中国相辅相助,可惜他的愿望最终落空了。

三、其他社会风貌

除了政治体制改革和教育改革外,《日本杂事诗》中还介绍了日本其他社会风貌,包括警视制度、法律改革、城市设施、文化建设、科技进步等。

日本的警视制度给黄遵宪留下了深刻印象:

> 时检楼罗日历看,沈沈官屋署街弹。市头白鹭巡环立,最善鸠民是鸟官。③

---

① 黄遵宪:《人境庐诗草》,中国青年出版社 2000 年版,第 850 页。
② 黄遵宪:《人境庐诗草》,中国青年出版社 2000 年版,第 184 页。
③ 黄遵宪:《人境庐诗草》,中国青年出版社 2000 年版,第 846 页。

第三章　近代外交官员的域外诗

黄遵宪在注文中首先解释警视制度的功能:"警视之职,以备不虞,以检非为。"之后介绍了其机构设置,首先是设有"总局",各区也分别"置署",大致是"户数二万以上,设一分署",每六十户"巡以一人"。他们"持棒巡行",到了一定时间就有人来换班。黄遵宪对这一制度进行了考察,认为这一制度兼有《周官》中的司救、司市、匡人、禁杀戮、禁暴氏、野闾氏、修闾氏等多个官职的功能,与北魏时期名为"白鹭"的候官很相似。这一制度非常实用,黄遵宪赞叹说这是"西法之至善者也"。后来黄遵宪协助陈宝箴在湖南变法时设置了保卫局,就是采用了这一制度。

黄遵宪也写到了法律改革:

　　《棠阴》《比事》费参稽,新律初颁法未齐。多少判官共吟味,按情难准佛兰西。①

法律的改革较难,黄遵宪在注文中说日本"府县止理民事",刑事诉讼"专司于裁判所",裁判所"直隶司法省"。明治六年颁布的新律纲领,是"参用大明律、泰西律",这种中西折衷的法律是不彻底的,也是模糊不清的。于是法官判案时,"每吟味其事情,难于判结"。不过黄遵宪说他写作这段注文时,日本司法省已撰好《民法》《刑法》二书,这次"专用法兰西律",二书已经"交元老院议之",但"未及颁行"。

黄遵宪对于日本设置消防局也非常赞同:

　　照海红光烛四围,弥天白雨挟龙飞。才惊警枕钟声到,已报驰车救火归。②

火灾是常见灾祸,日本"近用西法,设消防局,专司救火"。黄遵宪在注文中详细介绍了消防局出防的过程:在"火作"之后,就"敲钟传警",用"钟

---

① 黄遵宪:《人境庐诗草》,中国青年出版社2000年版,第845—846页。
② 黄遵宪:《人境庐诗草》,中国青年出版社2000年版,第846页。

声点数"来确定街道方向;之后"车如游龙,毂击驰集"来到消防现场;救火时,除了"有革条以引汲,有木梯以振难"外,还有"陈畚者、负罂者、毁墙者",他们"一呼四集",于是"顷刻毕事"。从"顷刻毕事"四字来看,黄遵宪对消防局的效率非常认可。

黄遵宪也关注了日本的监狱:

> 春风吹锁脱琅珰,夕晡朝糜更酒浆。莫问泥犁诸狱苦,杀身亦引到天堂。①

在注文中,黄遵宪介绍说日本"牢狱极为精洁",犯人们"饮食起居,均有常度","病者或给以酒浆,但加拘禁,不复械系"。在黄遵宪看来,犯人们在监狱中"一切诸苦,并不身受"。即使被定绞刑的犯人,他们在被处死时,也有人"引教士及神官僧人为之讽经",让他们"忏悔",并祝愿他们"来生得到天堂"。相比当时中国监狱的状况,日本的监狱令黄遵宪大为惊奇。

日本维新新政时弃用夏历,改用西历:

> 纪年史创春王月,改朔书焚《夏小正》。四十余周传甲子,竟占龟兆得横庚。②

黄遵宪注文中引用了明治五年十一月九日的诏书,说太阳历比"太阴历实为精密",因而"祭告太庙,行改历礼"。又下诏以此年十二月三日为明治六年一月一日,正式改历。来自中国的夏历在日本用了二千五百余年,经过四十余周甲子,到这时正式作废。

《日本杂事诗》中也提到了日本的新闻改革:

> 欲知古事读旧史,欲知今事看新闻。九流百家无不有,六合之内同

---

① 黄遵宪:《人境庐诗草》,中国青年出版社2000年版,第846页。
② 黄遵宪:《人境庐诗草》,中国青年出版社2000年版,第837页。

第三章 近代外交官员的域外诗

此文。①

在注文中,黄遵宪首先说,"新闻纸以讲求时务,以周知四国,无不登载"。它的特点是能让人们很快知道"五洲万国"的"新事",这些新事"朝甫飞电,夕既上板",人们"不出户庭而能知天下事矣"。

参观博物馆是人们增知识、广见闻的捷径之一,明治维新时的日本已经有了博物馆:

博物千间广厦开,纵观如到宝山回。摩挲铜狄惊奇事,亲见委奴汉印来。②

在注文中,黄遵宪首先点出"博物馆,凡可以陈列之物,无不罗而致之者",而它的作用是"广见闻,增智慧"。在黄遵宪参观的这个博物馆里,竟然有东汉光武帝时"汉委奴国王"金印,令黄遵宪很是惊讶。博物馆中有各种奇形怪状的动物:

异鱼怪鸟兼奇兽,图象争陈博览场。几辈守株犹待兔,何人歧路哭亡羊?③

在这个博物馆中有很多"奇异之物",多是"不经见者",比如有产自"澳洲"的"红喙绿首,粉面黑身,足惟三趾"的海鸟,按照形状而命名的马鞭鱼、琵琶鱼、鹦哥鱼、人面鱼,还有形如提鼓的翻车鱼、形圆有毛似刺猬的鱼虎、全身有坚甲似牛头的海牛,等等,黄遵宪详细记载了这些奇形怪状的动物。

博览会也出现在黄遵宪笔下:

左陈履宪右冠模,夏屋纷罗万象图。聚族同谋轮扁秘,不过依样画

---

① 黄遵宪:《人境庐诗草》,中国青年出版社2000年版,第848页。
② 黄遵宪:《人境庐诗草》,中国青年出版社2000年版,第847页。
③ 黄遵宪:《人境庐诗草》,中国青年出版社2000年版,第896页。

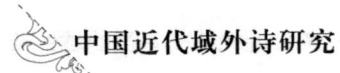

葫芦。①

在注文中,黄遵宪首先把"博览会"进行分类:"以时"分,则有"某年某会";"以地"分,则有"东京会、西京会";"以物"分,则有"丝会、茶会、棉花会";等等。在博览会上,"五洲万国之物",只要不是"天然之品",都"模形列价,以纵人摹拟"。但"日本最善仿造",他们的仿造之物,"形似而用便,艺精而价廉",使得"西人论商务者,咸妒其能,畏其攘夺云"。

日本的农业、矿业、造纸业等也在明治维新时有了改进。例如:

重译新翻树畜篇,劝农官舍榜书悬。新来学得鸡桴粥,夸与人前说秘传。②

据黄氏自注,这里的"重译新翻树畜篇"是指翻译了"泰西树艺养育之法"。日本设有"劝农局",用这些翻译的书推广西方的农业、畜牧业技术。比如原来孵鸡是让母鸡"自生自长",现在也"以人事助厥母粥"了。

初胎花事趁春融,祝语丁宁休洗红。一道裙腰频结束,尽将桃杏嫁东风。③

这首诗写的是"力求农学"之事,主要写的是"欧洲植物家"提出的"雌雄配合法",也就是"花果草木,亦交合而后结子"。

石墨沈沈阴火红,赤丹成颃出金铜。百年千岁莫枯竭,下告黄泉上碧穹。④

---

① 黄遵宪:《人境庐诗草》,中国青年出版社2000年版,第890页。
② 黄遵宪:《人境庐诗草》,中国青年出版社2000年版,第892页。
③ 黄遵宪:《人境庐诗草》,中国青年出版社2000年版,第893页。
④ 黄遵宪:《人境庐诗草》,中国青年出版社2000年版,第894页。

第三章　近代外交官员的域外诗

这首诗介绍的是矿业。在注文中，作者把日本的煤矿、铜山共有多少所，分布于何处，都进行了详细说明。注文的最后，又特别强调说："开掘之法，用泰西机器为之，甚便也。"可见当时日本已经用机器开矿了。

　　轻于蝉翼薄于纱，阑画乌丝整又斜。不用文人愁纸贵，淡黄遍种瑞香花。①

这首诗介绍的是日本的造纸术。在注文中黄遵宪说，在日本除了有与中国相同的造纸方法外，还用"芫花荛花瑞香花"来造纸。但日本"近仿西法，复以败絮为之"，并引用了《使东杂咏诗》的注文："败絮，机器揉碎熬烂，视其白而茸也，用水调匀，由机出之，机轮递转，泻浆成幅，腐者新，厚者薄，湿者干，顷刻即就，坚致如雪。"

　　镜影娉婷玉有痕，竟将灵药摄离魂。真真唤遍何曾应，翻怪桃花笑不言。②

这首诗是写制造镜子。黄遵宪注文中介绍了日本镜子的制造技术是"爇海兰烟薰玻璃"，再"以硫磺水涅之"，这样制造出来的镜子，"使人影透入镜中，神态如生"。这一技术也是出自"西人"。

四、异域风景

黄遵宪在亚洲、美洲、欧洲的外交生涯中游历了很多异域风景，这些景观在他诗中多有描述。

比如《日本杂事诗》写富士山：

　　拔地摩天独立高，莲峰涌出海东涛。二千五百年前雪，一白茫茫积

---

① 黄遵宪：《人境庐诗草》，中国青年出版社2000年版，第895页。
② 黄遵宪：《人境庐诗草》，中国青年出版社2000年版，第889页。

未消。①

在注文中,黄遵宪说这座"直立一万三千尺,下跨三州者",就是富士山。富士山"又名莲峰",是日本"国中最高山"。这座山"峰顶积雪,皓皓凝白,盖终古不化"。

樱花是日本的国花,黄遵宪非常喜欢樱花:

朝曦看到夕阳斜,流水游龙斗宝车。宴罢红云歌绛雪,东皇第一爱樱花。②

黄遵宪在注文中首先说"樱花,五大部洲所无",之后详细介绍樱花:"有深红,有浅绛,亦有白者,一重至八重,烂漫极矣。"然后介绍日本人对樱花举国若狂的喜爱:"三月花时,公卿百官,旧皆给假赏花;今亦香车宝马,士女征逐,举国若狂也。"黄遵宪也介绍了自己观赏樱花的经历:"墨江左右,有数百树,如雪如霞,如锦如荼。余一夕月明再游其地,真如置身蓬莱中矣。""一夕月明再游其地",在一个月明之夜两次游览这个地方,可见黄遵宪对樱花之喜爱、之痴迷。一览东京名胜之后黄遵宪总结说:"东京以名胜闻者,木下川之松,日暮里之桐,龟井户之藤,小西湖之柳,堀切之菖蒲,蒲田之梅花,目黑之牡丹,泷川之丹枫,皆良辰美景,游屐杂沓之所也。"

黄遵宪在诗中写了樱花的多种用途:

挢花作饭胜胡麻,嚼蕊流酥更点茶。费尽挼莎才结果,果然团子贵于花。③

樱花不仅可以观赏,还可以吃,而且有多种吃法:"有卖樱饭者,以樱和

---

① 黄遵宪:《人境庐诗草》,中国青年出版社2000年版,第839页。
② 黄遵宪:《人境庐诗草》,中国青年出版社2000年版,第871页。
③ 黄遵宪:《人境庐诗草》,中国青年出版社2000年版,第872页。

饭"——这是樱花吃法之樱花饭;"有卖樱饼者,团花为馅,或煎或蒸,谚有'团子贵于花'之谣"——这是樱花吃法之樱花饼;"卖樱茶者,点樱为汤,少下以盐,人谓可以醒酒"——这是樱花吃法之樱花茶。而游客们对于自己喜爱的樱花并不客气,他们把花枝"或插于帽,或裹于袖,或系于带",于是"游客归时,满城皆花矣"。

对于樱花,诗人觉得仅仅用《日本杂事诗》中的七言绝句来写显然是不过瘾的,因而他又写了一篇歌行体的《樱花歌》①。开篇描绘了日本的赏樱盛况,例如:"伞张胡蝶衣哆啰,此呼奥姑彼檀那",是写盛装持伞的女子与男子此呼彼应;"坐者行者口吟哦,攀者折者手挼莎,来者去者肩相摩",则写出了坐者、行者口中所唱,攀者、折者的手中所持,来者、去者的人数之多;"墨江泼绿水微波,万花掩映江之沱",写出了江水跟万花相映的盛况;之后两句"倾城看花奈花何!人人同唱樱花歌",总结了开篇,也把这段描写推向了高潮。

光绪十一年(1885),黄遵宪从美国旧金山乘船回国,写下了《八月十五夜太平洋舟中望月作歌》②一诗。诗歌开篇以"茫茫东海波连天,天边大月光团圆"点题,气势宏阔;之后以"今夕倍放清光妍"写月光之明亮;"一舟而外无寸地,上者青天下黑水"两句写实,"登程见月四面明,归舟已历三千里",以"三千里"来写路程之远。接下来写船上的乘客,之后以"鱼龙悄悄夜三更"写已至半夜,"波平如镜风无声"写太平洋水面清净,"一轮悬空一轮转"再写明月,"徘徊独作巡檐行"写自己的孤独,而"我随船去月随身,月不离我情倍亲。汪洋东海不知几万里,今夕之夕惟我与尔对影成三人"四句则是以月抒情。诗歌最后三句是:"倚栏不寐心憧憧,月影渐变朝霞红,朦胧晓日生于东",可知诗人一夜未眠,眼看着西边的月光逐渐暗下去,而东边的朝霞已经变红,朦朦胧胧的朝阳在东方出现。这首诗情景交融,以月贯穿始终。月是他乡月,又是故乡月,"借助望月体验而刻画中国人的全球性体验的复杂演变过程……他通过描写个人的望月体验的演变,而揭示了中国人生存境遇的全球性转变这一历史性事件。这样,一种望月体验显然已成为全球性中国形

---

① 黄遵宪:《人境庐诗草》,中国青年出版社2000年版,第177页。
② 黄遵宪:《人境庐诗草》,中国青年出版社2000年版,第298页。

象的一部分"①。

伦敦是雾都,黄遵宪的《伦敦大雾行》②描写了伦敦的大雾。大雾降临时,"苍天已死黄天立",也就是已经看不见天空,漫天都是黄雾。"举国沉迷同失日",整个国家都看不见太阳,都沉迷在雾中。"芒芒荡荡国昏荒",全国都处于昏荒的茫茫荡荡中;虽然是白天,却是"冥冥蒙蒙黑甜乡"。"我坐斗室几匝月,面壁惟拜灯光王",诗人坐在斗室之中已经几个月了,跟他做伴的只有灯光。之后诗人以"时不辨朝夕,地不识南北""忽然黑暗无间堕落阿鼻狱""出门寸步不能行""车马鸡栖匿不出,楼台屋气中含腥"等语句极写伦敦雾之大、霾之重,用"天罗磕匝偶露缺,上有红轮色如血"来写偶尔出现太阳时的情景。

伦敦大雾令诗人无奈,巴黎铁塔则让诗人心旷神怡。在《登巴黎铁塔》③中,诗人首先以"拔地崛然起,崚嶒矗百丈"来写铁塔之高,然后以"自非假羽翼,孰能蹑履上"想象登攀之难。当然诗人不可能爬上铁塔,"悬车倏上腾,乍闻辘轳响",他是坐悬车上去的;"人已不翼飞,迥出空虚上",感觉自己不翼而飞,已经在空虚之上;"并世无二尊,独立绝依傍",这是看到铁塔高高独立,没有什么跟它并列;"但恨目力穷,更无外物障",身在最高处,没有什么外物遮挡视力;"微茫一线遥,千里走河广",远处有微茫一线,那是千里外的大河;"宫阙与城垒,一气作苍莽",至于宫阙和城垒,看上去只是苍莽一片;"不辨牛马人,沙虫纷扰攘",分辨不清地上的牛、马、人,就像纷纷攘攘的沙子、虫子而已。最后写道:"一览小天下,五洲如在掌",这当然是夸张之语;"既登绝顶高,更作凌风想。何时御气游,乘球恣来往",这时作者想象自己如果能够乘坐着气球在更高的天空上,那真的可以"扶摇九万里,一笑吾其傥"了。

梁启超评价黄遵宪:"要之,公度之诗,独辟境界,卓然自立于二十世纪诗界中,群推为大家,公论不容诬也。"④钱仲联把黄遵宪誉为"天魁星呼保义宋江",评语为:"黄遵宪为晚清诗界革命之魁杰,世所共推。陈三立在戊戌变法时期,评其诗卷,以为'驰域外之观,写心上之语,才思横逸,风格浑转,

---

① 王一川:《"望月"与回到全球性的地面——读黄遵宪诗〈八月十五夜太平洋舟中望月作歌〉》,《社会科学辑刊》2002年第1期。
② 黄遵宪:《人境庐诗草》,中国青年出版社2000年版,第387页。
③ 黄遵宪:《人境庐诗草》,中国青年出版社2000年版,第429页。
④ 梁启超:《饮冰室诗话》,人民文学出版社1959年版,第31页。

出其余技,乃近大家,此之谓天下健者'。"① 黄遵宪的域外诗是最能体现梁启超所倡导的"诗界革命"主张的"以旧风格含新意境"的新派诗。"'诗界革命'的最终形成,是以黄遵宪的理论和创作与梁启超的口号、纲领和宣传这两大势力的合流为标志的。"② 可以说,黄遵宪以其开阔的世界眼光、富有创新性的艺术追求极大地推动了传统诗歌的改造与转型,他的探索和开拓之功为"诗界革命"乃至"文学革命"的发展奠定了基础、确立了方向。"黄遵宪的诗歌已是'五四'新文学的雏形。没有黄遵宪打起的晚清诗歌革新的这面旗帜与随之而来的继承者所展开的一系列的'白话文'的变革运动,'五四'新文学要堂而皇之步入殿堂,可能要摸索更长的时间。"③

第二节　张祖翼的域外诗

张祖翼(1849—1917),字逖先,号磊盦、濠庐,是近代较早走出国门看世界的中国人之一。他是驻英公使刘瑞芬手下的正式随员,于1886年随刘瑞芬赴英国,1889年期满回国。张祖翼把赴英国游历三载的所见所闻写成《伦敦竹枝词》,凡99首。最后一首诗自评:"軿轩不采外邦诗,异域风谣创自兹。莫怪气粗言语杂,吟成百首竹枝词。"④ 意谓自有使臣出使外邦以来,他所写的这百首竹枝词具有开创性,以异域风情入诗是从他开始的。此言并不准确,尤侗《外国竹枝词》100首,才是用竹枝词写域外的肇始。不过尤侗并没去过国外,是根据第二手材料写的,其中有些是符合实际的,也有些采自传闻或虚构,但尤侗以竹枝词咏外国风物的确是首创之举。张祖翼以实地考察、亲历所见撰写的海外竹枝词,自是和尤侗大为不同,《伦敦竹枝词》展示了近代中国人观望西方的复杂心态,在考察中国漫长的现代化的历程中具有重要意义。"在晚清描写欧美国家的竹枝词作品中,张祖翼的《海外竹枝词》是文笔最生动、内容最丰富的、立场最鲜明、最代表传统中国人意识的原汁原

---

① 舒位、汪国垣、钱仲联等:《三百年来诗坛人物评点小传汇录》,中州古籍出版社1986年版,第151页。
② 张应斌:《嘉应诗人与诗界革命(上)》,《嘉应大学学报》2001年第4期。
③ 周晓平:《从黄遵宪到胡适:"五四"新文学何以可能》,《中国文学研究》2014年第3期。
④ 钟叔河主编:《张祖翼伦敦竹枝词等五种》,岳麓书社2016年版,第3页。

味的诗歌。"①

一、19世纪中国人眼中的伦敦大观

19世纪的英国在工业革命后，发展迅猛，而彼时的中国还处于小农经济时代，世界格局中东方逐渐落后于西方。初次踏上英国的大地，面对与"天朝"迥异的世界，张祖翼充满好奇与新鲜，在《伦敦竹枝词》中详尽描绘了伦敦城市的各个方面。

1. 伦敦的城市风貌

《伦敦竹枝词》开篇第二首就写了作者对伦敦城市建设的第一印象："十丈宽衢百尺楼，并无城郭巩金瓯。但知地上繁花甚，更有飞车地底游。"②伦敦街道宽达十丈，楼高百尺，但没有中国城市的城墙，到处繁花似锦，而飞驰的地铁更是彰显了伦敦城市建设的现代化气息。伦敦地铁于1856年开始修建，是世界上最早的，1863年投入使用。而中国于1969年才拥有第一条地铁，这种先进的交通工具对张祖翼那种视觉和心理的冲击可想而知。

伦敦交通除了地铁，还有按时来往的公交车，"两层男女雁行排，来往通衢日几回。并坐殷勤通一语，下车携手踏天街"③。在诗注中，张祖翼介绍了彼时伦敦公交车的构造，分为上下两层，男女可以杂坐，收费很少，每人只收两便士。

伦敦的大雾也令张祖翼印象深刻："黄雾弥漫杂黑烟，满城难得见青天。最怜九月重阳后，一直昏昏到过年。"④诗注解释了伦敦大雾的原因是伦敦居民四百万户家家烧煤。英国作为最早开展工业革命的国家，伴随着工业的迅速发展也出现了很多问题，煤烟污染大气的情况就反映出工业革命引发的环境弊端。

伦敦的邮政信箱很普及："草字人头白纸封，路旁到处有邮筒。不知何事通消息，半是私情半是公。"⑤作者在诗注中说明英国的邮寄系统非常完善，管

---

① 尹德翔：《晚清海外竹枝词考论》，中国社会科学出版社2016年版，第187页。
② 钟叔河主编：《张祖翼伦敦竹枝词等五种》，岳麓书社2016年版，第3页。
③ 钟叔河主编：《张祖翼伦敦竹枝词等五种》，岳麓书社2016年版，第13页。
④ 钟叔河主编：《张祖翼伦敦竹枝词等五种》，岳麓书社2016年版，第3页。
⑤ 钟叔河主编：《张祖翼伦敦竹枝词等五种》，岳麓书社2016年版，第19页。

理严格，给市民带来很大便利。

英国的消防系统比较完备，救火出警很快，诗曰："四马朱轮去若飞，黑衣人尽戴铜盔。若教项羽来西土，也作咸阳一炬灰。"① 诗注中介绍了消防员用自来水灭火的情形，也写到了保险公司对伦敦市民财产的保障。

此外，作者还描写了伦敦的博物院、水族馆、浴室、电报局、咖啡馆、拍卖厂、大会场、油画院、天文台、蜡人馆等，都是其时中国还没有出现的新鲜事物，展示了19世纪80年代伦敦在西方工业革命后的城市新气象。

2. 伦敦的科技制造

张祖翼赴伦敦时，正是西方资本主义从自由竞争资本主义向帝国主义转变时期，西方正经历着第二次工业革命。第二次工业革命发明了发电机、电灯、电车、电影放映机、莫尔斯电报机、电话等。电灯的使用在伦敦已经非常普遍："一尺圆球百尺竿，电光闪烁月光寒。歌场舞榭浑如昼，世事昏沉普照难。"② 可见，电灯的使用和普及使人们的夜生活更加丰富多彩。

照相机在英国也很普遍："白日无光电气明，共夸新法善传神。可如照胆秦宫镜，照出心肠暧昧人。"③ 1839年，法国人发明了世界上第一台照相机，随后开始流行欧洲各国。所谓"新法"指的是，当时英国人认为电灯的光比日光效果要好，因而照相不在日光下照，而在黑暗的房间中打开电灯来照。

伦敦的机械制造业令张祖翼大开眼界："炉锤水火夺天工，铁屋回环复道通。十丈轮回终日转，总难跳出鬼途中。"④ 机械制造是西方工业革命的代表性产物。这首诗写出了英国机械制造业的精妙、快捷。可以看出作者对此十分欣赏乃至羡慕，但是在诗注中作者却话锋一转，将眼光从伦敦转回国内："中国人自许为通晓机器者，皆欺人之语。"显然，张祖翼也认识到了中外差距。

伦敦的天文技术其时也走在了世界前列："高台百级测天文，寒暑阴阳度数分。日月五星皆世界，要知西学听奇闻。"⑤ 天文台建在百级高的台阶上面，通过观测宇宙可以知道因何区分寒暑与日夜。诗注中介绍西方人认为太阳最

---

① 钟叔河主编：《张祖翼伦敦竹枝词等五种》，岳麓书社2016年版，第21页。
② 钟叔河主编：《张祖翼伦敦竹枝词等五种》，岳麓书社2016年版，第19页。
③ 钟叔河主编：《张祖翼伦敦竹枝词等五种》，岳麓书社2016年版，第24页。
④ 钟叔河主编：《张祖翼伦敦竹枝词等五种》，岳麓书社2016年版，第19页。
⑤ 钟叔河主编：《张祖翼伦敦竹枝词等五种》，岳麓书社2016年版，第25页。

大，太阳之外有金、木、水、火、土等行星，地球只是其中之一。此外，月球附着在地球周围，为卫星。这与当时中国人的宇宙观大相径庭，中国人认为宇宙是"天圆地方"，地球才是宇宙的中心。西方的天文知识对张祖翼而言，自然是"奇闻"。

伦敦的电报业为市民生活带来了很大便利："少女扶机竟日忙，霎时传语遍城乡。为他人约黄昏后，未免痴情窃问郎。"① 诗中说"霎时传语遍城乡"说明电报之快；"遍城乡"说明范围之广，可见当时电报是比较普遍的。诗注中还提到了电报花费"费数本士而已"，"本士"指当时英国货币，乃作者音译。"而已"说明电报费用不高，所以能够普及城乡。

伦敦的火车出行体验非常舒适："忽入深渊忽九天，片时百里赛神仙。明窗软榻休夸美，尚有宫车尽晏眠。"② 前两句写火车之快，坐在火车里感觉赛过神仙。后两句写火车内布置整洁美观，明窗软榻。注文中作者介绍了伦敦火车铁路纵横如棋局，由地底而达地面，又由地面而驾飞桥，火车内部设施完备，有床，有几，有厕，有沐室，有起坐之处和饮食之处。这些都说明火车无论是外部的轨道路线设计还是内部的装潢布置，在技术上都已经很成熟。

3. 伦敦的政俗

英国政体中的女王是一道独特的政治风景："五十年前一美人，居然在位号魁阴。教堂高坐称朝贺，赢得编氓跪唪经。"③ 诗后自注介绍了女王庆典的具体情况，张灯结彩三日，四方来观者数百万人，邻邦来贺者十余国，写出了英国作为一个老牌帝国在世界各国中的地位以及庆贺的隆重礼仪。

张祖翼还写到了英国政治制度："国政全凭议院施，君王行事不便宜。党分工保相攻击，绝似纷争蜀洛时。"④ 这是对当时英国君主立宪制和两党制的描写。诗注又介绍了英国君主作为国家元首仅仅起象征作用，并无实权，国家大事由议院做主。议院由工党和保党轮流执政，某党执政则尚书、宰相、大臣皆为此党之人。这里基本说明了英国君主立宪制的几个重要特征。

《伦敦竹枝词》中介绍英国风俗礼仪比较全面，涵盖了很多方面。这些描

---

① 钟叔河主编：《张祖翼伦敦竹枝词等五种》，岳麓书社2016年版，第18页。
② 钟叔河主编：《张祖翼伦敦竹枝词等五种》，岳麓书社2016年版，第30页。
③ 钟叔河主编：《张祖翼伦敦竹枝词等五种》，岳麓书社2016年版，第4页。
④ 钟叔河主编：《张祖翼伦敦竹枝词等五种》，岳麓书社2016年版，第5页。

写带有浓郁的异域风情，显示出文化的多元与开放。

圣诞节是英人的传统习俗："青枝圆颗插门高，年景家家女客邀。难得佳人枝下立，殷勤檀口送樱桃。"① 这是一首描写圣诞节的诗，诗注中详细描写了当时的一种风俗，在耶稣生日这一天只要女子站在冬青果下面无论认识还是不认识，都可与之接吻，而且女子还不能推辞。

伦敦丧制与中国不同："高冠三尺缀青纱，知是新丧在此家。亲友都将花作奠，笑他死后尚贪花。"② 诗注中解释，伦敦居丧之家不设奠，不哭泣，也无丧服，只是在头上缀黑纱，亲友前来吊唁，都以鲜花相赠。与西方相比，中国将丧葬礼仪看得尤为重要，上至天子，下至庶民都各有一套严格制度。中国祭祀一般为谷物、牲畜，此外，中国还讲究服丧，子女一般服丧三年，不得外出。可见，中西方对丧葬之礼行事规则大为不同。

西方人扫墓仪式是："棺上加棺十二层，街旁石碣坚如林。亦如扫墓逢佳节，遍把花枝插满坟。"③ 诗注中解释西人逢节亦有扫墓之举，只是将花枝遍插坟头而已。也写英国人对于坟墓的处置以及扫墓的仪式也是和中国不同的。

伦敦的乞丐行乞有行规："琴声鞳鞳语声低，脱帽卑躬索佩泥。乞食不如吴市易，短箫一管任东西。"④ 诗注云"凡乞丐不得以空手乞钱，或摇洋琴，或持火柴一盒，或持鲜花一朵"，说明伦敦政府对乞丐是有一定管理的。

4. 伦敦的女性

《伦敦竹枝词》中关于英国女性描写主要集中在下层社会，多为女伙计、女商贩、女骑士、女画工、女护士、女电报员等。

伦敦的女伙计："十五盈盈世寡俦，相随握算更持筹。金钱笑把春葱接，赢得一声坦克尤。"⑤ 注云："'坦克尤'译言'谢谢你'也。店无大小，皆用女伙。"可见，伦敦的店面服务员皆用女性，都很有礼貌。

伦敦的女商贩："红草绒冠黑布裙，摆摊终日戏园门。自知和气生财道，

---

① 钟叔河主编：《张祖翼伦敦竹枝词等五种》，岳麓书社2016年版，第14页。
② 钟叔河主编：《张祖翼伦敦竹枝词等五种》，岳麓书社2016年版，第16页。
③ 钟叔河主编：《张祖翼伦敦竹枝词等五种》，岳麓书社2016年版，第27页。
④ 钟叔河主编：《张祖翼伦敦竹枝词等五种》，岳麓书社2016年版，第27页。
⑤ 钟叔河主编：《张祖翼伦敦竹枝词等五种》，岳麓书社2016年版，第11页。

口口声声迈大林。"① 注云:"'迈大林'译言'我的宝贝'也。凡戏院会场中,多有贫女租尺地卖零碎玩物者,拉手接吻,无所不至,只图生意而已。"诗中描写女贩每天都去摆摊,她们衣着朴素,生活艰辛。她们明白和气才能生财,只要能将东西卖出去,将生意做好,拉手接吻,她们都能接受。

伦敦的女教师:"每月先零两三枚,朝朝暮暮按时来。岂徒教习英文语,别有师恩未易猜。"② 注云:"女人之读书者,亦开门授徒,教习英文英语……并坐谐笑,毫无顾忌。"这首诗描写的是英国女教师授课的情景。从诗中来看,她们在课堂上与学生的关系也并不是严格的师生关系,没有严格的界限,并坐谐笑,毫无顾忌。

伦敦的女演员:"赤身但缚紧围腰,一片凝脂魂为销。舞蹈不知作何语,下场捧口倍娇娆。"③ 从女演员着装、表演、下场几个方面进行了描写。作者在诗注中介绍了英国戏院大小不下百处,皆以女伶为贵。可见,在英国戏院是比较普遍的,演员以女性演员最受欢迎,女演员穿着比较暴露,表演十分妖娆。

伦敦的女骑手:"雕鞍横坐扭纤腰,纵辔如飞出远郊。莫道红颜无绝技,一鞭笑指月轮高。"④ 其注云:"女子骑马皆横坐鞍上,不用镫而能疾驰,亦奇技也。"这首诗描写了女子身扭纤腰,手拿马鞭,纵马远游。骑马是英国的传统项目,不论男女都能骑马。

《伦敦竹枝词》还记叙了"当垆有个文君在,惹得狂且尽断魂"的酒店女店主,"怪他学画皆娇女,画到腰间倍认真"的女画工,以及女用人、女报务员,等等,写出了英国女性丰富的社会生活。张祖翼如此用大量笔墨写伦敦女性,主要缘于一种文化上的惊奇。按照他此前在中国的人生经验,妇女更多锁步于闺阁之中,少有抛头露面于社会之上的。伦敦之行,让他大开眼界,倍感新鲜、惊奇。西方的妇女观是建立在男女平等基础之上的,这种观念是西方社会文明发展的结果。西方女性具有许多与中国女性不同的特点,她们独立、自由,有自己的职业,不依附于男人。

---

① 钟叔河主编:《张祖翼伦敦竹枝词等五种》,岳麓书社2016年版,第13页。
② 钟叔河主编:《张祖翼伦敦竹枝词等五种》,岳麓书社2016年版,第14页。
③ 钟叔河主编:《张祖翼伦敦竹枝词等五种》,岳麓书社2016年版,第11页。
④ 钟叔河主编:《张祖翼伦敦竹枝词等五种》,岳麓书社2016年版,第13页。

5. 婚姻爱情

张祖翼注意到西方的婚恋与中国的包办婚姻不同,《伦敦竹枝词》涉及西方男女交往自由、婚姻自主、婚姻法规、一夫一妻制等方面。

伦敦的男女交往是自由的:"把臂搂腰两并肩,双双踏月画桥边。孰邪孰正浑难辨,愿作鸳鸯不羡仙。"① 诗注云,男女两情相悦后,或周日空暇时或申酉之时,约定同游,挽手交颈,举止亲密。当然,关于"孰邪孰正"的观念,张祖翼显示出思想上的保守。

伦敦的青年男女可以自择佳偶:"十八娇娃赴会忙,谈心偏觅少年郎。自家原有终身计,何必高堂做主张。"② 意为少女在外出赴会的时候就已经在寻找自己的如意郎君人选了,关于自己的婚姻大事心中已经有了主意,不用父母替自己做主张了。在诗注中作者又加以说明,英国男女婚嫁,大都在茶会舞会之类的场所中自己选择。这种选择之下可能会有门户差别,20 岁之前,父母会有干涉,但是若子女超过 20 岁,父母就无权干涉。

伦敦的婚姻法规是严格的:"三十年前未娶时,任将花柳觅娇姿。一从赋得夭桃后,再踏章台便犯规。"③ 这首诗写法律对婚后生活的约束,结婚之前比较宽松,无拘无束,但是结婚之后就在法律上有了约束,如果出轨就触犯了法律,从法律层面对婚姻进行了约束。伦敦的婚姻法主张一夫一妻制:"唱随自本重天伦,岂许床头恩爱分。若使小星歌嘒彼,空将面首置多人。"④ 其注云:"英人无贵贱,皆不得纳妾。"英国人提倡一夫一妻制。诗注中说结婚之后便夫唱妇随,夫妻二人举案齐眉,相濡以沫,但若是有第三者插足必定让众人评理。这是在法律和道德两方面进行的双重约束。可以看出英国人对婚后的约束是比较严格的,婚姻受到法律保护。

伦敦夫妻婚后不与父母同住:"劬劳中外本无分,授室如何便弃亲。门户别开秦越判,但知恩爱胜恩勤。"⑤ 其注曰:"英人年至三十方得娶。自娶之后,便与父母兄弟分居,不相问闻,如陌路然,或岁时佳节一存问之而已。"这首

---

① 钟叔河主编:《张祖翼伦敦竹枝词等五种》,岳麓书社 2016 年版,第 8 页。
② 钟叔河主编:《张祖翼伦敦竹枝词等五种》,岳麓书社 2016 年版,第 7 页。
③ 钟叔河主编:《张祖翼伦敦竹枝词等五种》,岳麓书社 2016 年版,第 8 页。
④ 钟叔河主编:《张祖翼伦敦竹枝词等五种》,岳麓书社 2016 年版,第 11 页。
⑤ 钟叔河主编:《张祖翼伦敦竹枝词等五种》,岳麓书社 2016 年版,第 28 页。

诗反映了西方社会普遍现象，结婚之后便不再和父母家人一起生活。从思想上来说，这是他们向往自由的反映；从政治经济层面来说，这是英国完善的社会养老体系的反映。

二、域外书写中的文化心态

异国形象有言说他者和言说自我的双重功能。旅游者在旅游过程中的文化经验在很大程度上是一种不真实的经验，虽然他们的所见所闻是真实的，但他们的文化反应往往会被扭曲，是一种变形的认识。显然，伦敦呈现的是一个19世纪天朝大国人眼中的被异化的西方印象。"异国形象属于对一种文化或一个社会的想象，它在各方面都超出了文学本来意义上的范畴，而成为人类学或史学的研究对象。"①《伦敦竹枝词》实际上是19世纪中华民族的思想史、心态史的一部分。

《伦敦竹枝词》所展现的张祖翼的文化心态非常复杂，大致有三种。

第一种是基于猎奇或惊奇。"在组诗中，诗人的注意力全部集中在任何让他感到奇怪的事物上，有时张祖翼所描述的现象只是单一的偶然事件，并不代表当地社会的普遍习俗。当诗人把这种现象包括在一部意在为本国读者提供异国的整体印象的诗集里，这些偶然现象则往往被赋予了某种普遍性，给读者造成错觉。"②西方一直存在于中国人遥远的想象之中，中国人对西方往往抱着一种猎奇心态，特别关注迥异东方文明的内容，也就不足为怪了。尹德翔《晚清海外竹枝词考论》把张祖翼对西方文化的反应总结为"文化震惊"，根本原因归结为张祖翼站在"自我文化中心型"的立场上看待英国，故而在诗中才有如此反应。③

张祖翼写伦敦宴会："银烛高烧万盏明，重楼结彩百花新。怪他娇小如花女，袒臂呈胸作上宾。"④诗中显然是以猎奇心态来描绘西方宴会的社交活动及宴会女子的礼仪打扮的。诗注中大呼："奇观哉！"真实反映了初出国门的近代中国

---

① 孟华：《比较文学形象学》，北京大学出版社2001年版，第20页。
② 田晓菲：《神游：早期中古时代与十九世纪中国的行旅写作》，生活·读书·新知三联书店2022年版，第180页。
③ 尹德翔：《晚清海外竹枝词考论》，中国社会科学出版社2016年版，第177页。
④ 钟叔河主编：《张祖翼伦敦竹枝词等五种》，岳麓书社2016年版，第6页。

第三章　近代外交官员的域外诗

人的骇异之感受。

英国女性的穿着打扮令张祖翼惊奇万分:"细腰突乳耸高臀,黑漆皮靴八寸新。双马大车轻绢伞,招摇驰过软红尘。"① 这首诗比较细致地描绘英国女子"细腰""耸高臀""黑漆皮靴"等这些在中国人看来非常奇特的装扮。

张祖翼对伦敦绘画雕刻多裸男裸女像也感到惊奇,诗曰:"丹青万幅挂琳琅,山水楼台著色良。怪底画工皆好色,美人偏不著衣裳。"② 他觉得男画家好色也就罢了,女人竟然也一样:"大博物馆中有石雕人兽各像。人无论男女皆裸露,形体毕具,凹凸隐现,真如生者。……画工皆女子,携画具入院,静对而摹之,日以百计,毫无羞涩之状。"这些西方人正常的艺术创作在张祖翼看来简直匪夷所思。

第二种是带有惊羡或赞美。张祖翼时而也流露出对欧洲某些文明的钦羡和赞赏。对于英国的医院,作者观察得极为认真,也十分赞赏:"短榻纵横卧病躯,青衣小婢仗扶持。深情夜夜询安否,浃髓沦肌报得无。"③ 诗注中详细介绍了伦敦医院管理井然有序,制度规范,护理耐心。

第三种是充满鄙夷与揶揄。《伦敦竹枝词》中有一些诗句,反映出张祖翼初次接触异域文明后那种强烈的心理不适、排斥与抵触。如写英国民众对女王的表现:"夷狄不知尊体统,万民夹道尽欢呼""辇路所经,妇孺皆脱帽欢呼,声闻数十里,无复有肃静回避气象"。④ 显然是用中国的礼仪贬斥西方。自古以来,儒家文化讲究人治和礼仪,普通民众见到皇帝是不能抬头仰望的,皇帝出游更是全程封锁。而英国文化比较多元化,思想比较开放,讲究民主、自由。长期受封建思想桎梏的张祖翼见到如此场面自然是觉得不可理喻。

张祖翼写英国大臣觐见女王:"短衣脱帽谒朝中,无复山呼但鞠躬。露膝更无臣子礼,何妨裸体入王宫。"⑤ 按照英国维多利亚时代的礼仪,臣下觐见君主,一般脱帽鞠躬即可,在服装上,青年男子着短裤并不违背礼仪。但在张祖翼看来,短裤露膝有违君臣之礼,还不如裸体入王宫,充满讽刺与鄙视。

---

① 钟叔河主编:《张祖翼伦敦竹枝词等五种》,岳麓书社 2016 年版,第 9 页。
② 钟叔河主编:《张祖翼伦敦竹枝词等五种》,岳麓书社 2016 年版,第 25 页。
③ 钟叔河主编:《张祖翼伦敦竹枝词等五种》,岳麓书社 2016 年版,第 15 页。
④ 钟叔河主编:《张祖翼伦敦竹枝词等五种》,岳麓书社 2016 年版,第 4 页。
⑤ 钟叔河主编:《张祖翼伦敦竹枝词等五种》,岳麓书社 2016 年版,第 5 页。

他的这一认识,当然是从中国传统礼仪规范的角度出发的。

张祖翼在描写伦敦教堂礼拜之后评论道,"七天一次宣邪教,引得愚民举国狂"①,显然是带着鄙视的眼光去看的。说到伦敦的大小学堂,他批评"不知经史为何物"。说到蜡像馆蜡像的逼真,他认为"颇觉骇人",并引申出"古来作俑犹无后,此地将亡必有妖"。写伦敦的妓女,他把黑妓说成是"夜叉"。西式婚礼中的跳舞,他认为"林中跳舞太荒唐"。看到男女出游,认为是"孰邪孰正浑难辨"。谈到水底隧道,他说"灯光惨淡阴风起,未死先教赴九泉"。看到动物园,他说"原来人少畜生多",更是有些侮辱之意了。

显然,《伦敦竹枝词》里所展现的文化上的偏见与误读,来自作者的中国眼光。"在描述和理解西方时,人们本能地运用了传统的知识体系去理解、判断和评价异域文化。"②借助于竹枝词,我们能看到19世纪80年代晚清士人对伦敦的印象和观察,更应该看到观察者是怎样观察的。处在非中华文化场景中的张祖翼,映入他的竹枝词中的西方景观,往往经过他的中国眼光的选取和过滤。"文化认同以文化态度的转变作为先决。在文化抗拒的情形下,他者文化无论怎样有价值,都不会作为知识积累到个人的文化经验之中。而只有文化态度转变之后,他者文化的价值才能获得认同,才能作为知识而被吸收到行游者的文化经验之中。所以,当个人在旅行的时空转换之中获得知识增量的时候,其中已经包含了文化吸收的意义在内。"③张祖翼的文化抗拒与抵触,影响了对他者文化价值的吸收。

三、域外书写的呈现方式

竹枝词本是中国古代极具乡土气息、韵味悠长的民歌,它是由巴蜀之地民间歌曲演变而成,经刘禹锡加以改造而成为文人竹枝词。自刘禹锡之后,竹枝词一直长盛不衰,宋代苏轼、黄庭坚、范成大、陆游,元代虞集、杨维桢等都曾创作过竹枝词。到了清代晚期,出现了大量海外竹枝词,如黄遵宪1877年出使日本期间创作了《日本杂事诗》。此外,徐振、丘逢甲等人都有不

---

① 钟叔河主编:《张祖翼伦敦竹枝词等五种》,岳麓书社2016年版,第22页。
② 王娟:《晚清民间视野中的西方形象:〈点石斋画报〉研究》,高等教育出版社2021年版,第28页。
③ 郭少棠:《旅行:跨文化想像》,北京大学出版社2005年版,第107页。

少海外题材的竹枝词作品。张祖翼的《伦敦竹枝词》在继承传统竹枝词特点的基础上展现了新的风貌。

竹枝词本身具有语言通俗不拘格律的特点，口语俚语皆可入诗，极少用典。张祖翼无疑继承了竹枝词的语言风格，俚俗活泼、诙谐有趣。但是西方世界的新奇体验和文化震惊仅仅用俚俗和诙谐的风格已经完全不能满足张祖翼创作的情感需求了。再加上他创作《伦敦竹枝词》时用的是"局中门外汉"这样一个笔名，真实身份被掩藏，因而作者可以在诗中无所顾忌、挥洒淋漓，有的诗的确如作者所言"气粗言语杂""至词之俚鄙，事之猥琐，知不免方家之哂笑也"[①]。有时候《伦敦竹枝词》为了过于追求新奇和耸人听闻的效果而呈现出粗鄙、露骨或夸张的风格。比如写养狗纳税："金铃小犬剧堪怜，长伴佳人被底眠。此物亦当完国税,年年半磅纳金钱。"[②]此诗的确写得比较粗鄙。"家家都爱挂春宫，道是春宫却不同。只有横陈娇小样，绝不淫亵丑形容。"[③]这些画作显然不可能是"春宫"画，也不可能"家家"悬挂，作者显然是故作惊人之语，有夸张之嫌。

张祖翼开拓了竹枝词的新型表达方式，大量用音译词入诗，中西混杂，打破了中国传统语言的表达习惯，既新奇又有趣，也显示了张祖翼并非一味守旧，他对外来词语的接受与运用还是比较积极的。如："相约今宵踏月行，抬头克落克分明。一杯浊酒黄昏后,哈甫怕司到乃恩。""克落克"是 clock,"哈甫"是 half,"怕司"是 pass,"乃恩"是 nine。中国传统诗词中，"踏月"与"黄昏"是古典诗歌中的唯美意象，而都市中的大自鸣钟和"时""分"时间则是现代时间，也是一种起自西方的工业社会的美感。两种不同事物共融在一首竹枝小词之中，它的背后是近代中西文化的正面交锋。最后两句的意思是，喝上一杯小酒后，已经九点半了，语境非常别致有趣。

再如："握手相逢姑莫林，喃喃私语怕人听。订期后会郎休误，临别开司剧有声。""姑莫林"是"good morning"，"开司"是"kiss"。又如"一队儿童拍手嬉，高呼请请莱尼斯"中的"莱尼斯"，是"Chinese"。又如"自知和气

[①] 钟叔河主编:《张祖翼伦敦竹枝词等五种》，岳麓书社 2016 年版，第 30 页。
[②] 钟叔河主编:《张祖翼伦敦竹枝词等五种》，岳麓书社 2016 年版，第 25 页。
[③] 钟叔河主编:《张祖翼伦敦竹枝词等五种》，岳麓书社 2016 年版，第 14 页。

生财道，口口声声迈大林"中的"迈大林"，是英文"my darling"。再如"结伴来游大巴克，见人低唤克门郎"中，"巴克"是"park"音译，"克门郎"是"come on"的意思。"魁阴"是英语"queen"的译音，"亚魁林'为英语"水族馆"（aquarium）。音译字这一现象并不是张祖翼独创，但之前都是偶尔为之，张祖翼《伦敦竹枝词》却是大量出现，共有28个音译词。音译词的夹杂使用可能一定程度上削弱了诗歌的审美属性，"在美感上比较滑稽"[1]，但是海外竹枝词更重要的是它所传达的知识和信息，它的文学价值是其次的。另外，音译词的大量出现也丰富了竹枝词的表现方式，提高了诗歌的语言表现力和生命力，为近代诗歌注入了新鲜血液，呈现出一种别有张力的语言质感。

张祖翼面对西方琳琅满目的新世界，在他有限的传统经验里，不得已经常用中国古典意象来描绘西方事物。"海滨浅水绿如油，如屋方车水面游。且往观乎溱与洧，尽从车底赴清流。"[2] "溱与洧"出自《诗经》，描写郑国青年男女在溱水和洧水岸边游玩的情形。张祖翼借此典故来记录伦敦海边的热闹场面。"若教项羽来西土，也作咸阳一炬灰。"用项羽火烧咸阳的典故来比拟伦敦的火灾。"当垆有个文君在，惹得狂且尽断魂。"[3] 用文君当垆的典故描写伦敦酒店的女子。"银壶磁盏夜光杯，冰乳加非满案排。灯影镜光浑莫辨，几疑身到月宫来。"[4] 此处用中国传说中的月宫形容咖啡馆的美妙胜景。古典意象与西方事物相交融，呈现出作者以中国眼光观望与书写异域的方式。

总之，张祖翼的《伦敦竹枝词》记录了近代中国人走向世界的心路历程，反映了广大国人面对域外文明的复杂心态。张祖翼对伦敦的记录非客观实录，而是以自我的眼光来观看他者，其笔下的伦敦形象带有强烈的中国底色。"华尊夷卑"的观念虽然仍根深蒂固，但面对西方文明的冲击，也明显有了一定程度的动摇，对西方国家的某些先进之处也有艳羡之意。张祖翼自己也说"出洋最易变心肠"[5]，欧风美雨对于近代中国人的影响逐渐显现，而在文学表达上，也从固有经验开始转向对新格局的尝试与追寻，"诗界革命"的暗流已悄然而至。

---

[1] 周啸天：《中国绝句诗史》，四川人民出版社2019年版，第538页。
[2] 钟叔河主编：《张祖翼伦敦竹枝词等五种》，岳麓书社2016年版，第9页。
[3] 钟叔河主编：《张祖翼伦敦竹枝词等五种》，岳麓书社2016年版，第13页。
[4] 钟叔河主编：《张祖翼伦敦竹枝词等五种》，岳麓书社2016年版，第23页。
[5] 钟叔河主编：《张祖翼伦敦竹枝词等五种》，岳麓书社2016年版，第30页。

第四章　近代政治流亡者的域外诗

康有为、梁启超因变法失败，长期流亡海外，足迹遍及亚欧美和非洲。康有为自戊戌维新失败流亡日本，至1913年归国定居，长达16年。"遁迹海外，五洲万国，靡所不到，风俗名胜，托为咏歌。"① 康有为在海外创作的诗歌集中在其诗集中卷四至卷十二，共九卷——《明夷阁诗集》《大庇阁诗集》《须弥雪亭诗集》《逍遥游斋诗集》《寥天室诗集》《避岛诗集》《漪涟诗集》《南兰堂诗集》《憩园诗集》，计865首。梁启超诗歌中绝大部分是流亡海外的作品，现存诗427首，其中从1898年流亡日本到1912年回国，共作诗387首。作为政治领袖，康有为、梁启超面对异域文明的感触和接受可能更复杂、思考更深入，他们的域外诗政治色彩比较浓厚。

第一节　康有为的域外诗

康有为（1858—1927）以推动戊戌变法而名留史册，且在近代诗歌史上，他也占有一席之地。汪辟疆在《光宣诗坛点将录》中对康有为评价颇高，把他比作天速星神行太保戴宗，评曰：

> 维新百日，出亡十年，周游二十一国。定君诗，视此镌。
> 高言李杜伤摹拟，却小苏黄语近温。能以神行更奇绝，此诗应与世长存。②

---

① 康有为：《诗集自序》，《康有为散文》，上海科学技术文献出版社2013年版，第235页。
② 汪辟疆：《汪辟疆说近代诗》，上海古籍出版社2001年版，第108页。

郹庐王式通在汪辟疆的这段评语后面有一段识语,对康有为的诗史地位和诗歌特点进行了详细论述:

> 今诗人尚意境者宗黄陈,主神韵者师大历。锤幽凿险,则韩孟启其宗风;范水模山,则谢柳标其高格。其纯脱然入乎古人出乎古人者,则南海康有为也。南海平生学术,不以诗鸣,徒以境遇之艰屯,足迹之广历,直有抉天心,探地肺之奇,不仅巨刃摩天也。"返虚入浑,积健为雄",惟南海足以当之。①

汪辟疆虽然认为"此诗应与世长存",能够传世不朽,但同时指出康有"高言李杜伤摹拟",也就是具有模拟之弊。王式通对康有为评价极高,不仅认为"其纯脱然入乎古人出乎古人者,则南海康有为也",而且认为只有康有为才能做到"返虚入浑,积健为雄"。汪、王二人虽然对康有为的评价不同,但他们一个说"维新百日,出亡十年,周游二十一国",一个说"足迹之广历",可见二人在论述康有为诗歌时,都着眼于康有为的域外诗。

陈衍《石遗室诗话》卷九说:

> 自古诗人足迹所至,往往穷荒绝域,山川因而生色,更千百年成为胜迹,表著不衰。嘉州以岑,秦陇以杜,夜郎以李以王(昌龄),柳州以柳,琼、儋以苏,然皆未至裨海、瀛海而遥也。中国与欧美诸洲交通以来,持英荡与敦槃者不绝于道,而能以诗鸣者,惟黄公度,其关于外邦名迹之作颇为夥颐。而南海康长素先生以逋臣流寓海外十余年,多可传之作。②

陈衍将康有为的域外诗归入地域诗的范畴,并将中外地域诗一同论述。他认为岑参、杜甫、李白、柳宗元、苏轼等人的地域诗仅限于国内,而国外的地域诗人,外交官中唯有黄遵宪,逋臣中首推康有为。

康有为的海外经历决定了其诗歌特点。汪辟疆说"定君诗,视此镌",此

---

① 汪辟疆:《汪辟疆说近代诗》,上海古籍出版社2001年版,第108页。
② 陈衍:《石遗室诗话》卷九,辽宁教育出版社1998年版,第113页。

第四章　近代政治流亡者的域外诗

处的"此镌"是康有为请吴昌硕刻的一方印,印文为康有为自撰,全文为:"维新百日,出亡十六年,三周大地,游遍四洲,经三十一国,行六十万里。"① 这几句话虽有炫耀之意,但确实合乎事实,而在"十六年"中"三周大地,游遍四洲,经三十一国,行六十万里"的旅程,在中国近代史上,还没有哪位诗人能与之相比。因此汪辟疆才将康有为比作神行太保。"可以说,康有为是继杜甫之后最大的诗史。"②

康有为对自己的域外诗也有论述:

> 吾童好讽诗,而学在撙理,既不离人,性又好事,不能雕肝呕肺,以为诗人。然性好游,嗜山水,爱风竹,船唇马背,野店驿亭,不暇为学,则余事为诗,天人之感多矣。及戊戌遭祸,遁迹海外,五洲万国,靡所不到,风俗名胜,记为咏歌。莫拔抑塞磊落之怀,日行连犴奇伟之境。临睨旧乡,遭回故国,阅劫已夥,世变日非。灵均之行吟泽畔,骚些多哀;子卿之啮雪海上,平生已矣。河梁陇首,游子何之;落月屋梁,水波深阔。嗟我行迈,皆寓于诗,情在于斯,噫气难已。奔亡无定,散佚弥多。门人梁启超请收拾丛残,发愿手写,搜箧与之,尚存千余篇。亡人何求,又非有千秋之名心也。抑以写身世,发幽怀,哀乐无端,咏叹淫佚,穷者达情,劳者歌事,《小雅》《国风》之所不弃也。后之诵其诗,论其世者,其亦无罪耶。③

康有为"性好游,嗜山水,爱风竹,船唇马背,野店驿亭,不暇为学,则余事为诗"的秉性,在漂泊海外时不曾稍改,于是"嗟我行迈,皆寓于诗",因而写下了大量的域外诗。其女康同璧在《南海先生年谱续编》序中写道:"自戊戌以后,足迹所至,则三周大地,游遍四洲,历三十余国,行六十万里,

---

① 此篆文不同资料文字有异,汪辟疆《光宣诗坛点将录》中记载的是"维新百日,出亡十年,周游二十一国",蔡云万《蛰存斋笔记》记载的是"维新百日,出亡十三年,游三十二国,行四十万里路"。查对印文,结合康有为生平情况,印当为马洪林《康有为大传》中所说的"维新百日,出亡十六年,三周大地,游遍四洲,经三十一国,行六十万里"。
② 陈永正:《岭南文学史》,广东高等教育出版社1993年版,第687页。
③ 《庸言》第1卷16号,康有为《延香老屋诗自序》。

其考察着重于各国政治风俗,及其历史变迁得失。"①其实康有为域外诗的内容,除了"各国政府风俗,及其历史变迁得失",更多的是异国风光。

一、域外政治活动

康有为被追杀后,在国际友人帮助下逃到香港,之后又渡海到日本。他在赴日途中写了一首诗,诗题《住香港半月,日本总理大臣伯爵大隈重信招游,令前驻中国公使矢野文雄电告九月十二日乘"河内丸"。遂东》,诗中曰"梨洲乞师曾到此,勃胥痛哭至于今"②,此处的"梨洲"是黄宗羲,明亡后曾到琉球求援;"勃胥"是申包胥,楚亡后到秦廷求救。康有为这样写,显然是以此二人为榜样,表白自己到日本是为了让日本帮助他实现自己的政治抱负。而康有为在流浪海外期间,确实是以政治领袖的身份自居,并且也组织了不少政治活动,同时提出了一些政治主张。这些政治活动和政治思想,在他的域外诗中都有所表现。

康有为政治活动的一个重要方面,就是广泛接触外国政要,其目的是获得他们的同情,游说他们支持自己的维新主张,并希望他们向中国政府施压。如《日本内务大臣品川子爵以吉田先生幽室文稿及先生墨迹见赠,题之》一诗的诗序中,康有为写道:

> 松阴为维新先河,日相伊藤博文即出其门。品川子名弥二郎,松阴衣钵弟子,誉吾为中国之松阴,相待至厚。③

诗中写品川子爵把康有为比作中国的松阴。而松阴即吉田松阴,是日本阳明学派思想家,也是政治家、教育家,是明治维新的精神领袖,也是日本首相伊藤博文的老师。松阴因为自己的维新思想和倒幕行动而被杀,死时年仅29岁。品川也是松阴的衣钵弟子,他对康有为的赞赏,表明康有为的政治思想和政治行动得到了他的高度认可。康有为在这首诗中,以"轩动神国波,

---

① 康文珮:《康南海(有为)先生年谱续编》,《近代中国史料丛刊本(第七十七辑)》,文海出版社1972年版,第1页。
② 康有为:《康有为全集》第十二集,中国人民大学出版社2007年版,第190页。
③ 康有为:《康有为全集》第十二集,中国人民大学出版社2007年版,第192页。

大业辉维新""元功在谁手？慷慨松阴君"写松阴在维新运动中的作用，以"正学宗洙泗，高蹈抗丘坟"写松阴的学术渊源，以"弟子同激昂，大师国所尊"写松阴作为教育家的成就，以"急激发义唱，岂不惮祸艰？救国心既苦，殉道勇所熏"写松阴为了维新而不畏艰辛牺牲的勇气，以"遂使群处士，奋起捆血痕。前覆后轨继，大狱惨酸辛"写他们艰苦卓绝的斗争行为以及被捕下狱的悲壮结局。康有为的这首诗是对松阴的赞歌，也表达出他和松阴的共鸣。

《日本国民党领袖佐佐友房以所撰〈战袍日记〉见赠，赋谢》[①]是康有为写给佐佐友房的。从题目看，这是佐佐友房送给康有为的一本日记，康有为于是以诗为谢。在诗序中，康有为说"佐佐君为维新勋臣，尝从西乡隆盛举兵，日记即记此事"，写佐佐友房不仅是一党之领袖，也是跟从西乡隆盛起兵的维新功臣。康有为这首诗，虽然是赞美佐佐友房，但也表达了自己的维新之志。诗歌一开篇就是"仗义清君侧，誓身雪国耻。君国已何与，称戈乃为死"，很有气势；后面的"读君幽囚作，壮气起顽鄙"，写自己读了《战袍日记》后的振奋；"回首顾神州，尧台囚圣主"，写当时光绪帝在戊戌变法后被慈禧太后囚禁；"金轮成牝朝，谁为勤王起"是写当时的中国需要佐佐友房这样的勤王战士；"奄奄待国亡，愧此健男子"，这是以自己的无奈来对比佐佐友房的功绩，也是表达了对佐佐友房的赞赏。

《前外务大臣伯爵副岛种臣设中国馔相款，并出示诗文集，谈竟日，以扶助中国自任。感赠》[②]是康有为写给副岛种臣的。从诗题来看，副岛是日本前外务大臣；从诗序来看，副岛是"维新元功，汉学领袖"，并且"曾使中国"，因而他跟康有为"情意弥亲"。这位前外务大臣、维新元功，对康有为能够"设中国馔相款"，并且向康有为"出示诗文集"；两人"谈竟日"之后，副岛竟然能够"以扶助中国自任"，可见他不仅视康有为为好友，而且已经视其为同志了。康有为在诗中对副岛也不吝赞美之词，先是以"富士苍苍东海边，白头一老枕花眠"写副岛所居之处，接着以"我来望岳餐元气，但见飞云满九天"进行赞美；之后又以"王猛遗言哀晋室，谢安垂老卧东山"来写副岛依然关心政事。

---

① 康有为：《康有为全集》第十二集，中国人民大学出版社2007年版，第193页。
② 康有为：《康有为全集》第十二集，中国人民大学出版社2007年版，第194页。

康有为的《伯爵日野秀逸招宴，出示藏书画古物甚富。伯爵号节堂，太子母舅也，为王朝公卿八百年。多谈西京旧俗，可资文献。即席赋赠，并示天野为之博士》一诗是写给日本太子母舅日野秀逸的，可见他在日本期间与很多政治人物都有交往。

《己亥元旦与王照、梁启超、罗普在日本东京明夷阁望阙行礼》写了康有为即使身居海外，依然率众在元旦时向着北京的方向行礼，以表达对光绪帝的忠心。以后每年的第一天，康有为都要举行这一仪式。这样的仪式向世人表达了他的政治立场，是他海外政治活动的重要组成部分。

康有为1898年10月逃亡到日本，到次年4月初，迫于清政府压力，康有为在日本政府资助下离开日本，前往加拿大。从诗题《四月过加拿大阿图和都英，加拿大总督冕度侯爵设跳舞大会招宴。侯夫人电邀女画师于都琅杜来写吾像，画师年方十八，红衣娟妙，最有名者也》来看，加拿大总督曾设跳舞大会并宴请康有为，而总督夫人专门请了最有名的女画师为康有为画像。

之后康有为渡大西洋，至英国伦敦。从诗题《到伦敦，馆于前海部尚书柏丽斯辉子爵。子爵代请于英廷扶救复辟，议院开议，进步党人数少十四人，议卒沮，以英使窦纳乐惑吾总署诬言也。遂去英，时闰四月》来看，康有为这次到英国是为了请求英国帮助他"扶救复辟"。在"前海部尚书柏丽斯辉子爵"的提议下，英国议院已经开议，但因为进步党人数少了14人，加上英国驻华公使窦纳乐的"诬言"，这个提议就没有通过。康有为随后离开英国，这次的政治活动就此终止。

康有为离开英国后重返加拿大。在1899年7月，他联合华侨创办了保皇会，这是他以后政治活动的重要阵地；因为加入保皇会的会员必须缴纳会费，所以保皇会也是康有为在海外的主要财源。保皇会恰如其名，这个政治团体的宗旨是保光绪皇帝，反对慈禧太后。康有为有一首诗，诗题为《己亥六月十三日，与义土李福基、冯秀石及子俊卿、徐为经、骆月湖、刘康恒等创立保皇会。于二十八日至域多利中华会馆，率邦人恭祝圣寿，龙族摇飐，观者如云。湾高华与二埠同日举行。海外祝嘏自此始也》。这个诗题很长，但把事件介绍得很清楚，那就是保皇会成立后半个月，恰逢光绪皇帝的生日，康有为率领保皇会成员在遥远的加拿大举行了盛大的祝寿活动。从"龙族摇飐，观者如云"来看，这次政治活动规模很大。康有为总结这次活动的意义，那就是"海外祝嘏自此始也"，也就是从此以后，凡是到了旧历六月二十八光绪的生日，保皇会都举办祝寿活动。诗歌是抒情文体，康有为在这首诗中，既有"龙旂披拂白楼台"的盛大场景描写，也有"白人碰盏掎裳至，黄种然灯夹巷来"的热闹场面，当然更少不了他自己"小臣泣拜倒蒿莱"的泣拜场面，尾联"遥从文岛瞻琼岛，波绕瀛台梦几回"更是充分表达了自己对光绪帝的忠诚和情深。

之后康有为在1899年10月离开加拿大，到香港。从他的诗歌《居香港，英辅政司骆乞通华文，能论中国事，频来慰问，请茶会，索诗。港督卜君存问殷殷，派警士廿人保卫，夫人赠画。感谢并呈》[①]来看，他在香港不仅与辅政司官员骆乞来往密切，而且当时的港督还经常慰问他，派20个警卫保护他，港督夫人还赠画与他。他写诗"感谢并呈"，其实诗歌也是他加深与这些政治人物感情的一种手段。在诗中，他依然是用"愚公志移山，誓欲救国活"这样的诗句来表白自己的救国志向，用"尧台痛幽囚，党狱惨流血"来描绘变法失败的结局，用"包胥行哭秦，庄舄复吟越"来表明自己依然满怀救国之心，用"病母隔经年，游子忧郁咽"来写自己的可怜以唤起对方的同情，最后用"师师辅政君，才明挺人杰""文通仓颉史，俗谙震旦辙"来赞美骆乞，用"将军过爱怜，夫人画妙绝"来赞美港督及其夫人。

1900年1月底，康有为离开香港，2月1日到达新加坡，接受英政府的庇护。他在《大庇阁诗集》序中说："庚子春，徙图南溟。及夏，英海门总督亚历山大馆我于其庇能节楼，名之曰大庇阁。居十五月，至辛丑十月乃去。"可知康有为在大庇阁英国总督的保护下住了15个月。其实在定居大庇阁之前，他就已经接受了英国政府的保护。他有一首诗就是写此事："日夕闲游席草眠，月明花树散清便。修罗八部常围绕，班剑持枪拥后前。"[②]也就是他即使"闲游席草眠"，也有士兵围护；这首诗的题目是《二月二十五日迁林宅，三月初八日自林宅移居章宅。英督亚力山大招待殊厚，派印兵十八人保护。每日夕小步阶前，园大数十亩，花树萧萧，或席地卧，皆有印兵四人或八人执枪佩剑拥

---

① 康有为：《康有为全集》第十二集，中国人民大学出版社2007年版，第200页。
② 康有为：《康有为全集》第十二集，中国人民大学出版社2007年版，第203页。

侍左右》，可知这首诗并非写于大庇阁，而是他居于章宅之时，这时"英督亚力山大"就对他"招待殊厚"了，就有"印兵十八人"来保护他了，甚至他在"花树"之下"席地卧"，都有"印兵四人或八人执枪佩剑拥侍左右"。

1900 年，在光绪皇帝的三十岁生日时，远在新加坡的康有为率领众华侨隆重集会祝寿。从诗题《皇上三十万寿时大乱，京津消息多绝，幸圣躬无恙，小臣在星坡，与梁尔煦、汤睿设香案龙牌，望阙叩祝。时邱炜蒌鼓舞星坡人，全市祝寿极闹，前此未有也。恭记》①来看，康有为与梁尔煦、汤睿等人"设香案龙牌，望阙叩祝"，而这次祝寿活动由于邱炜蒌的努力，"全市祝寿极闹，前此未有也"。

其后康有为又在亚历山大总督的安排下，从新加坡来到槟榔屿，住在总督府，此事在《七月望英总督亚历山大以轮船来迎，同往槟榔屿，即馆吾于督署，日同游公园，看花听泉，供帐甚盛，志感》中有记载。此时八国联军攻入北京，光绪皇帝和慈禧太后西逃，康有为为此写了组诗《自星坡移居槟榔屿。京师大乱，乘舆出狩，起师勤王，北望感怀十三首》②。诗中说"传闻围客馆，无故戮行人"，于是"召怒西邻责，兴兵万国屯"，也就是清政府围攻各国大使馆，导致各国兴兵问责；"攘外用黄巾""红巾奖义民"，是写清政府用义和团来抗击外敌；"不忍看沽水，血流千里平"是写联军攻下天津；"金轮篡唐日"是将西太后比为武则天；"凄凉夜走秦"是写光绪皇帝逃到陕西；"两年奉衣带，万里走寰瀛""日盼红旗报，盈盈老泪横"则是表示自己的忠心。

康有为这时的重要政治活动，是策划了唐才常自立军的武装起义，组诗《北难日急，江南军来归，联合五省义士兴师勤王，将用日本挟藩之策，先行之武昌，事败。七月十八日，门人唐才常殉难汉口，烈士林圭等死者三十人。祭之哀怆心肺》③记载的就是这次起义。在诗题中，康有为说他"祭之哀怆心肺"；在诗中，他将唐才常、林圭等称为"烈士"，说"烈士悲国种，奇才起楚湘。苦心结豪杰，誓死救君王"。而他听说起义失败、唐才常等人被杀后，伤痛不已："惊闻将星陨，忧痛恻肝肠""血痕沾老泪，洒涕告三军"。

---

① 康有为：《康有为全集》第十二集，中国人民大学出版社 2007 年版，第 204 页。
② 康有为：《康有为全集》第十二集，中国人民大学出版社 2007 年版，第 206 页。
③ 康有为：《康有为全集》第十二集，中国人民大学出版社 2007 年版，第 208 页。

第四章　近代政治流亡者的域外诗

　　1901年12月，康有为离开槟榔屿赴印度，定居大吉岭，一直到1903年4月才离开印度。在印度一年多的时间里，他除了著述，就是漫游。《自大吉岭携同璧女游须弥山，行九日，深入至哲孟雄国之江督都城，英吏率国王迎于车站，入王宫，出其妃子相见，衣饰镂器皆中国物。王拘降于英十四年，欲遁不得，见我欣然，以贝叶经、酒筒相赠，吾解带答之，其妃以拓影相赠，璧女解玉戒指赠之，盖故受封于我国者也》[1]一诗，记载了他漫游时来到哲孟雄，跟哲孟雄国王见面的场景。哲孟雄即锡金，是一个位于喜马拉雅山南侧的小城邦，历史上曾经是西藏的一部分，"故受封于我国者也"；当康有为到访时，虽然已经是英国的殖民地，但其妃子"衣饰镂器皆中国物"。他们看到康有为很高兴，"以贝叶经、酒筒相赠"，康有为也"解带答之"；王妃"以拓影相赠"，康有为的女儿康同璧于是"解玉戒指赠之"。在这首诗中，康有为感慨颇多，有"森森汉官仪，惊喜入我眸"的喜悦，有"凤冠珠累累，中华妆尚留。设几饮我酒，从官跪献酬"的满足，也有"百器皆华物，恻恻我心愀。世谱存藏僧，受封实藩侯"的失落，也有"今为保护国，忽忽十四秋。给俸月仅千，贫困等拘囚"的感慨。

　　康有为游美洲期间，还访问了墨西哥总统迪亚斯。在《谒墨总统爹亚士于前墨主避暑行宫》[2]这首长诗中，康有为详细记载了他跟迪亚斯的见面过程，此诗可与《谒墨西哥总统对问记》[3]参看。"誉我老国能变法，慰我英舰载出厄"，这是康有为向迪亚斯介绍了自己的变法过程和逃跑经历，于是迪亚斯"祝我成功天助祥"，可见当时两人交流还是比较深入的。从"请我观兵阵旋抽""将军拥旄校督卒，枪戟森森和佩璆""陪登大学藏书楼""历言古迹请勾留，索我墨记欲代译"看来，迪亚斯不仅派人带领康有为参观了军队和大学图书馆，向康有为介绍了墨西哥的名胜古迹，还向康有为索要并打算翻译他的《墨西哥记》。对墨西哥总统的盛情，他也不吝啬赞美之词，在诗歌结尾说："嗟乎！惟天下之英雄，乃相敬而相攸！"

　　概括来看，康有为在初到海外的几年里，在诗歌中记录自己的政治活动

---

[1] 康有为：《康有为全集》第十二集，中国人民大学出版社2007年版，第228页。
[2] 康有为：《康有为全集》第十二集，中国人民大学出版社2007年版，第271—272页。
[3] 康有为：《康有为全集》第八集，中国人民大学出版社2007年版，第319—320页。

较多;之后他也有不少政治活动,比如把保皇会改为国民宪政会、反对革命等,但这些政治活动在诗歌中基本没有记载,本文从略。

二、域外影响下的政治思想

康有为长期居于海外,在与各国政要交往的同时,也具体细致地考察对比了东西方各国的政治状况,这使得他的政治思想有所改变。他虽然反对推翻清王朝,但在民主、法治等方面的主张也非常明显,还具有殖民思想。在教育上,他参加创办了日本的大同学校,要求学校里的中国学生学习西方科学技术;他在美国参观了西点军校之后,更是极力提倡军事教育。

康有为在槟榔屿时,女儿康同璧前往陪伴;后来同璧跟随康有为到了印度,又受康有为委托,到欧美演讲。在《十一月十二日送同璧女还港省亲,兼往欧美演说国事,并招薇女来》[①]组诗中,康有为在用"美欧几万里,幼女独长征"赞美了同璧的同时,也用"女权新发轫,大事汝经营"来表达了他的女权思想,用"印度泱泱大,文明最古邦。只因倡革命,各自背君王"来表达了他对革命的反对,而他的"民权乃公理,宪法实良图。此是因时药,真为救国谟",更是直接指出民权和宪法是救国时药,当然从"圣主犹无恙"来看,他的所谓民权和宪法,必须要与君主共存。

康有为在欧洲游览时,在公园里见到了意大利首相加富尔的像,写下了《初登欧洲陆奈波里,游公园即睹意相嘉富洱像,喜赋》[②]。诗歌首句"我生遍数欧洲才,意相嘉侯实第一",写出了加富尔在他心目中的崇高地位。他对加富尔的喜爱是发自内心的,题目中的"喜赋",正文中的"我生最想慕之英雄,忽尔遇之喜舞不可遏。譬如好色者见所爱慕之美人,情意欢欣中畅发",都表达出了他的这种喜悦心情。当然他对加富尔的赞美,是从"当时革命民主论纷纭,独以尊王违俗说。遂以分裂十一邦,竟能统一国独立"的角度发出的。"当时革命民主论纷纭",是指法国大革命后,欧洲大陆兴起的革命热潮。加富尔虽然也提倡法律和自由,但他依然选择了"尊王",并且他的努力使得意大利由一个四分五裂的国家成为一个统一的王国。尽管加富尔在意大利王国建立后

---

① 康有为:《康有为全集》第十二集,中国人民大学出版社2007年版,第230页。
② 康有为:《康有为全集》第十二集,中国人民大学出版社2007年版,第242页。

第四章　近代政治流亡者的域外诗

不久就病逝，但意大利从此之后逐渐成为欧洲强国。加富尔所建立的意大利王国也是君主立宪制度，符合康有为的政治理念。而加富尔统一意大利并使意大利强大，这也是康有为对中国的期盼。

在德国，康有为在《游柏林议院，前有俾士麦像，瞻望感赋》①中也在赞美德国铁血宰相俾斯麦时表达了他的政治思想，例如"破法震大功，惠民滋德政"中的惠民思想、德政思想，"商场溢海外，强英不得骋"的商业思想，"虽苦民兵制，期使弱普劲"的民兵强国思想。当然他的政治思想也必须是君主制，所以诗中也有"当时与法邻，革命鼓大兴。惟公审时势，君权救国命"这样的句子赞美君主制，并且认为正是君主制救了当时的德国。

在法国博物馆，康有为见到了断头台上路易十六的像，不禁感慨万千。在《游乾那花利博物院，见断头台路易与爹亚像，归过路易坟，感赋》②中，他以"专制鉴人耸毛发"表达对专制的否定，以"共和永定想叱咤"来表达对共和的肯定。他认为"尊崇道理去阶级，并行公产诚佳话"，也就是他赞成消除阶级差别、赞成公产公社，并且从"大同之道乃吾志"来看，他显然认为"去阶级""公产"这些政治措施与他的大同思想很相似，但是"非时妄行马碍驾"，如果方法不当、时机未到，那是不能达到目的的。"狂泉同饮众小儿，疾行狂走口谩骂。剽悍敢死固可爱，轻佻颠蹶难假借"，在这番惨绝人寰纷乱荒诞的大革命之后，"可怜百三十万人，流血成河果何因。美人如花血红茵，帝后卿士蝼蚁身"。康有为认为，"党派繁多政斤斤，施之国争无功勋"的政治局面，虽然导致"费尽人血野未文"，但也"震荡欧土民权伸"，肯定了它在欧洲的民权伸张方面的功绩。而且不仅如此，"波及东洋大烧焚，尽改宪法君不神"，这应该是指法国大革命也导致了东洋日本的君主立宪制。后面诗中，康有为用"天下为公选贤亲"表达了天下为公、选贤任能的思想；用"天生人权各有分"表达了天生人权的思想；用"国为公器难私吞，岂其暴民肆一人"表达了对暴君暴政的批判。这些政治思想，充分表现了康有为将中国的传统政治思想和当时的君主立宪思想、天赋人权思想融为一体的思想。

但康有为的思想也颇为复杂，他对没有君主的三权分立民主制度也持肯

---

① 康有为：《康有为全集》第十二集，中国人民大学出版社2007年版，第245页。
② 康有为：《康有为全集》第十二集，中国人民大学出版社2007年版，第248页。

定态度。例如他在美国拜谒华盛顿墓宅时写下的七律《游花嫩冈谒华盛顿墓宅》①中，在以"衣剑摩娑人圣杰，江山秀绝地萌文"赞美了华盛顿，又以"卑宫尚想尧阶土，遗冢长埋禹穴云"的诗句将华盛顿比作尧、禹这样的明君，最后却以"不作帝王真盛德，万年民主记三坟"来肯定了华盛顿"不作帝王"这样的行为是"盛德"，而"万年民主"这四字表明，他认为美国这样三权分立的民主能够持续万年而不衰。

  1908 年，土耳其苏丹阿卜杜勒·哈米德二世迫于重重压力，被迫宣布恢复宪法，重开国会，实行君主立宪制。康有为此时恰好到了当时土耳其的首都君士坦丁堡，目睹当时盛况，写下了《戊申六月廿九日到君士但丁那部，适逢突主诏许立宪，国民欢呼十日。述事感赋》②一诗。在这首诗中，康有为肯定了土耳其这次立宪成功之迅速——"法国兆人血肉糜，今兹三日功成奇"，与法国革命付出的巨大代价相比，土耳其这次立宪付出的代价很小。后康有为赞叹说："吁嗟乱世金用事，立宪乃用贿奏勋。吁嗟乱世散金斗列国，吾国久鉴颂钱神。"结合康有为的遭遇言行，可知康有为写这首诗，其实是表达了他自己实现政治理想的条件：一是军队起义，所以他支持唐才常的武装起义；二是贿赂手段，用金钱买通开明的权贵甚至宫嫔；三是变法领袖的不懈努力，在土耳其是"故相阿士文"，在中国，那就应该是他康有为了，他也在"奔走列国鼓国民"。

  但是令康有为欢欣鼓舞的土耳其立宪很快就失败了。阿卜杜勒·哈米德二世虽然宣布立宪，可是心有不甘，借助反革命叛乱的机会重新夺权。革命党人再次组军攻入君士坦丁堡，废黜了阿卜杜勒·哈米德二世，另立新军，从此土耳其进入了青年土耳其党人的专制时代。康有为在《戊申秋七月游君士但丁那部，逢突厥立宪庆典，见苏丹于宫门，乘六马车，一后九嫔从，万民免冠，欢呼万岁。及冬十月，开国会而民哗。今夏四月，吾在英烈住问茶馆阅报，则幽废矣。突国人皆读法文，去岁早知有变，不意若是其速也，亦足为专制者之殷鉴矣》③诗中写道，"欢呼万岁未经年，流毙惊闻自电传"，感

---

  ① 康有为:《康有为全集》第十二集，中国人民大学出版社 2007 年版，第 263 页。
  ② 康有为:《康有为全集》第十二集，中国人民大学出版社 2007 年版，第 291 页。
  ③ 康有为:《康有为全集》第十二集，中国人民大学出版社 2007 年版，第 305 页。

第四章 近代政治流亡者的域外诗

叹土耳其立宪制失败之迅速,又以"江河不废宪法立,覆辙鉴此压制专"来表达他对立宪制的肯定和信心,同时也认为土耳其君主立宪制的失败,"亦足为专制者之殷鉴矣"。

康有为的殖民思想也值得关注。1905年10月,康有为游览全美之后,写下了《巡览全美国毕,将游巴西,登落机山顶放歌七十韵》①一诗。在这首长诗中,康有为认为美国的迅速兴起,是因为欧洲殖民者把欧洲文明带到了北美大陆,使得"五十年前无人家"的荒凉之地,成为"而今人居四十万户,画楼廿层耸云霞"的富庶之国;而中国自三代以来,"寰中开辟艰迟犹如此,何况长城外东西北之三角";即使加上欧洲、非洲等地,跟美国相比都远远不如,所以他感慨"统观大地开辟皆甚迟,无有若美之速攫";在用"盖从机器备文明,更赖铁轨缩地岳""礼容神态中法律,皆从学校通文篇""自从北购亚拉士驾,富庶雄大无伦边"描述了美国的繁盛强大之后,他发自内心地赞美说:"我惊开辟进化骤,时哉华盛顿林肯之生焉!力少效大古无比,太祖美洲汝为先。""甚妒华盛顿,甚思开新天。"此处的"美洲汝为先""甚思开新天",都是华盛顿的殖民之功。之后康有为说:"横睨大地中,岂无荒地翳?榛烟高视霸王图,时来治教起圣贤。波士顿摩新世石,初祖舍我其谁先?"表达了强烈的殖民愿望。之后他用春秋、三国、六朝等时期的中国,以及欧洲的德法意奥等国,证明"从来争内地,尺寸皆奇艰"的道理;又用俄罗斯、英国、葡萄牙、西班牙等国来证明拓边和殖民政策的成功,然后以下面的诗句作为这首诗的结尾:

> 我将殖民南美地,楼船航渡岁亿千。树我种族开我学,存我文明拓我田。移民迅速殖千万,立新中国光亘天。既救旧国开新国,我族既安强且坚。虽未大同天下乐,我愿庶几救颠连。呜呼!不知何时偿此愿,突兀独立落机雪峰巅。

康有为明确把南美洲作为殖民政治的目标,认为如果能够在南美洲建立中国的殖民地,就可以"树我种族开我学,存我文明拓我田";如果顺利的话,

---

① 康有为:《康有为全集》第十二集,中国人民大学出版社2007年版,第267页。

"移民迅速殖千万,立新中国光亘天",也就是在南美洲建立新中国,这样就能"既救旧国开新国,我族既安强且坚"。诗歌的最后两句"呜呼!不知何时偿此愿,突兀独立落机雪峰巅",用抒情的形式表达了他在南美洲建立殖民地的强烈心愿。

康有为在南美洲建立中国殖民地的理想在其他诗歌中也有表现。例如在《考验太平洋东岸南北美洲,皆吾种旧地》①中,他认定南北美洲的原住民本来都是中国人,他诗中充满了"传闻古钱埋一瓮,名字皆自中国来""米北亚拉士加人,面貌酷似中原胎""其地沟洫似中土,定是华人移殖回""百器制作颇类我,旧民相见情亲哉"这样的句子,从而坚定认为"太平洋岸东米洲五万里,落机安底斯以西之草苔;皆吾华遗种之土地,证据确凿无疑猜"。而"科伦布寻远在后",即发现新大陆的哥伦布只是后来者;"先者为主后者随",他认为"先者"中国人才应该是美洲的主人。在诗歌的最后康有为说:

> 我华人类数万万,横绝地球吾为魁。他日中兴楼船破海浪,水滨应问吾故壤。北亚拉士驾南智利,故主重来龙旂颭。

"他日中兴楼船破海浪",就是希望中国殖民者的船能够来到南美洲;"故主重来龙旂颭",就是希望中国能够成功在美洲建立殖民地。

康有为的另一首诗《遍游北美,将往南美巴西辟新地》②,与上首诗写于同时。从这首诗的诗题中也能看出康有为要在南美建立殖民地的愿望。

康有为是近代史上的著名教育家,即使他流亡海外,他也依然不忘教育。当然作为政治家,康有为认为教育主要是为了兴国、救国,所以他的教育思想是为其政治思想服务的。

在《游爪哇杂咏》③的"学校手开三十余"一诗中,他自注说:"吾遍游各埠,开学校三十余,今学生三千矣。"康有为虽然贵为"南海圣人",也是经学大家,但他办学校并不是为了传授经学。在《横滨大同学校十五年纪念庆

---

① 康有为:《康有为全集》第十二集,中国人民大学出版社2007年版,第269页。
② 康有为:《康有为全集》第十二集,中国人民大学出版社2007年版,第269页。
③ 康有为:《康有为全集》第十二集,中国人民大学出版社2007年版,第236页。

第四章　近代政治流亡者的域外诗

典，恭承颁御书匾额，而鄙人又适再东游，躬襄其盛，喜赋祝词》①中，康有为指出清朝末年虽然"庠序遍都邑，讲授皆学究"，但人们"埋首八股业，闭户三家陋"，不仅"礼乐射御数，古教尽遗漏"，更是"岂知四国为，何况大地厚"；而在"以兹人材乏，适当大变凑"的同时，"欧美发科学，教法日新奏"。显然，康有为是提倡把欧美的科学纳入学校教育的。在这方面，"日本先取法，学科得步骤"，也就是日本已经学习欧美的教育内容和教育方式，使得"期期爱国心，磨激更日富。用致胜中俄，本在文学斗"，可见康有为提倡教育，意在爱国，意在强国，希望能够达到"十万毛瑟枪，祝此学童幼"的目的。当时华侨在日本设立了这所学校，"大同学校"的校名是他拟定的，同时他还派遣了自己的学生来主持校务并担任学校的老师。戊戌变法失败后，康有为、梁启超来到日本，横滨大同学校成为他们宣传变法、培养人才的根据地。之后康有为陆续在海外创办了三十多所学校，这些学校也是用来实践他的政治理想的。

海外游历十多年，从诗歌记载来看，对康有为教育思想震动最大的，应该是他1905年对美国军校的考察。在《游威士潘兵学校视操》②中，他写了自己"朝乘汽车威士潘，阅视兵校凭海湾"的过程和感想。诗中的"将军戎装握手见""列帐松阴荷枪守""炮队轰峰震雷霆"等诗句，是他在军校所见；从"鹿逐犬争今何恃，倭胜俄人我慑之"开始，是他的感慨和议论："鹿逐犬争"之时，只有武备才能取胜，而"倭胜俄人"正是军事训练的结果；有"七宝空藏"却"不守卫"，那就相当于"诲盗召敌"了。如今中国的"东辽西藏"就只能"听客七宝取携而"为之痛心；"武备乃是文明具，连年变法岂不知？"，可知康有为认为武备之重要。但如今，他只能"坐视国土日割削"，其结果，可能就是"愁从各国武库睹龙旗"，也就是中国灭亡，中国国旗进入了各国武库。因而康有为的军事教育，其目的还是强大国家，使中国不被列强吞并。

康有为在欧洲游览时，考察了欧洲的地理特征，还得出了地理环境决定政治的结论，这从《自布加利亚穿巴根山半日，北出罗马尼亚境，乃知欧土

---

① 康有为：《康有为全集》第十二集，中国人民大学出版社2007年版，第322页。
② 康有为：《康有为全集》第十二集，中国人民大学出版社2007年版，第264页。

诸岳皆穿土中,与我国相反,故诸国竞立也》①一诗的题目中就可以知晓。在这首诗中,康有为首先总述欧洲地理特征——"欧土三岳吾皆巡,比尔衮士大莫伦。阿尔频山居中尊,双耸雄秀摩天根。巴根卑小难并论,皆穿土中南北分。滂沱四溃至海唇,海角权杌遂纷纷。地中黑海多岛云,波罗的北海洲屿尤缤纭",正是因为这样的地理特点,使得"弹丸棋布二千春,莫能一统兼并吞",从而"小国寡民,君主不尊";正因为君主不尊,于是就"国会斯产,民权用伸。皆由地形所孕育,非关人力能陶甄",也就是此地的国会、民权,都是由地形所决定的。之后康有为又对比论述了中国地理环境和政治的关系:"吾华三边环崇山,西起陇蜀出昆仑。北自天山走贺兰,祁连太行长城垠。南连五岭隔百蛮,中开天府万里原。凭东一面滇海澜,只有江河堑中间。"这是中国的地理环境特点;"是以亘古一统全,帝者出震自乘乾",也就是中国的大一统,中国的帝王制度,是由地理环境特点决定的;"东西相反各有因",也就是东西方的政治制度相反,是由地理环境这个"因"的不同所决定的;"我得治安数千年",西方则是"彼久争乱铁血缠",这样看来,"互较得失我尤贤",康有为就此得出了中国的大一统、帝王制,优于西方的"小国寡民"、国会制和民权制度。"彼今物质日新研,遂辟海力启坤乾",康有为认为西方的物质还是很发达的,于是在此基础上利用海力来开辟新的疆土;"宪法庚庚起民权,假不菲薄互资焉",康有为其实也主张宪法、民权的,于是认为中国应该"假不菲薄互资焉";最后他以"水流沙转是天然,我言地形为政魂"结束全书,强调了地理环境决定政治的主题。

在《游希腊毕感赋》②中,康有为也表达了地理环境决定政治的思想。这首诗一开始就以"希腊号文明,其先起海寇。海王宓那思,盗据海波溜。虏人为之奴,劫物归为囿。渐富徙居陆,营商雄邻右""后来得雅典,文治渐发展"等诗句指出希腊文明是由海盗发展建立起来的,指出了希腊近海的地理特点。诗中说"从来盗有道,得物分必均。是起平民权,公帑久公分。公事公议之,国会遂为根",正是因为他们是盗亦有道,所以才"得物分必均",于是"是起平民权,公帑久公分。公事公议之,国会遂为根",民权、国会就这样出现了;

---

① 康有为:《康有为全集》第十二集,中国人民大学出版社2007年版,第287页。
② 康有为:《康有为全集》第十二集,中国人民大学出版社2007年版,第292—293页。

"惟其蕞尔岛,平等难独尊。惟其海为家,知识日增新。惟其波浩荡,尚美且乐群",因为他们的地理特点是海岛、海洋,导致了他们的政治是"平等难独尊"、科学是"知识日增新"、社会是"尚美且乐群。谐嬉好歌舞,欢喜而慈仁",并最终"宪法用是诞,海霸权独振"。这样的历史和现状,"是皆由地形",即都由地理环境特点所决定。但"若以得失较,终让大陆人",希腊政治文明虽然如此,也不如大陆;"请观全希腊,终归于大秦",以希腊为例,它最终还是被罗马所灭;"大陆我最大,愿起神州魂"!作为爱国主义者,康有为认为,从地理环境决定论看来,海岛不如大陆,而大陆中中国所在的亚洲为最大,希望中国能够强大起来。

三、域外科学技术

康有为在海外的十多年里,充分见识到了西方科学技术创造的巨大成就。他在海外期间撰写了《物质救国论》,认为中国文化偏重道德、哲学,最缺物质之学,提出了"科学实为救国之第一事"的口号。在他的诗歌中,他频频惊叹于西方的巨舰、"汽球"、河底隧道、蒸汽机等科学成就。

1904年,康有为从斯里兰卡乘巨舰去欧洲,他对所乘坐的巨舰惊讶不已。从《锡兰乘孖摩拉巨舰往欧洲,新睹巨制,目为耸然,得诗一章》[①]这个诗题的"新睹巨制,目为耸然"中,就知道这艘巨轮对他的震撼。在这首诗中,他用"楼观四五层,俯临沧波澹。惊飞上云表,鹏翼九天鉴"来写巨舰之高,用"其长六十丈,洞廊窗深堑。千室以容客,弘廊尤泛滥"来写其大,用"重过一万吨,结构森惨淡"写其重量和结构,用"巨浪拍如山,邈若蚍蜉撼。惊波了无觉,蹈海若枕簟"来写其在海中行驶之稳,最后用"浮海突奇峰,岛屿筑天堑。眼前突兀见此船,海不扬波无险探"来总结。这首诗稿本中有以下注文:"越六年己酉六月,自伦敦再乘此船还,则见此船卑小,画设皆恶。船则犹是,吾见大非。盖六年久游欧美,心目化之,非复故吾矣。"[②]也就是康有为六年后再见到这艘巨舰时,他已经见多识广,这艘船不仅不让他"耸然",而且他还觉得它"卑小,画设皆恶"了。船犹如此,但康有为已经"非复故

---

① 康有为:《康有为全集》第十二集,中国人民大学出版社2007年版,第238页。
② 康有为:《康有为全集》第十二集,中国人民大学出版社2007年版,第238页。

吾矣"。

《巴黎登汽球歌》①记载了康有为在巴黎乘坐"汽球"的经历。诗歌以"超超乎我今白日上青天,杳杳乎俯视地上山与川"开篇,诗句中的"超超乎""杳杳乎"令人有出世之感,"白日上青天""俯视地上山与川"虽是实写,但境界自然超远;"身轻浩荡入云雾,脚底奇特耸峰峦",这种感觉真的很奇妙;"巍楼峻宇如蚁穴,车驰马跃似蚁旋",从高空看地上,巍峨的高楼如同蚂蚁窝,地上流动的车马如同蚂蚁;"千尺铁塔宇内高第一,下览若插尖笔端",就连天下最高的铁塔,这时也如同小小的笔尖了;"大道荡荡转羊肠,么么牌坊拿破仑。青丘绿壑大如掌,乃是卅里裒伦大公园",宽阔的大道看上去如同羊肠小道,三十里的大公园只有巴掌大;"渺渺青霄游惝恍,不知是何世界何川原","汽球"继续在渺渺青霄飘移,已经令人分不清是什么世界了。之后康有为才介绍他是凭借"汽球"上了天空——"问我何能上虚空,汽球之制天无功";他还进一步介绍了"汽球"的具体情况——"汽球圜圆十余丈,中实轻气能御风",他乘坐的"汽球"直径有十多丈,"汽球"中充满了氢气;"籐筐八只悬球下,圆周有阑空其中","汽球"下面有八只藤筐;"长绳绾地贯筐内,绳放球起渐渐上苍穹",有很长的绳子贯穿着八只筐,绳子固定在地面上,当把绳子放起来时,"汽球"就飘到空中了;"长绳一割随风荡,飘飘碧落游无穷",这时把绳子割断,"汽球"就一直飘到高空。飞机在当时虽已发明,但尚未商业化,因而能够乘坐氢气"汽球"上天,这在当时也算是高科技了。

《睹荷兰京博物院制船型长歌》②是康有为游览荷兰博物馆时所写。在17世纪,荷兰是世界上最强大的国家,在世界各地都建立了殖民地,后来随着英国的崛起,荷兰才逐渐衰落。在它全盛之时,仅荷兰东印度公司的贸易额即占到全世界贸易额的一半,此时全世界有20000艘船,其中荷兰有15000艘,可见荷兰的强大在于它的海上力量。康有为在这首诗中,先是用"苍茫浩荡大瀛海,全球土地供吐吞。吞为天地周四极,据地大半无有垠。吐为五洲各洲渚,齐烟九点眇川原"等诗句来极写海洋在地球上的面积之大、地位之重要,然后用"有能通海任所往,五洲陆岛皆听我盘桓"引出舰船的重要性。"中

---

① 康有为:《康有为全集》第十二集,中国人民大学出版社2007年版,第249页。
② 康有为:《康有为全集》第十二集,中国人民大学出版社2007年版,第255页。

第四章　近代政治流亡者的域外诗

国海疆七千里，太平洋岸临紫澜""惜哉海禁二千年，珠崖犹捐况大秦？""腐儒不通时势变，泥古守经成弱孱"，这些诗句写中国海岸线很长，本来可以充分利用，但是因为海禁二千年，使得中国成为弱国，只能"坐令大地主人位，甘让碧眼红髯高步于其间"；如今"乃逢诸雄竞争日"，中国却是"庞然大国无海军"；这种现象，"如鸟无翼鱼无翅，人无手足仅有身"。之后康有为叙述了欧洲各国强大的历史，认为各国的强大都离不开舰船，"昔自科仑布寻地，班葡辄收大陆新"，最早是西班牙、葡萄牙，他们乘船渡过大洋发现了新大陆；"荷兰先觉逐其后，聚精制舰成殊勋"，之后是荷兰，建造了很多舰船，成就了霸业，不仅"然已遍收南洋岛"，而且，"朝贡诸国亡纷纭"；之后"彼得雄心变服学，胡俄遂霸波海滨"，也就是俄国的彼得大帝亲自来到荷兰学习造船技术，于是俄罗斯也强大起来；"英人旁窥得心法，专意制舰肆斧斤"，这是写英国也开始专心制造舰船，很快就"即取印度澳洲加拿大，遍夺南阳诸海门"；"舰队第一为海霸，能擒陆霸拿破仑"，当时英国是海上第一霸主，拿破仑是欧洲大陆第一霸主，但是最终英国打败了拿破仑；因而"故知海力最无上，于今新世尤居尊"。在诗歌最后，康有为说："藐尔荷兰强若此，况于中华万里云？"连小小的荷兰都能借助舰船如此强大，何况是万里的中国呢？"嗟哉谁为海王图，铁舰乃是中国魂"，所以中国要大力制作铁舰，让中国成为海上霸王；"何当忽见铁舰五百艘，龙旂翻荡四海春。呜呼！安得眼前突兀五百舰，横绝天池殖我民！"这一抒情式议论，表达了他希望用海军纵横四海建立殖民地的强烈意愿。

《游山泵，观彼得学舟之遗屋。板屋丈许，床灶萧然，几榻敝帷，犹存如故。前俄皇亚力山大为覆大屋焉》①是康有为游览彼得大帝在荷兰微服学习造船技术时所居的板屋时写的。诗歌用"遗灶对外榻，疏布遮床处，几桌凡四事，朴陋苦难似。昂头户碍眉，伸手瓦触指"来对比彼得大帝的高贵身份，写他当时"日与工人伍，降辱成舟技"，当然不是"岂不惮孤苦"，而是"为成图霸志"，并最终造就了俄罗斯"迄今横三洲，雄图霸大地"的伟业。之后康有为在以中国古代的主父偃与彼得大帝相比之后，说：

---

① 康有为：《康有为全集》第十二集，中国人民大学出版社2007年版，第256页。

> 欧人所由强，物质擅作器。百年新发明，奇伟不可比。遂令全地球，皆为欧人制。

康有为明确指出欧洲的强大，是因为他们物质上的发明创造，正是因为"百年新发明，奇伟不可比"，才使得"遂令全地球，皆为欧人制"。

《游苏格兰拉士高大市，过河底隧道，长二里许，以机享升降而出入之，可谓大工矣》[①]是康有为在苏格兰所写，这是赞美英国的建筑技术。一条大河，本来"波平仍渺渺"，令人"欲渡唤奈何"，不料"宁知凿河底，隧道通前坡"的大河——自古以来要想渡河，只能乘舟，但是英国人却凿了河底隧道，从河底过河，这确实在康有为意料之外。这条隧道，"遥长逾二里，暗暗灯不灺"，仅仅二里长的隧道，在今人看来很是平常，但在当时却是创举，需要很高的建筑技术；"上盖横铁罩，两壁结灰沙"，隧道上方是铁罩，两侧用水泥和沙涂抹加固；"坚固不洿漯，人行如蚁过"，这样的隧道非常坚固，人们可以在里面自由行走；"两极通地楼，深深十丈颇"，隧道两层建有通向地面的十多丈高的楼台；"铁绲转机亭，升降在倏俄"，楼台用钢丝绳牵引，能够快速上下；"上天而入地，鬼神应惊呵"，这样上天入地的本领，鬼神也应该感到惊讶吧；"河深二十尺，巨舰若丘阿"，大河如此之深，巨舰畅行无阻，却能做到"船从河面驶，人在河底歌"，这样的奇迹，令康有为惊叹不已。

《游苏格兰京噎颠堡，见创汽机者华忒像，感颂神功，不可忘也》[②]一诗是赞美蒸汽机的发明者瓦特。在瓦特发明蒸汽机之前，人类各种运输工具、劳动工具所用的动力，都是人力或者牛马等畜力，而瓦特的发明是人类在动力方面的大革命，工业革命即是以他的发明为基础的，此后汽车、火车、轮船等交通工具也有了飞跃发展。诗歌以"汽机创自英华忒，水火相推自生力"开篇，直接点题；"汽船铁轨自飞驰，缩地通天难推测"，这是赞美蒸汽机带来的交通运输工具的革命；"万千制造师用之，卷翻天地先创极"，指出当时蒸汽机带来了社会各方面的革新；"汽机制器日日新，凡十九万五千式"，写以蒸汽机作动力的各种机器频繁创新，样式很多；"力比人马三十倍，进化神速可例

---

① 康有为:《康有为全集》第十二集，中国人民大学出版社2007年版，第257页。
② 康有为:《康有为全集》第十二集，中国人民大学出版社2007年版，第258页。

识",写蒸汽机力量之大,促进了人类社会的很大进步;"云际峰峦辟园囿,转车骤上无顷刻",有了蒸汽机,可以让云际峰峦成为园囿,人们坐车很快就能到山上;"我今周游全地球,足迹踏遍卅余国",康有为感叹自己周游全球,已经游历了三十多个国家,当然也都是依靠瓦特的发明;"文野诡奇尽见之,吾华前哲无此福",中华历史上也没有谁能够像他这样见识了这么多"文野诡奇"的事物;因而说出"游苏格兰见公像,惟公赐我生感激"这样的话,也是发自内心的;"巧夺造化代天工,制新世界真大德。华忒生后世光华,华忒未生世暗塞。美哉神功在地球,永永歌颂我心侧",康有为以这六句诗结尾,这不仅是赞美瓦特,也是赞美科学。

《阅兵讫,夜乘汽舟自哈顺河归纽约。月色微茫,此福尔敦创汽舟首行之地,夜阑看月感赋》①是康有为在纽约写的一首赞美汽船的诗。汽船就是用蒸汽机作为动力的轮船,1807年由美国人福尔敦最早创制。康有为在军校参观完毕返回纽约时,乘坐的就是蒸汽机轮船,而轮船航行的哈顿河,恰好是福尔敦创制的汽船首次航行的河流。坐在船上,康有为用"双轮卷水浪花白,顷刻百里疾可夸"赞扬了轮船的速度之快,又用"先我生世五十年,神工首出功难磨"赞美福尔敦的功绩。诗中康有为还指出中国在南齐时也造过船,"惜哉后世不继美,不然地球吾为主人基",对中西文明做了对比与反思,"惜哉"既有遗憾,也有伤感之意。

四、域外风光风俗

"性好游,嗜山水"的康有为在海外长期居住于亚洲的槟榔屿、新加坡、印度、日本等地,又三游欧洲、两栖美洲,多姿多态、美不胜收的异域风光人情不断赋予诗人的创作灵感,激发他的诗歌创造欲望,留下了大量海外风光风俗诗歌。

(一)亚洲

1. 日本

康有为逃亡海外十多年,到达的第一个国家是日本,回国前所在的最后一个国家也是日本。康有为是以维新领袖自居的,他即使登山玩水,也要表

---

① 康有为:《康有为全集》第十二集,中国人民大学出版社2007年版,第264页。

达一下他的爱国心。例如在《登箱根顶浴芦之汤》①中,他在感受"荒山走寒云,极目但白草。莽莽峰万重,悲风号日暮。木落树枝枯,冬深石骨老""其颠二千尺,冰雪早寒苦"等景色时,也表达了"茫茫睨故国,怅怅非吾土"的思乡之情,以及"温泉岂能暖,冰心谁可告"这样的表白之语。

《游广岛》②是康有为在广岛游览时所作,诗中的"泉庭乐水石,行殿倚山霞"是写当地景色,而"兵气云藏垒,军威马踏沙"则是写当地的驻军。从《壬子(1912年)三月九日,与旃理行,觅得须磨湖前宅,僻地幽径,忽豁大园,备林池山石涧泉花木之胜,老夫得此,俯仰山海,饱饫烟霞,足以遗世忘忧矣。园旧名长懒别庄,吾因其旧,即名长懒园。赋十五章,既以自怡,后之论世者或有感焉》③这一诗题可知,康有为在1912年得到一所大园作为住宅。这所园子不仅"僻地幽径",而且"备林池山石涧泉花木之胜"。从康有为"老夫得此,俯仰山海,饱饫烟霞,足以遗世忘忧矣"的自述来看,他是非常满意这处园子的。这组诗共十五首,从不同角度全面介绍了这座园子的风景。

《重九箕面观红叶看瀑竟夕,宿瀑前锦泷庵客舍》④七律两首是康有为在日本箕面观瀑所作。"年年重九异山川"是指自己漂泊在外,居无定所;"箕面今来看瀑泉"是点题;"青山肺腑百重掩,红叶溪岩十里妍","明月照来飞雪影,寒云掩半隐雷声。崖高天窄星辰满,树密潭深岩石倾"是写此地风景之优美。

康有为在《松茸狩歌》⑤中写了一种日本三田乡的特产"松下之菌",并且详细记载了当地人采菌的过程。诗中据诗序可知,当地人采菌是在9月,他们还给采菌起了一个专名"茸狩",康有为也兴致勃勃地和旃理一起参加了这个活动。诗歌以"群山环走三田乡,百万老松拥丛冈"开篇,点明了地点和环境;"松枝坠露尽夜瀼,松下生菌土膏芳",写出了松菌的生成条件;"冒出草棘朊繁昌,大若芝英文黄苍。窒盖园弇凝白盼,短柄实坚如是良"四句具体写松菌的大小、颜色、形状及质地;后文中康有为又陆续介绍了松菌的"膏

---

① 康有为:《康有为全集》第十二集,中国人民大学出版社2007年版,第191页。
② 康有为:《康有为全集》第十二集,中国人民大学出版社2007年版,第323页。
③ 康有为:《康有为全集》第十二集,中国人民大学出版社2007年版,第370—371页。
④ 康有为:《康有为全集》第十二集,中国人民大学出版社2007年版,第368页。
⑤ 康有为:《康有为全集》第十二集,中国人民大学出版社2007年版,第368页。

腴若肉"和"肥甘"的特点,并说"辽东蘑菇吾所爱,江南竹笋吾所赏。奴视蘑菇弟视笋,草木佳品无比方",他认为三田松菌在草木产品中无与伦比。松菌即松茸,是一种非常珍贵的食用菌,也可以入药。日本是世界上最大的松茸产区,而三田松茸最为有名,所以康有为说"草木佳品无比方"并非夸大之词。在三田,人们也纷纷采摘,"分寻乡导走以翔",即使"穿林红襦棘刺伤"也在所不惜;最终大家都"归来乎挽皆盈筐",回家有人"侑以黄鸡白酒浆",还可以"手拓松枝唱无腔"。诗中记载的当地人采摘松茸的情景,展示了不一样的域外风俗。

《十月登日光山顶,道远日落,中夜乃至山顶中禅寺湖。山道盘曲,雪月交辉,泉瀑竞响,光景奇绝。闻春秋时樱花红叶满山开遍,惜来非时也》[①]两首七律是康有为游览日光山时所作。从诗题可知,康有为未到山顶就已日落,中夜方至山顶,但这不影响他欣赏美景:即使不是"樱花红叶满山开遍"的最美时光,但"山道盘曲,雪月交辉,泉瀑竞响"的"奇绝光景"也值得他写诗以记之。诗中的"叠嶂危崖云表横,羊肠蚁磨万盘行"写山道之弯曲,"星辰渐看与人近"写山之高耸,"山雪横封争月明"写雪之亮白,"落木众峰寒露骨"写气温之低,"激泉千涧竞飞声"写瀑布之响,"忽登绝顶看湖水"写山顶之湖,"落月横波山势平"写山顶之月,"樱花亿树漫山坂,红叶千崖点碧峰"是想象中的"春秋山谷色","晃山胜绝天人备,百里连阴夹道松"写德川庙前三百里之松杉夹路。《日光山顶观华严泷,为日本第一大瀑》[②]专写日光山顶之瀑布:"华严泷下华严现,白日光中射日光。三百尺流广长舌,空山说法证空王。"

2. 马来西亚

康有为在亚洲居住时间较长的国家,除日本外还有两个,一是马来西亚,一是印度。在马来西亚康有为主要是居住在槟榔屿,英国总督亚历山大安排他住在大庇阁。康有为从1900年夏天开始,在这里住了15个月。他在这里写的诗都收入《大庇阁诗集》中,其中有一些诗歌描写了槟榔屿风光。

在《槟榔屿公园有飞瀑,铁君寻得,日与同游。自去国避地,不见泉瀑

[①] 康有为:《康有为全集》第十二集,中国人民大学出版社2007年版,第371页。
[②] 康有为:《康有为全集》第十二集,中国人民大学出版社2007年版,第371页。

久矣》①中,康有为描写了槟榔屿公园中的瀑布。诗歌以"涧曲林深山顶池"写了瀑布所在的环境,以"九天珠瀑下飞垂"直写瀑布的状态,以"飘风吹我铁桥立"引出诗人自己,最后以"疑在罗浮白鹤时"收尾,表达了思念故乡、往事之情。

康有为在《借居槟榔屿绝顶英督署避暑,山趾至巅十余里,磴道单盘,兵垒环之,俯瞰山海,花木深闳,嘘吸云气,自奔亡后居此最适矣》②这个诗题中,说自己"自奔亡后居此最适矣",可见他对这段生活非常满意。在这首长达280字的诗中,康有为详细写了他居处的景观之美妙。"海山跨绝顶,楼阁瞰玲珑。牙旗舞十丈,缥缈飐虚空。石楼敞闳丽,兵垒森青锋",居住在海岛槟榔屿绝顶的楼阁,"牙旗"飘舞,兵垒森严;"杂花沿廊生,海棠覆地红。青松圆若塔,磴道夹郁葱",鲜花、海棠、青松、磴道,景色宜人;"俯瞰群山伏,下走罗群雄。有如奔万马,苍苍饮池中。大海如凝膏,澄明磨青铜",此处视野开阔,山海皆可入眼;"极目一片白,渺渺际苍穹。大舰破浪来,匹练虱蠛蠓",极目远望,大舰破浪而来;"下视槟屿市,蛟蜃营窟穜",这是从山顶看市区;"千里窈海峡,万岛点芙蓉",以举重若轻的笔力,写出了槟榔屿的地理特点和景色之美。在诗歌最后,康有为感慨"我生历万劫,不复嗟途穷。纵浪听大化,地狱亦天宫"。

槟榔屿是一座海岛,经常云雾缭绕,而康有为所居住的总督府别墅在槟榔屿山顶,极易俯观云雾,《槟榔屿顶夜看云》③写的就是他在槟榔屿顶看到的云海奇观。"分师略地两道出,白袍白马白旗揭。汹涌腾奔无可御,山腰忽已被横截",这是把白云比拟为白袍白马白旗的军队,主动出击,分师略地,汹涌腾奔;"渐渐上侵迫峰顶,有若洪水涨汗潏",白云已经如洪水般迫近山顶;"怀山襄陵无不到,似泛巨舰听飘撇",这两句又把白云想象成四处飘荡、无所不到的巨舰。诗人用各种比喻写出了槟榔屿顶云海的壮美奇观。

《槟屿多柳丝松,乃数百年物,吾南兰堂有六株,皆七八十尺,劲干如松,垂条似柳,刚柔合德,筛月戛云。吾顾而爱之,日午避暑,移籐几松下著书,

---

① 康有为:《康有为全集》第十二集,中国人民大学出版社2007年版,第210页。
② 康有为:《康有为全集》第十二集,中国人民大学出版社2007年版,第214页。
③ 康有为:《康有为全集》第十二集,中国人民大学出版社2007年版,第216页。

自戊申冬至今两年矣》①一诗专写槟榔屿的柳丝松,赞美它"劲干参云百尺长,垂条细叶袅悠扬",于是"老夫爱汝刚柔合,筛月摩霄意不忘",而且"日午先生来隐几,著书松下两年中",两年来他经常在柳丝松下著书。

《携旃理南兰堂后望海》②写他与何旃理在槟榔屿的生活场景,在"冥冥海浪草青青,柳叶松丝垂草亭"的如画环境中,他们"茗罢打毬当晚步,相携望海酒微醒",二人一起品茗、打球、喝酒,而且还相携望海,生活惬意。

在《己酉七月朔重游槟榔屿,自庚子七月望来居,于今五度十年矣》③中,他说"十年来去我堪惊,五酹槟榔屿水清",康有为从1900年初次来到槟榔屿,到1909年,在这十年间他来了五次。1909年春,他将在槟榔屿的住宅命名为南兰堂,他有一部诗集是《南兰堂诗集》。他在《南兰堂诗集序》中说:

> 大地辙环,倦游思返。人间多难,思旧有情,惟埃及、印度实为大地文化之先驱,踪迹奇伟,咏歌难忘。自尔则冥心坐忘,大地无可游者,惟去去人间,寄想诸天耳。自光绪戊申秋讫己酉,却曲迷阳,槟屿卧疾,板舆迎养,号所居曰南兰堂,都为《南兰堂集》,凡一百六十三首。④

这篇小序也具有总结意味。在"大地辙环,倦游思返"之时,康有为选择的居住地是槟榔屿,可见他对此地的钟爱。

3. 印度

康有为在《须弥雪亭诗集》中说:

> 自辛丑十月入印度,居大吉岭,葺草亭于所居,名曰须弥雪亭。至癸卯四月乃行。著书游山,幽优放浪,都为《须弥雪亭诗集》,凡九十首。⑤

自辛丑十月至癸卯四月,康有为在印度居住了一年半之久。当时印度是

---

① 康有为:《康有为全集》第十二集,中国人民大学出版社2007年版,第315页。
② 康有为:《康有为全集》第十二集,中国人民大学出版社2007年版,第315页。
③ 康有为:《康有为全集》第十二集,中国人民大学出版社2007年版,第308页。
④ 康有为:《康有为全集》第十二集,中国人民大学出版社2007年版,第293页。
⑤ 康有为:《康有为全集》第十二集,中国人民大学出版社2007年版,第222页。

英国殖民地,所以康有为此时是在英国政府庇护之下。康有为说他在印度"著书游山,幽忧放浪",事实也的确如此。他的《大同书》《论语注》《孟子微》等著作就是此时写成;而从他的诗歌创作来看,印度的优美风光也让他留恋不已。

在《游中印度呃忌喇故京,十一月十五游沙之汗帝故宫陵,是夜月色如银,再游王陵,游人甚多。宫陵皆临恒河,纯以白石为塔,殿高插天半,倒影恒河中,费十二万万,地球巨工未有过此,其精丽亦与罗马彼得庙同冠大地焉。英人以为公园,西女曼歌于林间,可感怆矣》①诗中,康有为在诗题中详细记载了王陵的白石塔、高插天半的宫殿,以及"费十二万万"的巨额建筑费,并称赞它"地球巨工未有过此,其精丽亦与罗马彼得庙同冠大地焉"。诗歌只有"遗庙尚存摩诃末,故宫同说沙之汗。玉楼琼殿参天影,长照恒河月色寒"四句,基本复述了诗题的内容。

印度是佛教发源地,唐僧取经的故事在中国家喻户晓;佛教虽在中国发扬光大,在印度却随着外族和外来文化的入侵而基本绝迹。康有为对此感慨不已。在《自阿喇霸邑寻佛教僧寺,有人言刹都喇有之,至则绝无;寻至了忌喇参利,即古之舍卫也,亦无佛迹。大教经劫,感慨而歌之》中②,康有为先是以"黄面黑足披白毡,尘沙遍地来乞食"来描述"当时瞿昙率徒游"的情状,但现在却是"而今扫地无佛迹";尽管"缅甸暹罗家家事,西藏蒙古人人祀。旃檀庄严共泥首,(中国)日本同奔走",也就是佛教在缅甸、泰国、西藏、蒙古、中国、日本盛行,但是"岂知佛生中印度,千里无僧无一寺",佛迹已无。不仅如此,"婆罗梵志苦身躯,裸体仰天卧泥涂。供祀妖像羊与猪,马身象首涂粉朱",如今的印度人民不仅生活困苦,而且供奉的仅仅是"妖像羊与猪""马身象首"之类的东西,而不是佛祖;看到"猕猴千亿杂人居,施以豆麦走群狙。形俗愚诡可骇吁,如入地狱变相图"的印度社会,康有为不由感叹"成住坏空本非相,亿劫变幻只须臾""嗟尔象教浩大亦灭绝,何况人家朝代国土之区区?"既然佛教都已在印度灭绝了,何况是区区的人家、朝代、国土呢?最后诗歌以"今我感怆人间世,劫无免者如水逝。高天苍苍,大地

---

① 康有为:《康有为全集》第十二集,中国人民大学出版社2007年版,第222页。
② 康有为:《康有为全集》第十二集,中国人民大学出版社2007年版,第223页。

第四章　近代政治流亡者的域外诗

搏搏；欢大地之无碍，乃诸天之常存"结尾，抒发了人生短暂、天地永存的感慨。

印度作为佛教发源地，如今几乎无僧无寺，自然令康有为叹息不已。印度地处热带，风光优美，又令康有为欣喜不已。

康有为在印度选择居住在大吉岭，主要原因就是大吉岭的迷人风光。在《正月十二夜，月明如昼，满道游人。偕家人步月，绕行大吉岭。山路上下，尽绕铁栏，楼台灯火点缀上下，崖路轩豁，随处有亭几可坐歇，如一大园林也》①中，康有为就不仅在诗题中直言大吉岭"如一大园林也"也，而且在诗中也以"廿里环山路绕阑，真成七宝铁围山。百亭排几危崖上，万木惊涛曲径间"来具体描绘大吉岭的美景，并用"月明扶杖寻幽去，白道迷云夜不还"来写自己对大吉岭的喜爱。在《十四日晚步月》②中，他先是以"岚荡茶园横半岭，云穿松径过前山。花畦曲曲行三匝，竹径深深露一斑"来写大吉岭的风光，又以"试打秋千更神往，已看明月落人间"来写自己的惬意。

大吉岭位于喜马拉雅山麓，在大吉岭山顶，能看见白雪皑皑的世界第三高峰干城章嘉峰。干城章嘉峰极为雄伟壮丽，锡金视之为神山，并建造了白塔神坛以祭天。康有为在《正月十五夜登大吉岭山顶，见须弥雪峰，如片云横天半，有白塔神坛，为哲孟雄祭天处，神幡无数，光景奇绝，生平所未见也》③一诗中，记录了他在正月十五夜登上大吉岭顶仰望雪峰的经历。从诗题的"光景奇绝，生平所未见也"来看，康有为对此处的风光叹为观止。"引攀霄汉青天近，隐见须弥白雪横"，这是夜观干城章嘉峰的奇丽景观；"烟雾重冥云四合，楼台千万火微明"，写山上云雾缭绕、山下千万楼台的迷离景象；"神坛白塔风幡动，独立苍茫问太清"，在当地人祭天的神坛白塔下，看着风幡飘动，康有为不禁思接千载，浮想不已。

1909年秋，康有为再游印度。在《秋九月再游印度。昔闻密遮拉士有寺数十、僧万数，吾至问居人，皆不识僧寺者。近县有支那智利，有古佛城七重，金塔十余，最庄严，皆改为婆罗门庙。至丹租古印王国，河桥环岛，风景甚佳，

---

① 康有为：《康有为全集》第十二集，中国人民大学出版社2007年版，第226页。
② 康有为：《康有为全集》第十二集，中国人民大学出版社2007年版，第227页。
③ 康有为：《康有为全集》第十二集，中国人民大学出版社2007年版，第227页。

故佛堂且有改为湿婆教庙者,于旧日佛龛遍供焉。藏环廊数十,妇人入庙膜拜摩挲。由至洁不妻之佛道,一变而以奇淫为教,以此悟正负阴阳反动力之自然例耶!大劫沉沉,于是全印寺僧皆灭。吾亦可超脱于人间世之形相矣》①中,康有为目睹古佛城改为婆罗门庙,"由至洁不妻之佛道,一变而以奇淫为教",发出"是时为帝相非矣,大转回轮翩反而""人天非想非非想,万法冥冥万劫悲"的感慨。《九月避地再游印度,绝无僧寺,伤念大劫,感怀身世》②更是在指出"庄严净土成淫祀,胜会灵山今冷秋"的现状之后,总结说"全印无僧无佛法,有生尽劫尽离忧",可见他非常痛心于印度佛法的灭绝。

4. 其他

康有为的亚洲风光诗所涉及之国家和地区,除了日本、马来西亚和印度,还有缅甸、印度尼西亚、斯里兰卡、耶路撒冷、新加坡等。《游缅甸仰光黄金塔》写他游览缅甸仰光大金塔时的所见所感。《观苏拉派亚火山歌》写印度尼西亚爪哇岛壮观的火山。《游楞伽山晏那拉札布拉佛迹,楞伽即锡兰印音也。其佛迹凡四,一在后山深林中,人迹不到;一在班打拉威拉之崇山,距乾地不远,仅石上一佛足迹,无可观,吾不游。惟近哥林布之迦利腻尚有道场,而此地湖山幽胜,佛迹最夥,石柱万亿,千年前僧十五万,今零落之余,尚可一一摩挲也》是康有为1908年游览斯里兰卡时所写,介绍了斯里兰卡各处的佛迹。1909年,康有为游览了耶路撒冷,并写下两首长诗:《耶路萨冷国于群石山上。吾走群山,自佐顿川至死海,草木不生,人家多穴处石山中。伯利恒耶苏生处,亦石穴也。俯首而入,马槽犹在,今遍嵌文石。耶苏墓庙一切皆刻文石尤丽,中亭为葬处,俯入有僧授烛。万人膜拜,盖罗马君士但丁后所筑也。惟城中庙前,病丐千百相集,呼叫可怜,宜耶苏以医为业。又至耶苏升天石,及门徒见卖饮酒处,因感十字军所启新文明,为之感动,异人之生也》《耶路萨冷观犹太人哭所罗门城壁,男妇百数,日午凭城,泪下如縻,诚万国所无也,惟有教有识,故感人深远。吾念故国,为之怆然》。1911年,康有在新加坡写下《辛亥人日立春,星架坡海滨晓起,视万绿匝地,嫩晴浓熙,皆椰蕉棕桐凤尾草,不得见故国梅花牡丹也,寄任公、孺博、曼宣与薇女》《二月花朝夕携何滕旃

---

① 康有为:《康有为全集》第十二集,中国人民大学出版社2007年版,第311—312页。
② 康有为:《康有为全集》第十二集,中国人民大学出版社2007年版,第312页。

理水塘步月,还憩园闻木樨香》等。

（二）欧洲

1.《逍遥游斋诗集》所记1904年之游

1903年荣禄死后,康有为辞去英国政府的保护,离开印度。1904年,他乘船经过马六甲海峡渡过地中海,经亚丁湾、红海进入地中海,开始畅游欧洲。康有为虽然在1899年到过英国,但旋即离去,并未游览。但在1904年这半年的时间里,他游历了意大利、瑞士、奥地利、匈牙利、法国、丹麦、瑞典、比利时、英国等国家,不仅撰写了《欧洲十一国游记》,而且还写了一百多首诗歌。

在《逍遥游斋诗集》卷前,他自序道:"癸卯春,贼臣荣禄死,吾辞英人保护,自印度出,漫游缅甸、爪哇、安南、暹罗,还港省母,遂游欧美十余国。"[①] 可知他离开印度后,先是游览了南亚、东南亚一些国家,然后畅游欧美。

从《锡兰乘孖摩拉巨舰往欧洲,新睹巨制,目为耸然,得诗一章》《过亚丁至红海》《苏彝士河北口尽处为北地中海》《地中海歌》四首连续的诗歌来看,康有为是在斯里兰卡乘船赴欧,亚丁湾来到红海,之后穿过苏伊士运河至地中海。

地中海地处欧亚非三洲之间,在它的周围,诞生了古埃及文明、两河文明、古希腊罗马文明。在《地中海歌》[②] 中,康有为热情赞美了地中海。诗歌以"浩浩乎沸潏灏渺哉!地中海激浪之雄风"开篇,以"君士但丁之颈延其西,直布罗陀之峡口于东。西与黑海相接,东与大西洋相通。南则非亚沙漠回抱若拱璧,北为欧洲山陆槎枒若蚕丛"写了地中海的地理环境,之后以"希腊文明于此作""巴比伦亚述之发生""用能贩易文明母"热情赞美了地中海是人类文明的发源地。诗中的"腓尼基与迦太基,贸边处处依海角。海人习海波,海商成商国""地形诡异吾地稀,宜其众国之竞峙而雄立",表明康有为认为地理特征决定商业特征、政治特征的思想。"几世之雄,赋诗横槊",此处用曹操典故来写地中海群雄;"汽船如飞,我今过兹",又由古至今,转折自如。诗歌最后以"七贤不可见,民政今未渫。呜呼文明出地形,谁纵天骄此泙潎"

---

① 康有为:《康有为全集》第十二集,中国人民大学出版社2007年版,第234页。
② 康有为:《康有为全集》第十二集,中国人民大学出版社2007年版,第239页。

结束全篇,既照应了开头,又深化了主题。全诗语句参差自由,具有散文化特征,与其诗意之纵横恣肆相谐。

在《瑞士国在阿尔频山中,湖山之胜,游客之盛,为天下第一。吾两过之》①中,康有为热情赞美了瑞士。诗歌开篇,康有为就说"瑞士非国土,乃是大公园",点出了瑞士的风光之盛,之后又以"雪色皑皑照青天,碧松遍山草芊芊。碧绿丘壑白峰峦,山巅成千湖,明漪动紫澜""小湖柳欹波,荡桨饶风烟。大湖数百里渚浸其间,虹桥苔矶间绿阑"等诗句强调了瑞士"乃是大公园"的特点。

在法国,从《登巴黎铁塔顶,与罗文仲、周国贤饮酒于下层酒楼高三百尺处,凭阑四顾巴黎放歌》②一诗中,可知康有为不仅登上了埃菲尔铁塔,而且还在铁塔下高三百尺的酒楼中饮酒放歌。他在"浩浩凌天风,高标卓碧落。邈邈虚空中,华严现楼阁"的高处,"俯视下界人,城市何莫莫",看到的是"河水紫若带,远山绿一角""冈陵抗园馆,有若蚁垤作"的景观,在以"千年大都会,繁华此窟宅""时有英雄人,扬旗震天幕"等诗句赞美巴黎之繁华、人物之英雄的同时,还发出"汤汤太平洋,横海谁拿攫?我手携地球,问天天惊愕!"的豪言壮语。

在瑞典,康有为感受最深的是岛屿之多,他所写的诗也多与岛屿有关。在《瑞典京士多贡据海岛为之,天下所无》③中,他说"环湖据岛开都会",指出瑞典的首都是由海岛构成的;"汽舫湖桥处处通",人们的交通用的是"汽舫湖桥";"瑞典百千万亿岛,楼台无数月明中",瑞典的岛屿当然没有"百千万亿",诗人这是夸张手法。在《瑞典京士多贡之思间慎公囷,据海岛为之,环大数里,半枕湖波,绕以百千楼阁,电灯万亿,百戏纷纭,光景奇丽,为地球公园第一。与女同璧频游》这一组诗的诗题中,康有为就以"地球公园第一"来盛赞这一"据海岛为之,环大数里,半枕湖波,绕以百千楼阁,电灯万亿,百戏纷纭,光景奇丽"的思间慎公囷;在诗中,诗人除了以"金银宫阙排云里,缥缈林亭出世间。岛外有湖湖外岛,山中为市市中山""瑞京一千二百岛,岛

---

① 康有为:《康有为全集》第十二集,中国人民大学出版社2007年版,第243页。
② 康有为:《康有为全集》第十二集,中国人民大学出版社2007年版,第247页。
③ 康有为:《康有为全集》第十二集,中国人民大学出版社2007年版,第251页。

中处处有人家。荡船曲曲屿塞路，穿苇深深鱼上沙"等诗句来写景观之丰美，也以"若有开天新世界，颇思故国旧风流"来表达了故乡之思。

康有为在描绘欧洲风光的同时，通常也在中西对比、古今对比中，抒发诸多感慨。

从《匪苏匪士火山麓酒楼望海，并眺奈波里全城，华人莫我先也》①诗中可知，康有为登上了维苏威火山，并在山上眺望那不勒斯全城。"海山两门峙，海波浩深绿"，山色海景，尽收眼底；"岛屿荡烟点，帆樯渺相属"，美景如中国山水画，这是视觉之美；"波涛拍石岸，风起奏笙筑"，这是听觉之美；"葡萄梅杏李，累累枝头熟"，这是物产之富；"德法与奥班，争霸来逐鹿"，这是写当地历史；"近起烧炭党，竟成统一局"，这是写当时现状；"吾华与相比，芝罘犹少缩"，这是联想到了中国；"长啸眺大宇，天海在一掬"，这是再次写景，照应开头；"……（华人）来游者，吾先谁为续？"这是康有为自豪地照应诗题"华人莫我先也"。

在《夕游意大利旃那祐连冈，有公园，一千四百年之故城尚存，喷水池最大，若怒涛之奔下，水声甚大，盖引山水为之。此风可望半城，憩马临眺，追思罗马霸业，慨然有诗》中，康有为在看到"颓陵坏殿名王迹"的古罗马遗址时，发出"英雄照尽几沧桑"的感慨；《在游邦堆塯庙，此在周与孟子同时，甚完好可惊，中置意之始王伊曼奴核第一及画者拉飞尔棺》中，他在目睹了"邦堆塯庙二千年，画者名王棺并肩"之后，也直言不讳地说"叹甚意人尊艺术，此风中土甚惭焉"；在《怀意大利拉飞尔画师得绝句八》中，康有为开篇就说"画师吾爱拉飞尔，创写阴阳妙逼真"，而"太白诗词右军字，天然清水出芙蓉"两句，则是康有为把西方古代画家跟中国的李白、王羲之相比较了；在《古物五章》中，康有为不仅发出了"古物存可令国增文明，古物存可知民敬贤英，古物存能令民心感兴"的议论，而且在赞美"埃及陵塔何嵯峨，印度殿塔岁月多，雅典古庙可婆娑，罗马坏殿遗渠侵云过"之时，一则曰"最异频经兵燹乱，保存古物至今传"，二则曰"罗马人能存古物，此风粹美更何如"，三则曰"吁嗟印埃雅罗之能存古物兮，中国乃扫荡而尽平，甚哉吾民负文化之名"，四则

---

① 康有为：《康有为全集》第十二集，中国人民大学出版社2007年版，第240页。

曰"回顾华土无可摩,文明证据空山河。我心怦怦手自搓,惟有长城奈若何"①,在中西对比之中无尽伤感。

康有为的《遍游欧洲十一国题词》②是对他甲辰之游的概括之作:"留滞欧洲半载余"介绍他这次游欧的时间是半年多,"遍游十国走飞车"写他旅游的国家之多和以汽车作为交通工具,"腥鱼干脔难为饱"说他吃不惯西餐,"华屋巍楼颇可居"则是肯定了欧洲的建筑,"风化何能比中土"是认为西方的风化不如中国,"物华差或胜方舆"是肯定了欧洲物华之美,"地中有海生人白,二者天骄我不如",则是以"天骄"肯定了地中海和白种人。总体看来,这首诗全方位地表达了他这次欧洲之游的体验和感受。

2.《避岛诗集》《漪涟诗集》所记1906—1908年之游

1904年11月,康有为离开欧洲奔赴美洲,之后又三次赴欧:1906年,他从美洲赴欧洲,漫游欧洲各国,至1907年3月离欧赴美;1908年4月,又回到欧洲,至11月返回亚洲;1909年3月至6月,又游瑞士、英国、德国等地。这三次旅行,康有为都写下了不少诗歌。

康有为自称1906—1908年在欧洲所作诗歌结集为《避岛诗集》,实际上《漪涟诗集》也是1908年所作,因而在此并而论之。

康有为在《避岛诗集》序中说:

> 瑞典岛屿百亿,山水幽胜;有岛在瑞京南湖中,万松盘石。栖栖无所,买山隐焉,名曰避岛,卜居焉,号曰北海庐。居之十余月,思归未得。凡自光绪丙午秋至戊申秋漫游欧土之作,都为《避岛集》,凡九十九首。③

甲辰之游时,康有为就有"爱瑞京士多贡之胜,欲徙宅居之";这次不仅"徙宅居之",而且在瑞典京城的南湖中买了一座小岛定居,并将小岛"名曰避岛",将自己的住宅"号曰北海庐",可见康有为对瑞典的喜爱之情。

从此段时间的诗歌创作来看,康有为一如既往地描写了欧洲美丽的自然

---

① 康有为:《康有为全集》第十二集,中国人民大学出版社2007年版,第241页。
② 康有为:《康有为全集》第十二集,中国人民大学出版社2007年版,第258页。
③ 康有为:《康有为全集》第十二集,中国人民大学出版社2007年版,第272页。

第四章　近代政治流亡者的域外诗

景观和丰富的人文景观。

在《过比尔袤斯大山（西班牙）》①诗中，康有为用"雪色何穹隆，横绝欧南壁""横巘掩长霄，积玉凝巨石""千岩与万壑，竞秀绿可摘"等诗句来赞美比利牛斯山；在《回宫临城有穹殿，上攒贝下铺瓷，制甚精，以沙伯拉女王遣科仑布寻地处》②中，他用"崇殿临崖压古城，攒花嵌贝上穹精"来写著名的摩尔帝国的故宫阿尔罕布拉宫。在《再游瑞士登离寄峰巅，视诸峰环走，下积层雾，如云海蔽山，时时腾涌，光景奇绝。旃里同游》③中，他目睹"鸿蒙跨碧落，漭瀁造化变""颠颠千万峰，戴雪皆白头。峨峨昂其首，耸拔仰天咻"的美景，不仅感叹"平生好搜奇，此景未有侔"。在《免恨京三咏》④中，康有为既以"白道光华免恨京，楼台新靓照人明"赞美了慕尼黑"冠全欧"的"道路之洁"和"楼阁明靓"，又以"啤酒尤传免恨名，创于湃认路易倾"写了"饮中之佳品"的啤酒，以"免恨公园画院中，独见庄严孔老像"写此处有"全欧只见"的"孔子、老子二像"。在《伕论八百年庙塔》⑤中，他以"双塔嵯峨矗碧天，高六百尺落飞仙"来写"高六百尺"、用了"八百年"才建成的"地球巨工，无出其右"的科隆双塔。

在挪威，康有为来到了北冰洋，见到了日不落的奇观，作《携同璧游那威北冰海那岌岛颠，夜半观日将下没而忽升》⑥。诗歌正文以"海气混茫白浪粗，上接鸿蒙昊宇舒"开篇，诗中的"溃珠跳玉似相濡，万载寒冰冷我躯。骑狮清凉访文殊，琼楼玉宇寒如如"等诗句写出了北冰洋寒冷和冰山的特点，"太阳瞠天埋绿芜，仰天长叹曰丧乎""霭气忽开晶光铺，杲杲旭暾红轮扶。飙登云端披绛襦，光茫万种照寰区"等诗句描写了太阳欲落而随即上升的过程。《泛那威寻北冰海，纵观山水，维舟七日，极海山之大观》⑦写他在挪威南北之间坐轮船游览了七天："盛夏冰海开，汽舟乃纵行。衣影吸其绿，万碧浸波澄。

---

① 康有为：《康有为全集》第十二集，中国人民大学出版社2007年版，第274页。
② 康有为：《康有为全集》第十二集，中国人民大学出版社2007年版，第274页。
③ 康有为：《康有为全集》第十二集，中国人民大学出版社2007年版，第277页。
④ 康有为：《康有为全集》第十二集，中国人民大学出版社2007年版，第278页。
⑤ 康有为：《康有为全集》第十二集，中国人民大学出版社2007年版，第279页。
⑥ 康有为：《康有为全集》第十二集，中国人民大学出版社2007年版，第286页。
⑦ 康有为：《康有为全集》第十二集，中国人民大学出版社2007年版，第286页。

舟穿众岛中,奇怪争逢迎。辟道如江湖,忘在海中经。宭宭岩壑秀,茫茫云烟溟。"在这七天里,康有为饱览了挪威海中美景;最后先以"吾昔爱温台,又复好南溟。既美加拿大,更慕瑞典京。皆以亿万岛,足以妙性灵"写自己所览世界各地岛屿之多,然后以"然若论海山,诸地短且平。谁甲大地者,那威吾定评"指出挪威的岛屿"甲大地"。

在欧洲,康有为既见识到欧洲的繁华富足,也看到了欧洲的贫穷落后。前者如《满的加罗国在法之南,临地中海,地势类香港,南北八法里、东西十法里而自立。一切无税,惟税博进,故欧洲贵族、美富人咸来避寒。宫室服馔、歌乐妓曲皆号全欧第一,人称乐土,诚大地异境也》①中记载,摩纳哥国土虽小,"境土二十里"而已,却"宫室服馔、歌乐妓曲皆号全欧第一,人称乐土",是"大地极乐国";国中"靡颜腻理四方集,遗簪瓃珥深宵多""鸣琴利屣繁曲剧,雕墙文瓦增嵯峨""璆綪王孙金络马,绮纨公子玉人歌""服馔曲乐皆第一,甲绝欧土理则那",确实非常繁华;但这样繁华的国家里,人民并不纳税,一切税收来自赌博业,这就是"月收博税百万钱,一切无征人衔惠",从而造成了"侯国如弹丸,侯政不繁苛,顺人之欲从人乐,归者如市满山阿"的太平景象。在康有为诗中,也描写了欧洲落后的一面。例如在《波多为法南大都会,以葡萄酒名,今人家廿余万,屋旧道污,民贫俗敝矣。夜大雪,饮酒看剧,歌甚佳》②中,他在写法国南部的葡萄酒和歌剧时,也写到了当地"屋旧道污,民贫俗敝矣";在《游迦怜拿六故回宫迦蓝罢觀出,览宫外气他那人居》③中,在凭吊"遗宫故殿已千年,画阁穹楼尚岿然"时,也写了当地人民的落后和野蛮——"一二几桌曲以刘,床灶同处眠食便。乱舞僛僛红黄缠,赤足绕车乞争先。或盗客物慎防痂,无一识字类野蛮。形如鹿豕可悯怜,久居名都化不迁",这让他不由得发出"吁嗟欧人之文明兮,乃都会有陶穴之野番"的感慨;在《自法之南行六解》④的诗序中,康有为说"法国唯巴黎胜妙,法南贫秽,不足观也",诗歌正文中也出现了"自法之南,屋矮地污。墙或及肩,

---

① 康有为:《康有为全集》第十二集,中国人民大学出版社 2007 年版,第 273 页。
② 康有为:《康有为全集》第十二集,中国人民大学出版社 2007 年版,第 273 页。
③ 康有为:《康有为全集》第十二集,中国人民大学出版社 2007 年版,第 274 页。
④ 康有为:《康有为全集》第十二集,中国人民大学出版社 2007 年版,第 276 页。

贫多役夫""役夫筑墙,言逢零雨。张盖吸菸,卧于堤下""旧坏泥污,不治则那"等反映当地人民"贫秽"生活的状况;在《由班入葡,崇山巨岭,重重悬隔,长松逾山,涧溪激泻,风景至佳。以其天险,用能别启国土。惟葡京理斯本虽凭海湾而崎岖山谷,如山城小郡,大道聚赌,不足道也》①中,康有为用"伤哉祠前地,丛众跣相寻。博徒与病者,群聚而呻吟"这样的诗句写了当地的不良赌博之风,并发出了"蕞尔国无政,党乱民荒淫。国命岂能久,幸哉僻海浔"的议论。

欧洲落后的一面,对康有为影响还是很大的。他在《意大利游记》中说:

> 未游欧洲者,想其地皆琼楼玉宇,视其人若神仙才贤,岂知其垢秽不治、诈盗遍野若此哉!故谓百闻不如一见也。吾昔尝游欧美至英伦,已觉所见远不若平日读书时之梦想神游,为之失望;今来意甫登岸,而更觉爽然。②

从这段话中可知,康有为在国内读书时感觉欧洲是理想之地,但他真正"游欧美至英伦"后,发现"所见远不若平日读书时之梦想神游",于是不免"为之失望"。作为政治家,康有为这里的"失望",必然会影响他的政治思想。后来康氏坚决当保皇派而反对革命,应该是与此有关的。

3.《南兰堂诗集》所记1909年之游

1909年3月至6月,康有为又游欧洲,所作诗歌收在《南兰堂诗集》中。《三月五日在瑞士吕顺游阿尔频山,晚步梨花压山,芳草数里,越山度涧,幽绝无人。徘徊花下,远闻琴声,湖波漪涟,夕霞照山,溯洄从之,疑古桃源也。雪旂花独阿尔频山产之,游者珍之,皆插襟上而归》记载了他在瑞士游览阿尔卑斯山的所见美景。在《游威路士宿兰顿那,碧海青山,风景冠英国》中,康有为赞美了"绝好峰原皆碧绿,英伦胜地此无多"的兰顿那;在《游威路士之卡理维垒,威路士民居,今犹窟地为宅,列于山阿》中,又以"长桥横锁亘山河,故垒森森草漫陂"记载了卡理维垒之游;在《阿尔兰都会名德逋邻,

---

① 康有为:《康有为全集》第十二集,中国人民大学出版社2007年版,第276页。
② 康有为:《欧洲十一国游记》,广西师范大学出版社2016年版,第83页。

其城垒、山河、公园皆以德逼邻为名。园甚大,垒甚古,山甚秀绿。吾爱其倾士汤路大园林,卅里相望,楼阁多新式,走马乐甚》中,他以"走马王城临海路,园林卅里画楼新"表达了这次游玩之乐;在《威士宾距伦敦汽车二时,沿海依山,风景幽胜,屋道丽洁,为全英城市之冠。与曼宣游,言若居英,当住此》中,他见到"傍山临海得清胜,华屋修衢最妙华"的景观后,不禁有了"吾居英伦欲为家"的念头;在《德国威廉舒苑为前嘻顺侯国赫孤拉士侯所筑,老木千万,水木明瑟,幽深廿里,山巅蓄水下喷,凡八百余层,今存八池,昔有喷池八十一,今废存十余耳。于颠作台,崇六十丈,上有七层塔,塔巅作铜像十丈,下有三宫垒,昔拘拿破仑第三即在此。法路易十四宫亦师之,当为地球第一。德主威廉岁避暑于此,吾居之弥月。其螺韵坡垒,布置曲折幽妙,与奥之恪慎伯垒并冠全欧也》这组绝句中,康有为用"故侯宫苑压山阿,崇塔广台铜像峨""堆石引泉作喷池,筑崖架壑溜滩欹""万绿冈颠螺韵坡,楼廊幽折足婆娑"等诗句介绍了这座他认为"地球第一"的名园。

欧游结束之时,康有为写下《己酉六月自欧归,过苏彝士河,感怀两戒,俯念万年。吾亦四度过此,倦游息辙,将述作矣》[①]一诗。这是他最后一次欧洲之游。这首诗对他的海外游也有总结意味,诗中的"大瀛海水忽横流,小九州通大九州",写他走出国门游遍世界;"别有文明开世界,竟由新法破鸿沟",写他在海外游中受到了文明新世界的影响;而"素王道统张三世,黄帝神灵嗣万秋",则是写他依然认可孔子、黄帝的学说;尾联"我作《大同书》已竟,待看一统合寰球",从中可见康有为依然希望用他的《大同书》思想来统一世界。

(三)美洲

康有为早在1899年就到过北美大陆,并且在美洲成立了保皇会;1904年11月来到美洲,1905年遍游美国各地之后,11月至墨西哥,在墨西哥住了半年有余,并与墨西哥总统有交往,一直到1906年秋天才赴欧。1907年、1908年又两度赴美洲。他在美洲也写下了不少风景诗。

1. 加拿大

1898年戊戌政变,康有为逃到日本,日本政府迫于清政府压力,让康有

---

① 康有为:《康有为全集》第十二集,中国人民大学出版社2007年版,第308页。

第四章　近代政治流亡者的域外诗

为离开日本，康有为在1899年离开日本赴加拿大，七绝《己亥二月由日本乘"和泉丸"渡太平洋》就是此时所作，"老龙嘘气破沧溟，三戒长风万里程。巨浪掀天不知远，但看海月夜中生"，这是他第一次远洋旅行的真实所感所见。《上巳后四日游加拿大湾高华公园，送译者还日本，呈东国诸公》两首绝句是他到加拿大后所作，"大瀛万里隔游尘，上野莺花照暮春。未敢回头思汉月，却看江户是乡亲""半岁看花住三岛，盈盈春色最相思"，写他对家乡和日本的思念。《三月乘汽车过落机山顶，大雪封山，雪月交辉，光明照映，如在天上。其顶甚平，译者请名之，吾名为太平顶》写的是北美大陆的主要山脉落基山，诗题中的"大雪封山，雪月交辉，光明照映，如在天上"已将美景写出，诗中的"落机铁路绕巇岩，大雪长封蓊蔚蓝"又写了落基山上绕巇岩的铁路。康有为将落基山顶命名为"太平顶"，也表达了他对太平盛世的渴望。

作为政治家，康有为首先是要进行政治活动。来到加拿大不久，他就乘船奔赴英国求救了，《四月乘船渡大西洋近北极，晓见二冰山高百丈，自北冰海流来者，船人倾视，诚瑰玮大观也》[①]记载的是他在赴英途中见到的冰山。这两座冰山来自"冰海凝寒横北极，积雪万里大地白"的北冰洋，北冰洋的冰块在"仲夏冻气渐销释"之时，"轰然进解如天裂，光怪各成峰峦出"，于是"块磊海波互击啮，随波浩荡去穷发"。当康有为和它们"飞轮浩浩忽逢之"的时候，不仅"惊怪海岛生变疾"，进而"疑是共工摧不周，天柱散坠半段折"。"两峰中流凝水晶，雪涛喷激邈皎洁。玉山千丈照白日，云气晴明无掩失"，在康有为看来，这两座冰山非常壮观，甚至让他觉得它们很像中国古代传说中的仙山——"东峰长方似方壶，西峰圆如员峤窟"，于是康有为也不吝啬他的生花妙笔，接连用"藐姑仙子羽衣裳，身跨白凤佩明珰""皓鹤饮啄瑶草芳，应结琼楼宿其上"等诗句来形容这两座冰山之美。

康有为在英国的外交活动未能如愿，他很快就回到了加拿大。从《己亥夏秋文岛杂咏十九首》[②]的诗序中，可知康有为此时因为"流离已久"而"忧病头风"，而恰好"此海千岛，雪山照人"，于是他"日游一岛""始居帐幕"，在他"继装潢渔室，名曰'廖天'"之后，他就有了固定住所；"前后两居凡弥月"，

---

① 康有为：《康有为全集》第十二集，中国人民大学出版社2007年版，第196—197页。
② 康有为：《康有为全集》第十二集，中国人民大学出版社2007年版，第197—198页。

他在廖天室住了一个月,时间还是比较长的。这19首绝句,就是康有为此时"日游一岛"所写。这19首诗在写文岛美景的同时,也写出了康有为这段时间在加拿大的生活状况。

康有为在文岛居住时间不长就离开了,《别文岛,周游之,跌足而返,回望吾庐寥天室,怅然不忍舍去》① 两首七绝是他离开文岛时所作。"岛树别离行一周",即将离去,康有为绕岛一周跟岛树作别,"归棹回头独倚舟",写出了他对文岛的恋恋不舍。

1904年,康有为在畅游欧洲之后,返回加拿大,《九月二十二重泛大西洋(甲辰)》② 就是他途中所作。这首诗以"潚潚荡荡泛洪波,万里杳杳无坡陀"开篇,描写大西洋的浩渺;"隔限欧美奈若何,南通非洲浩漠沙",这是写大西洋的地理位置,处于欧美非三洲之间;"尔来百千万亿岁,渺无片帆只舰一经过。人世绝不相通,惟有鲸吞鲛舞斗鼌鼍。日出月没星辰炯,雪山映照碧浪槎",这是哥伦布之前的大西洋;"若非冒险科仑布,十万里新大陆今犹莽榛柯",哥伦布发现新大陆之后,大西洋上就不是"渺无片帆只舰一经过"了。不过康有为关注的不是大西洋,而是哥伦布发现新大陆之后,原来"野人盘据狂狸舞"的南美洲变成了文明繁盛的国家,这让康有为有了殖民思想:"吾国人民繁已甚,开新中国其有那,移民不知始何日,大愿终偿吾则歌"。

《三过落机山放歌》是康有为第三次经过落基山时所写。这首诗以"一岁住须弥,三度度落机"开篇,似乎二者风马牛不相及,但随后两句"东球诸山须弥最高峻,西球诸山落机最雄奇",原来是康有为把二者对比来写。"须弥昔称日月所出入,我居大吉岭巅夜游集,仰视白云一道横天共河没",康有为在须弥山居住了很长时间,对它很了解。以此为背景,康有为对落基山展开了详细描写:

> 落机履压五千里,春夏秋冬巅皆雪。峰万重门开合,东迎西送皆奇绝。石壁峭削立积铁,危嶂侵云横天曲。城郭以亿垓,直勒队仗各战决。室盖亭亭出麾幢,帐幕森森劈斧钺。忽各万马拥旌旗,衔枚疾走不可说。

---

① 康有为:《康有为全集》第十二集,中国人民大学出版社2007年版,第199页。
② 康有为:《康有为全集》第十二集,中国人民大学出版社2007年版,第258—259页。

第四章　近代政治流亡者的域外诗

渐登其颠太平顶，一白无极映明月。高高灯摩上帝座，去天尺五扪星澈。顾盼大地弹丸圆，蹩踏五洲大陆裂。左提太平洋汤汤，右弄大西洋浪浪。瑶池阆苑我能识，呼吸云气挟云收。琪草瑶花自芬芳，缟衣皓骨白云裳。玉楼琼宇，白龙鳞舞白凤凰。白旂白马相飞扬，寒天无极冰玉光……①

在这段描写中，诗人想象丰富，各种意象纷至沓来，充分利用了拟人、夸张等写作手法，令人在目不暇接之时，有超然尘世之感，而落基山风光之美也跃然纸上。

《嬉理慎泉看大雪，湖溪泛棹》②《重游嬉理慎温泉，宿故店》③是康有为在1904年冬天游览加拿大温泉时所作。"群峰皆雪色，万壑带泉声""横云藏岛屿，大雪漏林丘""雪岭看无已，飞泉听不休""岭巅雪影兼云影，桥畔泉声与浪声"，白雪温泉，相映成趣，给康有为留下很深印象。《湾高华对海旅店夜步》④也是同时所作，"波涛拍岸""冷风吹月""大雪封山"，写出了加拿大冬季海边的景色。

2. 美国

1905年初春，康有为从加拿大来到美国，遍游全美。初到纽约，他惊讶于纽约的高楼，写下了《纽约楼阁高二三十层，初到惊睹，冠大地矣》⑤一诗。诗中前两句"铁构巍巍云表腾，纽约楼阁欲飞升"为综述，后两句"十二层楼为阆苑，银行街上更卅层"具体写楼层之高。

令康有为印象更深的是美国的黄石国家公园，不过他对黄石公园的印象并不很好。他在《黄石园歌》小序中说：

黄石园围七百里，六日乃能周游，美人徙民空其地为之，夸为地球第一。白草黄沙，灰尘飞扑，如戍塞外。其佳处只沸泉千穴，诚为异观，

---

① 康有为：《康有为全集》第十二集，中国人民大学出版社2007年版，第259页。
② 康有为：《康有为全集》第十二集，中国人民大学出版社2007年版，第261页。
③ 康有为：《康有为全集》第十二集，中国人民大学出版社2007年版，第261页。
④ 康有为：《康有为全集》第十二集，中国人民大学出版社2007年版，第261页。
⑤ 康有为：《康有为全集》第十二集，中国人民大学出版社2007年版，第264页。

然仅此数里耳，余无可观，甚负盛名也。①

在康有为看来，这座被"夸为地球第一"的黄石公园，只不过是"白草黄沙，灰尘飞扑，如戍塞外"的地方而已，除了"沸泉千穴，诚为异观"，就"余无可观"了。对于黄石公园值得称道的温泉，康有为不吝笔墨进行了详细描述："黄石园中何佳异，沸泉数千周数里。昔者火焰喷山巅，今者沸泉藏地里。遍山空虚成沸潭，万窍怒号良有以。触孔喷出渐成穴，浅深不一皆清泚。风荡轻烟热拂面。澜漪皱动成丹紫。浅黄深碧绀琉璃，微波五色生妙理。亦有穴深三百尺，窅窅澄碧下见底。如垒如釜如灶窟，如壶如盘多肖物。蚝蚌蝶马各象形，千万穴形难一一。"康有为形象地描绘了温泉的形成、温泉的颜色、温泉的形状等，但在康有为看来，他在黄石公园游走六天，仅仅看了温泉，太令人扫兴，所以诗歌最后写道："一善不足掩万恶，请君不必蜡游屐。"劝游客们不要来黄石公园游玩。

《黄石园中白草黄沙，数里无人，尘沙高卷，俨如沙漠。可名黄石塞，非园也。连日游行苦之》三首七绝也是写游黄石园之情形。

在《落机山尽处，行自要离至思父士顿山道中七十里，九月白云满山，岩壑甚美》②中，康有为写了落基山当地的风景。在"群峰连白云"的美景中，有"山路缘幽林"，康有为坐着六匹马拉的大车，"登坂千百岑"。一路既见到了"涧流积碧绿，上承青松阴"的自然风光，也见到了"积水转金轮，制电照崎嵚。千室放光明，矿道炳幽深"的人类文明成果；"故擅岩壑美，铁轨新斟酙"，此地岩壑甚美，正在斟酙在这里修铁路；"晚归卧汽车，溪石听佳音"，即使卧在晚归的汽车上，也能听到溪水的佳音。

3. 墨西哥

康有为在游历美国之后，再赴墨西哥。

《行尽落机山南入新墨西哥境，遇美水利长波告我，此地稻田似中国沟洫，遗迹犹存》③是初到墨西哥时所作。"日携一卷地图开，落机穿过万山回。新墨

---

① 康有为：《康有为全集》第十二集，中国人民大学出版社2007年版，第265页。
② 康有为：《康有为全集》第十二集，中国人民大学出版社2007年版，第267页。
③ 康有为：《康有为全集》第十二集，中国人民大学出版社2007年版，第267页。

第四章 近代政治流亡者的域外诗

西哥沟洫迹,遗民似是自华来",这是他听说墨西哥稻田似中国沟洫,于是感慨而作。

在《入墨国境》的小序中,他说"丙午正月自美国南游墨西哥,贯其南北全境",可见他这次是游遍了墨西哥南北全境。这首诗对于康有为的海外游具有总结性质:

历亚欧非到美洲,冬残墨国又来游。海山踏遍廿万里,国土纵横大九洲。政俗诡奇文野见,榛荒开辟古今遒。诸天未历吾犹憾,老子婆婆纳地球。①

"历亚欧非到美洲,冬残墨国又来游",康有为畅游了亚、欧、非、美四大洲,如今来到了墨西哥;"海山踏遍廿万里",他来往于各大洲之间,海行、山行路途达二十万里;"政俗诡奇文野见",他考察了各国的政治、风俗,并且文野皆见。其实康有为以后还数次来往于各大洲之间,此时他的全球之旅仅仅过半而已。

与美国相比,墨西哥还是很落后的。在《游墨西哥》②两首七律的小序中,康有为说墨西哥的地形是"贯其南北,母山为脊,左右斜落为平原",但这里的土地"瘠苦",至于"二千里不生草木";而当地"税重民贫",人民"天寒皆无衣褐,以毡贯颈";当地"汽车人备五色,亦诡奇之异观矣",但"风化杂沓,皆守旧也"。诗歌正文除了重复序中的观点,还写出了墨西哥"黄红白种久相杂,美法班争亦有年"的特点;而"战争历久民能主,专制犹存乱岂平。政俗喜能摹美国,道涂楼观望飞惊"四句,则是对墨西哥政治制度和当地道路楼观建设的肯定。

在《近墨京架的有墨前王故宫苑遗迹,人家数千依山居,泥砖平顶,满山皆桃花》中,康有为写了他游览墨西哥前王故宫苑遗迹的经历。《墨国胡克家郊外十里许祆祠前,有老桧围五百四十尺,凡二十八围,垂条苍翠。其巨大吾未之见也,以在美中新地,故得保天年耶》是写一株康有为行遍全球从未见过的老桧树。

---

① 康有为:《康有为全集》第十二集,中国人民大学出版社2007年版,第269页。
② 康有为:《康有为全集》第十二集,中国人民大学出版社2007年版,第270页。

(四)非洲

康有为在1908年和1909年两次赴欧时,都曾登陆非洲大陆,畅游埃及。在组诗《游埃及开罗京》①的五首诗中,康有为以"自立尚为伽的父,创业发于噫布谦"缅怀了埃及先贤,以"欧美文明何自开,远祖皆从埃及来"指出埃及文明是欧美文明的发源地,以"女子黑纱常蔽面,最怜额鼻着黄铜。厚丧女哭声不绝,大道营棚七日中"记载了埃及的丧礼风俗,以"开罗古昔廿三宫,废殿颓垣今已空"来写埃及的古代宫殿遗址,以"鸵园环式畜千鸵,长幼卅年各一窝""红羽可骑亦异种"来写埃及的鸵鸟园,从中可知康有为这次游览范围之广。

埃及最有名的是金字塔,《开罗外访金字陵》②五首七言绝句组诗就是康有为游览金字塔时所作。第一首诗的前三句"金字陵三相鼎立,骑驼夕照度沙黄。远影尖陵尚四五"写出了高耸的金字塔及其背景,极具画面感,而"七千年物最严庄"则是写金字塔年代之久;第二首在以"四十七丈插土陵,于今六千四百龄"详写金字塔后,又以"登尖二千五百级,横览大地嘘云腾"写诗人登上金字塔的感觉;第三首以"禹穴中藏君后棺,隧道斜开十尺宽。深入廿丈得窔处,骊山银海愧非难"写自己进入金字塔内参观;第四首以"兽身人首名星士,六丈为头百尺身。陵前刻石巨如此,立马夕阳惊煞人"写金字塔前的刻石之巨大;第五首"大隧宽深若康庄,石椁廿四皆相望。椁厚尺许高逾丈,石莹如玉髑髅藏"写金字塔中的石椁。这五首诗视角多变,或上或下,或里或外,或近或远,既有概述又有详写,全方位地介绍了金字塔。此外康有为还有《游埃及录士京》《游亚士浑故京》等诗作。

《埃及行》③是一首总结埃及之行的诗作。这首诗结合埃及的地理环境特点论述埃及的农业、居室、文化、国运,表现了康有为地理环境决定论的思想。诗歌开篇"石山之内,绿野夹江;石山之外,飞沙走黄;石山之旁,一千三百里疆",介绍了埃及尼罗河两岸皆为石山的特点;之后写"尼罗直泻

---

① 康有为:《康有为全集》第十二集,中国人民大学出版社2007年版,第300页。
② 康有为:《康有为全集》第十二集,中国人民大学出版社2007年版,第300页。
③ 康有为:《康有为全集》第十二集,中国人民大学出版社2007年版,第301页。

万里长，一渎无枝流，逆行力最强"，这就导致了"秋冬泛田隰，淤泥长禾秧"的农业特点；正因为尼罗河是母亲河，于是"民庐皆临流，耕夫迩水乡"。因为到处都是石山，于是不仅"贫者石窟中，壑谷如室藏"，而且"富者石为屋，栋宇及阶墙。床几与盘桌，一一择石良"。埃及"刻文雕像画，传古多精良。宫庙六千年，至今完而藏。楹壁石数尺，高逾百尺量。六七金字陵，苍苍摩天扬。伟大尤可惊，岂止文明破大荒"的文化特点，也是由"皆因山尽石，又以野夹江"所决定的。这正是"万国文野由地形，顺受其正难飞扬"。但埃及这样的地形也有缺点"狭长舆地岂能守，后永奴降难自强"，康有为认为地理特点决定了埃及在战争时处于劣势。诗歌最后两句"吁嗟人事由地形，畔援歆羡吾欲忘"强调了康有为的地理环境决定论思想。

康有为称自己的诗歌是"新世瑰奇异境生，更搜欧亚造新声"，他的域外诗显然也是"诗界革命"的重要组成部分，对近代诗歌"新意境""新语句"的贡献卓著。钱仲联对康有为诗歌的评价比较客观："出国以后，诗境益宏阔，内容亦初非只谈保皇者。唯不能精炼，读之时有黄河之水，泥沙俱下之感。"[①]

第二节 梁启超的域外诗

汪辟疆在《光宣诗坛点将录》中将梁启超（1873—1929）比作"地辅星轰天雷凌振"，可见在中国近代诗史上，梁启超有一定地位。但汪辟疆在具体评价梁启超的诗歌时，第一句就是"新会向不能诗"。的确，梁启超在因戊戌变法失败逃亡海外之前，是基本不写诗的；正是十多年的海外流亡，使他成了一位诗人。在赴美游记《汗漫录》中，梁启超一则曰"余素不能诗"[②]，再则曰"即如诗之为道，于性最不近，生平未尝一染"[③]，《饮冰室诗话》第六十六条中也说"余向不能为诗，自戊戌东徂以来，始强学耳"[④]。的确，梁启超到海

---

① 舒位、汪国垣、钱仲联等：《三百年来诗坛人物评点小传汇录》，中州古籍出版社1986年版，第151页。
② 梁启超：《汗漫录》，《走向世界丛书·新大陆游记及其他》，岳麓书社1985年版，第593页。
③ 梁启超：《汗漫录》，《走向世界丛书·新大陆游记及其他》，岳麓书社1985年版，第596页。
④ 梁启超：《饮冰室诗话》，《梁启超全集》第十八卷，北京出版社1999年版，第5328页。本节后文所引《饮冰室诗话》皆引自此书。

外之后，才真正大规模写诗，以至于在汪松涛辑注的《梁启超诗词全注》400多首诗中，有大半是梁氏海外之作。不过梁启超的诗歌之所以有名，主要还不是因为他"才气横厉，不屑拘拘绳尺间"的诗歌，很大程度上是因为他"鼓吹诗界革命，著为论说，颇足易一时观听"。①

梁启超的域外诗具有鲜明的个人特点，这些特点主要表现在域外爱国诗、域外新思想、域外新诗体三个方面。

一、域外爱国诗

公元1898年（光绪二十四年）6月，光绪帝下诏变法，戊戌变法开始。9月，慈禧太后囚禁光绪帝，捕杀参加戊戌变法的维新人士，"戊戌六君子"被捕后惨遭杀害，康有为、梁启超在日本人的帮助下逃亡日本。但他的一腔爱国热情不仅没有随着变法的失败、流亡异国而消亡，反而因为去国离乡而更为炽烈。他在逃亡日本的军舰上所写的《去国行》表明了他爱国的强烈情感：

> 呜呼！济艰乏才兮，儒冠容容。佞头不斩兮，侠剑无功。君恩友仇两未报，死于贼手毋乃非英雄。割慈忍泪出国门，掉头不顾吾其东！
>
> 东方古称君子国，种族文教咸我同。尔来封狼逐逐磨齿瞰西北，唇齿患难尤相通。大陆山河若破碎，巢覆完卵难为功。我来欲作秦廷七日哭，大邦犹幸非宋聋。
>
> 却读东史说东故，卅年前事将毋同！城狐社鼠积威福，王室蠢蠢如赘痈。浮云蔽日不可扫，坐令蝼蚁食应龙。可怜志士死社稷，前仆后起形影从。一夫敢射百决拾，水户萨长之间流血成川红。尔来明治新政耀大地，驾欧凌美气葱茏。旁人闻歌岂闻哭，此乃百千志士头颅血泪回苍穹！
>
> 吁嗟乎！男儿三十无奇功，誓把区区七尺还天公。不幸则为僧月照，幸则为南州翁（西乡隆盛）。不然高山（高山正之）、蒲生（蒲生秀实）、象山（佐久间象山）、松阴（吉田松阴）之间占一席，守此松筠涉严冬。坐待春回终当有东风！

---

① 舒位、汪国垣、钱仲联等：《三百年来诗坛人物评点小传汇录》，中州古籍出版社1986年版，第117页。

第四章　近代政治流亡者的域外诗

> 吁嗟乎！古人往矣不可见，山高水深闻古踪。潇潇风雨满天地，飘然一声如转蓬。披发长啸览太空，前路蓬山一万重。掉头不顾吾其东！①

这首诗一开始就点出自己没有留下来受死的原因是"君恩友仇两未报"，他只能是"割慈忍泪出国门，掉头不顾吾其东"；而他到日本的原因，是"我来欲作秦廷七日哭，大邦犹幸非宋聋"，也就是希望日本能够帮助中国。之后梁启超在诗中回顾了日本的维新历史，希望中国也能像日本那样走上维新强国的道路；但日本的维新变法并不是轻松得来的，"此乃百千志士头颅血泪回苍穹"，是用志士们的头颅血泪换来的。最后，梁启超自明心志："吁嗟乎！男儿三十无奇功，誓把区区七尺还天公。"其实梁启超此时仅25周岁，自称"男儿三十"，说的是整数；"无奇功"，是指变法未能成功；"誓把区区七尺还天公"，即愿为祖国的强盛贡献自己的生命。之后梁启超分析了自己未来的三种可能性：一是"不幸则为僧月照"，也就是以月照作为自己的榜样，而月照和尚为了日本的维新而捐躯；二是"幸则为南州翁"，南州翁是西乡隆盛，他与月照一起投海，但被人救活，后来成为明治维新的主要领导人之一；三是"高山、蒲生、象山、松阴之间占一席，守此松筠涉严冬，坐待春回终当有东风"，高山正之、蒲生秀实、佐久间象山、吉田松阴是日本著名维新思想家。梁启超所设想的这三种可能性，一是成为烈士，为维新而战斗至死；二是成为领导者，领导维新变法成功；三是成为思想家，用思想来唤醒国人。这三种可能性的代表人物，或者说梁启超要效仿的对象，都是在日本近代历史或者思想史上占有一席之地的著名人物。可见，梁启超其时志向之远大，救国救民之心切。

梁启超逃到日本不久，康有为也在英国人的帮助下辗转来到日本，师徒相见之后，依然都为国而奋斗。梁启超一方面学习日文、结交日本政要；另一方面也努力同在日本、美洲、澳洲、欧洲等地的志士联络，并与康有为一起，支持、策划了国内唐才常的自立军武装起义。在1899年年底，梁启超从日本乘船，拟经檀香山赴美洲参加维新活动，船航行在太平洋时，他写了一首《二十世纪太平洋歌》②的杂言诗，诗中先是自述"亚洲大陆有一士，自名任公其姓梁。

---

① 汪松涛：《梁启超诗词全注》，广东高等教育出版社1998年版，第14—15页。
② 汪松涛：《梁启超诗词全注》，广东高等教育出版社1998年版，第41页。

尽瘁国事不得志，断发胡服走扶桑"，然后说此行的目的是"誓将适彼世界共和政体之祖国，问政求学观其光"，表明了爱国之心。梁启超在檀香山时，接到唐才常要求其回国参加武装起义的电召，于是匆匆归国，归国途中写下了《东归感怀》：

> 极目中原暮色深，蹉跎负尽百年心。那将涕泪三千斛，换得头颅十万金。鹃拜故林魂寂寞，鹤归华表气萧森。恩仇稠叠盈怀抱，抚髀空吟《梁父吟》。①

"极目中原暮色深"，指中国大地暮气沉沉；"蹉跎负尽百年心"，指自己蹉跎半生，无所成就；"那将涕泪三千斛"，写自己被迫飘零他国依然不改初心的忧时忧国之泪；"换得头颅十万金"，是指清政府对他的头颅悬赏十万白银；后面几句中的"寂寞""萧森""空吟"等意象，也是悲凉之词。可见经过了戊戌变法失败后流亡海外的梁启超，深知爱国图强的不易。

但在梁启超刚刚赶到上海之时，唐才常就被湖广总督张之洞杀害了，起义也就此失败。梁启超对此悲愤不已，在《刘荆州》②一诗中，他谴责张之洞"忍将国难供谈柄，敢与民权有夙仇"，"国难""民权"，鲜明地表达出了他的忧国忧民之心。《铁血》③一诗也是他悼念牺牲的同志之作，此诗中首句是"铁血无灵龙苦战"，写出了国内政治环境的腥风血雨；第三句"故人新鬼北邙北"，写的是唐才常等人为救国而死；第四句"万里一身南斗南"，是指自己身在澳洲，不能与死难同志在一起。

梁启超的爱国之心因为其身在海外、报国不得而愈加强烈。例如在《自励二首》④中，他豪迈而悲壮地说："立身岂患无余地，报国惟忧或后时。"不过梁启超用律诗来写起爱国之情还是有些拘束，他那些在当时振聋发聩的爱国诗歌，多是用歌行体写出来的。例如他发表在《新小说》第一期上的《爱

---

① 汪松涛：《梁启超诗词全注》，广东高等教育出版社1998年版，第59页。
② 汪松涛：《梁启超诗词全注》，广东高等教育出版社1998年版，第61页。
③ 汪松涛：《梁启超诗词全注》，广东高等教育出版社1998年版，第70页。
④ 汪松涛：《梁启超诗词全注》，广东高等教育出版社1998年版，第91页。

第四章　近代政治流亡者的域外诗

国歌四章》,与其说是用铿锵有力、句式自由的歌行体写成的,不如说是用通俗易懂、呐喊式的口号体写成的。

　　泱泱哉!我中华。最大洲中最大国,廿二行省为一家。物产腴沃甲大地,天府雄国言非夸。君不见英日区区三岛尚崛起,况乃堂裔我中华!结我团体,振我精神,二十世纪新世界,雄飞宇内畴与伦!可爱哉!我国民。可爱哉!我国民。
　　芸芸哉!我种族。黄帝之胄尽神明,浸昌浸炽遍大陆。纵横万里皆兄弟,一脉同胞苦相属。君不见地球万国户口谁最多,四百兆众吾种族。结我团体,振我精神,二十世纪新世界,雄飞宇内畴与伦!可爱哉!我国民。可爱哉!我国民。
　　彬彬哉!我文明。五千余岁历史古,光焰相续何绳绳。圣作贤述代继起,浸濯沉黑扬光晶。君不见竭来欧北天骄骤进化,宁容久屏吾文明!结我团体,振我精神,二十世纪新世界,雄飞宇内畴与伦!可爱哉!我国民。可爱哉!我国民。
　　轰轰哉!我英雄。汉唐凿孔县西域,欧亚抟陆地天通。每谈黄祸我且栗,百年噩梦骇西戎。君不见博望定远芳踪已千古,时哉后起吾英雄。结我团体,振我精神,二十世纪新世界,雄飞宇内畴与伦!可爱哉!我国民。可爱哉!我国民。①

这首诗共分为四章,每章一个主题:第一章"泱泱哉!我中华",歌颂的是国家;第二章是"芸芸哉!我种族",歌颂的是民族;第三章是"彬彬哉!我文明",歌颂的是灿烂文化;第四章是"轰轰哉!我英雄",歌颂的是人物。这四章都以感叹词开始,"中华""种族""文明""英雄"前都有"我"字,作者的自豪感跃然纸上。在每章中,梁启超都用热烈的语句来赞美中国以及这个国家的文明和人民,例如以"最大洲中最大国,廿二行省为一家"来赞美国家,以"黄帝之胄尽神明,浸昌浸炽遍大陆"来赞美民族,以"五千余岁历史古,光焰相续何绳绳"来赞美文明,以"汉

---

① 汪松涛:《梁启超诗词全注》,广东高等教育出版社1998年版,第104—105页。

唐凿孔县西域，欧亚抟陆地天通"来赞美英雄；而在每章的结尾，都是重复了以下几句："结我团体，振我精神，二十世纪新世界，雄飞宇内畴与伦！可爱哉！我国民。可爱哉！我国民。"这几句话既有号召，又有祝愿，还有赞美，而这些话的重复出现，就加倍体现出了梁启超的爱国热情，从而使得这首诗成为名副其实的爱国歌。这首诗是发表在梁启超在日本主办、主笔的《新小说》上，它是梁启超虽在海外但依然满腔热情地投入爱国活动的标志之一。

梁启超逃亡海外十多年的时间里，中国及其周边国家地区发生了很多大事，比如朝鲜本来是中国的藩属国，此时沦为日本的殖民地，这在梁启超诗中有所表现。例如韩国志士安重根于宣统元年（1909）在哈尔滨刺杀了日本首相伊藤博文，梁启超就写了一首长篇歌行《秋风断藤曲》[①]来歌颂安重根，诗中的"黄沙卷地风怒号，黑龙江外雪如刀，流血五步大事毕，狂笑一声山月高""万人攒首看荆卿，从容对簿如平生，男儿死耳安足道，国耻未雪名何成？"等语句，既是对安重根的赞颂，也是作者本人对安重根这种爱国行为的向往。次年，梁启超更是写下了《朝鲜哀词》[②]五律24首，表达了对朝鲜彻底沦为日本殖民地的悲痛之心。诗中以"哀哀箕子祀，恻恻《黍离》诗"表达了其黍离之悲，以"苍茫看浩劫，绝域泪空垂"表达了自己的无奈之情，以"覆水谁能挽？王风已不雄"表达了对国家衰弱的伤痛，而尾句"劳歌杂涕泪，今夕是何年？"更是涕歌同下，哀痛不绝。康有为对这组诗称赞不已：

沉郁雄苍，合少陵《诸将》《洞房》《秦州》而冶之，义正词严，上承小雅，岂愧诗史！其详瞻亦前无古人。诗至此观止矣！[③]

康有为认为这组诗沉郁雄苍，能把杜甫的《诸将》《洞房》《秦州》等诗融为一体，是无愧于诗史的绝妙好诗，而且"诗至此观止矣"。虽然是过誉之词，但也由此可见梁启超这些诗确实情词兼茂，堪称佳作。

---

① 汪松涛：《梁启超诗词全注》，广东高等教育出版社1998年版，第191—192页。
② 汪松涛：《梁启超诗词全注》，广东高等教育出版社1998年版，第247—252页。
③ 汪松涛：《梁启超诗词全注》，广东高等教育出版社1998年版，第247页。

二、域外新思想

光绪二十四年,戊戌变法失败后,年仅25岁的梁启超不得不逃亡国外。在1898—1912年这十多年漂泊海外的时间里,梁启超接触到日本和美国这些当时世界强国的先进思想,他的世界观有了很大改变。到日本仅仅数月,他就说"肄日本之文,读日本之书,畴昔所未见之籍,纷触于目,畴昔所未穷之理,腾跃于脑。如幽室见日,枯腹得酒,沾沾自喜"[①];而在到日本一年之后,他又说:"自居东以来,广搜日本书而读之,若行山阴道上,应接不暇,脑质为之改易,思想言论与前者若出两人。"在日本的读书学习竟然让他"脑质为之改易",可知海外经历对梁启超思想影响之大。《汗漫录》是梁启超自日本乘船赴美的日记,在其《小序》中,梁启超说他在日本是"居于亚洲创行立宪政体之第一先进国",而他去美国则是"欲适全地球创行共和政体之第一先进国",因而,"于是生二十七年矣,乃于今始学为国人,学为世界人"。其实梁启超早在国内时就有讲进化、开民智、兴民权等现代观念了,但毫无疑问,只有当他游历海外时,才真正有意识地用世界眼光来系统地看待中国、看待世界,从而使他的思想有了质的改变。这为他在海外从事爱国运动、爱国宣传,回国后参加政治活动、教育活动和学术活动奠定了思想基础。

梁启超海外所接受的新思想,是全方位的。黄遵宪说梁启超的学说,"若公德,若自由,若自尊,若自治,若进步,若权利,若合群,既有以入吾民之脑,作吾民之气矣"[②],绝非过誉之词。下文仅择要分析梁启超域外诗中所表现出来的新思想,即政治思想、教育思想、女权思想,以之略窥梁启超当时思想家巨擘之风采。

1. 政治思想

在中国近代史上,梁启超是当之无愧的思想家、教育家、文学家、宣传家、社会活动家,但他的身份首先是一位政治家。或者说,他的其他身份,都是由政治家衍发出来的。他虽然与康有为同属保皇派,但他的政治思想有时也突破了保皇派的局限,例如他的《拟讨专制政体檄》:

---

① 李喜所、元青:《梁启超传》,人民出版社1993年版,第133页。
② 丁文江、赵丰田:《梁启超年谱长编》,上海人民出版社1983年版,第306页。

起起起！我同胞诸君！起起起，我新中国之青年！我辈实不可复生息于专制政体之下，我辈实不复生息于专制政体之下！专制政体者，我辈之公敌也，大仇也，有专制则无我辈，有我辈则无专制。我不愿与之共立，我宁愿与之偕亡！使我数千年历史以脓血充塞者谁乎？专制政体也。使我数万里土地为虎狼窟穴者谁乎？专制政体也。使我数百兆人民向地狱过活者谁乎？专制政体也。……专制政体之在今日，有百害于我而无一利！我辈若犹靦然恭然，与之并立于天地，上之无以对我祖宗，中之无以对我自己，下之无以对我子孙。我辈今组织大军，牺牲生命，誓翦灭此而后朝食。壮行何畏，师出有名，爰声其罪，布告天下，咸使闻知。①

梁启超的这段文字对专制制度进行了全力抨击，并号召大家用武力推翻专制制度，这与革命派毫无二致。

站在专制制度对面的，是民权，这在梁启超诗中多次出现。例如光绪二十七年（1901），梁启超离开澳洲返回日本时，写有《留别澳洲诸同志六首》②，诗中两次提到了"民权"。第一次是出现在第一首诗中：

扰扰阴阳战，苍生苦未苏。民权初发轫，王会已成图。
狐兔中原恶，干戈旧岁徂。回天犹有待，责任在吾徒。

作者诗中先说"扰扰阴阳战，苍生苦未苏"，中国新旧两派争战不已，可怜百姓处于疾苦之中；"民权初发轫，王会已成图"，如今梁启超等人成立了维新组织保皇会，民权运动已经走在正确的道路上，可以期待有成功的那一天；"狐兔中原恶，干戈旧岁徂"，恶势力依然猖獗，中国去年也经受了义和团运动和八国联军战争；"回天犹有待，责任在吾徒"，要勇于担当责任，而这责任，显然是为苍生争取民权。

在这组诗的最后一首中，梁启超又说："我来亦半岁，惜别犹匆匆。"梁启超来到澳洲从事维新活动已经半年，如今跟同志们匆匆而别，"何物相持赠？

---

① 李喜所、元青：《梁启超传》，人民出版社1993年版，第148页。
② 汪松涛：《梁启超诗词全注》，广东高等教育出版社1998年版，第79—80页。

第四章 近代政治流亡者的域外诗

民权演大同",临别之时以何物相赠呢?当然不是杨柳枝,而是"民权演大同",也就是他们共同相约,为争取民权、建设大同社会而努力奋斗。

梁启超回到日本后,并没有忘记他与澳洲同人的诺言,在《自励二首》的第二首诗中,他先是说"献身甘作万矢的,著论求为百世师",表达了他的决心和理想;但随后写道"誓起民权移旧俗,更研哲理牖新知",也就是说,他发誓以"民权"来"移旧俗",并愿意为此而献身。而他不论"著论求为百世师",还是"更研哲理牖新知",其目的都是以"民权"来"移旧俗"的。这个"旧俗"与"民权"相对,指的就是独裁与专制。

作为中国近代史上最重要的启蒙思想家之一,梁启超对中国的现实和历史认识得非常透彻。他深知封建专制制度在中国的根深蒂固,深知任何改革在中国都是举步维艰。因此,他写了一首《举国皆我敌》①的诗歌,以此表明自己的决心。这首诗开篇点题:"举国皆我敌,吾能勿悲?"国家中所有人都是我的敌人,我怎么会不伤悲呢?"吾虽吾悲而不改吾度兮,吾有所自信而不辞",我即使伤悲,我也不会改变我的想法,因为我相信我所想所言所做都是正确的;"'世非混浊兮,不必改革。'众安混浊而我独否兮,是我先与众敌",大家认为中国社会并非浑浊不堪,没有必要进行改革,只有我自己认为不是这样,所以是我与众为敌。"阐哲理指为非圣兮,倡民权曰畔道",我阐发哲理,却被认为是非议圣人,我倡导民权,却被认为是背叛道统。在这里,梁启超再次明确提出了"民权",并且他愿意为了争取民权而不惧所有人的非议,因为他知道"积千年旧脑之习惯兮,岂旦暮而可易"。他的榜样,是被众人处死的苏格拉底和基督——"君不见,苏格拉痕死兮,基督钉架,牺牲一身觉天下",可见他已经有为争取民权而被处死的决心,所以他说:"眇躯独立世界上,挑战四万万群盲","百年四面楚歌里,寸心炯炯何所撄?"这些诗句,显示出一位维新志士为争取民权而甘愿孤独战斗至死的决心和勇气。

梁启超到美国后,所考察、所关心、所思考的也多是政治问题。在美国期间恰逢美国国庆,梁启超写下了《美国国庆,成诗两章》②的诗歌。在异国他乡,目睹他国之文明繁盛,想起祖国之愚昧落后,梁启超自是感慨万千,

---

① 汪松涛:《梁启超诗词全注》,广东高等教育出版社1998年版,第92页。
② 汪松涛:《梁启超诗词全注》,广东高等教育出版社1998年版,第117页。

· 169 ·

所以在诗中写下了"十里星旗连旭日,万家红爆隐惊雷"这样热闹诗句的同时,又有"谁怜孤馆临渊客,凭陟升皇泪满腮"这样的寂寞之语。那么美国如此强盛的原因是什么呢?"成功自是人权贵",显然,在梁启超看来,"人权"是最重要的原因。

2. 教育思想

在中国近代史上,梁启超也是一位著名的教育家。早在戊戌变法前,他就在湖南担任时务学堂中文总教习,提倡兴民权、广民智,在教学时中西并重,使得时务学堂成为中国人创办的第一所新式学堂;戊戌变法时,光绪帝下诏创办京师大学堂,这是中国人办的第一所新式大学,而京师大学堂正式的章程,就是由梁启超所拟。他在章程中提出的"兼容并包""中西并用"等教育方针,成为中国近现代高等教育的通用模式。戊戌变法失败后梁启超逃亡日本,他又在日本东京和横滨主办大同学校,招收的学生都是华人。梁启超的教育活动,确实为中国培养了一批人才,例如蔡锷、秦力山、范源濂等人都是梁启超的学生,他们后来都成为著名的维新爱国志士。

梁启超的教育思想在他的域外诗中也有体现。例如《大同同学录题辞四十韵》[①]:

> 大道久陵夷,礼阙求诸野。丽泽盍朋簪,邕风辟帷舍。往往私闼中,间出千里马。况自海禁开,域外梯航跨。学军不自张,万古将长夜。蓬莱水清浅,彼岸构广厦。其名曰大同,孔法通邮借。肇始丁戊间,作人拟兔置。其时学途湮,举国若聋哑。故见严自封,新知骇相诧。岂闻乘轺劲,动遭按剑骂。海外一灵光,幸被斤斧赦。崐然十稔余,匹俦邈焉寡。前后所养士,来去相衔射。千金宝华骝,百年树梧槚。骏足已绝尘,驾者亦十驾。小草犹远志,大器渐拱把。文或摹退之,诗或蹑白也。商或慕程倮,工或颉工冶。师拟申伏伦,政矢管萧亚。从军志裹革,骋辩思炙辇。或航西海西,而养连城价。或与彼都士,竞此牛耳霸。或旋父母邦,观礼预宾蜡。或留作都讲,广我时雨化。更有女婵媛,含淑以扬雅。德容托弦佩,慧质发兰麝。织文鲛幅抽,摛藻银云泻。……

[①] 汪松涛:《梁启超诗词全注》,广东高等教育出版社1998年版,第123—124页。

第四章　近代政治流亡者的域外诗

这首诗体现了梁启超的教育思想，具体内容如下。

第一，海外办私学的必要性和重要性。在"大道久陵夷"时，只能"礼阙求诸野"；既然"司成失其职"，那就只能"学统斯在下"。对教育必须非常重视，如果"学军不自张"，那么就只能"万古将长夜"了。在这种情况下，既然海禁已开，并且日本距离中国不远，那就完全可以"彼岸构广厦"。"其时学途湮，举国若聋哑"，以至于"故见严自封，新知骇相诧"，当时在中国大陆社会环境恶劣，举国人民若聋若哑，固守陋见恶习，反对新观念，甚至"岂闻乘辂劝，动遭按剑骂"。既然大陆不具备办学的条件，那就只能是"海外一灵光，幸被斤斧赦"了。

第二，要培养学生的多方面才能，而不是专于一科。"文或摹退之"，这是学作文章；"诗或躐白也"，这是学作诗歌；"商或慕程倮"，这是学经商；"工或颛工冶"，这是学制造；"师拟申伏伦"，这是学为人师；"政矢管萧亚"这是学政治。这些学生毕业后，"从军志裹革"，这是指有人去从军；"骋辩思炙輠"，这是指有人从事宣传工作；"或航西海西，而养连城价；或与彼都士，竞此牛耳霸"，这是指有人在国外大获成功；"或旋父母邦，观礼预宾蜡"，这是指有人回国工作；"或留作都讲，广我时雨化"，这是说有些毕业生留校任教。

第三，兴办女学。梁启超早在时务学堂时就有开办女学的想法，后来在檀香山也答应其知己何蕙珍在维新成功后兴办女学，但维新何时成功尚不可知，在日本大同学校招收女学生就顺理成章了，于是大同学校就"更有女婵媛，含淑以扬雅"了。这些女生"德容托弦佩，慧质发兰麝。织文鲛幅抽，摘藻银云泻"，也就是内慧外秀，才华出众。

梁启超在《游日本京都岛津制作所赠所主岛津源藏》[①]中还认为教育应该重视器物制造，也就是教育要重视实用。梁启超是中国学术史专家，对中国宋明以来不重实用、空谈义理的学术现状非常理解。在这首长诗中，他先是回顾了中国古代的伏羲氏、燧人氏、神农氏等人是发明家，一直到周朝时，"郑刀宋斤鲁之削，燕函粤镈各有良。轮舆筑冶凫橹段，鲍鞾韦裘钟匴幌"，中国还是有很多发明创造。在这个我国"是皆以道寓诸器"的时候，"其时海外犹

---

① 汪松涛：《梁启超诗词全注》，广东高等教育出版社1998年版，第199—200页。

荒荒",其他各国在这方面远不及我国。但"后不师古斫大横,学非所用汉汔唐",汉唐时候就学非所用了;"俞精俞虚竞南宋,及今风气空言张",南宋时理学兴起,学问越精越虚,这种风气一直持续。于是"海西胡贾来衘橘",西方商人来到中国,带来了西方的发明制造;但他们之所以能够"挟技百幻剼造物",是因为"一一铢寸基学堂",是在学校里就进行了这方面的教育。这种教育的差异导致了中国与西方的巨大差距:"我以拙胜与之遇,彼譬则车吾臂螳"。"或云东方性鲁素",也许有人会说东方人不擅长发明创造,但是"阍胡日本今国强"?为什么日本现在这么强大呢?之后梁启超自述"揭来日本十二年",他来到日本十二年了,"所与接构目辄瞠",所见到的发明创造令他瞠目不已,以至于让他觉得"当世若数善述巧,此邦无与抗颜行"。他来到京都岛津制作所参观,主人不仅"捐麾群季各率职",而且还"偻俯导历数广场",广场中"百品部居不杂厕,动植矿力电声光",此时梁启超的感觉是"有如置我七宝地,所触尽璆玕琳琅"。之后主任岛津源藏向梁启超介绍了这个制作所的历史和规模,并且告诉他制作所"屡渡西海赴竞技,累累锦标旌国光"。不仅如此,而且"即今大国厉学官,家浸有塾党有庠。百凡讲堂所用器,往往供亿劳梯航",如今世界各国学校里所用的教学仪器,也往往是由岛津制作所制造并输出的。看到岛津制作所的成功,梁启超说"我闻未竟悲我乡",不禁为自己的国家而伤心,因为在自己的国家里,还是"目力耳力今犹古,原绕原鲜固有常",人们依然没有现代观念,那就只能是"下伤新步后四国,上悲绝业坠百王"了。梁启超先是说"挟技百幻剼造物"的原因是"一一铢寸基学堂",即西方的发明创造根基于课堂教育,后又说"即今大国厉学官,家浸有塾党有庠。百凡讲堂所用器,往往供亿劳梯航",意谓在西方的学校里有很多物理、化学、生物学、天文学等教学仪器,这与中国当时只讲四书五经和进行八股文教育的私塾形成了鲜明对比,而新颖的现代学校教育,是他所向往的。

3. 女权思想

光绪二十六年(1900),本来打算乘船到美洲的梁启超,因为疫情而不得不留在夏威夷群岛之檀香山。他在檀香山期间,到处演说,积极推动当地的保皇会维新活动。在檀香山半年的时间里,华侨女子何蕙珍给梁启超担任翻译,并被梁启超的魅力所吸引,愿意嫁给梁启超。梁启超也很欣赏何蕙珍

第四章 近代政治流亡者的域外诗

的才华,但他深知自己作为被通缉的政治犯随时有生命危险,不愿连累何蕙珍,并且他当时秉持一夫一妻主义,所以对何蕙珍仅以知己相待。他的诗作《纪事二十四首》①,就是为何蕙珍所写。这些诗歌在倾诉自己对何蕙珍的感情的同时,也明确表达出了他的女权思想。

从这 24 首绝句来看,梁启超对何蕙珍也是非常倾慕甚至动情。在第二首中,他说:"颇愧年来负盛名,天涯到处有逢迎。识荆说项寻常事,第一相知总让卿。"当时梁启超名满天下,不管到了哪里都有人倾慕迎接,其中相知之人自然很多,但"第一相知总让卿",也就是只有何蕙珍才是他的第一知己,这是他给何蕙珍的地位。在第六首中,梁启超又说:"眼中既已无男子,独有青睐到小生。如此深恩安可负,当筵我几欲卿卿。"可知何蕙珍对梁启超情有独钟,而梁启超对何蕙珍也几乎动情。第八首是"惺惺含意惜惺惺,岂必圆时始有情。最是多欢复多恼,初相见即话来生",则梁、何二人惺惺相惜,但此生无缘,只好期待来生。之后梁启超解释说:"我非太上忘情者,天赐奇缘忍能谢?思量无福消此缘,片言乞与卿怜借。"(第十首)他拒绝何蕙珍的理由,一是"后顾茫茫虎穴身,忍将多难累红裙?君看十万头颅价,遍地钼䥽欲噬人"(第十一首),也就是说自己是政治犯,处境险恶,不想连累何蕙珍;二是"匈奴未灭敢言家,百里行犹九十赊。怕有旁人说长短,风云气尽爱春华"(第十二首),也就是说自己志在维新,如果跟何蕙珍结婚,会被人议论;三是"一夫一妻世界会,我与浏阳实创之。尊重公权割私爱,须将身作后人师"(第十三首),也就是说他曾经跟谭嗣同共同创建一夫一妻会,所以他不能纳妾。在这种情况下,何蕙珍只好"华服盈盈拜阿兄,相从谈道复谈兵"(第十七首),他与何蕙珍只能以兄妹相称。

正是何蕙珍这位年轻华侨女子身上焕发出的奇异光彩,使得梁启超彻底抛弃了传统文化中男尊女卑的观念,响亮地提出了女权口号。在第三首诗中,他用"目如流电口如河,睥睨时流振法螺。不论才华论胆略,须眉队里已无多"(第三首)来赞美何蕙珍,也就是说何蕙珍的才华和胆略,即使在男子中也是很少见到的。"眼中直欲无男子,意气居然我丈夫。二万万人齐下拜,女权先到火奴奴"(第五首),这是说何蕙珍意气风发跟男儿一般无二,她并不把男

---

① 汪松涛:《梁启超诗词全注》,广东高等教育出版社 1998 年版,第 50—53 页。

子放在眼中;如果说在中国还是男权至上的话,那么在檀香山(即"火奴奴"),已经是女权社会了。"却服权奇女丈夫,道心醰粹与人殊。"(第十六首)作为一代人杰的梁启超,再次表达了自己对何蕙珍这位女丈夫的由衷佩服。"万一维新事可望,相将携手还故乡。欲悬一席酬知己,领袖中原女学堂"(第十八首),梁启超甚至为何蕙珍规划了未来:一旦他领导维新成功,他会请何蕙珍回到祖国,请她在中国领导建立女子学堂。"珍重千金不字身,完全自主到钗裙。他年世界女权史,应识……(中国)大有人。"(第二十首)他这是勉励何蕙珍要珍惜自己的千金之身,努力让女子能够完全自主,并希望她能够为世界女权运动做出杰出贡献,使得在世界女权史上也能够有中国人的一席之地。从中不仅可见梁启超对何蕙珍的殷切期望,更可见他在女权运动方面的视野之阔大、对女权运动的前景之乐观。

三、域外新诗体

梁启超既是近代诗文改革的鼓吹者,又是旗手和主将。可以毫不夸张地说,梁启超使得中国近代诗文面貌大变,他在这方面的功绩,无人可及。在散文方面,随着梁启超脍炙人口、极富鼓动性的政论文风靡天下,他的散文风格也深入人心。小说方面,他1902年在日本主办了《新小说》杂志,在《新小说》杂志第一期中,他发表了《论小说与群治之关系》的文章,鲜明地提出了"欲新一国之民,不可不先新一国之小说","今日欲改良群治,必自小说界革命始,欲新民,必自新小说始"的理论观点,从而使得中国小说的地位和风貌为之大变。在诗歌方面,他在总结黄遵宪等人的诗歌创造的基础上,提出了"诗界革命"的口号。在《饮冰室诗话》第六十三条中,他说:

> 过渡时代,必有革命。然革命者,当革其精神,非革其形式。吾党近好言诗界革命。虽然,若以堆积满纸新名词为革命,是又满洲政府变法维新之类也。能以旧风格含新意境,斯可以举革命之实矣。苟能尔尔,则虽间杂一二新名词,亦不为病。①

---

① 梁启超:《饮冰室诗话》,《梁启超全集》第十八卷,北京出版社1999年版,第5327页。

第四章　近代政治流亡者的域外诗

在这段诗话中,他鲜明地说"吾党近好言诗界革命",但仅仅"以堆积满纸新名词为革命",也是不可以的,那只能算是维新;应该是"以旧风格含新意境",这才是"诗界革命",亦即"诗界革命"包括两个要素,一是旧风格,一是新意境。梁启超在《饮冰室诗话》中的相关论述还有很多,把黄遵宪作为"诗界革命"的代表,例如第四条论述黄遵宪的诗,就说"近世诗人能熔铸新思想以入旧风格者,当推黄公度";在第九条中又说黄遵宪的诗"其意象无一袭古贤,其风格又无一让古贤也";第四十条认为黄遵宪的《以莲菊花杂供一瓶作歌》一诗"半取佛理,又参以西人植物学、化学、生理学诸说,实足为诗界开一新壁垒";第五十四条录黄遵宪《出军歌》《军中歌》《旋军歌》二十四首,认为这些诗歌"其精神之雄壮活泼沉浑深远不必论,即文藻亦二千年所未有也,诗界革命之能事至斯而极矣"。

梁启超所说的"新意境",主要是西方的新名词、新事物;而他所说的"旧风格",也主要是古代的乐府体诗歌。《饮冰室诗话》第一一六条中说:"谨读所寄有《灭种吟》十二章,以乐府体,熔铸进化学家言,而每章皆有寄托,真诗界革命之雄也。"[①] 此处他称赞《灭种吟》,就是因为这些诗歌在乐府体这个"旧风格"中"熔铸进化学家言"。

这种"以旧风格含新意境"的诗歌在中国诗歌史上是一种新诗体。梁启超虽然把黄遵宪作为"诗界革命"的代表作家,但他自己也创作了很多类似的诗歌,在当时产生了很大的社会影响。例如他创作的《二十世纪太平洋歌》[②],就用歌行体的形式,纵论古今中西,而当时的新观念、新事物、新形势,也在诗中不断涌现,堪称"以旧风格含新意境"的经典之作。

在这首长诗中,梁启超先是自述:"亚洲大陆有一士,自名任公其姓梁。尽瘁国事不得志,断发胡服走扶桑。"这个直抒胸臆的开篇,符合中国古体诗体例。但后面说"誓将适彼世界共和政体之祖国,问政求学观其光",这里叙述自己要去美国,其中所用的"共和政体"这样的词,就属于他自己所说的"新意境"。而这里的句式,也更像是散文句式。之后接着是"乃于西历一千八百九十九年腊月晦日之夜半,扁舟横渡太平洋",在当时中国还在用干

[①] 梁启超:《饮冰室诗话》,《梁启超全集》第十八卷,北京出版社1999年版,第5353页。
[②] 汪松涛:《梁启超诗词全注》,广东高等教育出版社1998年版,第41—44页。

支纪年的情况下，梁启超这样的诗句令人耳目一新。后文"蓦然忽想今夕何夕今地何地？乃是新旧二世纪之界线，东西两半球之中央"，"独饮独语苦无赖，曼声浩歌歌我二十世纪太平洋"，也是境界阔大，词汇新颖，语句恣肆挥洒。之后梁启超用"抟土为六积水五"来写地球水陆分布，而在"此虫他虫相阋天演界中复几劫,优胜劣败吾莫强"中"天演"这样的词汇和"优胜劣败"中的进化论思想，显然是从风靡一时的严复《天演论》中而来。当论述西方大洋文明时，梁启超这样写道：

  竭来大洋文明时代始萌蘖，亘五世纪堂哉皇。其时西洋权力渐夺西海席，两岸新市星罗棋布、气焰长虹长。世界风潮至此忽大变，天地易色神鬼瞠。轮船铁路电线瞬千里，缩地疑有鸿秘方。四大自由塞宙合，奴性销为日月光。悬崖转石欲止不得止，愈竞愈剧愈接愈厉卒使五洲同一堂。流血我敬伋顿曲，冲锋我爱麦塞郎。鼎鼎数子只手掣大地，电光一掣剑气磅礴太平洋！

  这段诗歌句式自由多变，"大洋文明"、"世界风潮"、"轮船"、"铁路"、"电线"、"四大自由"、"伋顿曲"（英国航海家）、"麦塞郎"（今译作麦哲伦，葡萄牙航海家）等表示"新意境"的词纷至沓来，令人目不暇接。

  在后文中，梁启超依然才力不减，论世界形势，则有"英狮俄鹫东西帝，两虎不斗群兽殃。后起人种日耳曼，国有余口无余粮""亦有门罗主义北美合众国，潜龙起蛰神采扬"；论进化论，则有"物竞天择势必至，不优则劣兮不兴则亡"；总论太平洋局势，则有"海电兮既没，舰队兮愈张。西伯利亚兮，铁路卒业；巴拿马峡兮，运河通航。尔时太平洋中二十世纪之天地，悲剧喜剧壮剧惨剧齐輵鞺"；论中国应该崛起，则有："我有同胞兮四万五千万，岂其束手兮待僵！招国魂兮何方？大风泱泱兮大潮滂滂。吾闻海国民族思想高尚以活泼，吾欲我同胞兮御风以翔，吾欲我同胞兮破浪以飓！"

  梁启超年少成名，才华横溢，又有"献身甘作万矢的"的勇气，有"著论求为百世师"的志向，并且因为"平生最恶牢骚语，作态呻吟苦恨谁"（《自励二首》)，他也不屑于用传统方式来写诗，因而他是开一代风气的最佳人选。

第五章 近代考察者的域外诗

近代出国考察者大致可分为科技考察、商务考察和教育考察三类。科技考察以徐建寅为代表。1879年,洋务派为了从西方引进军火制造技术和设备,李鸿章派徐建寅前往德国订购铁甲兵船,同时考察兵工、机械和化工厂。徐建寅的《欧游杂录》记录了此次的考察活动。商务考察以唐廷枢为代表。1883年,轮船招商局总办唐廷枢奉李鸿章之命出国考察外国商务船务,为期九个月。他考察访问了英、法、德等欧洲主要国家,回国后,"言及此次出洋,眼界为之一宽。所见外人商业、船务、铁路,一意经营,不遗余力,殊深钦佩"①。教育考察者主要有罗振玉、严修、吴汝纶、方燕年等。1901年,罗振玉被张之洞、刘坤一派往日本考察教育。为了推行新式教育,学习日本和美国的教育经验,严修在1902年之后数次赴日本、美国考察教育。1902年,吴汝纶率众人东渡日本考察教育,回国后汇编成《东游丛录》。1907年,方燕年任山东提学使,并于当年赴日本考察学务。域外考察者大多具有相当高的社会地位,也具有较高的文化修养,他们创作的域外诗和其出行考察目的有着密切关联,当然他们的观察所及也不仅限于此。

第一节 严修的域外诗

被称为"南开校父"的严修(1860—1929)虽然是清末进士,当过翰林编修、贵州学政、学部侍郎,但他并不像有些封建士大夫那样顽固不化、故步自封;相反,他对清末民初的中国社会具有非常清醒的认识。中日甲午战争激战正

---

① 王远明、王杰:《春秋岭海:近代广东思想先驱纪事》,广东人民出版社2008年版,第261页。

酬之时,他被授为贵州学政;在他督学贵州的三年时间里,在甲午战争失败的阴影下,他努力改革旧的教育模式,甚至奏请光绪帝开设"经济特科"。在他辞去学部侍郎返回天津家中之后,一方面继承了祖传的生意,另一方面仍然致力于教育改革。他首先对家庭私塾进行改革,之后扩展到创建私立南开中学、南开大学,最终探索出一条符合中国特色的办学道路。严修的域外游历,基本上是以考察海外教育为目的。他的域外诗多用于写景抒情,不像他的日记那样详细记载了他的考察过程,但也多有涉及教育之作,表现出强烈的忧国忧民之心。

一、教育思想

严修共三次赴日,分别是光绪二十八年(1902)、光绪三十年(1904)、民国元年(1912)。从日记来看,严修第一次游日,几乎在全力考察日本的教育状况。他拜访日本的教育家,到幼儿园、小学、中学、大学里详细考察,诸如女子学校、美术学校、盲哑学校、音乐学校,甚至到日本监狱里的犯人教室考察。在富士见小学,他详细记载了当时各年级学生正在学习的课程。在东京美术学校,他除了观摩学生上课,还考察了雕刻室、雕金室、漆工室。在东京高等工业学校,校长手岛精一亲自陪同"导观各室"[①]。在帝国大学,他参观了建筑学列品室、土木工学图书馆、土木工学画图室、造船学列品室、土木工品陈列所、机器工学制图室、机器工学列品室、采矿冶金学科、应用化学图书室、定量分析室、官立磁器制造所、工学实验所,以及动物标本陈列室、地质学教室、物理实验室、化学实验室、人类学仓库、地震学教室、解剖室等。在参观私立的早稻田大学时,尽管他说"论宫室之美、器具之精,视帝国大学弗如远甚。盖私立与官立往往不能同,亦财力致然也",但他还是赞美说:"早稻田大学学生三千人,附属之中学一千人,呜呼盛矣!"[②]

严修早在赴日之前,他就特别注重教育改革。在他任贵州学政时,他给考生出的试题就有"论洋务""论东西各国强弱""大变则大益,小变则小益论""自强策"等,这些试题与传统的注重儒家四书五经的试题迥然不同。他

---

① 严修:《严修东游日记》,岳麓书社2016年版,第63页。
② 严修:《严修东游日记》,岳麓书社2016年版,第80页。

还在贵阳将南书院改为经世学堂,"调各县优秀生员四十人肄业,讲授以经史算学为主,还教授时务、政要,首开贵州新学风气"①。之后他又上疏请求开设经济特科。1899 年,就在家宅设学馆,请张伯苓来教子侄,"半日读经书,半日读洋书,英文、数学、理化等科"。②1901 年,也就是他赴日考察的前一年,他在日记中写道:"王君寅皆、林君墨卿、张君伯苓终日讨论学事。"③他与张伯苓等人每天都在讨论教育之事。严修在日本时,"墨卿诸君将镫牌公所之两斋移会文书院,且增一斋,余(严修)归又增两斋,始名为民立第一小学堂"④,记录了严修从日本回来之后,就成立了民立第一小学堂,可知日本之行对严修的影响是非常直接的。之后严修陆续开办私立南开中学、私立南开大学,从而成为中国现代教育的开创者和奠基人。

了解这一背景之后再来看严修第一次游日时所写的诗歌,会发现这些诗歌数量少、篇幅短,而且很少涉及教育,与他详细的东游日记很不相称。但诗歌与日记的作用本就不同,日记记事,诗歌抒情,二者可以互为补充。严修第一次游日诗中有一首是《赠伊泽修二》。伊泽修二是日本著名教育家。严修初到日本不久,就率领智崇、智怡两个儿子去拜访了伊泽。伊泽向他们介绍了美洲的学制情况、日本的教育发展情况,并为严修选择了三处可以考察的学校——东京府寻常师范学校、富士见小学、渡边学校,因为这三所学校很有代表性:"师范学校,适中者也;富士见,最精者也;渡边,规模稍狭者也。"⑤这次见面,他们不仅"谈两小时许",而且伊泽还"设馔焉",可见两人相谈甚欢、情投意合。9 月 13 日,严修要离开东京,他"访伊泽,辞行,赠以诗幅",诗曰:"门前生意郁森森,不负东皇茂育心。最是人生真快事,手栽桃李尽成阴。"⑥这首诗盛赞伊泽桃李满天下,表明了严修对教育的重视。

据严修自订年谱,他在 1913 年 7 月,"率袁氏诸生兄弟三人赴欧洲,游历俄、比、德、法、荷兰、瑞士诸国,居伦敦。"1914 年 5 月,"离英国,至法,

---

① 严修、高凌雯、严仁曾:《严修年谱》,齐鲁书社 1990 年版,第 109 页。
② 严修、高凌雯、严仁曾:《严修年谱》,齐鲁书社 1990 年版,第 127 页。
③ 严修、高凌雯、严仁曾:《严修年谱》,齐鲁书社 1990 年版,第 7 页。
④ 严修、高凌雯、严仁曾:《严修年谱》,齐鲁书社 1990 年版,第 7 页。
⑤ 严修:《严修日记》,南开大学出版社 2001 年版,第 48 页。
⑥ 严修:《严范孙先生古近体诗存稿》,天津古籍出版社 2015 年版,第 173 页。

至意,至匈,至奥,仍由西伯利亚回国。"① 此处的"袁氏诸生兄弟",是当时的民国大总统袁世凯的第五、六、七三个儿子。《严修日记》记载:"墨卿、毓生来,以项城赆礼三千元,劝余领收。余不肯。因再三讨论,最后思得一法,劝项城遣诸郎赴欧留学。"② 此处"项城"即袁世凯。袁世凯早在天津时就与严修相识,对严修非常敬重,委命严修为直隶省学校司督办。袁氏当上总统之后,又要请严修当教育总长,但严修拒绝。这次知道严修要去欧洲,于是给严修三千元作为送行之礼。严修不愿意领袁世凯的这个人情,但又拒绝不得,就劝袁世凯派儿子们一起去欧洲留学,这样这笔钱就算是花在袁氏一家身上了。

在瑞士时,严修写有组诗《瑞士杂作》③12首。这组诗的最后一首是以自叙口吻写成的长诗,其中提及了自己的教育思想。在诗中,严修先是写自己身体不好,视力差("縶予目力幼已差,视远不能及尺咫")、足生瘤("尔来右足生筋生瘤,偶触患处痛彻髓"),写自己不懂外语("生平未习鞮寄语,出疆不能通意悃"),然后说自己"世间废疾一身兼,况复老衰筋力驰"。在这种情形下他"冒险妄作欧西游",那就只能"人行十步我才跬""汗出如浆喘不已"了。于是他"现身说与少年人,立志便从少年始"。诗歌的最后是他对青年人的谆谆告诫——"游人资格有三要,文学语言与身体",其中"语言最要英法德,文学最要史地理。更要操身筋骨健,志气坚刚无畏葸",最后他又说:"好游须及少年时,莫学老夫悔晚矣。"虽然是游历之后的感悟,但也蕴含了严修的教育观:立志从少年开始,要学习西方的语言,要了解历史和地理知识,要有强健的体魄等。这样的教育思想显然须根植于异域游历才能够形成。

1918年4月3日,严修从北京出发,经过天津,6日至奉天(今沈阳),8日至朝鲜,11日至东京,29日至加拿大,5月5日至美国。冬季从美国返回,12月24日回到天津。这次到美国,主要是为了考察美国的高等教育。严修在《崇儿四十岁生日居东京作此寄之》④中,提到了美国的"新教育":"此邦一饮啄,悉含新教育。学僮肄课程,布帛兼菽粟。"他在这里提到美国即使"一饮

---

① 严修、高凌雯、严仁曾:《严修年谱》,齐鲁书社1990年版,第10页。
② 严修、高凌雯、严仁曾:《严修年谱》,齐鲁书社1990年版,第287页。
③ 严修:《严范孙先生古近体诗存稿》,天津古籍出版社2015年版,第183页。
④ 严修:《严范孙先生古近体诗存稿》,天津古籍出版社2015年版,第194页。

一啄"之间都含有"新教育",而且学生们学习的课程中还有"布帛兼菽粟",看来这种寓教育于日常生活中的教育模式让他印象很深。在《和槐亭寄诗原韵三首》①之二中,严修先是以"几番回首望中华,万里舟连万里车"表明他的中华之情,之后说"稍悟文章经世事,悔从故纸觅生涯"。严修受祖、父影响,饱读经书,进士出身,进入翰林,传统文化造诣非常深厚,但他却说"稍悟文章经世事,悔从故纸觅生涯",这是因为他在美国深入考察、思考之后,深刻感悟到了中国传统教育的局限性,所以才有这样的沉痛之语。据《严修日记》记载,此时严修很关注实业。在8月3日,"任君嗣达来访。任,云南人,省费来学五年半矣,先在芝加哥大学毕业,又就事一年,今来纽约研究商业……任君言,中国失机可惜也。虽以吾国内讧之烈,无暇问及实业,而去年一年,吾国出口增于往年三倍,入口货亦增一倍,出入足以相抵,此数十年来所未有也。倘使乘此机会,提倡鼓吹,其成效又当如何?美国所需中国之物产至夥矣……"②在9月1日,"午后,张伯苓、李国钦、侯德榜先后来谈事业种种,极畅"。从这些日记中,可以看到严修与友人一起畅谈实业兴国的热烈场景。"稍悟文章经世事,悔从故纸觅生涯",表明严修的教育观已经是近代的实用主义观念。

严修在美国观看了学校的话剧演出:"剧目编排入教材,剧场即在讲堂开。最奇单级乡间校,别为生徒设舞台。"③(《榛苓谣》)这样的教学方式令严修大开眼界,很受启发。回国后,他就和张伯苓在南开中学组织学生编排话剧,因此开创了中国以排演戏剧教学的方式,使南开成为中国现代话剧的发源地。

二、爱国思想

严修的爱国情结非常浓厚。他第一次赴日即将回国时路过马关有感而发。距当时七年前李鸿章跟日本签订《马关条约》的谈判地点就是马关的春帆楼,李鸿章住在引接寺。在谈判过程中,有一次李鸿章从春帆楼返回引接寺的路上,遭日本人枪击而受伤。最终屈辱的《马关条约》在春帆楼签署订。作为一位

---

① 严修:《严范孙先生古近体诗存稿》,天津古籍出版社2015年版,第196页。
② 严修:《严修日记》,南开大学出版社2001年版,第391页。
③ 严修:《严范孙先生古近体诗存稿》,天津古籍出版社2015年版,第199页。

中国人,《马关条约》的签订是莫大的耻辱,而恩师李鸿章在签订条约时所受的屈辱和折磨,严修怎会不知。所以他"过引接寺不入,春帆楼亦然",此时他的心中之痛可想而知。严修在日记中还记载有"引接寺前立牌署'清国请和大使李鸿章旅馆'",在上面的记载之后,严修写了下面这首小诗:

> 莫过引接寺,莫登春帆楼。恨来天地莫能载,藐尔东海焉容收!①

温文尔雅的严修,在这首诗中没有掩饰自己的愤恨和耻辱。这首诗不讲平仄,句式也不整齐,与严修这次东游其他的诗歌很不相同,但它喷薄而出,直抒胸臆,义贯云天,也为严修其他诗所不及。它虽然没有收入《严范孙先生古近体诗存稿》,但它在严修诗歌中占有特殊地位。

满洲里是中俄分界线,在《西比利亚纪程》中,严修是这样描写满洲里的:"是日日正午,始到满洲里。中俄将分界,于我为北鄙。关权互讥征,为政不在己。若非五色旗,不知国谁氏。"当时满洲里虽然悬挂着中国的国旗,但是"为政不在己",这样的现状,令严修伤感不已。严修还有一首诗《满洲里》,诗中也伤感地说:"余子罕逢三楚户,众咻真遇一齐人。但闻往复交征厉,未必商量互惠均。"中俄在1911年签订了耻辱的《满洲里界约》,根据这个界约,中国不仅丧失了1400多公里领土,而且俄军可以驻扎满洲里。从严修诗中来看,"若非五色旗,不知国谁氏",当时俄国人实际上已经是满洲里的占领者了。

在《巴黎观剧》②中,他先是说"泰西学说日翻新,骨肉宜如陌路人",指出西方社会里亲人之间的关系淡漠;然后写"听罢舞台歌一阕,始知一样重天伦",他在观看了戏剧之后,才知道西方人与中国一样,也是重视家庭亲人之间的关系的。这首诗里,明显含有对西方亲情关系淡漠的批评和对中国亲情关系密切的赞赏。在《巴黎摅华博物院观中国古画古词》中,他说这个博物馆中的古画,"二赵仇唐俱未见,遑言道子李将军",意思是这些中国古代名画家如宋代赵伯驹和赵伯骕兄弟、明代仇英和唐寅、唐代吴道子和李思训等的作品都没有,也就不能表现出中国画的真实成就,于是他不满地说:"中

---

① 严修:《严修东游日记》,岳麓书社2016年版,第97页。
② 严修:《严范孙先生古近体诗存稿》,天津古籍出版社2015年版,第182页。

华画法虽差逊，何至名家仅傅雯。"关于绘画，在"近来画诀求形似"的时代风气下，人们"每诋南宗未逼真"，但严修说"我见西人泼墨法，亦兼斧劈乱柴皴"，也就是说西方画中也有那些"未逼真"的中国画法；至于瓷器，虽然中国瓷器"花样虽输彼国新"，但"天然温润总宜人"，甚至"不须上溯康雍世，但是官窑便足珍"。

在比利时的京城布鲁塞尔，严修写有《比京某公园》①一诗。这首诗下作者自注："以吾庚子偿款构成。""庚子"是1900年，此年八国联军侵入中国；次年清政府和11个国家签订了屈辱的《辛丑条约》，中国赔付各国白银45000万两，其中支付给比利时850万两，而修建这座公园所用的钱就来自于这笔赔款。严修看到这座公园，心中自是不悦。据《严修年谱》记载，严修游览此公园的日期是1913年7月27日，而在两天之前，即7月25日，他在德国游览时，"路经一处，中设吾国之浑天仪，余不欲观，未入也"②。这是因为此浑天仪也是德国在入侵中国时所劫掠之物，对于一个有良心的中国人来说，这是耻辱的象征，所以严修没有进去参观。严修参观布鲁塞尔的这个公园时，也是同样的心情："游览市区。此城中有公园一处。路君与余同车，过其地，指谓余曰：'言之伤心，此用吾国赔款建筑者也。'与在德国波士顿闻'浑天仪'三字，同一滋味。"③在这首诗中，严修说"怪他特地花蕃茂，禹域脂膏灌溉成"，无限感慨尽在诗中。

在荷兰，恰逢当地举办百年和平大会，严修在《和兰杂作》④第一首中歌咏荷兰"到老不闻争地战，有生不识戴天仇"时，也在感慨自己的国家——"神州此岁方多事，笳鼓残声总未休"；第二首是写他观傩的所见所感："白叟黄童舞且歌，洗兵谁与挽天河。鲰生艳羡和平福，亦逐都人看大傩。"这里他用的"艳羡"一词，表达了一位爱国长者目睹他国人民和平幸福的生活时内心强烈的向往之情，读来令人凄恻。

《游伦敦格林威渠天文台》⑤是严修在游览了格林威治天文台之后所作，诗

---

① 严修：《严范孙先生古近体诗存稿》，天津古籍出版社2015年版，第182页。
② 严修、高凌雯、严仁曾：《严修年谱》，齐鲁书社1990年版，第295页。
③ 严修：《严修日记》，南开大学出版社2001年版，第295页。
④ 严修：《严范孙先生古近体诗存稿》，天津古籍出版社2015年版，第188页。
⑤ 严修：《严范孙先生古近体诗存稿》，天津古籍出版社2015年版，第189页。

中最后两句"凄绝朝阳门上望,十年前已委蒿莱",是写他目睹英国天文台之盛,想到故国天文台十年前就已荒芜,不禁凄伤不已。在英国期间,严修还游览了莎士比亚故居。从诗题《偕张君季才卞君滋如袁生规庵巽庵两峰卞塈肇新大儿智崇游诗人莎士比故居》①来看,他们这次是八人同游。从诗中来看,他们一一参观了莎士比亚的出生之室、读书之室、夫妻居住之室以及墓地。"上溯初生年,三百五十秋。一一名迹在,爱护伊何周",虽然过了350年,但英国人把莎翁故居保护得如此完整,这令严修感慨不已。这是因为,"西涯撰乐府,约略时代俦"(西涯即明代李东阳),李东阳与莎翁的时代大致相同,但"至今求故里,欲从竟未由",中国对自己文化名人的不重视,与西方对自己文化名人的重视,形成了鲜明的对比。之后严修继续大发感慨——"近者且漂没,远者谁遗留",此时"近者"指李东阳,"远者"则是指下面的古代文化胜地——"五柳栗里宅,浣花古溪头。兰亭与梓泽,化为墟与丘",陶渊明的栗里宅、杜甫的浣花溪、王羲之的兰亭、石崇的金谷园,如今都化为荒凉的"墟与丘"了。"况复鼎革频,干戈争寻仇。荆棘卧铜驼,黍离难写忧",岂止是文化圣地化为丘墟,自古至今的改朝换代,使得京城的铜驼都卧在荆棘之中了,令人满腔的黍离之悲。最后两句"徒令伤心人,执简怀前修",不无伤感。本来这是一首在西方的游历之诗,但在严修笔下,却成了从中西比较的角度来缅怀古代文化巨匠、感伤祖国历史变迁的一曲挽歌了。

三、与外国友人的唱和之作

严修在第一次游日的十多首诗中,有五首是写给福士德太郎的。福士是严修在船上刚刚认识的日本人,他是船上的事务员。严修写给福士的五首诗②,是福士主动"索诗"而得,可知这位日本人很喜欢中国诗歌,当然也可能是喜欢严修的书法。严修写给福士的诗,第一首是《福士德太郎以李提督添顺所书诗幅乞题因次其韵》,诗中的"壮怀易尽吾衰矣"是玩笑话,即轮船上的机关长理上道太郎说严修像是五十多岁的人(实际严修此年仅仅四十岁出头),于是严修就自称"吾衰矣"。第二首《福士又索诗口占一绝句应之》,

---

① 严修:《严范孙先生古近体诗存稿》,天津古籍出版社2015年版,第189—190页。
② 严修:《严范孙先生古近体诗存稿》,天津古籍出版社2015年版,第171—172页。

诗中的"与子当风迎日坐，大东奇气属吾曹"是即景即人，随口而出；第三首《戏作示福士》，从题目看是"戏作"，实际上这首诗的起因是在前一天严修跟福士笔谈时，福士"愤西人之虐黄种"，于是严修就"戏作此示之"。但是严修的"戏作"视野开阔，"百万星球地居一，四分且让水三分"，虽然西方的白种人现在欺虐东方的黄种人，但"棕黄黑白总同种，南北东西何足云"；现在有"儒墨""佛耶"等学说的差异，不过他认为"争存物竞有时定，至竟终须合大群"。这首诗是严修写来劝慰福士的，从中不仅可知严修与日本友人之间的亲密关系，而且从严修对人类未来的乐观态度来看，他的见识也远高出福士。第四首诗《福士索诗留别》，是严修与福士即将离别时所写。"与君海上初相识，不道君情海样深"，开篇点题，情深意切；后文中的"旅人甘苦剧关心"是指福士在航行中对严修的照顾（例如福士教给严修如何防止晕船等），"时倾佳酿供予醉，强索诗肠为子吟"，写两人之间的亲密交往；"临别黯然欲何语，访君他日到青森"，是离别之情、期待重逢之意。之后严修又写了《寄谢福士》，这是他们分手之后，严修给福士写信时所附的五言绝句中"神户停轮际，匆匆过别船"回忆了两人分手时的匆匆，"临行未交语，只恐两凄然"表达了两人之间的深厚感情。严修与福士，一个是中国人，一个是日本人，他们在船上初相识、下船即分别，他们虽然在一起的时间很短，不能用语言正常交流（一般是笔谈），却建立了深厚的友谊，这表明严修很有亲和力，具有以诚待人、以真情示人的君子风范。

严修第一次游日诗中还有一首诗是写给日本友人的《寄河内一郎》。严修在 7 月 21 日时，"接河内一郎信，赠铜印一方，又诗一首慰余丧子"[①]，于是严修就在 7 月 23 日"发寄河内一郎信，以横幅一纸答其铜印之馈，附一诗次其韵"。河内一郎写给严修的诗既然是"慰余丧子"（此年 6 月，严修之子严智庸去世），肯定是劝慰之语；严修在回诗中先是说自己"中年衰感不禁秋，欲借瀛涛暂解愁"，然后故作豁达："才过马关神户港，已将此恨付东流。"[②]

其他酬赠诗还有《大桥秋水以扇索书书赠一诗》《游玉川赠卢塏南生并示同游日友》等。

---

① 严修：《严修日记》，南开大学出版社 2001 年版，第 31 页。
② 严修：《严范孙先生古近体诗存稿》，天津古籍出版社 2015 年版，第 173 页。

四、域外新天地

在《严修日记》中有《初十日黄海舟中》，写于他第一次赴日本的船中，从诗中的"朝试测远镜，万里清如洗"来看，这是严修在用望远镜看了海景之后所写。船到马关之时，正是夜晚，"暮山苍然，维以烛龙。海波清澈，凉月倒影"，此时福士让严修写诗，于是严修写了一首七言绝句以赞美马关景色，诗中的"万顷烟波满轮月，两行灯火四围山"就是写马关的美景。在这首诗后面，还有一首小诗"生小狎风涛，家风吁已远。三千童男女，知历几重险"[①]。这首诗没有交代写作背景，应该是严修想到徐福率领三千童男女东渡之事而写。

严修第二次赴日时已经接受了直隶总督袁世凯授予的官职，是以直隶省学校司督办的身份被派出国的，这次东游没有留下诗歌。第三次东游是民国元年，这次是偕夫人、女儿、女婿、孙子等家人同行。严修在《日记》中说："余至东京凡三次，第一次可云漫游，第二次可谓考查。至此次查无可查，游无可游（非不可查不可游，实意不属耳），但可谓来看智锺、智开、智娴及送智锺远行耳。故以终日静坐不出门为适愿。"[②]既然"以终日静坐不出门为适愿"，严修这次赴日所写诗也多为写景或闲适之作。《叶山独居》中说自己"众处恒畏喧，独居又苦寂"，写的正是他此时的心态。独居无聊时，他就在住处写字，《叶山习字笔甚应手覆视之字乃不工》一诗，写的是他练习书法的状况。《游玉川赠卢塏南生并示同游日友》和《宿箱根玉泉楼》是两首游玩之作，《大桥秋水以扇索书书赠一诗》是赠友之作，《黄海遇风》三首和《晓起风定喜赋》一首是归途中在黄海航行时遇上大风浪时所写。在海上时，严修看见有一条狗随处便溺，而且还不时出入一等舱的食堂，船员也不敢管，因为这条狗的主人是欧洲妇女，于是严修气愤地写下《船客携一犬随处便溺且时出入一等客之食堂船员略不诃禁盖客为欧人妇也》：

势胜不妨骄，财丰益足豪。即令论国狗，亦要取凭高。[③]

---

① 严修:《严修东游日记》，岳麓书社2016年版，第12页。
② 严修、高凌雯、严仁曾:《严修年谱》，齐鲁书社1990年版，第280页。
③ 严修:《严范孙先生古近体诗存稿》，天津古籍出版社2015年版，第175页。

第五章　近代考察者的域外诗

严修在《口占》中写道："只惭尚囿东隅见，未向瀛寰眼遍开。"严修此时已经三游日本，写完此诗的第二年，他就到欧洲考察；到了1918年，他又到美国考察，从美国考察归来后，他就创办了南开大学。从这首诗来看，严修此时就有了去欧美考察的计划了。

严修三次去日本，所写诗歌都不多，第二次没有诗歌，第一次、第三次仅仅十多首，而且这些诗歌都是短诗；但他这次旅欧，却诗兴大发，《严范孙先生古近体诗存稿》中收录了68首诗，其中有5首是长诗。其中第一首《欧游小引》[1]就是长诗，诗中严修详细介绍了他这次欧游的背景、同行人员等情况。诗中谈到袁世凯，说"袁公闻我行，贶我殷且稠"，严修"却之未有辞"，但"受之中惭羞"；而袁世凯的儿子们与严修关系不错——"诸郎森玉立，与我情意投"，特别是"四五六与七，自居弟子俦"。在这种情况下，"何不遣游学，文明恣吸收"。尽管严修以前曾向袁世凯有过这样的建议，但当时"公意方踟蹰"，现在又对袁世凯提议，"不期从如流"。袁世凯本来是想让他的三个儿子跟严修去欧洲，"爰命四至六，同适欧罗洲"，并且还有他们的老师徐毓生一起同行，"徐师率以行，保傅无他求"，但临行之时，"四郎行复止，小极适未瘳"，于是"七郎固请从，得请喜展眸"。袁氏三子加上他们的师傅徐毓生，还有严修及其亲友，"同行凡九人"。他们这次本来是打算"夏往归以秋"，对袁氏诸子来说，也是"此行为观光，再往当久留"，没想到他们一直到次年5月才回国。严修在这首诗的最后说"先序事本末，作我钓诗钩"，看来在出游之初，他就打算这次欧游要多写诗歌了。

严修赴欧洲走的是陆路。他们一行人从天津出发，经过东北，穿过西伯利亚，到达欧洲大陆。在穿过西伯利亚到达俄罗斯首都圣彼得堡后，他写了一首《西伯利亚纪程》。[2]这首诗详细记录了他从天津出发后每一天的具体行程以及当地的风光特点，所以诗中首句就是"夜发天津城，三更甫交子"，之后就是"翌日出榆关""暮及沈阳止"，后面就是"三日""四日""五日"……"九日""十日""十一日"，地点分别是"长春""海拉尔""满洲里""贝加湖""乌拉岭""维德加"等，一直到"俄帝都"。这首诗中虽然也有各地风物风光的描写，

---

[1] 严修：《严范孙先生古近体诗存稿》，天津古籍出版社2015年版，第176页。
[2] 严修：《严范孙先生古近体诗存稿》，天津古籍出版社2015年版，第178页。

例如进入俄罗斯境内之后"从此汉地名,不见来眼底",贝加尔湖的景色是"一色天连水",但这首诗究竟只是"纪程"之文,篇幅虽长,但行文朴实,就像是一篇游程的流水账。所以严修在此诗的最后说:"作此纪日程,不觉遂满纸。莫漫作诗看,恐冷诗人齿。"

在途经西伯利亚时,严修写有《西伯利亚途中杂作》[①]组诗16首。这组诗体裁多样,内容丰富。"半山结屋两三椽,炊饭烧枝飏白烟。大似黔南村舍景,回头十五六年前",这是西伯利亚的风情让他想到了贵州;"遥青山对映,一碧水平铺。时见鸥来往,凌波淡欲无",这是写贝加尔湖的风光;"车行日千里,终朝无个事。脑昏禁觅诗,手战欹作字",这是写旅途无聊;"枕边终夜作涛声,四体颠狂耳震惊",这是写陆上车行的折磨;"昨岁家书贻子侄,开端平列写怡惺。而今独有怡名在,一度缄封一涕零",这是写他路途中伤感于侄子严智惺的去世;他看到"二万里间无旷土,此邦真有不凡才",于是想"何年吾园荒寒地,一样经营辟草莱",这是他看到他国之富庶而期盼祖国能昌盛;"盼美不嫌睛浅碧,髻高愈显发深黄。瘦如束藕拘腰部,圆似悬匏矗乳房",这是写俄罗斯美女。这些诗歌内容丰富多彩,表明严修这次出游有意用诗歌来表达他的各种心态。他甚至在《拟寄内三首》中说,"问余意兴近如何,信口成诗当作书",可见他诗兴之盛。在写给夫人的这三首诗中,他说"肢体安舒筋骨健,客游端的胜家居",这虽是他宽慰夫人之语,但也可见此时游兴甚佳。"当君晓起慵妆际,是我宵眠觅枕时","最怜明月无人共,月到君边我未知","君家日夕我方中,十日君饶半日功。向始早年开此例,当君颁白我犹童",严修一而再,再而三地用诗歌语言向夫人诉说时差,可见严修置身域外的新奇之感与兴奋之情。

在瑞士时,严修写有组诗《瑞士杂作》[②]12首。从诗中看,严修毫不掩饰他对瑞士的喜爱。例如在第一首中,他先是以"藐姑自昔有仙人,西子西湖善写真"来写西湖之美,但马上就说"海国谁知山更媚,天风吹下玉无尘",也就是瑞士山水之美又胜过西湖。第五首写他所住的Interloken旅馆"一角名楼傍水湾,上安卧榻下传餐",这座旅馆旁边的景色很美,于是严修"尽开

---

① 严修:《严范孙先生古近体诗存稿》,天津古籍出版社2015年版,第179页。
② 严修:《严范孙先生古近体诗存稿》,天津古籍出版社2015年版,第183页。

户牖延秋爽，食亦看山寝亦看"，可见他是如何陶醉于瑞士的山色之美。对于 Trumel bach 瀑布（今译作特吕默尔瀑布），他在写下"水射虹成影，天惊石破开"这些赞美之词后，说"如将诗写照，须有杜韩才"，直言自己的语言不能表达出瀑布之美。他雨后在 Thuner see 湖（今译作图恩湖）中乘汽船晚归，见景色绝美，于是写出"湿云山半蓬蓬白，返照峰尖灼灼红"的诗句。但严修即使在如此美景之中，也不失他的关心教育、不忘民生疾苦的本色。这组诗歌的第八首，写他看见"蒴草全教作绿茵，刊山不复见荆榛"之后，由物及人，就有了"去留各具因材意，育物犹然况育人"的感慨。第九首写他看见瑞士人民富庶、社会安定、国家安全，于是写诗称赞"地无旷土群萌遂"，是指境内土地被充分利用，"民有余财庶政修"是指百姓富庶、政治修明，"湖山随处可忘忧"指环境优美，"百年不睹兵戈事"指没有战乱，最后两句"熙皞欢虞王者世，此风何日遍全球"，表达了严修希望全球都像瑞士这样繁荣、富庶、和平、优美。当时的中国战乱未息，所以严修实际上是希望中国也有朝一日能够像瑞士这样富庶和平。

严修旅欧大部分时间住在英国伦敦，《严范孙先生古今体诗存稿》中的《伦敦杂作》《客伦敦半年无日不雾戏成一绝》《游伦敦格林威渠天文台》等诗就写于伦敦。《伦敦杂作》[①]组诗五首：第一首是写水晶宫，用"万国琛航渡海来""水晶宫里夜园开""霸业已归条顿族"等语句写英国的强大；第二首写博物院，博物院里的展品，"十三四纪已矜奇，更远无非木乃伊"，它们根本不能跟中国灿烂的古代文化相比——"何似中邦真法物，二三千载古尊彝"；第三首是写给妻子的，诗中在用"骋游追健步，饱食罢长斋"等诗句报平安之后，又以"眼前都称意，只欠与卿偕"表达了对夫人的想念；第四首写西餐，"泰西传食谱，胡乃拙烹调"，写厨师不会烹调，"味淡思盐豉，肪多缺饵糕"写味淡、脂肪多，"生鱼难适口，冷炙况登庖"写其生冷，"若与论茶量，尤输我辈豪"是说西餐不如中餐，这八句诗都是写西餐不好，但是在诗后，严修又说"余喜西餐而同嗜者少，戏为此诗"，原来严修自己是喜欢西餐的，但是同行诸人多不喜欢，所以这首诗是"戏"作而已；第五首从"何曾举箸不胜愁，张翰

---

① 严修：《严范孙先生古近体诗存稿》，天津古籍出版社 2015 年版，第 188 页。

秋风思不休"来看,应该是思乡之作。《客伦敦半年无日不雾戏成一绝》①则是就伦敦的大雾来调侃英国:"织就烟云淡墨图",好美的风景,但是马上一句"蔚蓝天气古来无"就让人跌落到现实中来;"太阳普照英旗帜",这是赞美当时处于全盛时期的英国是日不落帝国,全球都有殖民地,可是"偏是都城独向隅",唯独英国的都城却在角落里得不到阳光照耀。

在欧洲,严修还写下了《和劳伯善秘书见赠时君父子同余游瑞士》《去瑞士之和兰道中作》《过媚兹》《游比境大山洞》《和兰杂作》等描写域外风光的诗。

严修在《出榆关寄幼梅兼呈送行诸友》中云:"有约南辕旋北向,欲探西极却东行。"②这是因为他这次赴美考察,原计划是到上海坐船,不料江苏省"因防疫停车",他只好坐车先到东北,绕道朝鲜、日本,从日本赴美。当时的东北在日俄战争之后有日本驻兵,铁路沿线实际上在日本的控制之下;而曾经是中国附属国的朝鲜全境当时都被日本统治,所以严修在经过东北和朝鲜时心中很不平静。组诗《东行杂诗》③第一首,首先以"地宝天然古隩区,万山环抱本溪湖"来赞美本溪湖,但后两句"谁言信美非吾土,纸上今仍旧版图",就是满怀的凄怆了。第二首开始两句"鸭绿江边春水愁,凤凰城外暮云羞",写作者心情低落地进入朝鲜,后两句"回头三十年前事,亲见藩臣拜冕旒",是作者回忆自己三十年前亲见朝鲜藩臣前来宗主国拜见清朝皇帝,而如今朝鲜已成为日本的殖民地,今昔对比,无限伤感。第三首前两句"景福宫前万象新,谁从辇路识前尘"中的"景福宫"是朝鲜王宫,此地要改建总督府,朝鲜老国王再也不能住在王宫,所以诗中说"万象新""识前尘";后两句"曾无禾黍兼荆棘,只觉春光懊恼人",在严修看来,已被日本占领的朝鲜已经亡国了,那么应该是有黍离之悲、荆棘铜驼,但眼前偏偏是春光灿烂,令人懊恼。在朝鲜期间,严修曾经下车游览,他亲眼见到了日本对朝鲜的统治,也听说朝鲜老国王那心向中国的闵妃被日本人活活烧死④,因而他写这两首诗时心中

---

① 严修:《严范孙先生古近体诗存稿》,天津古籍出版社2015年版,第189页。
② 严修:《严范孙先生古近体诗存稿》,天津古籍出版社2015年版,第191页。
③ 严修:《严范孙先生古近体诗存稿》,天津古籍出版社2015年版,第191页。
④ 严修、高凌雯、严仁曾:《严修年谱》,齐鲁书社1990年版,第377页。

第五章　近代考察者的域外诗

的沉痛是可想而知的。《东行杂诗》的后四首诗都是在日本所写,其中的"几年不踏扶桑路,举目从知富庶加"是写日本的富庶,"遮莫东皇意偏厚,常留春色在邻家"是写自己对日本的羡慕,"却笑鲰生无个事,闲寻上野看樱花""早樱开遍两都京,才放荒川五色英""樱花烂漫闹春风,树树争妍炫眼红"是写他在日本欣赏樱花之美。严修4月11日到东京,12日与周恩来一起到上野公园看樱花,16日也偕周恩来等同游浅草公园,至20日才登船离开日本赴美,这几首诗就是他在日本时所写。

到美国后,严修主要精力用于考察教育,但他也游览过一些旅游胜地。在《入美杂诗》①组诗中,严修除了以"四山明积雪,万木蕴层阴""水漾日金碧,天浮云蔚蓝"等诗句来歌咏所见美景之外,还以"粒我贻牟富,惊人产铁多。余心别有属,到处听弦歌"来赞美当地人民的富庶和幸福生活。在《同子文重游那亚格拉观巨瀑》②这首长诗中,严修以"壁立数十面,面面铺寒泉"来写其宽广,以"皱如百褶裙,急如万弩弦"来写其形态和急速,以"去地未及半,化为云与烟。烟腾散白雨,扑面凉珠圆"来写其落地时烟雨飞溅,以"雌霓现水上,影随人转旋"来写彩虹之美,以"豁然心目开,万虑从弃捐"来写其对游人的影响。在诗的最后,严修还以"循名数前典,忽忆庄叟篇。望洋何足惊,观濠何足传。我侪侈眼福,直欲骄前贤"来写他对游览大瀑布的满足感和自豪感。

严修游美期间,正是美国派兵到欧洲参加第一次世界大战之时,组诗《铁血吟》③十八首写的就是此事。由此诗可见美国社会对从征军人的尊重:"当门赤帜列星镂,中有金星更灼然,略似吾方别差等,将金书圣玉书贤。"注云:"局所商店皆有从军之人,门前或门内悬赤旗,有以星识人数,有阵亡者则金其星。"诗中还写了美国的女军人和女警察的英姿勃勃:"无议无非识者讥,耻甘雌状让雄飞。试看裙屐翩翩队,时著军官警吏衣。"严修也写了军人出征前家人择日为他们举行婚礼,并且在美国以和军人结婚为荣耀:"计日郎君事远征,纷纷迫吉缔鸳盟。杜陵错赋新婚别,得偶军人毕世荣。"这种对于军人的荣誉感

---

①　严修:《严范孙先生古近体诗存稿》,天津古籍出版社2015年版,第193页。
②　严修:《严范孙先生古近体诗存稿》,天津古籍出版社2015年版,第193页。
③　严修:《严范孙先生古近体诗存稿》,天津古籍出版社2015年版,第197页。

和为国而战的热血精神是当时清末民初的中国所不具备的,字里行间不难看出严修的艳羡。

严修在美国作的《榛苓谣》①写出了20世纪初美国社会的万千景象,包括摩天大楼、立交桥、地铁、剧场、牙医广告、冰鞋、儿童裁判所、拘留所、在美华人等,如写地铁:

> 为争刻值千金,隧道飞轮最称心。五百万人日来去,不嫌昼似夜沉沉。

写拘留所:

> 室广衡纵八尺余,狭床重叠似舟车。任称绝顶文明国,毕竟囹圄不可居。

严修不但注意到美国的富足和文明,也看到了当地的问题所在,比如华人聚众斗殴、赌博等不良现象,他在诗中写道:"习闻四海皆兄弟,何况同为祖国人。同国同乡同里巷,不知堂斗是何因?""欲教堂口无凶斗,先把番摊局没收",表达了对他们的痛心之情。

严修的域外诗显示了古典诗歌创作的新气象、新因素,在"诗界革命"的进程中也是有其独特贡献的。曹聚仁说:"他(严修)到底喝过墨水,吃过面包,呼吸过欧风美雨的,敢于摄取新意境,遣使新词语,运用新语法,不受旧诗律的拘牵与旧意境的束缚,敢于逃出如来佛的掌心翻筋斗。如《榛苓谣》《铁血吟》《入美杂诗》,所用现代术语及美国人名地名之多,并不在后来著名的胡适《送梅觐庄往哈佛大学》诗之下。"②"严修的域外诗不仅仅是运用新名词、新语法,还能够在新意境上有所成就,而这正是诸多诗人海外诗所欠缺的。"③

---

① 严修:《严范孙先生古近体诗存稿》,天津古籍出版社2015年版,第199页。
② 曹聚仁:《文思》,生活·读书·新知三联书店2002年版,第117页。
③ 杨传庆:《作为诗人的严修——"南开校父"严修的诗与诗学》,《南开学报》2020年第1期。

第二节　袁祖志的域外诗

袁祖志（1827—1898），字翔甫，号枚孙，别号仓山旧主。他的祖父是乾隆年间大诗人、大名士袁枚，但袁祖志并没有见过祖父，他在袁枚去世之后29年才出生。袁枚晚年自号"仓山居士"，袁祖志自号为"仓山旧主"，其中渊源不言而喻。袁祖志在咸丰十年任上海县县丞，两年后就离任。据民国七年《上海县续志》卷二十一记载，袁祖志"解组后，遂寓沪"，也就是离任后他继续住在上海。袁祖志的哥哥袁祖德曾经当过上海县的知县，死于1853年的小刀会起义中。所以袁祖志与上海颇有关联。袁祖志离任县丞后，在上海"祖志感事怀人，诗文恒寓抑郁"；晚年更是"结庐为吟社"，名曰"杨柳楼台"，与诸名士互相唱和。袁祖志在上海是当之无愧的才子、名士。清朝末年，上海得风气之先，出现了多种现代报刊。袁祖志早在光绪二年就曾是《新报》主笔，和《申报》的主笔钱昕伯、何桂笙交往密切，他的诗词也经常在这些报刊上发表，他也经常在报刊上与这些名士们唱和。

光绪九年，当时的清政府轮船招商局总办唐廷枢奉李鸿章之命出洋考察，他请袁祖志同行以负责文字工作。此时《新报》已停刊，袁祖志正好赋闲，于是欣然应允。《申报》也顺便抓住了这个中国名士看西洋的绝佳题材。袁祖志尚未成行前，各种赠诗已是纷至沓来；他在国外游历之时，也借助当时先进的通信工具电报，把自己途中所写的诗文发到上海，并在《申报》上发表出来，于是一个中国旧式名士的西洋观就如此原汁原味地呈现在上海滩，"他为上海文坛画出了近代媒体人、文人与世界城市文明互动、接轨、跨文化的想象地图"。①

袁祖志此次域外游历是在光绪九年，即公元1883年，距离清王朝覆灭还有29年。此时已经经过了两次鸦片战争，这两次战争使得中国有识之士看清了中国与西方的差距，学习西方成为一时潮流，唐廷枢这次出洋考察也是时势所驱；但此时尚未经过甲午战争和八国联军侵华战争，中国的文士们感觉自己生活在"同光中兴"的盛世，不仅自信自满，而且还经常鄙夷西方的一

---

① 吕文翠：《晚清上海的跨文化行旅：谈王韬与袁祖志的泰西游记》，《中外文学》2006年第9期。

些风俗习惯。这些不仅表现在袁祖志的诗文中,而且出现在他朋友们的诗文中。例如葛其龙在袁祖志《海外吟》序中就说:

> 当今中国下交列邦,修玉帛之好,弭兵戎之衅,所以怀柔远人者,无不出之以宽仁,非示弱也,亦欲以圣贤之道化及蛮貊耳。彼海外诸国苟能诵乎诗书,习乎礼仪,以渐去其异端之习,以隐消其贪诈之私,出自幽谷,迁于乔木,风气不一变哉。而惜乎夜郎自大者,犹欲日寻干戈也。①

这番话完全是以宗主国自居,根本没想到十年后中国竟败于弹丸之地的日本。袁祖志诗文中显示出的也是这样的心态。

此次泰西之行,袁祖志是在光绪九年三月离开上海,历经越南、新加坡、斯里兰卡、意大利、法国、英国、德国、荷兰、西班牙、巴西等国,当年十二月回到上海。他将出国见闻与感受写成《瀛海采问》《涉洋管见》《西俗杂志》《出洋须知》《海外吟》五书,并附以旧作《海上吟》,汇为《谈瀛录》,光绪十七年上海同文书局石印。《海外吟》即是他描写域外的诗集。

在收到唐廷枢邀请后,袁祖志就写了《癸未暮春,唐景星观察招作泰西之游,倚装赋此》②一诗,诗中开篇就是"掉头不顾九万里,男儿壮志当如此"。看这豪言壮语,似乎是热血青年,但袁祖志此时已经56岁了。在登舟离开上海的那天,袁祖志又以《三月十二日自杨柳楼登舟,留别海上诸君子》③为题写了两首诗,诗中的"无端鼓兴效张骞"句,表明他把此行比作了张骞的凿通西域。张骞并非一般的旅游家,他有大功于汉,以军功而封为博望侯。可见袁祖志此行,是有志于为国家富强做一番贡献的。这也是唐廷枢此番泰西之游的目的,袁祖志作为随员,当然也要为了这个目的而努力。

在袁祖志的海外诗文中,体现他经济之志的,主要是他的文章。例如《瀛海采问》的体例设计,就是把某地的政令、民俗、疆土、武备、物产、制作依次介绍出来,这些知识对于闭关锁国已久的清政府及整个社会的政治、经济、

---

① 钟叔河:《袁祖志 瀛海采问纪实》,岳麓书社2016年版,第102页。
② 钟叔河:《袁祖志 瀛海采问纪实》,岳麓书社2016年版,第106页。
③ 钟叔河:《袁祖志 瀛海采问纪实》,岳麓书社2016年版,第107页。

第五章 近代考察者的域外诗

军事等都有参考作用。其诗集《海外吟》则主要用来表达他的诗人情怀,其经世致用的成分要少很多。《海外吟》中有很多海外自然风光、朋友酬唱之作,但也不乏海外物质文明和精神文明诗作。如果说袁祖志的海外风光、朋友酬唱之作表现出了他人在海外心思故国的游子心态,那么西方的物质文明和精神文明则是对袁祖志这个封建士大夫造成了强大的冲击,从而动摇了他固有的世界观和思维模式。

一、域外景观中的复杂心态

袁祖志在登舟出国时写的《三月十二日自杨柳楼登舟,留别海上诸君子》中,说"此行磨就三升墨,细写中华界外天",可知他是有意用自己的笔来记载海外风光的。他也确实写下了不少海外风光的诗歌,从这些诗歌中,可知袁祖志的心态是很复杂的。

舟至香港,在这片被英国人统治的中国土地上,袁祖志虽然看到"山势嶙峋立,天然此要津"(《抵香港》)的景观,但涌上心头的却是"雄图当外户,失算付他人""涛声呜咽甚,何以庇吾民"的伤感。在西贡,袁祖志看到的是"越南山色浙西同,暖翠浮岚指点中"(《舟泊西贡感而有作》),景色优美,让他想到了故乡山水;但是此时"本属越南"的西贡"今为法踞",这又让他伤心不已——"伤心沃壤资强御,脱手岩疆付寇戎",弱国之悲,跃然纸上;"二十四年兴替感,空余被服想遗风",越南本来是中国的藩属国,虽然已经被法国占领二十多年,但"土人服色尚未之改",这令袁祖志感叹不已。

在罗马,袁祖志观赏了罗马古城,写下《罗马古城》[①]。在这座"沉埋二千年,倏睹大光明"的城市遗址中,袁祖志看到"室庐如棋布,列肆尚纵横。废井清可汲,短砌苔藓生",行走在这座"阒寂无行踪"的古城,他"升阶犹怦怦"。他不仅有感叹"难得有心人,搜剔力精诚",而且还有感悟之言:"即此悟造化,显晦安可争。"袁祖志"游毕重歔嘘,地底多精英",其实从他《涉洋管见》中的《潘比阿古城记》[②]来看,他此时的感慨不仅是罗马城地下"多精英",而且还有对祖国的此类考古活动缺失的遗憾。在《潘比阿古城记》的最后,他

[①] 钟叔河:《袁祖志 瀛海采问纪实》,岳麓书社2016年版,第111页。
[②] 钟叔河:《袁祖志 瀛海采问纪实》,岳麓书社2016年版,第47页。

说"因思中国十八省加以口外新疆之地,幅员辽广,远迈前古,特无人穷搜而力究之",即使"偶得一二,亦必秘藏私有,国家不得与闻,因之沉沦不显,淹没无闻"。在当时的中国,并没有考古人员,也没有考古意识,更没有将文物当作国人共有的文化遗产以供公开展览的观念。袁祖志进一步说如果中国人"效法乎此城",使得中国的古城遗迹"启之深渊,升诸白昼,一任后之人履井垣而追思,抚杯棬而感慕,亦何至有幸不幸之分耶"。海外游历使袁祖志看到了中西的不同和差距。

在《巴黎四咏》[①]中,袁祖志用四首诗分别写了得胜楼(即凯旋门)、战败图、生物院、蜡人馆四处景观。这四首诗前都有对应的散文小序,具体介绍了这四处景观的大致情况,小序和诗歌在内容上互相补充。例如《得胜楼》是写拿破仑的纪功之楼,在小序中,袁祖志详细介绍了此楼:"拿破仑第一纪功所筑,高二百七十余级,环楼通衢十六道,登楼四望,全城在目。计费银百万,功尚未竟。石基坚固无匹,诚伟观也。"在此基础上,袁祖志先以"也是君人盖世豪,秦皇汉武等功劳"来赞美拿破仑,又以"未知功德巍巍处,可与斯楼一样高"来抒发感慨。值得注意的是袁祖志此处的思维方式,他是以秦皇汉武这两个中国古代的帝王来比拟拿破仑,这是一种以中喻西的写作手法。他只有这样写,才能让中国人认识到拿破仑的伟大之处。《战败图》[②]也是这样的写作手法,"至今昭示途人目,犹是夫差雪耻心",这是用了吴王夫差卧薪尝胆的典故。其实中国固有的文化,是喜欢纪功而厌恶说败的,但法国人却把"当年德兵压境时法人战败状",即"尸骸枕藉,村舍丘墟"的惨状"形肖逼真"地画了出来,这应该是令袁祖志很有感慨的。《生物院》写的是动物园、植物园,《蜡人馆》写的是用蜡制作的"往昔近今智能勇功之士"。这些在现代社会中都是常见的,但在当时的中国却是不可能看到的。中国之所以没有这些公共场所,其原因是中国人还没有认识到动物园、植物园、蜡人馆等在开发民智方面的作用。袁祖志虽然在"生物园"中认识了多种"不识名者"的动物,在蜡人馆中看到了"往昔近今智能勇功之士",但没有现代社会意识的他,其在动物园的关注点主要是"嗥嗥犬吠太猖狂",在蜡人馆的则是"抟土为人何

[①] 钟叔河:《袁祖志 瀛海采问纪实》,岳麓书社2016年版,第113页。
[②] 钟叔河:《袁祖志 瀛海采问纪实》,岳麓书社2016年版,第113页。

第五章　近代考察者的域外诗

太巧"。

在《伦敦行》①中，他说"伦敦之民何其庶，伦敦之车何其繁"，这是赞美伦敦的繁华；"君后之居华屋等，官民舍宇无尊卑"，这是指出西方人与人之间的平等；"园囿大或数百亩，万人如海乐郊原"，这是西方公园的发达；"学塾一千五百所，积书一任人抄翻"，这是学校教育和公共图书馆的发达；"金玉瓦石别其类，虫鱼鸟兽分其门"，这是指博物馆的设置。袁祖志最后指出，伦敦之所以能够"絮麻不植布帛盛，禾黍不足食货屯"，能够做到"富强之名甲寰宇"，是因为"民生在勤耳"。这一结论虽然有些片面，但却是从正面的肯定。在伦敦博物馆里，袁祖志还见到了自己的朋友谢国恩的照片，惊喜地说"镜里分明认故人，何缘海外忽相亲"（《博物院壁上喜见谢湛卿刺史国恩小影，率成二绝，邮寄代柬（时新补高邮州）》）。

袁祖志有一首诗名为《伦敦博物院中有巨钟二，皆中土故物，一为康熙四十四年广州某庙所铸，一为道光十九年宁波某寺所铸。横陈众器间，资以供人品骘也，摩挲既久，感慨系之》②，题目很长，具体介绍了诗歌的写作背景，可以说既算诗名，又算诗序了。伦敦人把这两座东方巨钟放在博物馆里，意在让观众知道在东方的中国有这样的器物，从而增加知识。袁祖志在看到这两个"故物"时先是"心惊"，之后就是替巨钟叹息，"摩挲宜有泪，寂寞竟无声"；在怜惜它们"在昔醒尘梦，而今听品评"时，又发现它们"偶然一扣拭，隐作不平声"。这首诗可以看作中国古代诗人咏物明志诗的代表作，袁祖志对这座巨钟被人们"品骘"和"摩挲"感到不平。其实，这两座巨钟的作用就是放在这里供人"品骘"和"摩挲"的，这正是博物馆的价值所在，但是缘何这两座巨钟远离故土流落在此，这才是袁祖志的心结所在，所以他心绪复杂，滋味万千。

袁祖志在《留别伦敦四绝句》③中，虽然看到伦敦"果然繁盛冠重瀛"，但也指出了当时伦敦的毒雾现象。他说"天心亦自厌纷华，眼底常将毒雾遮"，在此处他自注曰"入冬雾气迷人，虽昼如夜"。虽然他由于自己知识的局限性，

---

① 钟叔河：《袁祖志 瀛海采问纪实》，岳麓书社2016年版，第118页。
② 钟叔河：《袁祖志 瀛海采问纪实》，岳麓书社2016年版，第133页。
③ 钟叔河：《袁祖志 瀛海采问纪实》，岳麓书社2016年版，第139页。

没有认识到"毒雾"是人为的,是英国工业快速发展的产物,而非"天心",但他能够在伦敦1952年的毒雾事件之前70年就说出了"毒雾"一词,不能不说他还是很有前瞻性的。在《留别巴黎一律》①中,他在指出巴黎"信是人间第一城"的同时,说它"奢华靡丽甲寰瀛",并议论说:"旁观独我忧深杞,天道由来恶满盈。"这些论述,虽然也是袁祖志心中根深蒂固的天朝上国心态在作祟,但现在看来,也并不是没有道理的。

袁祖志对巴西的印象很不错。《巴西游山,就饮山下人家作》②中有"入境惊看风景佳,山形矗立相映带""野花媚人色何妍,万木森森发清籁。峰回路曲少人踪,瀑布如银作飞濑",这样的美景,让他不由得"停车小憩心悠然",并感叹说"斯境何期逢海外";他认为自己虽然"溯历诸国逞邀游",但"揽胜探奇此为最",可见他对巴西名胜的评价之高和他的喜悦之情。在《巴西杂咏》③中,袁祖志也说"我爱巴西国,天然趣不同。峰峦环历历,花木现重重",说这里"仿佛神仙境,饶余朴野风"——"神仙境""朴野风",这是袁祖志用中国的文化意象来评价巴西。

袁祖志毕竟是跟随官员外出考察,每到一地,一般都会有当地的清政府官吏接待他们,于是新友旧知,一起游玩赏景,饮宴赋诗,所以诗歌中多有朋友之谊、思乡之情。例如他在巴黎时,恰逢中土的中秋节,刘麒祥参使邀请他去使馆饮酒,袁祖志即席赋诗,诗中开头两句是"难得天边月,今宵两地圆"——中秋之夜,对月思乡,这是中国人的文化习惯,袁祖志此时在异国他乡,虽然与朋友们在"醉华筵",而且也"清谈胜管弦",但"几人乡思动,都被素娥牵"(《中秋节夜刘康侯参使招引巴黎使馆,即席漫成》),他们最终还是思乡心切。在《山行杂咏》④组诗中,袁祖志在面对"一幅丹青浓着色,极经营处极苍凉"的景色时,说"重重山色与湖光,明媚还应逊故乡",也鲜明地表现出他对家乡的怀念。在《瑞士能乘小轮车登湖上诸山》⑤中,袁祖志热情赞美了瑞士"地以湖山胜"的特点,而"瀑布垂垂白,岩花簇簇红""浓

---

① 钟叔河:《袁祖志 瀛海采问纪实》,岳麓书社2016年版,第140页。
② 钟叔河:《袁祖志 瀛海采问纪实》,岳麓书社2016年版,第136页。
③ 钟叔河:《袁祖志 瀛海采问纪实》,岳麓书社2016年版,第137页。
④ 钟叔河:《袁祖志 瀛海采问纪实》,岳麓书社2016年版,第112页。
⑤ 钟叔河:《袁祖志 瀛海采问纪实》,岳麓书社2016年版,第112页。

皴山泼翠，淡抹水拖蓝"也让他心旷神怡；但这样的美景，却触动了他的乡心："乡心凭触动，归梦到江南。"这首诗可以和袁祖志《涉洋管见》中的散文《瑞士能湖山记》对照阅读，例如散文中的"入其境者如置身图画，令人作江南浙西想"，就和诗句"乡心凭触动，归梦到江南"相似。

　　袁祖志对中外在节气时的气温不同很是敏感。早在他刚离开中国不久，船在南洋时，他就说"洪波如鼎终朝沸，赤日行空似火添"（《舟行南洋三十余日，苦热日甚》）①，这是四季炎热的热带气候和暮春时节的上海在气温上的不同；当他在巴黎时，恰逢端阳节，此时在中国的南方已经开始炎热了，但在温带海洋性气候的巴黎，却是"风风雨雨尚衣棉"，使他感慨"端阳节候重阳似，世上炎凉序忽怱"（《端阳口占》）②；在伦敦时，恰逢小暑，他又说"小暑浑无暑，凝晨怯嫩寒。衣皆辞鲁缟，扇悉屏齐纨"，使得他"今年忘盛夏，客邸梦偏安"（《伦敦客次小暑节偶成》）③；大暑节是一年中最热的时候，但在伦敦，袁祖志高兴地说"年年避暑费商量，今届骄阳竟敛芒"，对于袁祖志这样怕热的人来说，每年的酷热之时是很难熬的，但今年却不同了，竟然"重棉犹怯晚风凉"（《大暑节口占》）。④ 在《七月六日立秋节偶成》⑤一诗中，"天催旋斗柄"是指北斗星的勺柄西移指代秋天到来，这里用的是中国式的表现季节变化的方式；"客尚滞瀛洲"指作者身在海外；后面的"异域"亦点明海外，"来宵会女牛"又是中国意象；尾联"喜无桐叶落，只当夏仍留"则是用的《诗经·卷阿》中"梧桐生矣，于彼朝阳"的典故，袁祖志在注释中特别注明因为梧桐生于朝阳之地，但"泰西地近夕阳，故无此物"，于是他"益叹诗人之咏物其确切也如此"。这首诗固然暴露了袁祖志固守中国传统文化的心态，但这首诗所写的内容不仅兼有古今，而且含有中西，充分表现出中国近代知识分子处在古今中外的十字交叉路口上的特点。八月二十四，袁祖志登舟渡大西洋，在大洋中航行了十七个昼夜。这样的航行开拓了他的眼界——"眼前波涛壮，足底鱼龙骄。渺矣禹门浪，陋哉钱塘潮"，让他感受到了南北半球

---

① 钟叔河：《袁祖志 瀛海采问纪实》，岳麓书社2016年版，第108页。
② 钟叔河：《袁祖志 瀛海采问纪实》，岳麓书社2016年版，第114页。
③ 钟叔河：《袁祖志 瀛海采问纪实》，岳麓书社2016年版，第119页。
④ 钟叔河：《袁祖志 瀛海采问纪实》，岳麓书社2016年版，第120页。
⑤ 钟叔河：《袁祖志 瀛海采问纪实》，岳麓书社2016年版，第121页。

气候的不同——"自北煽暑溽,由南吹寒飙",让他知道了南北半球星象的不同——"只见南斗柄,不睹北斗杓"(《八月二十四日由葡萄牙登舟,渡大西洋,逾赤道而南,历十七昼夜不见寸土,诗以记之》)①。这年的重阳节,袁祖志是在大西洋上度过的,于是他只能感叹"今届茱萸插未能"了,但他同时也说:"重阳节候端阳似,手箑摇风吻饮冰。"(《重阳节大西洋舟中作》)②这是因为他从已经变冷的北半球来到了南半球的热带地区。

二、西方物质文明的冲击

在袁祖志出洋考察的光绪九年(1883),中国在经历了两次鸦片战争的失败后,很多朝野有识之士已经认识到西方物质文明的发达,从而努力向西方学习其物质文明方面的成就。袁祖志这次跟随清政府轮船招商局总办唐廷枢出洋考察,目的也是学习西方的科学技术等方面的成就。袁祖志也确实不虚此行,目睹并记载了西方的物质文明,这些物质文明令他赞叹、惊讶的同时,也冲击了他原有的认知格局,从而使他这个封建士大夫具有了一些现代意识。

袁祖志首先看到的西方物质文明就是西方制度下的富庶。在新加坡,这个本"为柔弗人所居"的地方,被"英人利其地,踞而有之"之后,当地人竟然"皆能温饱",袁祖志赞美此地"诚乐土";因为这里的"华人极夥",所以袁祖志诗中说:"实为吾民开乐国,漫矜他族展舆图。"(《新嘉坡原名石叻,为柔弗人所居,英人利其地,踞而有之,其中流寓华人极夥,闽居其七,粤居其三,皆能温饱,诚乐土也》)③在斯里兰卡,他写了一首名为《锡兰岛临印度洋,初属印度,今亦属英,辟草莱而成重镇,具征经营之力焉》的诗,从诗名中就能看出他对英国人"辟草莱而成重镇"的肯定。在途经亚丁时,袁祖志写下了《亚丁登山作》一诗,诗序中说此地"地近赤道,山多不毛",而英国人"凿山开道,叠石成池,储石炭以济轮舟,盖殷殷着意焉",诗中赞美"功比女娲强,力逾五丁健""汲引既有资,居民乃安宴。廛市日以兴,甲兵及时缮。不惜府库财,务使海邦奠"。④他热情歌颂苏伊士运河的开凿:"河成一线

---

① 钟叔河:《袁祖志 瀛海采问纪实》,岳麓书社2016年版,第136页。
② 钟叔河:《袁祖志 瀛海采问纪实》,岳麓书社2016年版,第136页。
③ 钟叔河:《袁祖志 瀛海采问纪实》,岳麓书社2016年版,第108页。
④ 钟叔河:《袁祖志 瀛海采问纪实》,岳麓书社2016年版,第109页。

万人歌，亿兆金钱未足多。抛却汪洋程二万，者般功德实巍峨。"① 袁祖志唯恐诗歌语言说不明白，竟然为这28字的诗歌配了一个46字的诗名——"苏彝士运河本沙漠地，法人里息勃斯创议凿成，以通舟楫，免绕大洋二万余里之远，虽费金钱无算，然河成而颂声作矣"，从这个长长的诗名中也能看出袁祖志对开凿苏伊士运河的赞叹。

在组诗《山行杂咏》②中，他写道："才穿山腹又山腰，终日盘旋历碧霄。忽觉前峰头尽白，那知积雪未曾消。"这样的视觉变换之美，在当时只有在火车上才能欣赏到。"全凭一个洪炉力，鼓荡浑如万马行"，他对火车的热情赞美，表明他很醉心于西方火车的动力之强劲、交通之迅疾；"一洞才穿一洞来，洞中洞外昼昏催"，这是写进入隧道时车厢内黑如夜、出隧道时回到昼，而火车连续穿过一个又一个隧道，于是就"昼昏催"了；"人兮谁曰不如鸟，耳际惟闻响阵雷"，这是在当时的火车技术下，火车行走在隧道内时发出的巨大响声和回声；"明明水尽山穷处，凿险穿幽境太奇"，这是对西方穿凿隧洞这种技术的赞赏；"莫讶此身高百丈，暗中磨折少人知"，这是指修隧道之难。诗歌语言是形象的、跳跃性的，并不能真正表达袁祖志此时的感受，因而这组《山行杂咏》可与《涉洋管见·义法道中山行记》对照阅读。在散文《义法道中山行记》中，袁祖志说他"自拿波利之至巴黎也，计程四千五百余里。乘火车行才五日之期"，这是总体介绍，这里的"才五日之期"，表明袁祖志对火车速度之快的赞赏。"沿途往往洞穿山腹而过，如长蛇蜿蜒入窟者然"，这是写火车进入隧道时的样子；"一日之间历十数洞或数十洞不等，有深至三十里者"，这是写崇山峻岭中隧道之多、隧道之深；"时或仰视山巅，铁道横空俨同蜀栈""未几俯视山腰，车轨依稀如坠涧底"，这是写其所见远处高低之铁轨；"乃悟此车盘旋于万山中，倏致人于青云之上，倏致人于沉渊之下，而人于车中不自知焉"，这是写其感悟；"至涧断处，两山相去或数丈或数十丈，则以铁桥联属之"，这是写两山间的铁路桥；"车行其上，如万马奔腾疾趋而过。斯时俯首下方，万仞深潭，令人不寒而栗"，这是写坐着火车经过高桥时的感觉。之后袁祖志细致描写了如何开凿隧道：

---

① 钟叔河：《袁祖志 瀛海采问纪实》，岳麓书社2016年版，第110页。
② 钟叔河：《袁祖志 瀛海采问纪实》，岳麓书社2016年版，第112页。

> 其始凿也，山之腹若干人，山之背若干人，同日工作，计日而成，何日何时当两相遇，能克期先以示人。及其事竣，事不差毫黍，其测算之精如此。噫嘻，吾不异夫山径之奇险，与夫车道之曲折，独异夫若而人者，任事之力何其锐，成事之志何其坚，而计事之期又何其审。①

在这段文字中，袁祖志的记载显然已经不仅是猎奇了，而是真正的考察，只有经过向当地知情者详细询问，他才能有这样详细具体的记载；而袁祖志在这段文字最后所发的议论中，他对于传统知识分子所关注的"山径之奇险""车道之曲折"，表示并不惊异，让他惊异的是"若而人者，任事之力何其锐，成事之志何其坚，而计事之期又何其审"。这表明袁祖志虽然是一个传统知识分子，虽有猎奇心理但在主观上又在努力向现代文明靠拢，不管是在思想方面还是情感方面。吕文翠在《晚清上海的跨文化行旅：谈王韬与袁祖志的泰西游记》中，把袁祖志称之为"既传统又维新的新型文化人"②，是很有道理的。袁祖志还通过进一步的论述展示出他的思虑之深远、眼界之宽广：

> 抑闻当山道未开、火车未行时，此数千里中人踪绝少，地亦荒芜不治。今则禾黍盈畴，桑麻被野，村舍屋舍络绎不断。而人民之循此车道贸易以图食者，盖又不可胜计。然则工虽费，用虽繁，而获益之处茫茫然其无津涯，亦绵绵兮其无穷期焉。彼拘守绳墨，不期远大者，正未可同年而语耳。③

从"人踪绝少""荒芜不治"之地，变为"禾黍盈畴，桑麻被野，村舍屋舍络绎不断"的富庶之乡，对比何等鲜明；"工虽费，用虽繁"，但是"获益之处茫茫然其无津涯，亦绵绵兮其无穷期焉"，这样的论述，当然不是一般的风月文人所能说出的。所以这段文字的最后，袁祖志得意地说，"彼拘守绳墨，

---

① 钟叔河：《袁祖志 瀛海采问纪实》，岳麓书社 2016 年版，第 50 页。
② 吕文翠：《晚清上海的跨文化行旅：谈王韬与袁祖志的泰西游记》，《中外文学》2006 年第 9 期。
③ 钟叔河：《袁祖志 瀛海采问纪实》，岳麓书社 2016 年版，第 50 页。

第五章　近代考察者的域外诗

不期远大者，正未可同年而语耳"，正是向读者表明他不是那种"拘守绳墨，不期远大"之辈。

袁祖志在《瑞士能乘小轮车登湖上诸山》诗中，除了赞叹瑞士的美景，也对他见到并乘坐的"登峰车有齿"①的登山火车很有兴趣。限于诗歌体裁，这首诗中对这种车没有详写，因此《涉洋管见·瑞士能湖山记》中的详细记载对诗歌是很好的补充：

> 山径纤曲而高峻，则有火车以省足力。车制与登火山之机车不同，盖一则以索引，一则以齿啮。车轮之中增一齿轮，其式少大，轨道之中亦增一轨，为梯级形。其陟也，火机一车殿于后，机既鼓动旁轮行车；齿轮则专啮梯级，俾其可进而不可退，故车行极捷而人坐殊安。其降也，火机一车导于前，但缓其机、勒其齿，已沛然如流水之就下矣。机巧若此，夫岂他处游山所可得而有哉！②

这段记载如此详细，应该是袁祖志在现场认真考察之后写出来的。也许袁祖志如此认真考察的目的，可能只是为了完成差事，也可能是为了炫耀，也可能是自己确实有兴趣，但他有这样的行为和心态，证明他已经确实具备了一些近代知识分子的特质。从袁祖志在诗文中描写火车的细致与用心观察、思考，可以看出，袁祖志在这次西行之中确实是有济世之心的。

三、士大夫眼中的西方风俗

如果说袁祖志对西方的物质文明热衷不已、赞美不绝的话，那么他对西方社会风俗的态度就比较复杂了。

在《火轮车中作》③中，初到意大利的袁祖志说"每食蛾眉皆列坐，今朝有女更同车"。在当时的中国，有身份的男女不会同桌而食、同车而坐，但在西方，这是很正常的。同车有美女，这令袁祖志这个风流才子兴奋不已，

---

① 钟叔河：《袁祖志 瀛海采问纪实》，岳麓书社2016年版，第112页。
② 钟叔河：《袁祖志 瀛海采问纪实》，岳麓书社2016年版，第50页。
③ 钟叔河：《袁祖志 瀛海采问纪实》，岳麓书社2016年版，第111页。

于是"问卿促膝谈何事",但美女们却是"笑我凝目误当花"。言语不通,袁祖志只好尽情地欣赏她们的美丽:"作态全凭腰束素,忘形奚必面笼纱"。当美女下车离去时,袁祖志说:"留将香泽匆匆去,犹自回头理鬓鸦。"观察如此细致,可谓目醉神迷。在《观妓作》①中,袁祖志对西方的妓女有很露骨的描写——"藕露双弯山耸玉,袒怀相示笑声哗";他说妓女们"不待通词偏善谑,未曾入座已生香",显然也是艳羡不已;袁祖志还说异域装束"泥他一种蹁跹态,曳地裙拖七尺长",看来这很令他着迷。在《山行杂咏》中,袁祖志也特别强调"料理中途客止饥,不分男女坐成围"②;在伦敦坐船游览泰晤士河,发现有"游人男女杂沓,三五成群,皆自荡小舟,溯流容与",于是写诗曰:"翠袖红裙斗靓妆,泥人纤手掉轻航。更寻芳草如茵处,席地纷纷竞举觞。"③

　　这些诗作表明袁祖志对西方女子广泛参与社会生活这一现象虽然感到惊异,但还是持认可态度的。但在《西人妇》④中,袁祖志却暴露了他传统士大夫的眼光。《西人妇》先是简略写了西方女子的社会地位之尊——"西人妇,尊居右",写她们的衣着特点——"曳长裙,揎窄袖",其后详写她们的社会生活情况——"言不从媒妁,命不从父母。年逾二十一,婚姻自匹偶",她们的恋爱婚姻是自由的;"男女杂坐无嫌疑,叔嫂未妨相授受",她们没有"男女授受不亲"这样的规定;"尊卑致敬承以吻,宾朋乍见握以手",西方女子对别人施礼,竟然是吻礼和握手礼,而不是中国女子弯腰万福甚至屈膝下拜;"客造深闺阃径排,夫妇内阃扉烦扣",虽然在西方客人可以造访深闺,但是不能到夫妻内室;"登筵先让美人身,入座亲牵上宾肘",这是宴席时的礼节,与中土大为不同;"拔刀割肉觑群曹,把杯纵饮倾一斗",西方女子在酒席上毫不矜持;"雄谈落落指挥豪,细语喁喁情意厚",她们有时雄谈阔论,有时细语喁喁;"玉山高耸乳如酥,金缕轻飏腰若酥",这是写其体态之美;"罢饮争弹琴抑扬,传书解识字蝌蚪",这是写她们素养之高。这些描写都还算是客观的。在此之

---

① 钟叔河:《袁祖志 瀛海采问纪实》,岳麓书社2016年版,第111页。
② 钟叔河:《袁祖志 瀛海采问纪实》,岳麓书社2016年版,第112页。
③ 钟叔河:《袁祖志 瀛海采问纪实》,岳麓书社2016年版,第116页。
④ 钟叔河:《袁祖志 瀛海采问纪实》,岳麓书社2016年版,第122页。

前，中国诗歌中似乎还没出现如此详细真切地、多角度地描写西方妇女的专题诗歌。但在这些客观描写之后，袁祖志开始抨击，"帷薄不修直等闲，中冓之言实可丑。男欢女爱太无遮，石烂海枯难涤垢"，这是大肆批判西方男女关系的自由。袁祖志所说"浪夸瀛海诸雄邦，竟是风花大渊薮"，在他看来，"瀛海诸雄邦"跟"风花大渊薮"应该是矛盾关系。他认为，这种风花之地，"律以吾儒古昔时"，应该是"墨子回车曾子走"。他用两千多年前墨子、曾子的眼光来看待19世纪末期的西方社会，显然过于迂腐了。

在《西人妇》的最后，袁祖志说："我生不幸侈豪游，蹈入秽区颜怩忸。问予重来意若何，掩耳疾趋曰否否。"似乎他很讨厌西方那种环境，也很不适应。但从《西俗常餐，男女同席，谈笑饮啖，不别嫌疑，初甚不安，久亦习惯，喜此艳遇，漫成一律》①这首诗的题目来看，他又很享受这种环境。"中土偶来名士少，西方果觉美人多"，诗中得意之色已经表现出来；"不嫌放浪忘行迹，似此风流合咏歌"，已经得意忘形了。所以，袁祖志的心态是很矛盾的。

《西人妇》和《西俗常餐……》这两首诗，在袁祖志还在海外时，就已经在《申报》上同步发表了，只不过《西人妇》在《申报》上发表时，所用的题目是《西妇叹》。袁祖志写这两首诗，可能是为了在《申报》上发表而写，也就是说他为了迎合读者的趣味而写，那么诗中表达的不一定全是他的真实心态。

袁祖志的《洋餐八咏》是一组介绍西方饮食文化的力作。这组诗共八首，每首的诗题分别为《传餐》《序坐》《先羹》《次肴》《佐甘》《尝果》《殿茶》《散烟》，分别对应着饮食西餐的八个环节；每个诗题下面都有一个小序，用散文简明介绍了此环节的大致过程；小序下面是诗歌正文，诗歌的体裁都是五言律诗，内容与小序可以互相参看。在这组诗中，袁祖志在客观描述西餐的同时，也指出了它跟中餐的不同之处。例如在《序坐》的小序中，他说"坐次尚右，先女后男"，这样的风俗习惯跟中国很不相同，袁祖志在诗中也奇怪地说"尚右风原古，如何让女先"；在《次肴》中，他也说"献时先淑女，依序及群宾"。饮食是最平常的日常生活，它不是什么军国大事，在中国古代，很少有诗歌以饮食作为主题的。袁祖志能够用这组诗歌不厌其烦、全面详细地介绍了西餐的种种风俗礼仪，其实也是用心良苦的，"袁祖志以诗咏为教谕，其用心在

---

① 钟叔河：《袁祖志 瀛海采问纪实》，岳麓书社2016年版，第123页。

于促成东西文化与口腹之欲上的沟通"①。该组诗一方面让当时的国人了解了西方餐饮文化,另一方面也表明了袁祖志是一个追求生活趣味的文人,这一点,可谓继承了其祖父的传统。"在时空转移中,饮食已经不只是一种生理上的需要,更是一种文化上的外在表现,对饮食的选择,常常是对不同文化表现的不同态度。"②从袁祖志的吟咏来看,不同于当时很多中国人对西餐的不适应,他对西餐的态度还是能接受的。他关于西人的饮食风俗,在其《出洋须知》中有专门一文《食物须知》,在《涉洋管见》《西俗杂志》中也有相关记载。

异国形象作为一种想象的产物,是一个观念和思想的集合体,与近代知识分子的价值体系直接相关,"不可能是异域的一种客观再现。事实上,真实而又客观的异域几乎是不存在的,尤其是在文化交流的初期"③。袁祖志的域外诗中体现了中国近代知识分子面对西方社会强有力的冲击之后普遍的集体想象,"既有其作为名人之后以贤人自期的自我个性展示,亦表露出传统士人遭遇异域文化冲击自觉捍卫中华文化传统的普遍性反应。而这种复杂性生动地体现了传统知识分子在历史转型期,被边缘化的身份焦虑"④。异国形象是促进本土文化产生新变的重要因素。

---

① 王烨:《海洋文明与汉语言文学书写》,厦门大学出版社2014年版,第91页。
② 郭少棠:《旅行:跨文化想像》,北京大学出版社2005年版,第141页。
③ 王娟:《晚清民间视野中的西方形象:〈点石斋画报〉研究》,高等教育出版社2021年版,第27页。
④ 龙文展:《进退之间:袁祖志的域外书写》,《宜宾学院学报》2016年第5期。

第六章 近代女性的域外诗

晚清以降,随着国门洞开,一些女性因特殊机遇得以走出闺阁走向社会,甚至远赴域外。但在1900年前,走出国门的中国妇女并不多,现有资料显示只有留美女生金雅妹、柯金英、康爱德、石美玉以及随外交官丈夫出洋的单士厘、郭嵩焘的夫人梁氏等很少女性。1901年清末新政开始后,掀起了官费、私费留日的高潮,期间有许多单身或结伴留学日本的女性,如秋瑾自费赴日留学、静婉自费率女伴七人赴日留学等。这些女性大都来自资产雄厚之家,人数不多。1905年,湖南派出20名女留学生赴日,这是中国首次公费选派女子留学。随后,辽宁、江西、云南等省也相继派出官费女留学生。一直到20世纪30年代全面抗战爆发前,官费女性留学仍在发展,人数也在不断增加。近代出国女性用文字记录域外游历的并不多,比较有名的有单士厘、张默君、吕碧城等。她们的域外诗蕴涵的新因素、新思想标志着中国女性文学创作主体由传统闺秀向近代知识女性的转型,也显示了女性自我解放的轨迹。"她们是中国最早的女性文学创作者。……推进了'妇女文学'向'女性文学'的转化,如果说中国女性文学创作的大树成长于五四时期,那么清末民初的女性文学现代性书写便是促生这棵大树的萌芽。"[①]

第一节 单士厘的域外诗

单士厘(1858—1945),是我国近代历史上较早走出国门的知识女性。单士厘出生于一个传统的封建士大夫之家,家中藏书很多,其父亲单思溥颇有

[①] 肇钒伊:《清末民初中国女性文学创作的现代性意义》,《文艺争鸣》2022年第2期。

文名。其舅父许壬伯著作有十余种,治学严谨。单士厘幼年失母,随舅父读书,受到了严格的传统诗文教育。单士厘成年后曾回忆说"忆昔趋庭学咏诗,松涛流水沁吟思。"① 其书斋号"受兹"也是取自《易经·晋》"受兹介福"。

如果单士厘一直接受这种传统教育的话,所培养出来的无非也是一个深居闺阁的传统女性。然而由于其与钱恂的结合,使得单士厘有了走出闺房、走向世界的机遇。钱恂(1853—1927),"好治小学暨韵学"②,是清末的外交官员,曾先后在伦敦、巴黎、柏林、彼得堡、东京等地使馆工作。钱恂虽是清末官员,但是多年的外交经历使得钱恂接受了资产阶级民主思想。张之洞曾称赞钱恂"今日讲求洋务最为出色有用人才"③。翁同龢赞赏其"与谈泰西事,有识见,于舆地讲求有素,可用也"④。钱恂的这种见识与思想也影响了单士厘。

凭借着外交使节夫人的特殊身份,单士厘得以走向世界、周游诸国。单士厘在《癸卯旅行记》中云:"岁在己亥(光绪二十五年),外子驻日本,予率两子继往,是为予出疆之始。"⑤ 由此可知,早在光绪二十五年(1899)单士厘就已经东渡日本。这比何香凝东渡日本早了四年,比秋瑾早了五年。从1899年起,单士厘在日本居住了四五年。在此期间,单士厘游历了日本许多名胜古迹,对日本的文化、民俗有了很深的了解,还自学了日语,以致其有"视东国如乡井"⑥之叹。1903年,钱恂奉命考察俄国,单士厘跟随丈夫离开日本奔赴俄国。其从日本长崎经海参崴,最后到达彼得堡,前后八十余日。光绪三十一年(1905)钱恂相继任驻西班牙参赞、驻荷兰公使、驻意大利公使等外交职务,单士厘也一直跟随钱恂。这段时间,单士厘游历了西方各国的历史名城,了解了西方各国的艺术文化。

单士厘现存作品有三部:《癸卯旅行记》《归潜记》以及《受兹室诗稿》。《癸卯旅行记》主要记载了单士厘从日本至俄国的旅途见闻,其内容颇为庞杂,既有沿途见闻,也有单士厘本人的见解议论。《归潜记》则主要介绍欧洲各国

---

① 单士厘著,陈鸿祥校点:《受兹室诗稿》,湖南文艺出版社1986年版,第24页。
② 单士厘著,陈鸿祥校点:《受兹室诗稿》,湖南文艺出版社1986年版,第7页。
③ 苑书义等主编:《张之洞全集》第2册,河北人民出版社1998年版,第1119页。
④ 金梁:《近世人物志》,北京图书馆出版社2007年版,第251页。
⑤ 钱单士厘著,杨坚校点:《癸卯旅行记·归潜记》,湖南人民出版社1981年版,第22页。
⑥ 钱单士厘著,杨坚校点:《癸卯旅行记·归潜记》,湖南人民出版社1981年版,第22页。

第六章 近代女性的域外诗

的艺术以及宗教情况。《受兹室诗稿》主要辑录了单士厘的诗作，共183题，302首。① 其中域外诗28题，62首。

一、女性书写空间的拓展

文学作品总是与一定的书写空间有关。这种书写空间往往与作者的生平经历有着密切的关系。不同时代的作者又或者同一时代的不同作者往往具有不同的书写空间。书写空间可以呈现作者的生平经历乃至文学旨趣。在传统观念以及交通条件的限制下，中国古代女性作家的书写空间往往有很大的局限性。近代以来，伴随着传统信念的瓦解以及西方思想的出现，中国逐渐被卷入世界格局之中。在这种大背景之下，女性作者的书写空间逐渐得到拓展，其视野能够跳出国门，迈向世界。作为较早出国的知识女性，单士厘的文学书写也呈现出这样一个特点。具体而言，单士厘的域外诗对女性书写空间的拓展主要集中在两个方面：文学地理空间的拓展与文化空间的拓展。

单士厘跟随钱恂走出国门，游历日本、俄国、西班牙、荷兰、意大利等国家，横贯亚欧两洲。在此过程中，单士厘诗歌创作所呈现出的地理空间往往能突破传统的中国视域，使得其不再局限于一国之地，从而使其文学地理空间得到了极大的延伸。单士厘是以外交官员夫人的身份走到域外的。这层身份就使得单士厘的域外活动比较闲适，有更多的机会去游历异国风景名胜，了解各国风俗人情。

单士厘所描写的地理空间横跨亚欧两洲，所涉范围十分广阔。

> 欲画秋容着色山，天将奇丽难荆关。霞烘霜染轻千卉，岩际松间见一斑。有客停车睆晚□②，阿谁题句寄潺湲。旧游回首增惆怅，枫落吴江鹤梦闲。(《日光山红叶》)③
>
> 楼台临海岸，倒影水中涵。一带松枝翠，轻霞冠夕岚。(《题金泽八景》一)④

---

① 本文所据版本为陈鸿祥校点《受兹室诗稿》。
② 此处原稿脱一字。
③ 单士厘著，陈鸿祥校点:《受兹室诗稿》，湖南文艺出版社1986年版，第23页。
④ 单士厘著，陈鸿祥校点:《受兹室诗稿》，湖南文艺出版社1986年版，第33页。

海面接湖光,秋空天籁发;万顷净琉璃,涌出团圆月。(《题金泽八景》二)①

以上三首诗歌皆是描绘日本景象。单士厘的这些诗歌读起来清晰自然,所描绘的景象如红叶、晴岚、秋月虽然是日本之物,但这些景象在古代就早已入诗,并未有多少奇特之处。

当单士厘来到俄国之后,其所见所闻则又大为不同。1903年,单士厘从日本来到俄国,沿途经过乌拉岭(今乌拉尔山)。在这里单士厘见到了高耸入云的教堂,给单士厘留下了深刻的印象。"教堂高耸云,夕照逗残影。自谓饶眼福,故乡无此景。"(《光绪癸卯春过乌拉岭》)② 在一望无际的西伯里亚,单士厘见到了俄国人的野烧,认为这是俄人的智慧,并由此联想到了田单和周瑜。在俄国首都彼得堡,单士厘游览了彼得堡的博物馆,并写下了一首长诗《游俄都博物馆》。在这首诗里,单士厘详细描写了彼得堡博物馆的景象。在博物馆里,单士厘见到了"头犹十余丈,想见吞舟量"的长鲸、巍巍巨象之骨。单士厘将这些国人未见之物入诗,极大地丰富了诗歌的表现空间。

除了日本、俄国,单士厘还将笔触投向了苏伊士运河与新加坡。

岸白沙疑雪,灯红火似星。百年功未竟,三载我曾经。缩地长房术,疏河大禹灵。更闻派那马,南美正扬舲。(《己酉秋夜渡苏彝士河》)③

茫茫一片白,回首失峰峦。日倩云为障,风邀浪作山。船身随俯仰,人意自幽闲。霁色平波境,前途指顾间。(《自新加坡开行风浪大作》)④

以上两首诗是己酉年(1909)单士厘自欧洲乘船回国时所作。第一首诗叙述了苏伊士运河周围的景象,并称赞苏伊士运河的开凿可以比肩大禹治水;

---

① 单士厘著,陈鸿祥校点:《受兹室诗稿》,湖南文艺出版社1986年版,第33页。
② 单士厘著,陈鸿祥校点:《受兹室诗稿》,湖南文艺出版社1986年版,第37页。
③ 单士厘著,陈鸿祥校点:《受兹室诗稿》,湖南文艺出版社1986年版,第47页。
④ 单士厘著,陈鸿祥校点:《受兹室诗稿》,湖南文艺出版社1986年版,第47页。

第六章　近代女性的域外诗

末一句则是提到了即将开航的巴拿马运河。从这首诗就可以看出，单士厘对世界局势的关注。第二首诗则是描写海上大风浪，这也是一种全新的体验，面对如山般的风浪，巨大的船身亦随风起伏，但是诗人却以"幽闲"待之。

不同的地理环境孕育不同的文化环境。单士厘游历异域，所带来的不仅仅是地理空间的拓展，还有文化空间的转换。《归潜记》一书中记载了单士厘对欧洲各国艺术（诸如古希腊传说与神话、欧洲传统建筑以及雕塑）的认识。如《章华庭四室》的第一篇《劳贡室》一篇就详细介绍了雕像劳贡。劳贡实际上就是拉奥孔。单士厘首先介绍了劳贡雕像的具体样态："劳贡集像者……像为二蛇绕噬一老者、二少者。老者右举蛇胴，左提蛇颈，一望而知甚有力者。……长子瞬息受噬，仰视悚骇，自顾不遑……次子则既触毒牙，状已垂毙。"① 单士厘对拉奥孔群像的描写是极其生动的，她用简洁的语言描绘了被毒蛇缠绕的拉奥孔父子三人的不同状态。单士厘并没有局限于对拉奥孔群像的简单描绘，她还用大量的篇幅讲述了拉奥孔的神话故事，从特洛伊战争谈到木马计。更为令人惊叹的是，单士厘还介绍了西方学者关于拉奥孔之死的三种看法：希腊文学家梭福克尔认为拉奥孔违背了祭司不应有子嗣的规定，罗马诗人维吉尔则认为这是神在保佑希腊，拉丁诗人君多斯认为"劳贡有疑于神马，既被神谴而盲，盲而不悛，故神复使二蛇食其二子，二子牵父求救，而盲目之劳贡未及于祸"②。从这里就可以看出，单士厘对西方文艺的了解之深入。同时，在《归潜记》中，单士厘又不惜笔墨介绍了欧洲的宗教。单士厘对基督教的介绍尤为详细。单士厘既介绍了"四福音传者""耶稣之死""十字架刑罚"等基督教传说，还介绍了"弥撒""逾越节""忌十三""忏悔"等基督教仪式。"忏者跪诉罪恶，无论奸盗大罪，心口小过，均名诉吾隐，隐则耶稣弗宥。诉毕，出跪正中景士前，景士举长棒当头喝之，谓已受天刑，无论何罪均得免去。"③ 单士厘对忏悔的解释语言简明扼要。在文章的末尾单士厘还将基督教的忏悔与佛家的忏悔做了一个对比，认为基督教的忏悔，今日忏悔，既是完人，就可以作恶，只待明日再忏悔，再成为完人；

---

① 钱单士厘著，杨坚校点：《癸卯旅行记·归潜记》，湖南人民出版社1981年版，第152页。
② 钱单士厘著，杨坚校点：《癸卯旅行记·归潜记》，湖南人民出版社1981年版，第154页。
③ 钱单士厘著，杨坚校点：《癸卯旅行记·归潜记》，湖南人民出版社1981年版，第117页。

而佛家的忏悔则是"一忏不可复恶也"①。以上可以看出单士厘对欧洲文化认知之深。单士厘部分域外诗也反映了域外独特的文化风俗。在日本，单士厘跟随丈夫钱恂游历江岛，诗中有这样几句："村氓膜拜武夫赳，争数金钱投于溇。"（《辛丑春日偕夫子陪夏君地山伉俪重游江岛再步前韵》）②实际上就是对日本风俗的描写，日本人一般都会在庙前设一石槽，并在里面注水，人们一般先往水中投钱，然后才会进庙拜佛。

除此之外，单士厘的域外诗中还有对各国政治的描写。这种对政治的关注描写与其丈夫对外使节的身份是分不开的。作为外交人员，钱恂与单士厘必然会接触到各国的政治人物，关注各国政治情况。在《癸卯旅行记》中，单士厘记载了日本皇后为伤兵治疗的场景，也记载了芬兰的情况。芬兰原是瑞典的一部分，后来在19世纪初被俄国侵占。单士厘来到芬兰之后，看到了俄国对芬兰的种种苛待，目睹了俄国在芬兰的暴政。单士厘描写了芬兰"人心不死，暗行其自治，暗行其教育，且不甘学俄语，不甘行俄币。"③单士厘的这种体会是深刻的，当时的芬兰正处于独立自治的前夕，就在十余年后的1917年芬兰取得了独立。在她的域外诗中，也描写了某些政治场景。在《和兰海牙》一诗中，单士厘描绘了女王出游的场面："名都饶有山林趣，炎夏浑如和煦春。君主谦谦卑自牧，臣民噩噩洁而淳。"④在诗中单士厘关注了两件事。第一件是女王出游，一群儿童玩雪球不小心砸中了女王的脸，女王只是笑笑。第二件是车夫开车不小心与电车相撞，王夫（女王丈夫）告诫不要怪罪开电车的人，反而认为是自己的过错。这两件事反映了王室对待一般平民的态度，单士厘将此入诗，可以反映出其对政治的某些看法。

二、妇女解放思想的萌生

两千年来中国的女性一直生活在封建制度和礼教的压迫之下。在传统的宗法社会中，女性很难发出自己的声音。女性始终处在男性的阴影之下，处在整个男权社会的规训之中。女性所呈现出来的形象不是女性独立的形象而

---

① 钱单士厘著，杨坚校点：《癸卯旅行记·归潜记》，湖南人民出版社1981年版，第117页。
② 单士厘著，陈鸿祥校点：《受兹室诗稿》，湖南文艺出版社1986年版，第32页。
③ 钱单士厘著，杨坚校点：《癸卯旅行记·归潜记》，湖南人民出版社1981年版，第96页。
④ 单士厘著，陈鸿祥校点：《受兹室诗稿》，湖南文艺出版社，1986年版，第46页。

第六章 近代女性的域外诗

是男性眼中的女性。单士厘所生活的年代,女性思想已经开始在国内传播。近代早期的启蒙者郑观应曾倡导女学,"世人祇(只)知男子不读书吃亏,不知妇女不读书,孤陋寡闻,吃亏更大"(《盛世危言》卷二)。维新变法时期,梁启超、康有为更是极力倡导女学,梁启超认为,"天下积弱之本,则必自妇人不学始","女子二万万,全属分利而无一生利者。惟其不能自养,而待养于他人也"(《变法通义·论女学》)。梁启超这些话虽有偏颇之处,但其对女学的强调确实在客观上推动了女学的发展。在这些思想的熏染之下,作为知识女性的单士厘也产生了比较朴素的妇女解放思想。

日本在明治维新之后,女学得到了充足的发展,女性解放运动兴起,还出现了职业女性。单士厘在日本生活了四年时间,必然也受到了日本女性解放运动的影响。同时,单士厘在日本所结识的女性多是知识女性,像爱住女学校校长小具贞子、东京学校女干事时任竹子、女教师河原操子、华族女校校长下田歌子[①]。1906 年,单士厘从日本回国,还专门写了一首诗赠给下田歌子:

> 六载交情几溯洄,一家幸福荷栽培。扶持世教垂名作,传播徽音愧译才。全国精神基女学,邻邦风气赖君开。骊歌又唱阳关曲,海上三山首重回。(《丙午秋留别日本下田歌子》)[②]

这首诗记载了单士厘与下田歌子的交往过程,首联是指单士厘曾将自己的儿媳送到华族女校读书。颔联则指单士厘翻译了下田歌子的《家政学》一书。正是和这些知识女性的交往进一步推动了单士厘的女性思想的萌生。

1. 介于传统与现代之间的妇女观

单士厘十分强调女性为学的重要性。单士厘东渡日本之后,十分推崇日本的教育,尤其是重视女性的教育。单士厘认为:"且孩童无不先本母教。故论教育根本,女尤倍重于男。"[③] 从儿童教育的角度,单士厘认为女性教育往往

[①] 钱单士厘著,杨坚校点:《癸卯旅行记·归潜记》,湖南人民出版社 1981 年版,第 8 页。
[②] 单士厘著,陈鸿祥校点:《受兹室诗稿》,湖南文艺出版社 1986 年版,第 45 页。
[③] 钱单士厘著,杨坚校点:《癸卯旅行记·归潜记》,湖南人民出版社 1981 年版,第 25 页。

要比男性教育更加重要,原因就在于女子起着教育孩童的作用。正是在这种视域之下,单士厘反观中华大地,认为"我邦女学嗟未有,辟故开新解枢纽"。(《辛丑春日偕夫子陪夏君地山伉俪重游江岛再步前韵》)① 在这首诗中单士厘还自注云:"东西洋各皆盛行女学,惟中国尚无。"② 正是由于"本国无一处可以就学",单士厘"不得不令子女辈寄学他邦"。③ 也就是说,单士厘不仅仅在理论上提倡女学,甚至还把自己的家人寄学他邦。在1901年年初,单士厘将其儿媳包丰保送去下田歌子担任校长的华族女校学习并于此毕业,钱家因此也就成了第一个有女学生到日本留学的家庭。对此单士厘感到十分自豪,认为"女学生之以吾家为第一人"④。单士厘除了在自己的家庭中重视妇女教育,在其诗歌中,单士厘勉励中国妇女"劬学当斯纪,良时再来莫"⑤,劝说中国妇女努力为学,不要辜负如此时光。

在单士厘的女性观中,妇德占有很大的比重,可以说妇女为学与妇德是单士厘女性观的核心所在。单士厘认为:"中国女学虽已灭绝,而女德尚流传于人人性质中。"⑥ 单士厘所谓的女德实际上就是中国传统社会所孕育出的一种妇女品格。如果说单士厘的女性为学思想是受到了西方近代思想的影响,那么妇德思想则是中国传统文化的结果。处在时代交汇处的单士厘,其女性思想就呈现出这样的矛盾特点:一方面倡导女性为学,另一方面却又要女性遵循传统的妇女道德。单士厘认为西方妇女"表面优美,而内部反是"⑦,从妇德这一点来说,中国更胜一筹。

在单士厘看来,妇德与为学两方面都很重要,单独强调任何一方面都失之偏颇。中国以德胜,而西方则是以学胜。日本"能守妇德,又益以学,是以可贵"⑧。对于中国妇女来说,妇德已很深入人心,"苟善于教育,开诱其智,以完全其德,当为地球无二之女教国。由女教以衍及子孙,即为地球无二之

---

① 单士厘著,陈鸿祥校点:《受兹室诗稿》,湖南文艺出版社1986年版,第31页。
② 单士厘著,陈鸿祥校点:《受兹室诗稿》,湖南文艺出版社1986年版,第31页。
③ 钱单士厘著,杨坚校点:《癸卯旅行记·归潜记》,湖南人民出版社1981年版,第40页。
④ 钱单士厘著,杨坚校点:《癸卯旅行记·归潜记》,湖南人民出版社1981年版,第40页。
⑤ 单士厘著,陈鸿祥校点:《受兹室诗稿》,湖南文艺出版社1986年版,第27页。
⑥ 钱单士厘著,杨坚校点:《癸卯旅行记·归潜记》,湖南人民出版社1981年版,第36页。
⑦ 钱单士厘著,杨坚校点:《癸卯旅行记·归潜记》,湖南人民出版社1981年版,第31页。
⑧ 钱单士厘著,杨坚校点:《癸卯旅行记·归潜记》,湖南人民出版社1981年版,第31页。

强国可也"①。妇德与为学的结合,外在与内在的相符,东方与西方的融汇,构成了单士厘介于传统与现代之间的女性观。

2. 自觉的女性先驱

单士厘不仅仅意识到了女性为学的重要性,还充分认识到了女性先驱的重要意义。任何一个时代,总有一些走在时代前列的人,这些先驱者为后来者指引着道路,鼓励他们奋勇前进。单士厘作品的重要意义不仅仅在于其对妇女解放思想的阐释,而是作为一位自觉的女性者,有意识地作为先驱者引导中国女性走向自觉的道路。

单士厘离开日本时,曾作诗赠给下田歌子,诗云"全国精神基女学,邻邦风气赖君开"②。这两句实际上就是称赞下田歌子作为女学倡导者的重要作用,下田歌子对女学的重视可谓开一国之风气。或许是单士厘在日结识的多是"开风气"的女性,所以她格外重视先驱者在解放妇女中的重要作用。

单士厘希望外国女性先驱可以来到中国启发中国同胞。在赠给陆子兴夫人的诗中,单士厘写道:"森堡订知交,情深似漆胶。愿君来沪渎,启发我同胞。"③陆子兴夫人名德培,是一位比利时人。诗歌的首句交代了单士厘和陆子兴夫人的结识过程,第二句则用"漆胶"形容二人的密切关系。正是由于这种密切关系,单士厘在诗歌的末尾希望陆子兴夫人可以来华,启发中国同胞。

除了希望外国友人来华充当女性先驱者这一角色,单士厘自己还担当起了女性先驱者的角色。这种自觉担当就体现在单士厘本人的文学创作活动中。单士厘对于自己文学创作的目的有着充分的认识,就是为了有益于女性读者。单士厘在《癸卯旅行记》的《作者自序》中说:"我同胞妇女,或亦览此而起远征之羡乎?跂予望之。"④更为难得的是,单士厘立足于中国进行了一些中外对比。如《癸卯旅行记》中单士厘曾对中日海关做过对比,单士厘从长崎入日本,行囊较多,由于单士厘通日语,所以由她去办理相应手续。虽然日本海关旅客数十,行囊过百,但在海关的众人"无敢搀越,无敢喧嚷,固由关役驯和,亦由旅客自重",而对于中国海关,单士厘认为"使人不知所

---

① 钱单士厘著,杨坚校点:《癸卯旅行记·归潜记》,湖南人民出版社1981年版,第36页。
② 单士厘著,陈鸿祥校点:《受兹室诗稿》,湖南文艺出版社,1986年版,第45页。
③ 单士厘著,陈鸿祥校点:《受兹室诗稿》,湖南文艺出版社,1986年版,第43页。
④ 钱单士厘著,杨坚校点:《癸卯旅行记·归潜记》,湖南人民出版社1981年版,第22页。

从……旅客困苦可知"。① 通过对中、日海关的对比，表现了单士厘对日本文明的一种肯定以及对中国海关的不满。对于国内的女性读者来说，《癸卯旅行记》确实是开阔她们眼界，促使她们走出国门的读物。

除了《癸卯旅行记》，单士厘在自己的诗歌中也多次表达了自己对于中国女性的殷切期盼：

"寄语深闺侣，疗俗急需药。（英人论19世纪为妇女世界，今已20世纪，吾华妇女可不勉旃！）劝学当斯纪，良时再来莫。"（《庚子秋津田老者约夫子偕予同游金泽及横须贺》）②

"谓语诸闺秀，先路敢为请。"（《光绪癸卯春过乌拉岭》）③

英国是女性启蒙较早的国家之一。早在18世纪，英国女性主义者玛丽·沃斯通克拉夫特所著的《为女权辩护》便肯定女性的能力，要求女性也享有平等的教育权。到了19世纪，女性主义者哈里特·泰勒则进一步要求男女平等，除了在教育上具有平等的教育权，泰勒还要求女性要有平等的选举权和财产权。在泰勒之后，一位男性女性主义者约翰·斯图尔特·穆勒则进一步要求女性的参政权。伴随着女性主义者的呐喊以及资本主义的发展，英国女性开始逐渐获得了经济的独立。1839年，英国工厂工人共有419560人，其中女工就有242296人，占工厂总人数的57.75%。④ 通过工作，女性有了经济来源就更加容易走向独立的道路。从教育而言，19世纪英国就已经设立了大量女校，许多古老的高等学府如牛津大学也为女性打开了大门。到了19世纪末英国颁布的一系列法律条文如《巴尔福教育法》《中等学校章程》都规定了适龄儿童无论男女都要入学。英国的女性运动在19世纪发展得十分迅速，也难怪单士厘会引英人之语。就中国而言，在19世纪末20世纪初是一个妇女解放运动发展较快的时代。就在单士厘写这首诗的前几年，康、梁走向了政治

---

① 钱单士厘著，杨坚校点：《癸卯旅行记·归潜记》，湖南人民出版社1981年版，第39页。
② 单士厘著，陈鸿祥校点：《受兹室诗稿》，湖南文艺出版社1986年版，第27页。
③ 单士厘著，陈鸿祥校点：《受兹室诗稿》，湖南文艺出版社1986年版，第37页
④ [英] E. 罗伊斯顿·派克著，蔡师雄译：《英国工业革命的人文实录》，福建人民出版社1983年版，第246页。

舞台，并大力提倡女学，虽然百日维新最终以失败告终，但妇女解放思想毕竟在中华大地上传播开来。就在1900—1910十年间，中国的妇女解放运动就有了实质性的发展。首先是传统加在女性身上的某些陋习在部分城市得到了一定的解放。如缠足，虽然是在民国初才被明令废除，但是在1903年就有报道天津"不缠足的已有三分之一了"①。其次，1907年清政府颁布了《女子小学堂章程》和《女子师范学堂章程》。相比之前，单士厘曾面对的"本国无一处可以就学"的窘况，此时，中华大地上，女学已蔚然成风。仅1907年一年，国内创办的女校就有420多所，学生15000人左右。②可以说在这种环境下，正是中国妇女获得解放的一大时机，倘若抓住这一时机，女子必定大有作为。虽然单士厘写此诗的庚子年还并未发生如此变化，但是敏锐的单士厘还是从社会发展中看出了端倪，从而极力高呼，希望女性可以奋发图强。

这些夹杂在诗歌中的真挚议论表现了单士厘对自己作为女性先驱的高度自觉。她希望通过自己的文学创作可以激励中国女性走出古老中国的大门，奔向一个新的世界。

三、走向世界的现代观念

1840年的鸦片战争打破了古老的中华的平静，中华大地被迫卷入了世界之中。西方各种先进的技术、制度和观念传入中国。部分开明人士也开始睁眼看世界，主动进入世界舞台之中。单士厘在日、俄等国的游历，前后历经多年。多次游历开阔了其眼见，推动了其传统观念的革新。其域外诗歌当中也表现了其现代观念的诞生。

1. 对教育的重视

前面已经论述过单士厘的女学观点。单士厘对女性教育的重视是建立在其对教育的重视之上的。光绪二十九年（1903）单士厘自东京前往大阪，参加大阪博览会。在大阪博览会上，单士厘专门参观了日本的教育馆。教育馆中主要摆放的是教学用品和各种各样的新教育器具。单士厘在参观之后，认为："日本之所以立于今日世界，由免亡而跻于列强者，惟教育故。即所以能设此

---

① 《庆云毕君缓珊劝戒缠足浅说》，《大公报》1905年4月17号。
② 朱有瓛：《中国近代学制史料第二辑下册》，华东师范大学出版社1989年版，第649—650页。

第五回之博览会,亦以有教育故。"① 由此,单士厘便把一国之强归根到了教育之上,认为教育是一个国家根本之所在,教育兴,则国家方能兴盛。"始信国所由立在人,人所由立在教育。有教必有育,育亦即出于教,所谓德育、智育、体育者尽之。"② 教育作用就是"立人",人通过教育得以立,而国家则通过人得以立。面对乱世,教育就是单士厘所探索出的救国之路。

另外,关于教育的本义或者说教育的目的,单士厘也有一番论述。在单士厘看来,教育"为本国培育国民,并非为政府储备人才"③。鸦片战争后,中国逐渐从传统国家向近代民族国家进行过渡,新的思想不断传入,由此不断改变国人的文化意识。在传统国家的基础上,人们一般自称为臣民,所谓臣民实际上就是对君权的一种绝对服从。在这个状态下,臣民既没有独立性也没有自主性,完全是君主的一种附庸。在这种情况下,教育所培育的不过就是供政府所驱使的"人才"。而单士厘认为真正的教育实际上是培养国民。单士厘的这种观点充分体现了其作为一位先驱的高度责任感。

在单士厘的域外诗中常常有重视教育的诗句:

"诸生负笈远登涉,不辞跨海师承求。"(《庚子四月十八日舟泊神户》)④

"团圆儿女随父母,教育如苗当去莠。"(《江岛金龟楼饯岁步积跬步斋主人原韵》)⑤

"家风本是尊儒素,教育新知保种黄。"(《再和夫子述怀仍用前韵》)⑥

"诸生"是指湖北学生,庚子年有一批湖北学生东渡日本留学。单士厘在诗中说诸生"不辞跨海"主要就是赞扬他们为求学识不辞辛劳的精神。"教育如苗当去莠"一句中单士厘将教育比作植物之苗,为了让农作物更好地成长,

---

① 钱单士厘著,杨坚校点:《癸卯旅行记·归潜记》,湖南人民出版社1981年版,第24页。
② 钱单士厘著,杨坚校点:《癸卯旅行记·归潜记》,湖南人民出版社1981年版,第24页。
③ 钱单士厘著,杨坚校点:《癸卯旅行记·归潜记》,湖南人民出版社1981年版,第25页。
④ 单士厘著,陈鸿祥校点:《受兹室诗稿》,湖南文艺出版社1986年版,第22页。
⑤ 单士厘著,陈鸿祥校点:《受兹室诗稿》,湖南文艺出版社1986年版,第28页。
⑥ 单士厘著,陈鸿祥校点:《受兹室诗稿》,湖南文艺出版社1986年版,第41页。

农民往往要除去杂草。教育也是如此，要去除弊端、消去杂念，一个人才能更好地成长。"教育新知保种黄"论及通过教育获得新知的重要性，可以保家卫国、民族昌盛。

正是在这种教育观念的指导下，单士厘希望通过外国教育的长处来弥补本国的不足，如《汽车中闻儿童唱歌》："天籁纯然出自由，清音嘹呖发童讴。中华孩稚生何厄，埋首芸窗学楚囚。"[①]这首诗就是通过日本儿童联想到了中华少年。单士厘看到日本儿童可以自由自在地歌唱，不由得与中华大地上的苦学少年对比。单士厘将中华少年的情况称之为"厄"，可见其反对儿童的这种埋首苦学。那么单士厘是不是因此也反对少年学习呢？当然不是，实际上，单士厘是非常重视儿童学习，只不过这种学习要顺应儿童的自然天性，不可以为了学习而摧毁这种自然天性。

单士厘在《游俄都博物馆》一诗中写道："窈窕谁家姝，执册携儿逛？物理详指示，告诫尔毋忘。鉴斯感我心，教子在蒙养。吾邦自宋来，典型嗟久荡。尔雅笺虫鱼，博物古亦尚。离奇山海经，形容或非诳。"[②]这几句诗是讲单士厘在游博物馆的同时，看到了有女性带着自己的孩子在博物馆里学习"物理"。单士厘就不由得想起了传统的童蒙之学，《尔雅》《山海经》在古代皆有让儿童识物的作用。单士厘在国外受到了当时国外教育思想的影响，并形成了自己独特的教育观，以此来反思中国传统的教育方式，但单士厘并不认为中国传统的教育一无是处，前面提到的女德以及这里的童蒙之学都可以看作是单士厘对中国传统教育的一种肯定。

2. 对科学技术的肯定

19世纪的西方社会正处于一个科学技术迅速发展的时代，而此时的中国，同西方之间的科技差距是巨大的。

单士厘对于科技问题是十分重视的。在日本单士厘曾去大阪，参与第五届博览会，并对其中的工艺馆、林业馆、农业馆、机械馆、通运馆（交通馆）等馆详加叙述，并强调各馆物品虽然大都取法西方，但却是日本本国所造。在俄国，单士厘曾游俄都博物馆，并写了《游俄都博物馆》一诗记叙自己在

---

① 单士厘著，陈鸿祥校点:《受兹室诗稿》，湖南文艺出版社1986年版，第23页。
② 单士厘著，陈鸿祥校点:《受兹室诗稿》，湖南文艺出版社1986年版，第40页。

博物馆的见闻。以上种种都可以看出单士厘对科学技术的关注。与此同时，单士厘本人也曾体验到科学技术所带来的便利，这些便利也记载在单士厘的诗歌之中。

单士厘曾随钱恂游箱根，并写了四首诗来记叙此行游历。其一云："云輧自昔语无稽，竟有机车路不迷。电掣汽蒸安且速，毋劳挽鹿过前溪。"（《偕夫子游箱根》）① 这是单士厘第一次见到电车，诗中记录了电车带来的便利，使得出行速度更快，安全性更好。对于电车的快速，单士厘还曾写道"汽车倏已迈，所见迅而略。"（《庚子秋津田老者约夫子偕予同游金泽及横须贺》）② 单士厘从乘坐感受的角度来进行描写，从车内往车外看，由于车速飞快，所以看到的景象都从眼前一闪而过。

科技不但使人们日常生活更加便利，而且也改变了旷野之地。在单士厘前往俄国的过程中，她曾看到俄国人民的野烧，用火烧使得冰雪融化。在《西伯里亚道中观野烧》一诗的末尾，单士厘写道："旷原湮没几千载，今兹铁道喜交通。从此西伯里亚万顷地，民勤东作歌年丰。"③ 西伯里（利）亚本来是苦寒之地，在俄国历史上一般都是囚犯流放之地。但随着交通的发展、铁路的铺设，原本被湮没几千年的西伯里（利）亚爆发出了其应有的生机。而这一切，恰如单士厘所言是交通技术之功。

四、异域观照下民族意识和国民意识的觉醒

单士厘虽然游历异域，但其着眼点还在于中国的"晨鸡未唱"，无论是谈论教育问题还是女性思想，单士厘总是自觉地进行中西对比，并以西促中，真正做到了立足华夏，放眼世界。这背后所体现的就是单士厘民族意识与国民意识的觉醒。所谓国民意识是指"权利、义务、责任、自由、平等、独立、自尊、自信、自治、尚武、冒险、进取、合群、公德、国家思想等近代思想意识。"④

单士厘的民族意识与国民意识是在异域观照下产生的。不同的异域带给单士厘的感受是不同的。在日本，单士厘肯定了日本的教育以及女学，亲眼

---

① 单士厘著，陈鸿祥校点：《受兹室诗稿》，湖南文艺出版社1986年版，第24页。
② 单士厘著，陈鸿祥校点：《受兹室诗稿》，湖南文艺出版社1986年版，第26页。
③ 单士厘著，陈鸿祥校点：《受兹室诗稿》，湖南文艺出版社1986年版，第38页。
④ 梁景和：《清末国民意识与文化启蒙》，《史学月刊》2003年第4期。

第六章　近代女性的域外诗

目睹了日本的强大，她和丈夫钱恂在日本也被优待，因而，单士厘眼中的日本多是光明的一面，其企图侵略他国的野心在单士厘的域外诗以及游记中皆看不到。

与日本所带来的美好文明形象相比，俄国之旅带给单士厘皆是不好的印象。一进俄国领土便遇到了"无物不检查"的俄国警察。这些警察遇到东方人检查得格外严格，哪怕是棉卧具都要拆开来看看，而这一切不过是为其本国的"保卫主义"罢了。除此之外，单士厘在游记中还详细描写了俄国人对中国的欺凌：

"俄工污秽亦不亚华工，然公司每以华工污秽，易肇疫气，傅家店距路不足十里，易于传染，啧有烦言。其意非尽逐华工不止。"①

"李君佑轩是日休假……以道远马疲之故，饭于肆，且命车夫就食，可谓毫无过误。忽有警察役，怒车之驻于肆门，捽车夫殴之。车夫固俄人也，与辩是奉雇主之命。李君亦闻声趋出，向警役用俄语声说。讵警役骤加殴辱于李君，可谓奇极。"②

从这两则材料就可以看出俄国人的残暴、蛮横且无礼。俄国人歧视华工，羞辱华人，自己高高在上，将华人看作是他们的工具一般。除此之外，单士厘还记载了俄人一日杀我同胞三千人。俄人通过残害我同胞，抢夺我土地，以满足其扩张之欲。正是在这种极度屈辱的状况下，单士厘的民族意识与国民意识逐渐高扬起来。从满洲入俄境之时，单士厘看到满洲与俄国没有什么不同，甚为痛心，原因在于，满洲作为中国的一部分，多少要有一些中华风气，但是作为中国领土的满洲却已俄化，如何不令人痛心。接着单士厘发出了如下感悟："中国妇女闭笼一室，本不知有国。予从日本来，习闻彼妇女每以国民自任，且以国本巩固，尤关妇女。"③ 所以，正是在异域的观照之中，刺激了单士厘的国民意识。这种国民意识在单士厘的域外诗中也多有体现。单士厘

---

① 钱单士厘著，杨坚校点：《癸卯旅行记·归潜记》，湖南人民出版社 1981 年版，第 62—63 页。
② 钱单士厘著，杨坚校点：《癸卯旅行记·归潜记》，湖南人民出版社 1981 年版，第 63 页。
③ 钱单士厘著，杨坚校点：《癸卯旅行记·归潜记》，湖南人民出版社 1981 年版，第 74 页。

游历异域,但并没有因迷恋异域的先进文明而贬斥中华文明。在中西对照中思考中国何以自强是单士厘域外诗的一个特点。在《游俄都博物馆》一诗中,单士厘说:"只今新世带,生理益繁广。欧美竞文明,宜思所以抗。露虽非立宪,民志籍开赐。远游饶眼福,学界无尽藏。"①"露"即"露西亚",是日译俄国的旧称。作为专制独裁的沙皇俄国尚且知道开启"民志",如今世界局势纷杂多变,作为一个有五千年文明的古国更应该"宜思所以抗"。

在《乙已秋留别陆子兴夫人》一诗中,单士厘云:"神明仰华胄,未许谤衰颓。"②这里所称赞的是陆子兴夫人,每当其闻欧洲人讥讽中国的时候,总会据理力争。单士厘以此入诗,也反映了她本人强烈的民族情感和国民意识。这种国民意识就是在西方对中国的欺凌下所激发的。

单士厘的域外诗只有28题,62首。但这62首诗所反映的域外生活是比较丰富的。举凡政治(如《和兰海牙》)、文化(如《游俄都博物馆》)、交通(如《偕夫子游箱根》《己酉秋夜渡苏彝士河》)、写景(《题金泽八景》《日本竹枝词》)、赠别(《寄日本池田信子》《丙午秋留别日本下田歌子》)在单士厘的域外诗歌中皆有体现。"域外经验拓展了女性的生存空间和思想维度,从而为20世纪一种新的女性主体的诞生准备了条件。"③这些域外诗以其细腻独到的才思、家国情怀的责任感、开阔的世界格局,推动了近代女性诗歌书写空间的极大拓展。尤为可贵的是,单士厘以自己的作品为媒介,自觉承担起女性启蒙者和妇女解放的角色,希冀唤醒女性,激励中国妇女走出国门走向世界,一定程度上鼓舞了清末民初的女性。

第二节 张默君的域外诗

张默君(1884—1965)是近代女革命家、教育家、诗人。父亲张伯纯为前清举人,素负经世之志,工诗能文,曾协助曾国荃督办两江学务。戊戌变法期间,办过时务学堂,也办过报纸。1905年,张伯纯加入同盟会,在辛亥

---

① 单士厘著,陈鸿祥校点:《受兹室诗稿》,湖南文艺出版社1986年版,第40页。
② 单士厘著,陈鸿祥校点:《受兹室诗稿》,湖南文艺出版社1986年版,第43页。
③ 刘堃:《清末纪实文学中的异域经验与女性形象》,《南开学报》2014年第6期。

第六章　近代女性的域外诗

革命期间主持苏州光复大业。张默君母亲何成徽，天资颖异，尤以诗才著称，茶陵谭组菴称赞其"沈酣三唐，渊源八代，风骨既骞，芬芳自远。海内奉为女师，异国求其诗草"①。1901年，张默君就学于金陵养正女学校；1904年，考入务本女学师范学科；1906年，加入中国同盟会；1911年，协助父亲在苏州起义，创办《大汉报》。1912年，成立中国女界协济社，后创刊《神州女报》，创办神州女学；1918年，教育部张派默君赴欧美留学，考察女子教育；1921年，发起"中国平民教育运动"，在各地设立平民学校。1927年，44岁的张默君开始从政，历任国民党中央政治会议上海政治分会教育委员会、杭州教育局局长、国民政府考试院考选委员会委员、立法院立法委员等职。

张默君著述颇丰，《张默君先生文集》收录了其诗、文、词作品。其中的域外诗词作品共计21题，24首。

一、域外山河中国心

1918年在美考察期间，张默君前去探访了诗人郎霏洛故宅，看到宅中满庭繁花，霎时思绪万千，如此美景却无人共赏，这浓浓的愁思只得寄托在诗歌之中。然而诗人也并未因此而消沉，她认为"诗人自有清缘在，鸿雪还留认浅深"②，人生本就是漂泊不定的，不必拘泥于一时的离散，展现出其豁达乐观的心态。在欧美期间，张默君所作诗歌中描写域外奇景并不多，反而"秋""梅""雁"等表示思乡怀人之情的传统意象频繁出现，如"何处梅花落"（《莫秋海上闻笛怀翼如》）"吟成倍惆怅，何处托飞鸿"（《暑夜对月》）"世变怜无极，秋来感若斯"（《甲子九日南海舟中偕翼如》）"凉意初惊鹤，秋声已感人"（《秋夜次社英均》）等，或许是对异域风俗的不适应，又或许是独自面对异域文明所带来的冲击所致，每每面对着异域风光，张默君心中的哀愁与思乡怀人之情便更甚，不禁发出"异域风光无限好，又牵归思到梅魂"（《重游康桥踏雪》）的慨叹。如《己未秋纽约盼鸿璧书不至》：

风啸太平波，奇城感若何。（纽约为世界奇城之一。）秋高人渐瘦，

---

① 张默君：《张默君先生文集》，中国国民党中央委员会党史委员会1983年版，第450页。
② 张默君：《张默君先生文集》，中国国民党中央委员会党史委员会1983年版，第246页。

书断雁空过。

　　地迥难同梦，悲深易酿疴。十年胜浩劫，肝胆岂消磨。①

　　"自古逢秋悲寂寥"，秋天总是更易牵动文人骚客心中的离愁别绪，再加上独居异域本就易生孤独之感，此时的张默君早已愁情满怀。素有音讯往来的好友此时也失去了联系，鸿璧书信久不至、祖国又面临着内忧外患，念及此诗心中愁苦之情更甚，对繁华的纽约城奇景更无欣赏之意。

　　《夏日登瑞士少艾峰》写瑞士雪山：

　　倦向人间问劫灰，且从绝域觅蓬莱。晓暾媚雪红无语，（瑞士诸山四时积雪不消。）仙嶂横空青欲来。

　　四面瀑声赴寥廓，一天花气荡清哀。阆风吹处云生袂，独造奇峰首不回。②

　　在太阳的映照下，瑞士少艾峰诸峰上四时不消的积雪更显洁白，重叠的山峦横空映入眼帘，四周的瀑布声也显得格外辽阔，仿佛响彻天际。山峰四周云雾缭绕，远远望去如仙境一般。在这水光山色之中，诗人不觉沉浸其间，尘世的烦扰也暂时被抛诸脑后。这是张默君为数不多的描写异域风光的诗篇，或许是瑞士风景过于醉人，又或许是瑞士未受战火波及的缘故，诗人内心的哀伤在这片净土中得到了抚慰，对此地风景的描绘也少了几分哀愁，多了几分欣赏，但所用之语仍以传统意象为主，如"蓬莱""仙嶂""阆风"等。

　　诗人从瑞士南下归国，途中路经红海，此时正恰逢中秋佳节。在异国他乡本就无归属之感，哪怕是在归国途中，遥望着异乡的月亮，此时身患热疾的张默君内心思乡之情更浓了，于是写下了《红海中秋后一夕望月》：

　　空明万里泝流波，袅袅天风向晚多。玉宇高寒劳想像，顽沙浩渺偶

---

① 张默君：《张默君先生文集》，中国国民党中央委员会党史委员会1983年版，第223页。
② 张默君：《张默君先生文集》，中国国民党中央委员会党史委员会1983年版，第232页。

经过。

> 清知孤抱惟明月，倍放灵光却病魔。对此漫兴圆缺感，神州遥指路逶迤。①

中秋后的月亮仿佛格外明亮，清冷的月光让她身上的热疾都好像消退了不少。面对着红海"海气摇红荡秋暑，沙光凝紫接蛮烟"（《红海舟次苦热病中作》）的奇异风景，诗人眼中却只有那孤高清冷的月亮，透过它仿佛看到了亲朋好友相聚赏月的场景，更加想念神州故乡。

从上述诗歌可见，张默君虽人在异域，但其诗歌中随处可见的却是"中国心"，所表露的是去国怀乡的哀情愁绪，并无一般人出游的欣喜。诗人没有在异域的奇景中沉浸迷恋，而是始终心系祖国。

二、对异域政治风云的关注

在欧美游学考察时，张默君对国内外政治也十分关注。第一次世界大战结束后，她闻知中国在巴黎和会上外交失败的消息后急电当局，呼吁拒绝在和约上签字，并作为代表赶赴巴黎，联合留法学生郑毓秀向中国代表团施加压力。和会前夕，数十名留学生更是合围中国使馆不让代表外出一步，最终巴黎和会上无一名中国代表出席。可见此次胜利张默君与留法爱国学生也起到了重大作用。巴黎和会事件后，张默君看透了欧美列强暴戾恣肆的本性，所以游历巴黎时，心境也随之改变，写下了《欧战后登巴黎铁塔》：

> 玲珑百丈擘晴空，劫后河山一瞰中。谁道名城歌舞歇，茶花艳倚血花红。②

第一次世界大战主战场始终在欧洲，且战争期间法国与德国在凡尔登展开激战，此次战役双方伤亡近100万人，被称为"凡尔登绞肉机"。第一次世界大战结束后，曾盛极一时的法兰西帝国也已辉煌不再，巴黎城中满是疮痍。

---

① 张默君：《张默君先生文集》，中国国民党中央委员会党史委员会1983年版，第232页。
② 张默君：《张默君先生文集》，中国国民党中央委员会党史委员会1983年版，第247页。

登上巴黎铁塔后城中之景尽收眼底。战争过后的"歌舞歇"和"血花红"暗示战争的残酷。

《浪淘沙·欧战后过法梵萨依宫》写凡尔赛宫：

> 绝徼乱离中,来去匆匆。赛因河上想雄风,霸业已随流水逝。剩有离宫,残照晚霞烘。战血犹红,一场春梦了惺忪。谁与江山添泪点,点点哀鸿。①

凡尔赛宫是巴黎著名的宫殿之一，也是世界五大宫殿之一，建筑精美，珠宝无数，然而这富丽堂皇的宫殿却是由无数次殖民掠夺堆积起来的。第一次世界大战过后，曾经强盛的法国也内忧外患不断、民不聊生。在一片断壁颓垣中，这富丽堂皇的宫殿在晚霞的映照下越发刺眼，置身其中的诗人心中凄苦之情更甚，对饱受战乱之苦的无辜百姓愈加同情，对列强通过战争殖民掠夺他国进行资本积累的罪恶行径也就愈加痛恨。

在此之后张默君继续考察法、瑞、比、德诸邦教育，路过瑞士时，看到昔日卢梭讲学著书处感慨万千，写下《瑞士过卢骚讲学著书处》（卢骚今译作卢梭）：

> 垂髫犹记读民约,便已神飞到讲坛。岂胜低徊临此顾,梦中人海有迴澜。(时各国劳工运动声大盛。)②

诗人记得当初读《社会契约论》时的感受，当看到卢梭讲学著书处时，她的思绪不禁飘飞到启蒙运动时期，不知当时又是何等的盛况。然而转念一想如今各国劳工运动大盛，人民为国家民族自由而战不正如启蒙时期人民为思想自由而战吗？面对各国人民的觉醒，张默君深感欣慰。

1920 年，张默君自欧返国，路过埃及时，她听闻在英人防以重兵的情况下，埃及民众仍自发于海口迎接从巴黎和会归来的代表并高呼万岁，深感震撼，是以作《过埃及》一诗：

---

① 张默君:《张默君先生文集》,中国国民党中央委员会党史委员会 1983 年版,第 391 页。
② 张默君:《张默君先生文集》,中国国民党中央委员会党史委员会 1983 年版,第 247 页。

第六章　近代女性的域外诗

　　古国匆匆一笑过，擘空金塔梦嵯峨。惊闻后稷遗风在，耻说天骄兵气多。

　　几见鲁戈迴落日，空怜赵璧失泥罗。群黎阁泪狂呼处，轺使归来感若何。①

在奥拉比运动被英法两国联合镇压后，埃及沦为了英国殖民地，自此之后英国便开始在运河区驻军。然而埃及人民并未就此颓丧，第一次世界大战后，瓦夫德党派出了成员包括萨德·扎格卢勒的代表团，到巴黎参加凡尔赛和会，争取埃及独立。但深谙此次大会"分赃"本质的张默君面对此情此景不禁发出了"群黎阁泪狂呼处，轺使归来感若何"的慨叹，不知归来的代表又是以何等的心情去面对前来迎接的埃及民众呢？代表团成员回国后很快就遭遇逮捕，并被流放到马耳他，但不满英国政府的埃及民众在各地发动了暴乱，史称"1919 年革命"。当年春季，每天都有游行、示威、骚乱，连女性也加入了游行示威的行列，可见埃及人民争取国家民族独立的坚定决心。

到苏伊士运河时，张默君写下《渡苏彝士河》，被其"万丈银涛宛转通"的壮阔景象所震撼，对埃及人民的智慧和高超技艺赞不绝口。②当时苏伊士运河被英国殖民者凭借武力强占并在两岸设防，两岸丁舍瓦伊事件中所遗留下的战迹仍可见，一边是"忍见积骸成瘦莽"，一边是"明驼不管兴亡事，来去黄沙碧树中"，两种场景的对比让诗人在感慨物是人非时对英国殖民者残暴的掠夺行径也发出痛斥，同时也对埃及人民奋起反抗却因国力衰弱不敌英国而生出无力之感。

从上述诗歌可见，张默君对于世界各国政治十分关注。对列强她予以痛斥，对饱受战乱之苦的各国百姓她深表同情，同时她深知"良以立国于天地之间，必须有自立自强之实力，始可内固国本，外抗强权"③，唯有自立自强，方能抵御外辱，方能自存于世界。

---

① 张默君：《张默君先生文集》，中国国民党中央委员会党史委员会 1983 年版，第 233 页。
② 张默君：《张默君先生文集》，中国国民党中央委员会党史委员会 1983 年版，第 233 页。
③ 张默君：《张默君先生文集》，中国国民党中央委员会党史委员会 1983 年版，第 127 页。

三、对欧美女性教育的考察

1918 年,在赴欧美考察途中,张默君写下了《戊午春被命之欧美考察教育渡太平洋赴美同舟有严范孙范静生诸老十八人次均范老》:

> 俯仰苍茫万感陈,天风紫浪寄吟身。浮槎二九神仙侣,半是卧薪尝胆人。
> 曼舞清歌任杂陈,吾曹自有道相亲。横流今已弥天下,忍作神州袖手人。①

此时第一次世界大战已接近尾声,国内军阀混战,面对内忧外患,张默君深知此番赴欧美考察责任重大。她认为,众人应如勾践般做卧薪尝胆之人,借此机会学习欧美先进的教育制度和理念扫除旧之积弊,进一步完善中国教育制度,显示了张默君以家国为重的胸怀。

彭醇士在《张默君先生传略》中写道:"国初妇女争参政,君谓:'约法有明文,无为哓哓然也。预闻国家大计,要资学问,此宜所急耳。'"②张默君认为应将教育放在首位,她在《中国政治与民生哲学自序》中说道:"然战时战后之待举者百端孰先! 曰建本先。其本维何?人极是已。人极维何?以民族正气与法治精神,树其律己辅世之标准是已。……民族正气之培养在于教,民族正气之发挥存乎文,民族正气者,至中至正,至大至刚,至强至雄,民族得之则生,不得则死,充之则强,抑之则弱,所谓政治,在充实民族正气。所谓教育,在培养民族正气而已。"③教育培养民族正气,政治充实民族正气,民族正气须先培养才能充实,可见应先大力发展教育,是以在国初妇女争相参政时,张默君果断投身教育事业。对于女性教育,张默君更是异常重视,她认为"盖女子为一家一族之模范,家主日趋浮靡堕落,则一家一族之政是穷败可知,而欲达到作新民止于至善之境,庸非大难。"④(《妇女救国必先

---

① 张默君:《张默君先生文集》,中国国民党中央委员会党史委员会 1983 年版,第 246 页。
② 张默君:《张默君先生文集》,中国国民党中央委员会党史委员会 1983 年版,第 1 页。
③ 张默君:《张默君先生文集》,中国国民党中央委员会党史委员会 1983 年版,第 20 页。
④ 张默君:《张默君先生文集》,中国国民党中央委员会党史委员会 1983 年版,第 154 页。

第六章 近代女性的域外诗

自救以造成健全之民族》)"母教者,幼稚教育之胚胎,家庭教育之重心,学校教育之辅弼,社会教育之础石,民族教育之精魂,实人类一切教育之骨干。贤母者,世界古今艰苦卓绝树人之园丁也。"①(《母教》)张默君认为,女性在教育过程中具有很大的影响力,应正视女性在社会中的位置,大力发展女学,提高女性文化水平,进而使女性更好地发挥自身作用。

张默君此次奉教育部之令赶赴欧美主要是考察学习其教育制度。在当时中国实行壬子癸丑学制,它确定了妇女的受教育权利和男女同校制度,对男女开设不同学科,同时筹办各级女子学校。但该学制主要是参照日本明治维新后新学制拟定,而第一次世界大战后美国的公立教育成为世界先锋,所以为了能更好地完善我国教育制度,张默君毅然踏上了留学之旅。当来到美国参观蒙特霍利约克和斯密司两所女学后,张默君深感震撼,两所学校不仅风光旖旎,而且其教育理念、制度也非常先进。她写下了《己未春美利坚冒雪视学至麻省蒙特荷约克及斯密司两女大学》:

名校名山淑气盈,天人端合住蓬瀛。时来妙籁杂清听,坐爱飞琼屑玉声。(蒙特荷约克山水俱胜时厓际有悬瀑漱水琅琅悦耳。)

海外琼华此冠军,况从雪里挹奇芬。漫夸仁术能医国,绝学欣看在乐群。(斯密司以医学及社会学闻于时。)②

在19世纪末到20世纪50年代,美国掀起了一种教育革新思潮,即进步主义教育运动。该教育理论反对当时美国沿袭欧洲的形式主义课程、因循守旧的教材教法、繁多的清规戒律以及教育与生产严重脱节的倾向,并且更关心普通民众的教育,更强调教育与社会生活的关系,更重视学校的民主化,这极大地改变了美国人民的教育观念。美国人民也开始重视女子教育,为妇女争取平等的教育权利,在此背景下一大批女子学院先后建立。诗人诗中所提到的蒙特霍利约克学院和斯密司学院是当时美国高等教育领域七所女子文理学院中的两所。这七所享誉盛名的女子学院历史上都只招收女性,并且它

---

① 张默君:《张默君先生文集》,中国国民党中央委员会党史委员会1983年版,第93页。
② 张默君:《张默君先生文集》,中国国民党中央委员会党史委员会1983年版,第247—248页。

们之间组成了教育联盟,因此在当时被并称为"七姐妹"女子学院。"七姐妹"女子学院在19世纪90年代便为女性提供了参与各种原先只为男性所独有的课程与活动,所以张默君在诗中提到斯密司学院以医学及社会学闻名于当世。

看到美国教育理念如此先进,张默君在羡慕的同时,对于国内教育制度改革的决心也更加坚定了。不过,对于中国的教育,张默君也并非全盘否定。张默君在《发扬固有文化与民族复兴》中说道:

> 我国为世界文化古国之一,当欧美诸邦尚未有历史时,我国学术思想已放异彩。如讲老庄之哲学、墨翟之机械学、杨朱之经济学、孔孟之伦理学,荀卿、李斯、管仲之政治学,商鞅、申不害、韩非之法学,扁鹊、华佗之医学,许行之农学,屈原、宋玉之文学,公输般之工程学,师旷、师襄之音乐学,优孟、优施之戏剧学,孙武子、孙膑、吴起之军事学,公孙龙之逻辑学等,莫不体大思精,各极其盛。①

她认为,这些都是我国宝贵的精神财富,应将其更好地发扬传承下去。然而自从西方文明传入中国后,许多人竟盲从西方文明而将传统文化抛之脑后,反而是西人对我国传统文化赞誉有加,如劳佛尔曾言:"中国文化于史后时代猛进之关键,在乎其社会的与民事的德性之健全发展。此种学说之造极,以成孔子所定之政治伦理系统,以祀祖结合同族也,家庭生活之神圣与纯洁也,子孙之孝敬也,以个人纳入家与国中而为其一员也,皆为中华人之种族的与国家的历久长存之大因。中国文化与其制度所以具有不可破坏之活力者在此。"面对如此情状,张默君对"我社会固有制度之优点,惟外人稍窥见之"表示叹惜,对今人不珍惜传统文化而盲从西洋文化的现象表示痛心。所以要全面了解张默君的教育思想,必须综合其文集中的有关论述。

四、域外之闺词雄音

新加坡学者王力坚最早提出了清代女性词人"闺词雄音"②的概念。闺词

---

① 张默君:《张默君先生文集》,中国国民党中央委员会党史委员会1983年版,第122—123页。
② 王力坚:《清代"闺词雄音"的二难困境》,《中华词学》第三辑,东南大学出版社2002年版。

第六章 近代女性的域外诗

雄音即女性诗词风格中的男性化,即女作家突破闺阁的狭小天地,放眼家国天下,词风雄健豪迈,呈现出男性化的风格。从徐灿、顾贞立、吴藻、顾春到张默君、吕碧城以及秋瑾等都有作品呈现出闺词雄音的风格。闺词雄音的大量出现,一方面是由于家国巨变引发的主流文化对闺阁的渗透,另一方面是由于女性接触社会的机会和范围增多了,特别是近代女性漂洋过海之后眼界大开,心境与创作风格也随之变化。

1. 气势磅礴、格局阔大

张默君的域外诗惯于营造大气磅礴的意境,如"欲脱宝刀谁赠,除却词仙诗圣。举首放歌凌碧溟,鱼龙潜出听"。(《谒金门·自美渡大西洋之欧舟中对雨》)"目极鱼龙变,胸空虎豹韬。辞家三万里,飞梦踏灵鳌。"(《渡大西洋口号》)"风啸太平波,奇城感若何。"(《己未秋纽约盼鸿璧书不至》)"俯仰苍茫万感陈,天风紫浪寄吟身。"(《戊午春被命之欧美考察教育渡太平洋》)"凭肩银汉外,浩荡一吟诗。"(《甲子九日南海舟中偕翼如》)这些诗句都给人以豪迈雄浑之感,完全不像出自女子之手。

此外,在域外诗中张默君对于河、海洋等意象的频繁使用也增强了其"雄音"特质,其诗题目涉及河、海洋者有八首,如《莫秋海上闻笛怀翼如》《甲子九日南海舟中偕翼如》《红海舟次苦热病中作》《红海中秋后一夕望月》《戊午春被命之欧美考察教育渡太平洋赴美同舟有严范孙范静生诸老十八人次均范老》《渡苏彝士运河》《渡大西洋口号》《谒金门·自美渡大西洋之欧舟中对雨》等。而诗句涉海洋、河者则多达十四处,如"哀音凉到海"(《莫秋海上闻笛怀翼如》)"赛因河上想雄风"(《浪淘沙·欧战后过法梵萨依宫》)"相望海天阔"(《暑夜对月》)"悠悠碧海思"(《甲子九日南海舟中偕翼如》)"海气摇红荡秋暑"(《红海舟次苦热病中作》)等。身处异域的张默君,其思乡怀友之情、豪情壮志之感仿佛总是与海相伴相生,而河、海洋等意象的频繁出现使其域外诗境界更加壮观开阔,同时也别有深意。在古代中国,海洋是位于中土大陆的边缘、他者,中国人习惯以大陆中心的视点凝望海洋。中国古代的文人,很少有真正遨游海洋、探索海洋的冒险之举。中国古代文学中虽然也有为数不少的关于海洋意象的诗歌,但作家们往往是把海洋作为情感寄托的媒介,这些海洋意象承载了许多象征性意义。"中国古代文人对海洋的认知更多的是精神层面,而非物质和现实层面,他们赋予了海以谦下、博大、包容、力量、自由等人文精神,这无疑是他们自己的精神追求的写照。对大海的歌颂,体现了中国古代文人自由豪迈的气质、远大的志向和广阔的胸怀。"① 然而自近代以来,许多仁人志士或因避难、或为寻找救国之法而远渡重洋,如康有为、梁启超、黄遵宪等,因而近代作家关于海洋的诗歌作品非常多。在这些作家的诗中,海不再是其一己之心的诗意所在,而是成为其抒发感时忧国之情与民族复兴理想的象征符号。如康有为因避难出京而在英国的船上辗转难眠时,写下"孤臣辜负传衣带,碧海波涛夜夜心"②(《八月九日,在上海英舰,为英人救出》)之句,告诫自己要时刻谨记解救光绪、建立君主立宪政治体制的任务。又如梁启超,在赴美游历途中环视着浩瀚无际的太平洋写下《二十世纪太平洋歌》,在诗中他把波澜壮阔的太平洋作为重振民族精神的象征——"太平洋!太平洋!大风泱泱,大潮滂滂。张肺歙地地出没,喷沫冲天天低昂。气吞欧墨者八九,况乃区区列国谁界疆!"③,将自己的远大抱负及对新世纪民族复兴的强烈期盼寄寓其中。再如黄遵宪,他在日本看到明治维新的成就之后,变法之心更加坚定了,并写下了"滔滔海水日趋东,万法从新要大同。后二十年言定验,手书心史井函中"④(《己亥杂诗 其四十七》)以证其志。可见,近代以来诗歌中的海洋意象大多是作为抒发创作主体感时忧国之情及民族复兴理想的象征符号而出现的。张默君域外诗中的海洋意象亦如此,"哀音凉到海""浮海忍观狼虎会"中的海洋意象同样体现了她的忧国忧民之心。

张默君的诗歌不但气势磅礴,而且格局非常阔大。从她的域外诗中可以看到她对于世界风云变幻是非常关注的,对于各国人民的自卫反击运动她深感欣慰,对于帝国殖民者的暴虐行径她予以怒斥,对世界各地饱受战乱之苦的人民她表示深切的同情,其胸怀之广、格局之大非寻常女子所能比。如《红海舟次苦热病中作》:

---

① 张克锋:《广阔·雄壮·自由——中国古代文学中的海洋观念(之一)》,《集美大学学报》2015年第2期。
② 康有为:《康有为全集》第十二集,中国人民大学出版社2007年版,第188页。
③ 汪松涛:《梁启超诗词全注》,广东高等教育出版社1998年版,第41页。
④ 黄遵宪:《黄遵宪集》,天津人民出版社2003年版,第243页。

第六章 近代女性的域外诗

倦抚风云梦悄然,苍茫一舸又浮天。病中放眼空千古,静后游心入太玄。

海气摇红荡秋暑,沙光凝紫接蛮烟。独怜绝徼群生瘁,盼断甘霖已七年。(舟客告余斐(非)洲两岸已七年不雨。)[①]

1920 年,张默君开始自欧返国,途经红海。红海地处北回归线高压带控制的范围,气候终年干热,降水稀少。此外,红海海面上常有来自非洲大沙漠的风,带来一股股炎热的气流和红黄色的尘雾,使天色变暗,海面呈暗红色。面对红海一半是海水一半是火焰的奇景,张默君却无意欣赏,她身患热疾,躺在船舱之中,孤寂凄凉之感油然而生。此时,舟客告知她非洲两岸已七年不雨,张默君闻之悲伤不已,自己患热病都如此痛苦,此地却已七年不雨,可知当地百姓生活是多么艰苦,对其予以深切的哀悯。她不但关心自己的国家和人民,对世间苍生的人间疾苦都有怜悯之心。

张默君的域外诗风格与其自身的经历、性情、思想有着莫大关系。她十分喜读宋明先贤烈士岳飞、文天祥、史可法、郑成功等人的传记,"尝以二公之言书悬座右,即'武穆两言不爱不怕,文成一诀即知即行'"[②](《国难中之精神建设》),是以爱国之情、报国之志自小便深植张默君心中。此外,她先后就读金陵养正女校、汇文女校、上海务本女校师范学科,是以她见识超群,不为封建礼教所禁锢。后加入同盟会,与好友秋瑾等人一起进行革命活动。这些经历赋予了张默君一般闺阁女子所少有的坚毅、勇敢、豪迈和胸怀天下气魄,让她更多关注国家所面临的内忧外患之局面和世界风云变幻,也造就了她诗歌的闺词雄音风格特征。

2. 悲怆苍凉、慷慨激昂

身处异域,张默君心中却始终惦念着亲友、故国,以济世救人为己任,是以她所写的域外诗歌在总体上呈现出一种悲怆苍凉之感。如《莫秋海上闻笛怀翼如》:

[①] 张默君:《张默君先生文集》,中国国民党中央委员会党史委员会 1983 年版,第 232 页。
[②] 张默君:《张默君先生文集》,中国国民党中央委员会党史委员会 1983 年版,第 134 页。

> 何处梅花落，依稀歇浦东。哀音凉到海，秋意澹摇风。
> 举目河山异，论交患难中。天涯倘相遇，挥涕话飘蓬。①

此时是秋季，诗人在海上望着异域风光，心中伤秋之情正浓，忽然不知何处传来哀怨的笛声，霎时令诗人思绪飘飞，想起了满目疮痍的河山和革命旧友邵元冲，心中辛酸之情油然而生，感慨到此时若是能在天涯与旧友相遇，定要一诉衷肠。

又如《纽约月夜奉怀母大人》：

> 百尺琼楼独倚阑，西风故国泪汍澜。海天一抹无情碧，彻夜蟾蜍碾玉寒。②

夜渐深了，默君仍在纽约城高大的建筑里倚栏望月。独自在外本就孤寂无比，望着天上那轮孤高的月亮，张默君不禁想起了家乡的母亲，顿时泪流满面，悲叹不知何时才能回国与母亲团聚。

另外，还有"对此漫兴圆缺感，神州遥指路逶迤"（《红海中秋后一夕望月》）、"孤抱人还迥，诗心天际同"（《暑夜对月》）、"吟成倍惆怅，何处托飞鸿"（《暑夜对月》）"多难此佳节，悠悠碧海思"（《秋夜次社英均》）等诗句，都表达了诗人身处异域时内心的孤寂和思乡怀人之情，散发出阵阵哀音。此外，默君的域外诗中还有许多伤感的词语及意象，如"积骸""瘦莽""书断""雁空过""盼断甘霖""悲风""冷月"等，这些词语及意象在中国传统文学中常用来渲染凄切悲凉的氛围，而这些在张默君的域外诗中俯拾皆是，是以其域外诗整体格调呈悲怆苍凉之风。

张默君域外诗虽大部分呈凄怆悲凉之风，但部分诗歌中也有许多表示慷慨激昂的词语及意象，如"神飞""宝刀""浩荡""踏灵鳌""节如筠""楚狂客"等。这些词语和意象都表明了她为祖国力争主权绝不退步、誓要与帝国主义

---

① 张默君：《张默君先生文集》，中国国民党中央委员会党史委员会1983年版，第223页。
② 张默君：《张默君先生文集》，中国国民党中央委员会党史委员会1983年版，第247页。

第六章 近代女性的域外诗

抗争到底的决心。如《谒金门·自美渡大西洋之欧舟中对雨》：

> 光不定，飞去飞来云影。空翠湿衣灵雨冷，烟波千万顷。欲脱宝刀谁赠，除却词仙诗圣。（谓意但丁法嚣俄。）举首放歌凌碧溟，鱼龙潜出听。①

这首词是张默君自美赴欧参与巴黎和会途经大西洋时所作。她深谙巴黎和会的分赃本质及列强暴虐恣睢的本性，然而她毫不畏惧，满怀自信在大海上高声放歌，誓要为国雪耻、伸张正义。整首词格调高亢激昂，作者的铮铮傲骨、豪情壮志一览无余，读之令人热血沸腾、心神为之一振。

《渡大西洋口号》同样显示了张默君的爱国热忱和慷慨激昂的风格：

> 目极鱼龙变，胸空虎豹韬。辞家三万里，飞梦踏灵鳌。
> 雷雨掀天来，蛟鼍相对舞。百丈涌鲸山，驾鲸绝尘宇。
> 黑月堕穷溟，玄光乱杳冥。飞吟云汉邈，龙气夜闻腥。
> 荒日浴洪流，初心抗霞表。浩荡歌长风，一笑九夷小。②

这首诗也是张默君赶赴巴黎和会期间所作，她以"虎豹""黑月"比喻欧美列强和其浸满鲜血的文明，揭露列强暴戾残忍的本质。面对风云谲诡的和会，她也毫不畏惧，她认为"一身生死事小，而民族存亡之事大"③（《中国政治与民生哲学》），于海上迎风高歌，誓要为国伸张正义。此诗一反传统女性诗歌柔美婉曲之风格，展现出飒爽豪迈的气势。

另外，张默君的域外诗中出现了许多新词语，如"民约""革命""大学""自由"等，使得古典诗歌呈现新气象。她还将异国与中国古典文化相融合写入旧体诗中，令人耳目一新，如"几见鲁戈迴落日，空怜赵璧失泥罗"（《过埃及》）、"赛因河上想雄风"（《浪淘沙·欧战后过法梵萨依宫》）、"垂髫犹记读民约"（《瑞士过卢骚讲学著书处》），其中"几见鲁戈迴落日，空怜赵璧失泥罗"（《过埃及》）句最

---

① 张默君：《张默君先生文集》，中国国民党中央委员会党史委员会1983年版，第390页。
② 张默君：《张默君先生文集》，中国国民党中央委员会党史委员会1983年版，第241页。
③ 张默君：《张默君先生文集》，中国国民党中央委员会党史委员会1983年版，第20页。

为典型。张默君游历埃及时正值埃及人民为国家独立而奋起反抗之际,当她听闻古国人民高呼自由迎接从巴黎和会归来的使者时,深谙此次会议分赃本质的默君不禁以"鲁戈回日"来表明埃及人民救国路途之艰巨,后诗人以"和氏璧"作喻来表明尼罗河对于埃及的重要性,并对尼罗河被列强以武力强占表示惋惜和愤懑。将新词语与中国古典文化相结合并融入旧体诗的创作之中,且让人读来不觉晦涩凝滞,这不仅体现了张默君的与时俱进,也展现了其渊厚的学识和扎实的文学功底。从她的域外诗中可以看出中国诗歌在时代的浪潮下进行了从古典到现代的转型和新变,旧体诗重新焕发出生机与活力。

总之,张默君的域外诗写作视角从传统的闺阁吟咏、儿女之情转向世界政治风云、家国大义,从创作内容、创作风格到创作语言都有新变,皆是近代女性创作主体身份变迁之故。她不再是深居闺阁依附男人的封建女性,而是具有独立人格和新的知识结构的现代女性,她和男性一样可以立功立言,可以保家卫国。陈衍评其诗:"天资颖悟,实足冠绝时流,故其抚时感事、投赠游览之作,类能推陈出新,脱羁继而游行。"[①]陈三立同样盛赞张默君:"天才超逸。格浑而韵远,为闺媛之卓荦不群、效古能自树立者。"[②]"20世纪初,女性作家队伍的主体已由闺秀嬗变为第一代知识女性。"[③]近代女性创作身份的变迁促进了中国女性文学的现代性书写。

---

① 陈衍:《白华草堂诗·陈衍序》,《白华草堂诗》,1934年刻本。
② 陈三立:《张默君玉尺楼诗题词》,《默君诗草》,1934年刻本。
③ 郭延礼:《中国女性文学研究:1900—1919》,山东教育出版社2016年版,第7页。

结　语

中国近代域外诗是中西文化交流的产物，是中国走向世界的形象史，真实反映了从鸦片战争后中国人面对异域文明的复杂心路历程。同时，近代域外诗不论内容题材还是艺术表现手法都极大开拓了传统诗歌的范畴，对现代文学的发生也有着重要意义。当然，近代域外诗的局限性也很明显，"新名词、新事物虽然已经冲击了旧传统，但尚不足以改变古典诗歌的性质"①，"没有任何一种艺术能像诗歌那样顽固地恪守本民族的特征"②。整体而言，近代域外诗仍然没有脱离传统诗歌的艺术表现方式。域外行旅体验与古典诗体的隔阂与矛盾揭示了"中国传统文学形式在现代性域外体验的冲击下，所不得不出现的变异及不可遏止的衰颓趋势"③。而古典文学形式在域外书写中的窘迫与困境，也激发了文学变革的到来。

一、近代域外诗对于文学变革的意义

"中国近代文学的独特性，在于其对中西文化资源的选择与融合。……这种外来文化资源与本土文化资源的选择与融合，成为中国文学从古典走向现代的一条重要途径。"④ 杰捷克文学史家雅罗斯拉夫·普实克也说："如果没有外界的冲击力，在单一的文化条件下，文学的自然进化不能产生全新的结构。"⑤ 在中国文学转型的近代时期，传统文学已经难以提供变革所需要的资源和理论依据，因而从域外寻找这种文学变革的借鉴或驱动力，就成为不可避免的

---

① 马亚中：《中国近代诗歌史》，复旦大学出版社 2011 年，第 461 页。
② ［英］艾略特：《诗歌的社会功能》，《西方现代诗论》，花城出版社 1988 年版，第 11 页。
③ 苏明：《域外行旅与文学想象》，中国社会科学出版社 2016 年版，第 55 页。
④ 季桂起：《近代文学对中西文化资源的选择与融合》，《东岳论丛》2016 年第 3 期。
⑤ 李燕乔等译：《普实克中国现代文学论文集》，湖南文艺出版社 1987 年版，第 29 页。

了。① 从文学价值角度来看，域外诗可能大多艺术性不高，但对于研究中国近代文学的发展具有重要的意义。

近代域外诗提高了文学的社会功能。域外诗较多关注异国的政治、经济、科技、教育、文化、风俗等方面的情况，并且比对中国现状进行反思和审视，多了些直面现实的功利性思考，和当时出现的近代域外游记一起赋予了行旅文学更多的社会功能。这种重视社会功能的域外行旅书写对后来的现代文学社会型游记有一定影响，比如瞿秋白的《饿乡纪程》《赤都心史》、徐志摩的《欧游漫录》等都表现了对社会现实问题的关注。

近代域外诗是"诗界革命"的先行创作。"新意境""新语句"是梁启超倡导"诗界革命"的追求。所谓"新意境""新语句"主要指有别于传统诗歌内容的异国文化思想、异国风光和异国人物。而中国近代诗歌中这种"新意境""新语句"大多出自域外诗。在1899年梁启超提出"诗界革命"之前，近代域外诗的创作已经是蔚为大观。近代域外诗作从最初的固守传统思想和表现形式到后来大量表现新思想、新事物、新语句，这些都对"诗界革命"和新派诗的发展有重要贡献。"诗界革命"的作家们大都出游过欧美诸国，创作了大量的域外诗。很多域外诗完全符合梁启超所提出的关于"诗界革命"的三个要素——"新意境""新语句""古人之风格"，域外诗早已为"诗界革命"在内容和形式上进行了实际的创作。倘若没有近代国人的远赴域外及域外诗的大量出现，诗界革命的汹涌大潮未必如期而至。

近代域外诗开启了五四新诗、新文学。"梁启超的'诗界革命'是自黄遵宪起到胡适为终点，并由此开创了现代意义的中国新诗。"② 可以说，近代域外诗歌中的异国形象蕴涵的新因素助长了近代文学变革的要求与动力，赋予了近代文学更多的活力。"在诗歌变革的道路上，胡适大踏步走在时代的前列。这个开端却是从新名词的引入、诗歌意境的开拓开始的。……胡适没有在'诗界革命'所画定的框子内止步，而是把前期成就当作推进的起点。在异国文化中炼成的试验精神与科学态度感召下，大胆试验，以冲出旧诗歌风格的牢

---

① 郭延礼：《近代西学与中国文学》，百花洲文艺出版社2000年版，第78页。
② 葛明星：《黄遵宪诗论与诗界革命》，《三峡大学学报》2007年第6期。

笼。"① 域外诗对异国形象的书写突破了传统诗歌的既有格局,拓展了传统文学形式的内在表现力和各种可能性,一定程度上开启了新文学的发生。"在新诗兴起的故事中,海外经验是最直接最重要的主导因素"。② "中国新文学发生的最初动因,其巨擘推手就是承先启后的两个关键历史人物——黄遵宪与胡适。从黄遵宪到胡适,在理论链条和文学创作的实践上,已经构成'五四'新文学产生最突出的本土文学之源。"③ 近代诗文虽在古典范畴内有些许变革,但缺乏整体变革的动力与追求。异国形象的强力介入,引发了近代文学既有格局和深层结构的震荡,给近代文学的变革提供了不可缺少的异质文化的丰厚资源,对于新文学的发生具有重要意义,影响着文学格局的重建。

二、近代域外诗对于五四新文化运动的影响

新文化运动是五四运动爆发前后由胡适、陈独秀、鲁迅、钱玄同、李大钊等一些受过西方教育的人发起的一场寻求中国现代化的思想启蒙运动,其主旨是提倡民主与科学,提倡新道德与新文学。新文化运动的主将胡适与域外诗的主将黄遵宪、康有为、梁启超等人,无论在思想方面,还是在文学主张方面都具有一定的传承关系。

新文化运动最早的文学创作是从诗歌肇始的。胡适主张新诗创作要有"新内容和新精神",这和近代域外诗中的域外文明、域外新事物、新词语等有明显的相同之处。近代域外诗作虽未完全突破旧诗格律和体式的要求,但已经呈现出自由化的趋向,这和胡适主张新诗的"诗体的大解放""不避俗字俗语"也有着同样的走向。胡适很赏识黄遵宪的诗歌和诗论,认为黄遵宪是有意作新诗的人。梁启超的文章和思想对胡适影响也是很大的,他说:"我个人受了梁先生无穷的思想。"1922年胡适开具了他心目中中国当今12位大人物:康有为、梁启超、陈独秀、蔡元培等。近代域外诗与新文化运动的指向有很多共同之处。梅新林先生曾指出了近代域外游记对新文化运动的影响:"从近代旅外游记本身延伸至五四新文化运动的兴起与现代新文学的诞生,那么,其

---

① 周晓平:《从黄遵宪到胡适:"五四"新文学何以可能》,《中国文学研究》2014年第3期。
② 林岗:《海外经验与新诗的兴起》,《文学评论》2004年第4期。
③ 周晓平:《从黄遵宪到胡适:"五四"新文学何以可能》,《中国文学研究》2014年第3期。

中的精神承传与发展的脉络更为明显。……在文化启蒙上,近代旅外游记中提出的重要论题进一步成为五四新文化运动的时代命题。要之,近代旅外游记涉及文化启蒙的重要论题有四:(1)中西文化的比较;(2)西方实业实学的倡导;(3)西方民主政治的思考;(4)中国国民性的批判与改造。"① 这段话同样适用于近代域外诗对新文化运动的思想传承。

新文化运动的基本口号是提倡民主和科学。近代域外诗中关于重视西方科学的内容不胜枚举,从郭连城、黄遵宪、张祖翼到康有为、单士厘等,都表现出对西方科学技术的肯定和惊叹。关于民主思想,黄遵宪的域外诗中记录了日本明治维新后的政治体制,也赞赏了英国的君主立宪制。康有为、梁启超虽然是保皇派,但他们域外诗中的民主与法治思想也很突出。

中国近代史上这些较早走向异域的先行者以及他们的域外创作对中国近代社会文化的转型功不可没。"行游个体作为文化介质被融合到文化转变的机制之中,成了文化转型的内在动力","某一国家、某一民族的文化转型,往往是以大规模的行游作为先导。……在这个转型的过程之中,他者文化的引入是一个关键的步骤,而此步骤的根基又是时空的转移。"② 可以说,近代域外诗具有超越文学本身的重大文化意义。其中的域外形象所体现的精神内涵、文化立场、价值标准、艺术追求等,带来了文化资源与文化环境的巨大变化,为新文化运动的兴起奠定了重要基础。

---

① 梅新林:《文学批评:文化视界与时空拓展》,中国文史出版社2007年版,第40页。
② 郭少棠:《旅行:跨文化想像》,北京大学出版社2005年版,第107页。

主要参考文献

著作

钟叔河:《走向世界丛书》第一辑,岳麓书社2008年版。
钟叔河、曾德明、杨云辉:《走向世界丛书》第二辑,岳麓书社2016年版。
钟叔河:《走向世界:近代中国知识分子考察西方的历史》,中华书局2000年版。
沈云龙:《近代中国史料丛刊》,台湾文海出版社1966年版。
郭连城:《西游笔略》,上海书店出版社2003年版。
王韬:《蘅华馆诗录》,清光绪十六年(1890)铅印本。
王韬:《漫游随录·扶桑游记》,湖南人民出版社1982年版。
王韬:《弢园文录外编》,上海书店出版社2002年版。
潘飞声:《说剑堂集》,1898年刻本。
黄遵宪:《人境庐诗草》,中国青年出版社2000年版。
康有为:《康有为全集》,中国人民大学出版社2007年版。
吴天任:《康有为年谱》,广东人民出版社2018年版。
赵立人:《康有为》,广东人民出版社2012年版。
梁启超:《饮冰室文集点校》,云南教育出版社2001年版。
汪松涛:《梁启超诗词全注》,广东高等教育出版社1998年版。
梁启超:《梁启超全集》,北京出版社1999年版。
李喜所、元青:《梁启超传》,人民出版社1993年版。
丁文江、赵丰田:《梁启超年谱长编》,上海人民出版社1983年版。
严修:《严修东游日记》,岳麓书社2016年版。

严修：《严修日记》，南开大学出版社 2001 年版。

严修、高凌雯、严仁曾：《严修年谱》，齐鲁书社 1990 年版。

严修：《严范孙先生古近体诗存稿》，天津古籍出版社 2015 年版。

单士厘著，陈鸿祥校点：《受兹室诗稿》，湖南文艺出版社 1986 年版。

钱单士厘著，杨坚校点：《癸卯旅行记·归潜记》，湖南人民出版社 1981 年版。

张默君：《张默君先生文集》，中国国民党中央委员会党史委员会，1983 年。

舒位、汪国垣、钱仲联等：《三百年来诗坛人物评点小传汇录》，中州古籍出版社 1986 年版。

李喜所：《五千年中外文化交流史》，世界知识出版社 2002 年版。

张海林：《近代中外文化交流史》，南京大学出版社 2003 年版。

王尔敏：《中国近代思想史论》，社会科学文献出版社 2003 年版。

王一川：《中国现代性体验的发生》，北京师范大学出版社 2001 年版。

孟华：《比较文学形象学》，北京大学出版社 2001 年版。

汪辟疆：《汪辟疆说近代诗》，上海古籍出版社 2001 年版

龚鹏程：《游的精神文化史论》，河北教育出版社 2001 年版。

[英]阿兰·德波顿：《旅行的艺术》，上海译文出版社 2003 年版。

郭少棠：《旅行：跨文化想像》，北京大学出版社 2005 年版。

周宁：《天朝遥远：西方的中国形象研究》，北京大学出版社 2006 年版。

孙玉蓉：《天津文学新论》，大众文艺出版社 2007 年版。

[英]迈克·克朗：《文化地理学》，南京大学出版社 2007 年版。

梅新林：《文学批评：文化视界与时空拓展》，中国文史出版社 2007 年版。

杨正润：《众生自画像：中国现代自传与国民性研究（1840—2000）》，上海人民出版社 2009 年版。

[英]约·罗伯茨：《十九世纪西方人眼中的中国》，中华书局 2006 年版。

陈室如：《近代域外游记研究（1840—1945）》，文津出版社 2008 年版。

王德威、季进：《文学行旅与世界想象》，江苏教育出版社 2009 年版。

张天星：《报刊与晚清文学现代化的发生》，凤凰出版社 2011 年版。

李涯：《帝国远行：中国近代旅外游记与民族国家建构》，中国社会科学出

版社 2011 年版。

马亚中:《中国近代诗歌史》,复旦大学出版社 2011 年版。

唐宏峰:《旅行的现代性——晚清小说旅行叙事研究》,北京师范大学出版社 2011 年版。

茅于美:《中西诗歌比较研究》,中国人民大学出版社 2012 年版。

曾大兴:《文学地理学研究》,商务印书馆 2012 年版。

许霆:《中国新诗发生论稿》,人民出版社 2012 年版。

周宁、周云龙:《他乡是一面负向的镜子:跨文化形象学的访谈》,北京大学出版社 2014 年版。

曾军、邓金明:《新世纪文艺心理学》,北京大学出版社 2014 年版。

王烨:《海洋文明与汉语言文学书写》,厦门大学出版社 2014 年版。

张治:《异域与新学:晚清海外旅行写作研究》,北京大学出版社 2014 年版。

田晓菲:《神游:早期中古时代与十九世纪中国的行旅写作》,生活·读书·新知三联书店 2022 年版。

马睿:《文学理论的兴起:晚清民初的一份知识档案》,山东文艺出版社 2015 年版。

李怡:《中国现代新诗与古典诗歌传统》,中国人民大学出版社 2015 年版。

尹德翔:《晚清海外竹枝词考论》,中国社会科学出版社 2016 年版。

郭延礼:《中国女性文学研究:1900—1919》,山东教育出版社 2016 年版。

苏明:《域外行旅与文学想象——以近现代域外游记文学为考察中心》,中国社会科学出版社 2016 年版。

王娟:《晚清民间视野中的西方形象:〈点石斋画报〉研究》,高等教育出版社 2021 年版。

论文

林岗:《海外经验与新诗的兴起》,《文学评论》2004 年第 4 期。

王一川:《全球化东扩的本土诗学投影——"诗界革命"论的渐进发生》,《北京师范大学学报》2008 年第 2 期。

杨波:《海外行旅与文学变革——晚清文学变革的游记视角》,《中州学刊》

2011 年第 1 期。

马卫中、刘峰：《清末民初女性西游与诗歌创作》，《山西师大学报》2012 年第 3 期。

刘峰：《清末民初女性西游与文学》，苏州大学 2012 年博士论文。

李青果：《新地体验与近代海外诗歌》，《江汉论坛》2013 年第 3 期。

杨汤琛：《域外书写与晚清士人的思想嬗变》，《华南农业大学学报》2013 年第 4 期。

朱维铮：《晚清的六种使西记》，《复旦学报》1996 年第 1 期。

周宪：《旅行者的眼光与现代性体验——从近代游记文学看现代性体验的形成》，《社会科学战线》2000 年第 6 期。

吕文翠：《晚清上海的跨文化行旅：谈王韬与袁祖志的泰西游记》，《中外文学》2006 年第 9 期。

程中山：《论潘飞声德国时期之文学创作》，《明清研究论丛》第一辑。

周晓平：《从黄遵宪到胡适："五四"新文学何以可能》，《中国文学研究》2014 年第 3 期。

郭文仪：《清末文人西方书写策略及其地域特征——以袁祖志与潘飞声的海外行旅书写为中心》，《江苏社会科学》2014 年第 3 期。

林传滨：《旧文体中的新世界——潘飞声〈海山词〉的价值与特色》，《古籍研究》2016 年第 1 期。

杨传庆：《作为诗人的严修——"南开校父"严修的诗与诗学》，《南开学报》2020 年第 1 期。

肇钒伊：《清末民初中国女性文学创作的现代性意义》，《文艺争鸣》2022 年第 2 期。

唐宏峰：《帝国之眼近代旅行与主体的生成》，《中国图书评论》2010 年第 4 期。

傅建安：《晚清使臣域外纪游文学现代性借鉴的文化间性》，《南方文坛》2022 年第 3 期。